KB192236

REVIEW

열일곱 살에, 학교 도서관에서 처음 캐드펠 수사 시리즈를 읽었는데 완전히 푹 빠지고 말았다. 어떻게 21세기 한국의 고등학생이 12세기 영국의 수도사에게 친밀감을 느낄 수 있었을까? 책을 펼치면 캐드펠 수사가 가꾸는 허브밭의 싱그러운 향이 미풍에 실려 오는 것만 같았고, 부지불식간에 이웃처럼 정이 든 마을 사람들이 삶의 우여곡절을 겪을 때는 함께 탄식했다. 그 생생한 경험을 통해 역사와 문학을 동시에 사랑하게 되었는지도 모르겠다.

서른다섯 살이 되어 캐드펠 시리즈를 다시 읽고 싶어졌는데, 혹시 두 번째로 읽었을 때의 감회가 예전만 못할까 걱정했었다. 기우 중의 기우였다. 열일곱 살에 발견하지 못했던 부분들을 잔뜩 발견하며 읽을 수 있었고, 역사추리소설을 추천하는 자리에서 매번 자신 있게 추천하곤 했다. 소박하고 담백하게 시작해 역사의 큰 톱니바퀴와 힘 있게 맞물려 들어가는 이 놀라운 이야기에 대해 말할 때 한없이 행복했다.

엘리스 피터스가 육십대 중반에 이처럼 대단한 시리즈를 시작했다는 것을 떠올리면 마음에 환한 빛이 든다. 먼 길을 다녀와 켜켜이 쌓인 지혜를 품고 유적지를 직접 걸으며 작품을 구상했을 작가를 상상하고 만다. 멋진 일은 언제든 시작될 수 있고, 심혈을 다해 빚은 이야기는 시간과 공간을 뛰어넘는다는 것을 이 보물 같은 작품들을 통해 믿게 되었다.

정세랑
소설가

REVIEW

엘리스 피터스는
가장 뛰어난 추리소설 작가다.

UMBERTO ECO
움베르트 에코

캐드펠 수사는 한 세기를
완벽하게 구가한 셜록 홈스에
비견되는 창조물이다.

LOS ANGELES TIMES
BOOK REVIEW
LA 타임스 북 리뷰

이보다 더 매력적이고 인상적인 탐정은
찾기 어려울 것이다.

SUNDAY TIMES
선데이 타임스

서스펜스와 역사소설이 혼합된
유쾌하고 독창적인 작품.

LONDON EVENING
STANDARD
런던 이브닝 스탠더드

시리즈가 추가될 때마다 기쁨을 느낀다.
연대기 시리즈가 계속 이어지기를 바란다.

USA TODAY
USA 투데이

캐드펠 수사는 분명 범죄소설의
컬트적 인물이 될 것이다.

FINANCIAL TIMES
파이낸셜 타임스

엘리스 피터스의 미스터리는 역사적 디테일,
마을과 수도원의 중세 생활상, 생생한
캐릭터 묘사, 우아하고 문학적인 문체 등
이야기 그 자체로 즐거움을 선사한다.

THE WASHINGTON POST
워싱턴 포스트

스타일과 격조를 갖춘 미스터리로
멋지게 포장된 뛰어난 역사소설.

THE CINCINNATI POST
신시내티 포스트

엘리스 피터스는 중세인들의 삶을 상세하고
설득력 있게 재현함으로써, 독자들을
강력하게 흡인하여 교묘하게 짜여진
중세의 어두운 미로 속으로 데려간다.

YORKSHIRE POST
요크셔 포스트

고전적인 의미의
선과 악이 격투를 벌이는 역작.

CHICAGO SUN-TIMES
시카고 선 타임스

세인트자일스의 나환자

THE LEPER OF SAINT GILES

THE LEPER OF SAINT GILES
Copyright © 1981 by Ellis Peters
All rights reserved.

Korean translation copyright © 2024
by Bookhouse Publishers Co.
Korean edition is published by arrangement with
Intercontinental Literary Agency(ILA) through EYA(Eric Yang Agency).

이 책의 한국어판 저작권은 에릭양 에이전시를 통해 Intercontinental Literary Agency(ILA)와 독점 계약한 (주)북하우스 퍼블리셔스에 있습니다. 저작권법에 의해 한국 내에서 보호를 받는 저작물이므로 무단 전재와 무단 복제를 금합니다.

세인트자일스의 나환자

엘리스 피터스 장편소설
이창남 옮김

북하우스

CADFAEL

중세 웨일스

1 아를레흐웨드
2 아르본
3 흘레인
4 흐로스
5 디프린 클루이드
6 마일로르
7 컨흘라이스
8 펜흘린
9 메카인
10 아르수이스틀리
11 마일리에니드
12 엘바일

CADFAEL

슈롭셔와 웨일스 국경지대

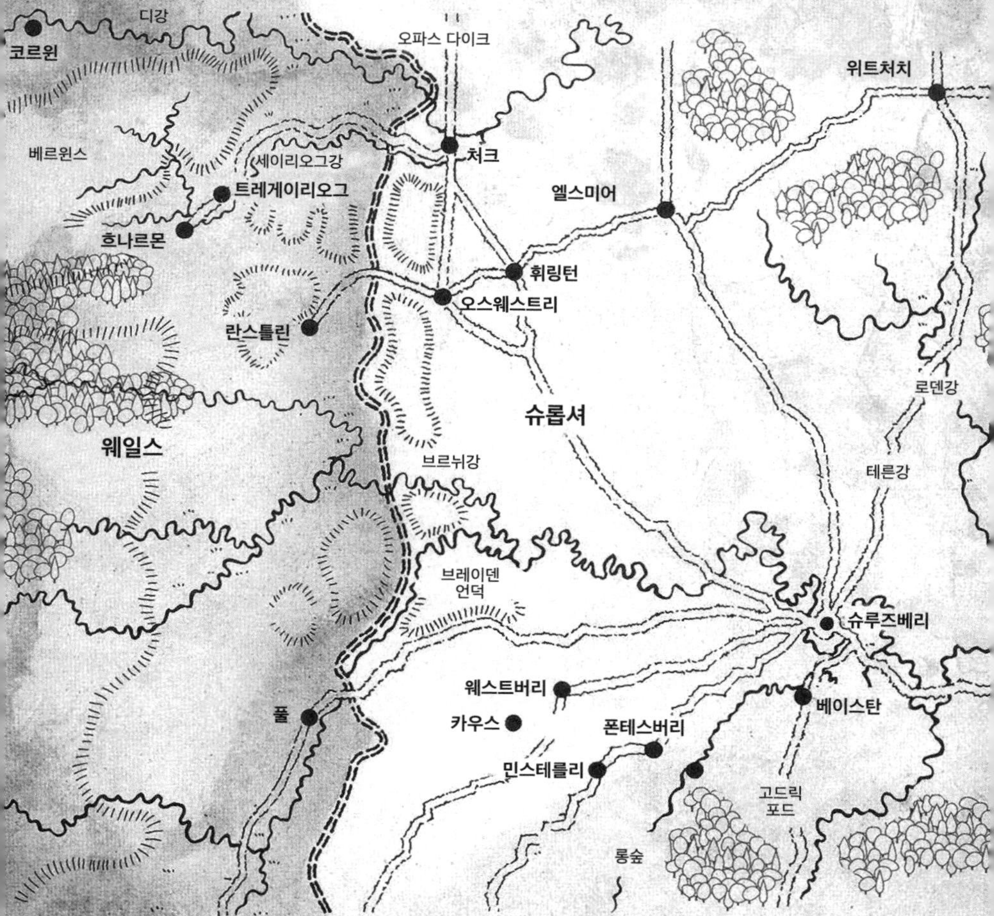

디강
코르윈
오파스 다이크
위트처치
베르윈스
세이리오그강
처크
트레게이리오그
엘스미어
흐나르몬
휘링턴
오스웨스트리
란스틀린
로덴강
슈롭셔
웨일스
브르뉘강
테른강
브레이덴
언덕
슈루즈베리
웨스트버리
베이스탄
풀
카우스
폰테스버리
민스테를리
고드릭
포드
롱숲

CADFAEL

슈롭셔주 슈루즈베리

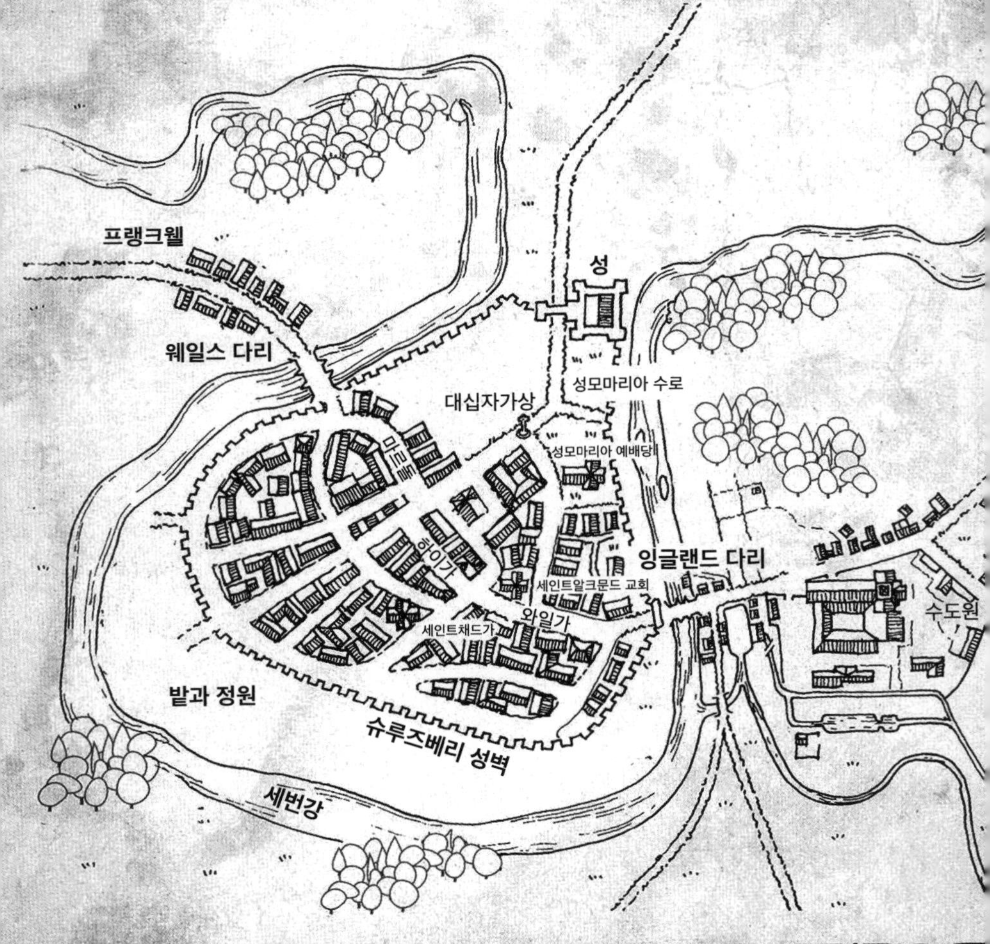

프랭크웰

성

웨일스 다리

성모마리아 수로

대십자가상

성모마리아 예배당

마르돌

하이가

잉글랜드 다리

세인트알크문드 교회

와일가

수도원

세인트채드가

밭과 정원

슈루즈베리 성벽

세번강

CADFAEL

슈루즈베리
성 베드로 성 바오로 수도원

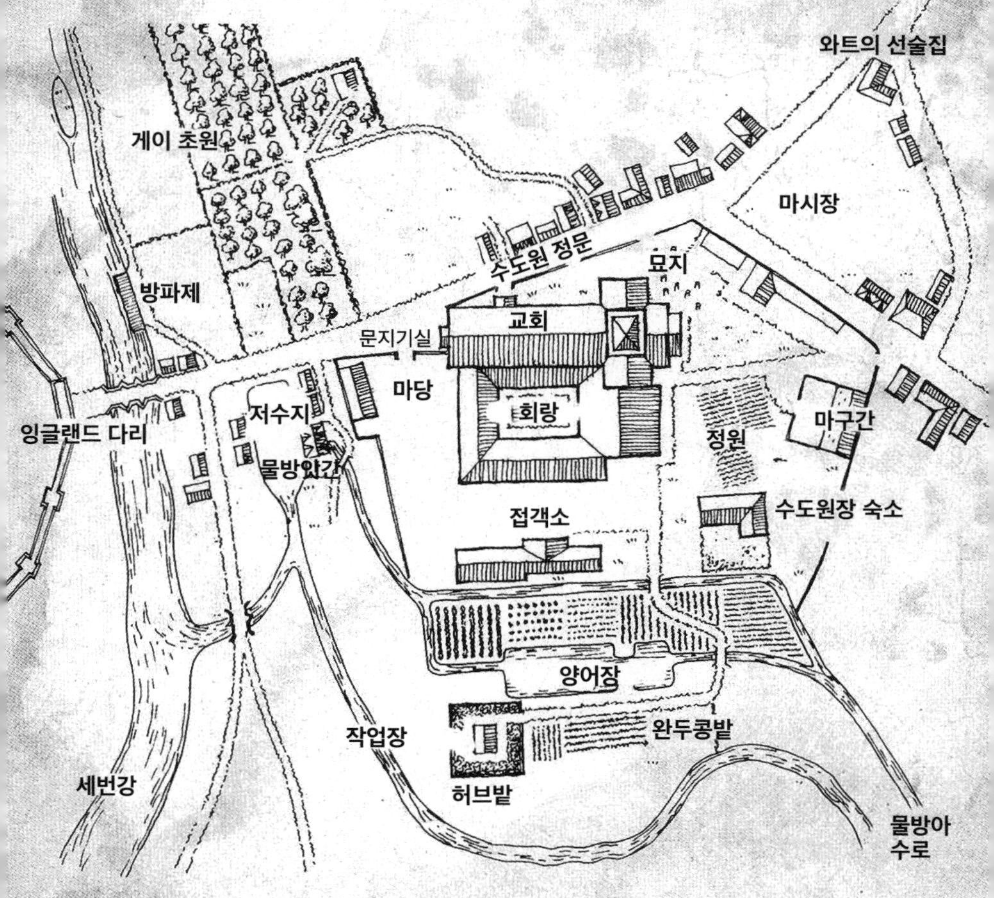

와트의 선술집

게이 초원

마시장

수도원 정문

묘지

방파제

교회

문지기실

마당

회랑

저수지

마구간

잉글랜드 다리

정원

물방앗간

수도원장 숙소

접객소

양어장

완두콩밭

작업장

세번강

허브밭

물방아
수로

일러두기. 주석은 모두 한국어판 주다.

1

1139년 10월의 어느 월요일 오후, 수도원 문지기실을 나선 캐드펠 수사는 자신이 다시 이곳으로 돌아오기 전에 뭔가 불길한 일이 일어날 것 같다는 예감을 떨칠 수 없었다. 사실 그런 생각을 할 이유는 없었다. 불과 한 시간 정도 자리를 비울 예정이고, 슈루즈베리 수도원에서 고작 800미터 거리, 성문 길 맨 끝에 위치한 세인트자일스 병원에 가는 길이었으니 말이다. 캐드펠은 그곳 병원 약장에 기름과 유약과 연고 같은 것들을 채워놓고 곧장 돌아올 생각이었다.

세인트자일스 병원에는 그런 약들로 치료받는 환자들이 넘쳐났다. 그곳에서 맡아 돌보던 나병 환자의 수효가 지금보다 적었을 때에도 다른 병을 앓는 궁핍한 환자들이 항상 줄을 이루었다.

캐드펠 수사의 허브[1] 치료제가 환자들의 환부는 물론이고 그들의 마음까지 보듬어주었기 때문이다. 그는 이런 순례를 석 주에 한 번꼴로 이어가며 다 쓴 치료제를 새것으로 바꿔두곤 했다. 특히 요즘 들어 그는 더더욱 그 일에 열심이었다. 그가 아끼고 사랑하는 조수인 마크 수사가 불행한 사람들을 위해 봉사하는 것이 제 운명으로 느껴진다며 1년 예정으로 그곳에 가 있는 터였다. 이제 세인트자일스 병원은 캐드펠에게 평화로웠던 지난 시절을 축복처럼 상기시키는 곳이었다.

곰곰이 숙고해보았지만, 그런 불길한 예감이 성 베드로 성 바오로 수도원[2]에서 곧 치러질 대사와 관련된 것이라는 생각은 들지 않았다. 혼례식이나 예물에 대한 언급도 듣지 못했고, 끔찍한 죽음의 기미 같은 건 더더욱 느껴지지 않았으니까. 캐드펠은 자신이 수도원을 비운 사이에 무슨 일이 일어날 거라면 차라리 허브밭에 있는 자신의 작업장에서, 진귀한 용액을 담아둔 용기가 깨지거나, 시럽이 끓다가 넘쳐버리거나, 무쇠 냄비가 바싹 타버리는 일 정도이기를 바랐다. 아예 금속 화로가 과열돼 천장에서 나풀거리는 마른 허브 다발로 불이 옮겨붙어 작업장이 몽땅 불타버리더라도, 차라리 그 편이 나을 것 같았다.

마크 수사는 점잖고 성실한 열아홉의 청년이었다. 아직 미숙한 수련사에 불과하지만, 언제나 명랑하고 성실하고 늘 희망에 부풀어 결코 낙담하는 일이 없는 그를 보면 꼭 영원히 열두 살에 머물러 있는 소년 같았다. 손재주는 그리 뛰어나지 않아도 열의와 자신감만큼은 타의 추종을 불허했다. 그는 선한 뜻을 품으면 어떤 일이든 잘해낼 수 있다고 믿는 사람으로, 처음엔 다소 서툴고 실수를 하다가도 결국은 그 자신도 놀랄 만한 결과를 만들어내곤 했다. 스스로 문제를 일으키고 해결하는 과정에서 마크 수사처럼 명랑하고 애정이 넘치는 사람도 없었다. 누군가는 그를 두고 고집불통이라 할지 모르지만, 이는 그에게 늘 희망이 있기 때문이었다. 다른 사람에게 비난을 받고 정신이 멍할 정도로 낙담해 무엇도 제대로 할 수도 없거나 화가 머리끝까지 날 때에도, 마크 수사는 신의 은총을 확신하기에 그저 조용히 참회하며 다시는 실패하지 않으리라는 신념을 가지고 순리에 묵묵히 따랐다. 캐드펠은 마크 수사를 좋아하지만, 마크 수사 때문에 말할 수 없이 화가 나기도 했다. 그가 혼자서 어떤 일을 할 때마다 거의 예외 없이 나오는 실수와 손해를 관대한 마음으로 예상하고 받아들여야 했기 때문이다. 그러나 따뜻한 본성 말고도 마크 수사에게는 다른 미덕이 있었으니, 수도원의 가을 업무 가운데 가장 중요한 개간 작업에서는 정말이지 그를 따를 자가 없었다. 다른 사람들이 기도에 전념하는 것과 같은 열정으로 그는 그 일에 몰두했다. 애정을 가지고 아예 흙과 한 몸이 된 듯 열심히 흙을 파헤쳤고, 아무도 이를 막을 수 없었다. 물론 그렇게 파놓은 곳에 다시 식물을 심는 일만은 어떻게든 막아야 했지만! 게다가 그를 돕는 또 하나의 조수인 오스윈 수사 역시 손재주가 없기로는 마찬가지였다.

그래서 캐드펠 수사는 수도원 교회에서 이틀에 걸쳐 거행될 성

대한 혼례를 떠올릴 겨를이 없었다. 성문 길을 따라 걷던 중, 사람들이 집 밖에 나와 삼삼오오 이야기를 나누며 시내 바깥으로 난 길을 향해 기대에 가득 찬 시선을 보내는 모습을 볼 때까지는 말이다. 흐리고 쌀쌀한 날씨에 안개비마저 땅을 적시고 있었지만, 슈루즈베리 여인들이 겨우 날씨 때문에 그 좋은 구경거리를 놓칠 리 없었다. 저 길 어딘가로 혼례 당사자들이 들어설 예정이었으니, 그들이 슈루즈베리 가까이 당도했다는 전언이 이미 들어온 터였다. 행렬이 성안까지는 들어가지 않을 터라 성안 사람들도 모두 밖으로 나와 무리에 섞여 있었다. 수선스럽고 왁자지껄한 게 마치 장날 같았다. 문지기실 근처에 모여 있는 거지들에게서는 명절처럼 들뜬 분위기마저 느껴졌다. 여기저기 흩어진 네 주를 관할하는 남작이 자기 몫에 버금가는 땅을 물려받은 상속녀를 신부로 맞이하기 위해 이곳에 도착하면 분명 후한 호의를 베풀 것이었다.

캐드펠은 수도원 담 모퉁이를 돌아 탁 트인 마시장 터 풀밭 옆을 통과한 뒤 큰길로 들어섰다. 인가가 드물어지면서 들판과 숲이 길 양쪽 가장자리를 향해 초록 손을 뻗치는 지점이었다. 이곳에서도 역시 여인들이 집 앞에 나와 신랑 신부의 도착을 기다렸고, 세인트자일스로 가는 길목에 자리한 어느 저택 앞에는 호기심에 가득 찬 구경꾼 한 떼가 모여 훤히 열린 저택 문 너머로 안마당의 부산스러움을 지켜보고 있었다. 하인과 마부들이 밝은 색깔의 제복을 번쩍이며 저택과 마구간 사이를 분주히 오가는 중이었다. 바로 이 저택에 신랑 쪽 사람들이 머물 예정이었고, 신부 쪽 사람들은 수도원 접객소에서 묵기로 되어 있었다. 캐드펠은 인간사에 대한 가벼운 호기심에 이끌려 다른 구경꾼들 사이에 섞여 잠시 그곳을 기웃거렸다.

커다란 저택 사방에 담이 둘러 있고 뒤로는 정원과 과수원이 딸려 있었다. 그 저택은 코번트리의 로저 드 클린턴 주교 소유이지만, 주교가 그곳을 사용하는 일은 거의 없었다. 그는 슈롭셔, 체셔, 스태퍼드, 레스터 등지에 장원을 가지고 있는 휴언 드 돔빌 남작에게 그 저택을 빌려주었다. 이는 라둘푸스 수도원장[3]에게 우호적인 제스처를 보이는 동시에 강력한 힘을 가진 남작에게 아첨하기 위한, 일종의 정치적 행위였다. 내전이 빈번한 이 시기에는 관계를 잘 쌓는 것이 현명한 일이었다. 스티븐 왕[4]이 여러 지역에서 강력한 통치력을 발휘하고 있긴 하지만 서부에서는 내분의 조짐이 이미 완연했고, 많은 영주들은 만약 판도가 바뀌면 언제라도 다른 쪽과 제휴할 준비를 하고 있었다. 모드 황후[5]는 불과 삼 주 전 이복형제인 글로스터의 로버트 백작[6]과 기사 140여 명을 이끌고 애런델에 들어와 있었다. 왕의 때 아닌 아량 덕분인지 아니면 그 주변에 있는 불충한 무리들의 엉터리 조언 때문인지, 황후 일행은 그들의 대의가 이미 확고하게 뿌리내린 브리스틀로의 입성 허가를 받아낼 수 있었다. 이곳, 부드러운 가을빛이 충만한 슈루즈베리는 시골에서야 모든 게 평화로워 보였지만, 사람들은 모든 사태에 대비해 경계를 늦추지 않은 채 새로운 소식에 귀를 기울였고, 심지어 주교조차 사태가 마무리될 때까지는 강력한 힘을 가진 자를 친구로 삼길 원하고 있었다.

주교의 저택 위쪽으로 올라가자 양옆에 나무가 빽빽이 들어찬 길이 뻗어 있고, 이제 마을은 한참 뒤로 멀어졌다. 거기서부터 활을 쏘면 닿을 만큼 더 가면 나오는 갈림길 앞에 병원의 낮은 지붕과 병원을 둘러싼 울타리 담장이 나타났다. 그 너머로 작은 탑을 끼고 교회 지붕이 높이 솟아 있었다. 교회는 매우 소박해서 신도석과 성단소와 북쪽의 통로, 그리고 한가운데 돌 십자가상이 서 있는 뒤뜰 묘지가 전부였다. 병원은 갈림길이 만나는 곳 뒤쪽에 들어서 있었다. 나병 환자들은 사람들이 붐비는 시내에 들어갈 수 없는 데다, 시골에서 구걸할 때조차 사람들로부터 일정한 거리를 유지해야 했다. 나환자들의 후원 성인인 자일스가 오래전 인적이 드문 곳을 택해 나환자 집단 거주 지역을 만들었고, 아직까지도 그들은 세상과 거리를 둘 수밖에 없었다.

그렇지만 다른 사람들과 마찬가지로 나환자들에게도 인간사에 호기심을 가질 정당한 권리가 있기에, 그들 역시 길가에 나와 구경을 하는 게 당연했다. 불행하다고 해서 그들보다 운 좋은 신도들을 구경할 수 있는 최소한의 자유조차 누리지 못할 이유가 무어란 말인가. 그저 부러워하는 것 말고는 무엇도 할 수 없는 이들 또한 관대한 마음으로 혼례를 축하할 수 있지 않을까? 검은 망토를 걸친 나환자들이 울타리 담장 근처에서 줄을 지어 움직이고 있었는데, 다른 이들처럼 민첩하지는 않았으나 제법 활기차 보였다. 그중 캐드펠도 아는 환자 몇 명이 보였다. 죽을 때까지 이곳에 남아 있어야 할 처지로, 친근한 봉사자들의 도움을 받아 그럭저럭 목숨을 부지하는 이들이었다. 다른 일부는 처음 보는 얼굴들이었다. 이곳엔 늘 새로 들어오는 사람들이 있었다. 나환자 병원을 찾아 전국 각지를 떠돌아다니는 방랑자들, 혹은 후원자의 도움을 받아 다른 외진 장소로 이동하던 중 잠시 이곳에 머물게 된 부류였다. 어떤 이들은 목발을 짚었고 어떤 이들은 막대기에 의지해 몸을 끌고 다녔는데, 대부분이 병으로 상처 부위가 썩어서 불구가 되었거나 궤양으로 고통을 받고 있었다. 한두 명은 작은 휠체어를 밀고 다녔다. 한 사람은 두건으로 흉측한 얼굴을 가리고서 종기로 부풀어 오른 몸을 담장에 기대고 서 있었다. 활기차게 걷는 다른 몇몇도 역시 눈만 빼고 얼굴을 전부 베일로 가린 채였다.

병원의 환자 수는 매번 바뀌었다. 한곳에 가만히 있지 못하고 늘 어디론가 옮겨 다니는 사람들 때문이었다. 그러나 어딜 가도 사람들은 이들을 꺼렸기에, 다들 매번 다른 병원을 찾아 이동해야만 했다. 세인트자일스 병원은 한꺼번에 스무 명에서 서른 명의 환자들이 머물며 치료를 받을 수 있는 규모였다. 병원장은 슈루즈베리 수도원에서 임명했고, 수사와 평수사들은 각자의 희망에 따라 이곳에서 봉사했다. 간호해줄 사람들이 반드시 필요한 건 아니지만, 환자를 돌보겠다고 나서는 자원봉사자는 끊이지 않았다.

캐드펠도 한두 해쯤 이곳에서 봉사활동을 한 경험이 있었다. 그동안 그는 혐오감을 느끼기보다 연민과 존중의 마음으로 그들을 격려하고 지원했다. 그리고 이후에도 이곳을 정기적으로 오갔기에, 캐드펠의 방문은 환자들에게 마치 예배와도 같은 일과의 한 부분이 되었다. 기억하는 것조차 고통스러울 정도의 지독한 상처들을 살피며, 캐드펠은 그 덕지덕지한 딱지 안에도 따뜻한 마음과 강력한 의지가 살아 있음을 느끼곤 했다. 한창때 제1차 십자군 원정에 참여해 아크레, 아스칼론, 그리고 예루살렘까지 가 질병보다 잔혹한 죽음과 기독교도보다 친절한 이교도를 목격했던 그는, 지금 자신이 절개해 허브로 찜질하는 이 상처들보다 마음의 병과 영혼의 타락이 훨씬 더 끔찍하다는 사실을 익히 알고 있었다. 마크 수사가 그의 뒤를 따르기로 결정했을 때도 그다지 놀라지 않았다. 설령 자신이 본보기가 되지 않았다 하더라도 마크 수사에게는 이곳이야말로 이미 정해진 운명의 행로였을 것이다. 캐드펠은 수도자의 길을 걷는 자의 운명에 대해 잘 알았으며, 수도자가 될 자질을 지닌 사람은 한눈에 알아볼 수 있었다.

마크 수사는 캐드펠이 다가오는 것을 보자 곧바로 달려 나왔다. 그의 얼굴엔 생기가 가득했고, 삭발한 정수리 가장자리에는 황갈색 머리카락이 삐죽 솟아 있었다. 그는 연주창連珠瘡에 걸린 어느 꼬마의 손을 잡고 있었는데, 비쩍 마른 그 사내아이의 가느다란 금발 사이로 오래 된 듯한 마른 종기들이 보였다. 마크는 아이의 상처 위에 난 머리카락을 한쪽으로 쓸어준 뒤 능숙한 손놀

림으로 다정스럽게 환부를 문질렀다.

"캐드펠 수사님, 마침 잘 오셨습니다. 쐐기풀 연고가 떨어져가거든요. 그 약이 얼마나 잘 듣는지 보세요. 하나 남은 종기도 이제 거의 아물어가고 있어요. 목의 부기도 가라앉았고요. 브란, 캐드펠 수사님께 보여드리렴! 이분이 약을 만들어주신 분이란다. 우리의 의사 선생님이시지. 자, 이제 엄마한테 어서 가봐. 구경거리를 놓치겠다. 곧 행렬이 도착할 거야."

꼬마는 마크 수사의 손을 놓더니 슬픈 사람들, 그러나 이 순간만큼은 슬프지 않은 사람들이 모여 있는 곳으로 갔다. 그곳에서 나환자들은 서로 이야기를 나누고 작게나마 노래도 불렀으며 몇몇은 웃기도 했다. 마크 수사는 자신이 맡은 이들 중 가장 어린 환자, 영양부족으로 다리가 굽은 그 꼬마가 흉하게 걷는 모습을 슬픈 표정으로 지켜보았다. 이곳에 온 지 한 달 만에 아이의 피부는 종잇장처럼 얇아져 있었다.

"그래도 저 아인 불행한 기색이 없어요." 마크 수사가 경탄하듯 말했다. "혼자 있을 때건 저를 따라다닐 때건 언제나 저렇게 즐거워하죠."

"웨일스 아이인가?" 꼬마를 눈으로 쫓으며 캐드펠이 물었다. 웨일스 지역에 최초로 복음을 전파한 성자 브란의 이름을 딴 모양이었다.

"아이 아버지가 웨일스인이에요." 마크 수사는 고개를 돌리더니 뭔가를 기대하는 듯 진지한 표정으로 캐드펠의 얼굴을 쳐다보았다. "저 아이의 병이 나을 수 있을까요? 완전히 나을까요? 적어도 지금은 굶지 않고 있거든요. 아이의 엄마는 곧 이곳에서 세상을 떠날 거예요. 상태가 점점 안 좋아지는데, 그래도 아이를 맡길 수 있는 곳을 찾았다며 기뻐하더라고요. 하지만 전 저 아이가 온전한 모습으로 세상 속으로 돌아갈 수 있으리라 믿고 있어요."

아니면 세상 밖으로 가거나. 캐드펠은 생각했다. 저렇게 열심히 마크 수사를 따라다니다 보면 아이도 교회나 성소와 가까워질 수밖에 없고, 더구나 수도원이 지척에 있으니 말이야. "아이는 영리한가?"

"라틴어로 교육받은 애들보다 훨씬 총명해서 산수나 읽기도 곧잘 해요. 질 좋은 리넨 옷을 입고 다니는 애들보다도 낫죠. 보모가 돌봐주지도 않는데 말이에요. 제 힘이 닿는 한 가르쳐줄까 해요."

그들은 병원 입구까지 함께 걸어갔다. 그때 기대에 찬 웅성거림이 일며, 짤랑거리는 마구 소리와 매부리들의 외침, 맨땅을 피해 풀이 나 있는 갓길로 달리는 말발굽 소리가 큰길을 따라 점차 가까워지기 시작했다. 혼례 행렬이 다가오고 있었다.

"신랑이 먼저 도착할 거라고들 하던데요." 문이 열려 있는 현관을 지나 어둑한 홀 안으로 들어가서는 약장이 있는 구석 쪽을 향해 걸어가며 마크 수사가 말했다. 약장 열쇠는 수도원 집사이자 병원장인 풀크 레이널드 수사와 캐드펠 수사가 각각 하나씩 가지고 있었다. 캐드펠은 전대를 열고 자신이 가져온 약품들을 꺼냈다. "그 사람들에 대해 좀 아시는 게 있나요?" 호기심이 나서 못 참겠다는 듯 마크 수사가 물었다.

"그 사람들이라니?" 선반의 빈 공간을 살피며 캐드펠이 조용히 물었다.

"이곳에서 혼례를 올릴 귀족들 말이에요. 저는 이름밖에 모르거든요. 제가 그런 데 마음 쓰면 안 되잖아요." 마크 수사가 얼굴을 붉히며 말을 이었다. "종기와 불구의 몸 외에는 아무것도 가진 게 없는 여기 병원 사람들도 저보다 많이들 알고 있더라고요. 어떻게 그런 것들을 다 아는지 참 신기한 노릇이에요. 그 소식이 마치 불꽃처럼 사람들을 흥분시키고 있거든요. 제가 줄 수 있는 도움보다 이 사람들을 훨씬 더 밝게 만들어주는 게 있다면, 그건 바로 이 혼례예요!"

"혼례라." 캐드펠이 진중하게 말하더니, 알카넷[7], 박하[8], 현삼[9], 귀리와 보리로 만든 연고와 유약이 담긴 병을 쌓기 시작했다. 대부분은 금성이나 달과 관련된 허브들이었다. "혼례란 두 사람의 인생을 좌우하는 핵심적인 행사니, 그와 관련된 어느 것도 사소하지 않지." 그가 겨자 열매를 채워 넣으며 덧붙였다. 겨자는 화성으로 분류되는 허브지만 그것으로 만든 연고와 찜질약은 아주 강력해서 악성종양을 치료하는 데 쓰였다. 그는 생각에 잠긴 채 말을 이었다. "이미 혼례라는 관문을 거친 남녀라면 같은 일을 앞둔 이들을 염려하는 마음이 드는 게 당연할 거야. 결혼하지 않은 사람들 또한 그에 대해 생각해보게 되고 말일세."

수도원에 들어오기 전 세상에서 제법 다양한 경험을 한 캐드펠에게, 결혼은 여태 한 번도 도전해보지 않은 마상 창 시합 같은 것이었다. 그러나 그 역시 한때 결혼이라는 것에 발을 들일 뻔한 적이 있긴 했고, 그 근처까지 갔던 것도 여러 번이었다. 그때의 기억을 떠올리니 일종의 경이로움마저 느껴졌다.

"남작은 아주 유명한 사람이지만 난 그에 대해 아는 게 거의 없다네. 사람들 말로는 왕과 가깝다더군. 전에 신부 쪽 어르신 한 분을 알았던 것 같긴 한데, 신부가 그분의 직계가족인지까지는 모르겠고."

"신부가 예뻤으면 좋겠어요."

"로버트 부수도원장이 그 얘길 들으면 뭐라 하실지 궁금하군." 캐드펠은 건조하게 말하며 약장 문을 닫았다.

"아름다움보다 더 큰 치유력을 가진 것은 없거든요." 마크 수사는 진지하고 침착하게 말했다. "만약 젊고 사랑스러운 신부가 지나가면서 이곳 사람들을 보고도 움찔하는 기색 없이 미소를 보내준다면, 저들에겐 제 보살핌이나 찜질보다 훨씬 큰 도움이 될 거예요. 여기서 지내다 보니 행복이란 의미 없이 흘러가는 일상 속에서 잡아낸 무언가를 모아두었다가 나중에 추억하는 것이라는 생각이 들더라고요." 이어 마크 수사는 갑자기 냉정을 되찾은 듯 덧붙였다. "물론 남의 혼례에 지나치게 의미를 부여할 필요는 없겠죠. 하지만 잔치가 벌어지는데 어떻게 모른 체하겠어요?"

캐드펠은 팔을 뻗어 가늘고 볼품없는 마크의 어깨를 감싸 안고는 어둠침침한 홀에서 나와 점차 흥분이 고조되고 있는 바깥의 밝은 햇빛 속으로 데리고 갔다. "희망을 갖고 기도해보세." 캐드펠이 진심을 담아 말했다. "곧 보게 될 한 쌍에게도 축복이 내리기를 빌어야지. 소리를 듣자 하니 누군가 도착한 것 같구먼. 우리도 가보지."

*

밝은색으로 눈부시게 차려입은 귀족 신랑과 그의 수행원들이 다가오고 있었다. 말들의 목에 달린 짤랑이는 종소리와 뿔 나팔 소리가 쉴 새 없이 울리는 가운데 50미터에 이르는 긴 행렬이 이어졌다. 행렬 가장자리에서는 하인들이 두 쌍의 디어하운드와 짐을 실은 조랑말들을 이끌며 따르고 있었다. 몸을 가린 채 작게 무리 지어 서 있던 불쌍한 추방자들은 몇 발짝씩 앞으로 나아가 자신들은 꿈도 꾸어보지 못할 휘황찬란하고 멋진 옷감들을 구경했다. 행렬이 그들이 서 있는 울타리 근처에 가까워지는 동안 다들 그저 경탄의 신음만 작게 토해내고 있었다.

나이는 들었으나 건장한 체격에 어깨가 떡 벌어진 한 남자가 안장을 주홍색과 금색으로 화려하게 치장한 크고 검은 말 위에 올라탄 채, 세련되지는 않으나 제법 자신만만한 태도로 맨 앞에서 행렬을 이끌었다. 그의 뒤를 젊은 향사 셋이 나란히 따라갔는데, 당장이라도 앞에 가던 주인이 자기들을 돌아보고 무언가 위험한 시험에 빠뜨리기라도 할 것처럼 다들 빈틈없고 신중한 눈빛이었다. 공포까지는 아니지만 비슷한 긴장감이 뒤따르는 사람들에게까지 이어져 하인과 침실 담당 시종, 마부, 매부리, 심지어는 사냥개 곁을 따라 걷고 있는 어린 소년들에게서도 그런 분위기를 읽을 수 있었다. 말이나 사냥개, 매부리가 들고 있는 새장 속의 매 같은 짐승들만 주눅 들지 않은 채 그저 편안하고 기분 좋게 나아갈 뿐이었다.

캐드펠 수사는 마크 수사와 함께 울타리 안쪽 문에 서서 행렬을 유심히 바라보았다. 저 젊은 향사 셋 중 하나가 휴언 드 돔빌일 리는 없었다. 이미 오래전에 전성기를 지난 남자, 혼인 적령기의 젊은 여인과는 도무지 어울리지 않는 저 남자가 바로 남작이겠구나 하는 생각이 그제야 캐드펠의 머릿속에 떠올랐다. 회색에 가까운 짧은 수염, 곱슬거리는 은발, 벗어진 정수리 밑 관자놀이로 흘러내린 두건. 단단한 근육질의 체구에 여전히 힘이 좋아 보이긴 했지만, 그는 쉰을 족히 넘겨 예순을 바라보는 듯했다. 아마도 이미 한두 명의 부인을 두고 있을 터였다. 소문에 따르면 신부는 이제 막 유모 품을 벗어난 열여덟 살 소녀에 불과했다. 어쨌든 이런 일이 생긴다. 이런 일이 벌어져버리는 것이다.

말에 탄 사람이 가까이 다가왔다. 캐드펠은 그의 얼굴에서 눈을 뗄 수가 없었다. 대머리에 이마는 널찍하고 평평했으며, 그 아래 작고 검은 눈은 마치 움푹한 구멍처럼 째진 것이 무척 교활해 보였다. 잘 다듬은 턱수염 위로 냉혹한 느낌을 주는 얄팍한 입술이 드러나 있었고, 크고 무지막지해 보이는 얼굴은 레슬링 선수의 팔뚝처럼 근육이 불거져 마치 조각을 하다 만 것 같았다. 설사 그 이면에 심오한 지성이 숨겨져 있다고 할지라도 적잖이 위압감을 주는 얼굴이었다. 그가 바로 휴언 드 돔빌이었다.

이제 돔빌은 교회 담장을 따라 모여 선 채 고개를 까딱거리며 흥미진진한 눈길을 보내고 있는 이들의 얼굴을 볼 수 있을 만큼 가까이 다가왔다. 이 구경꾼들이 못마땅한지, 그의 밀가루 반죽 같은 얼굴 한가운데 박힌 작은 눈이 불붙은 석탄처럼 검붉게 변했다. 이 꾀죄죄한 오합지졸들을 개집 같은 집구석으로 돌려보내기 위해 그는 널찍한 길을 비워둔 채 일부러 풀이 나 있는 쪽으로 말을 몰며 승마용 채찍을 한껏 휘둘렀다. 비싸고 귀한 제 말에게는 그렇게 휘둘러본 적이 있었을까? 이어 꾹 닫혀 있던 그의 입술이 열리더니 오만한 명령이 쏟아졌다. "길을 비켜라, 이 기생충들아! 병 옮기지 말고 눈앞에서 썩 꺼지지 못할까!"

나환자들은 서둘러 몸을 움츠리고 뒤로 물러나 채찍이 닿지 않을 만큼 떨어졌다. 그렇지만 한 사람만은 예외였다. 다른 이들보다 머리통 절반쯤 큰 키에 얇은 망토를 두른 누군가가 제자리에 꼼짝 않고 서 있었던 것이다. 빨리 움직일 수 없어서인지, 아니면 상황을 제대로 이해하지 못해서인지, 그것도 아니면 말없는 저항의 몸짓인지 알 수 없었다. 그는 꼿꼿이 선 채 얼굴을 가린 두건에 뚫린 구멍으로 뭔가를 응시하다가 고개를 돌리지 않은 채 뒤늦게 한 발짝 물러섰는데, 자세히 보니 한쪽 발만으로 힘겹게 움직이고 있었다. 동작이 너무 느린 탓에 결국 그의 어깨와 가슴에 채찍질이 가해졌고, 그는 아픈 다리를 뒤틀며 풀 위로 털썩 쓰러졌다.

캐드펠은 서둘러 앞으로 나아갔지만 마크 수사가 한발 빨랐다. 그는 큰소리를 치며 뛰어나가 주저앉더니 팔을 뻗어 그 쇠약한 환자를 감싸 그에게 다시 닥칠 채찍질을 막았다. 그러나 돔빌은 세상의 쓰레기들을 더 보는 게 경멸스럽다는 듯 이미 자리를 뜨고 없었다. 그는 속도를 더 높이거나 늦추지 않고서, 옆으로는 눈길 한번 주지 않은 채 다시 나아갔다. 뒤따르던 행렬은 고개를 돌려 외면했고, 젊은 향사 셋은 당황스럽고 불편한 기색이었다. 그들 중 가운데 있던 담황색 머리카락의 키 큰 젊은이가 어깨를 움츠리고서 조심스레 고개를 돌려 수레국화처럼 파란 눈으로 바닥에 엎드린 두 사람을 쳐다보았지만, 동료들이 팔꿈치로 찌르자 이내 정신을 차리고 다시 임무로 돌아갔다.

마크 수사가 쓰러진 노인이 일어서는 것을 돕는 동안 행렬이 모두 지나갔다. 하인들은 복종심으로 무장하여 아무 표정 없이 뒤따랐다. 그들보다 귀족적인 풍모를 갖춘 사람들, 그러니까 하객과 먼 친척뻘 되는 사람들은 아무 일 없었다는 듯 지극히 당당한 표정이었다. 그들 사이에는 성직자도 하나 끼어 있었는데, 그 역시 살포시 미소를 띤 채 묵주만 돌리고 있었다. 소문에 의하면 솔즈베리 성당의 참사회원인 유도 드 돔빌 사제가 이 결혼식을 주재한다고 했다. 그는 교회와 교황 특사 모두와 원만한 관계를 유지하며 출세 가도를 달리고 있었으며, 아마도 자신의 앞길에 은총만이 가득하기를 열망할 인물이었다. 그가 다른 이들과 함께 지나간 뒤에는 마부와 시동, 디어하운드 무리가 이어졌다. 그들이 지나가는 길마다 말굴레에 달린 종과 매 발목의 가죽끈에 달린 작은 종들이 짤랑대는 소리가 가득했고, 그 소리는 행렬의 선두가 성문 길에 다다를 즈음에야 점차 잦아들었다.

마크 수사는 나환자 노인을 부축하여 경사진 풀밭을 올라갔다. 캐드펠은 뒤로 물러선 채 그들을 지켜보았다. 마크 수사는 전염될 것을 조금도 두려워하지 않았다. 그런 위험에 대해서는 전혀 생각하지 않은 채 가장 긴급한 일에 모든 신경을 곤두세울 뿐이었다. 최악의 경우 감염이 일어나 지금껏 자신이 돌봐온 환자들과 비슷한 처지가 된다 해도 그는 조금도 놀라거나 불평하지 않을 터였다. 동료들이 다가오자 나환자 노인은 아무 일도 없었다는 듯 평화롭고 밝게 그들과 이야기를 나누기 시작했다. 그들 대부분은 그런 식의 박해에 이미 익숙해 있었고, 따라서 조금 전 일어난 일에 그다지 신경 쓰지 않았다. 그들이 떠나는 모습을 지켜보던 캐드펠은 한쪽 발에만 의지하고 있으나 제법 안정되고 힘있어 보이는 그 노인 환자의 걸음걸이에, 더하여 긴 소매에서 왼팔을 빼더니 자신을 부축한 마크 수사의 팔을 힘껏 뿌리치는 그의 거동에 주목했다. 마크 수사는 그러한 거부의 몸짓을 너그럽고 흔쾌히 받아들여 자리를 비켜주었다. 바로 그 순간, 캐드펠은 노인의 기다란 왼손에 집게손가락과 가운뎃손가락이 없으며 나머지 세 손가락도 두 마디밖엔 남아 있지 않고 잘린 부분의 피부는 허옇게 주름 잡힌 채 푸석푸석하게 말라 있는 것을 확인할 수 있었다.

"정말이지 품위라고는 찾아볼 수 없는 행렬이네요." 마크 수사는 체념한 듯 침울한 목소리로 말하며 옷자락에 붙은 풀을 털어냈다. "두려움은 사람을 잔인하게 만들죠."

조금 전 그자의 태도에 정말 두려움이라는 것이 작용했을까? 노인 앞에서 휴언 드 돔빌은 마치 지옥불 외에 두려운 것이라곤 전혀 없는 사람처럼 굴었다. 물론 그 추방자들의 병도 지옥불에는 한참 못 미치는 것이 사실이긴 하지만 말이다.

"환자가 더 들어왔나보지?" 캐드펠이 물었다. 그는 제방을 따라 걷고 있는 키 큰 나환자를 바라보며 물었다. "처음 보는 사람이군."

"일주일쯤 전에 들어왔어요. 자기한테 마땅한 장소를 찾아 성지를 순례하듯 평생을 떠돌고 있다더라고요. 나이는 일흔 살이라고 하고요. 이곳에 오래 머물진 않을 것 같아요. 여기 온 건 성 위니프리드[10]의 유골이 이곳 교회에 안치되어 있기 때문이랍니다. 아직 수도원으로 옮기기 전이잖아요. 안치된 곳이 마을 근처였다면 아마 아예 오지도 않았겠죠. 이 구석이니 그나마 머물 수 있는 거예요."

그 유명한 성녀가 어디에 모셔져 있는지 이 순진무구한 친구에게 누설할 수는 없는 노릇이었다. 캐드펠은 그저 별에 그을린 뭉툭한 코만 문질러대며, 멀리 귀더린의 무덤 속에 있는 성녀 위니프리드가 저 고통받는 불쌍한 이의 기도를 들어주시길 조용히 바랄 뿐이었다.

그동안에도 그의 시선은 그 키 큰 환자를 계속 쫓고 있었다. 검은 망토와 두건이라는 익명성을 쓰고 끔찍하게 일그러진 몰골을 감춘 채 누구의 눈에도 띄지 않으며 홀로 남은 생을 살아가는 이들. 성별도, 나이도, 피부색도, 국적도, 종교도 없는 이들. 그들을 만든 창조주만이 아는, 그야말로 살아 있는 유령들. 하지만 그건 사실이 아니다. 걸음걸이와 목소리, 키, 아무리 변장을 해도 숨김없이 드러나는 성격과 기질에 따른 수많은 사소한 결함 등, 그들 모두가 제 나름의 특색을 지니고 있지 않은가. 특히 그 노인은 침묵 속에서도 당당한 풍모와 다른 이들의 기를 꺾을 만한 존재감을 드러내고 있었다.

"저이와 이야기를 나눠봤나?"

"예. 하지만 워낙 말이 없어서요. 보아하니 입술이나 혀에 문제가 있는 듯해요. 말이 아주 느리고, 발음도 분명하지 않거든요. 금방 지치기도 하고요. 하지만 목소리는 차분하고 나직해요."

"그래서 어떤 치료법을 쓰고 있나?"

"아무것도요. 본인이 원치 않는 데다 자기 약을 직접 가지고 다니더라고요. 여기에서 저 사람 얼굴을 본 이는 한 명도 없어요. 상태가 아주 심각할 것 같다는 생각이 드는 것도 그 때문이죠. 수사님도 한쪽 다리 저는 거 보셨죠? 쓰지 못하는 다리엔 발가락이 하나뿐인데, 그것도 엄지발가락의 뿌리만 남았더라고요. 특별히 고안된 신발을 신고 다녀요. 걷기 쉽도록 바닥에 말발굽이 박혀 있지요. 제 생각엔 다른 발에도 감염이 된 듯해요. 아직 정도가 그리 심각하지는 않은 것 같지만요."

"아까 왼손을 봤지." 캐드펠이 말했다. 전에도 그런 손을 본 적이 있었다. 손가락이 썩어 문드러져 죽은 잎처럼 다 떨어져 나가고 살이 서서히 썩어 들어가 마침내는 손목의 뼈가 다 드러난 손. 하지만 그렇게 모든 걸 삼켜버린 악마도 결국은 스스로의 탐욕으로 인해 죽음을 맞이한 것이 아닐까? 부패된 자리에 딱지가 하나도 남아 있지 않은 데다, 손가락이 떨어져 나간 부분에는 흉하긴 해도 주름진 하얀 살이 말라붙은 채 아물어 있었으니 말이다. 심지어 그가 움직일 땐 손등의 단단한 근육이 꿈틀거리기도 했다.

"그 사람이 이름을 알려주던가?"

"라자루스라고 하던데요. 최근에 얻은 세례명 같아요. 아마 법에 의해 가족들로부터 격리됐겠죠. 슬프긴 해도 그렇게 다시 태어난 셈이에요. 자신의 두 번째 영세 땐 스스로 대부 노릇을 했다더라고요. 직접 물어보지는 않았지만 우리 도움을 받아들였으면 좋겠어요. 지금은 자가 치료에 지나치게 의존하는 것 같거든요. 틀림없이 수사님 연고의 도움이 필요한 종기나 궤양 같은 것이 있을 텐데……."

캐드펠은 세상을 등진 채 경사진 풀밭 꼭대기에 미동도 않고 서 있는 그를 물끄러미 바라보며 생각에 잠겼다. "하지만 감각이 완전히 마비되어버린 것은 아니잖은가. 여전히 몸에 힘이 있어. 물론 아직 남아 있는 부분만 그렇긴 하네만. 뜨겁고 찬 것은 느끼던가? 고통은 어떻지? 못이나 담장의 파편 같은 것에 손이 찔리면 느낄 수 있을까?"

마크 수사는 당황했다. 그가 그 질병에 대해서 알고 있는 거라곤 자신이 직접 마주쳐서 확인한 것들, 그러니까 보기 흉하다거나 몸이 썩어 들어간다거나 아니면 종기가 잔뜩 난다거나 하는 증상이 전부였기 때문이었다. "제가 보기엔 아까 채찍의 고통을 느끼는 것 같던데요. 그렇게 망토로 꽁꽁 싸매고 있었는데도 말이에요. 그래요, 그 사람도 다른 이들처럼 느끼는 게 분명해요."

하지만 오래전 십자군 원정에 참가했을 때 보았던 여러 경우를 떠올리면, 온몸이 잿빛으로 허옇게 되거나 몸 여기저기 피부가 가루처럼 부스러질 정도로 병이 극도로 깊어진 나병 환자는 그 무엇도 느끼지 못했다. 그들은 상처가 나 피를 흘려도 상처가 난 것을 알지 못했다. 발을 불에 집어넣은 채 잠들었다가 자기 살이 타는 냄새를 맡고서야 깨어나는 이들도 있었다. 뭔가를 만져도 만지고 있다는 사실 자체를 의식하지 못했고, 뭔가를 잡는다 해도 그것을 들어 올리지 못했다. 아무런 감각도 느끼지 못한 채, 뚜렷한 이유도 없이, 손가락과 발가락을, 손과 발을 잃어갔다. 그런 희생자들은 라자루스처럼 다리를 절면서 걸을 수 없었고, 힘을 써서 바닥에서 몸을 일으키지도 못했다. 라자루스가 마크의 팔을 잡았던 것처럼 그렇게 힘껏 뭔가를 움켜쥐는 것은 더더군다

나 불가능한 일이었다. 정말로 손과 발을 모조리 삼켜버린 악마가 스스로의 부패를 견디다 못해 제 명을 다한 걸까?

"수사님께선 어쩌면 나병이 아닐지도 모른다고 생각하시는 겁니까?" 마크 수사가 희망에 부풀어 말했다.

"아, 그건 아닐세." 캐드펠이 바로 고개를 저었다. "그건 두말할 필요 없이 나병이야."

여기 있는 이들이 모두 나병 환자로 불리며 똑같이 격리되어 살고 있지만 그들이 전부 나병을 앓고 있는 건 아니라는 말은 굳이 보태지 않았다. 몸에 생긴 혹이 궤양으로 변해버리거나, 피부에 번진 창백한 발진이 비늘처럼 벗겨지거나, 종기에서 진물이 줄줄 나오는 경우 보통은 나병으로 간주되어 기피의 대상이 되지만, 캐드펠이 알기에 그중 많은 경우는 불결함 때문에, 혹은 굶주림이나 형편없는 음식 때문에 생긴 병에 불과했다. 마크 수사의 기대에 찼던 얼굴이 침울해지는 것을 보고 그는 미안한 마음이 들었다. 보아하니 이 어린 수사는 이곳에 오는 모든 이들을 다 완치시키려는 꿈을 가지고 있는 모양이었다.

시내로 다가오는 또 다른 무리의 소리가 길을 따라 희미하게 들려왔다. 기분 나쁜 돔빌의 행렬이 지나간 뒤로 잠잠하던 구경꾼들이 다시금 참새처럼 쾌활하게 수군대기 시작했다. 그들은 신부를 보고 싶다는 생각에 경사진 잔디밭의 좁은 내리막길을 기어 내려가면서 목을 길게 뺀 채 길 쪽에서 눈을 떼지 않았다. 신랑은 불쾌감만 가득 안겨주었지만 신부는 좀 다를지도 몰랐다.

마크 수사도 실망을 떨쳐내듯 고개를 흔들어대더니 캐드펠의 소매를 잡아끌었다. "자, 가요, 수사님. 가서 마저 봐야죠. 벌써 식물표본실의 모든 것을 다 깔끔하게 정리해두셨겠죠? 서둘러 수도원으로 돌아가실 필요는 없을 테니 저랑 같이 보고 가세요."

오스윈 수사의 그 특별한 재능을 떠올리며 캐드펠은 작업장을 오랫동안 비울 수 없는 이유를 생각해냈지만, 동시에 이곳에 남아 있어야만 하는 단 한 가지 이유 또한 마음속에 떠올랐다. "30분 정도는 괜찮겠지. 자, 그럼 가서 그 라자루스라는 환자 옆에 자리를 잡아보세나. 결례가 안 되는 선에서 그 사람을 관찰해 봐야겠어."

노인은 그들이 다가오는 소리를 듣고도 꼼짝하지 않았다. 두 사람은 노인의 명상을 방해하지 않기 위해 한쪽으로 비켜섰다. 캐드펠이 보기에 노인은 외로운 은둔자로서의 평정을 타고난 사람이었다. 자기만의 절도 있는 고독을 추구했던 옛 수도사처럼, 그는 다른 사람들과 같이 있을 때조차 그런 분위기를 풍겼다. 노인의 키는 매우 커서 두 수사보다 머리 하나쯤은 더 올라왔고, 홀쭉하게 여위어 창처럼 삐죽한 모습이긴 해도 외투 아래 감춰진 어깨는 무척 널찍했다. 무리가 다가오는 소리가 바람을 타고 들려오기 시작하자 노인도 그쪽으로 고개를 돌렸고, 그제야 비로소 캐드펠은 두건 아래 가려 있던 그의 얼굴을 흘끗 볼 수 있었다. 높고 널찍한 이마 밑으로 거친 푸른색 가리개 천이 광대뼈까지 늘어져 있었다. 두건과 가리개 사이로 살짝 내놓은 눈은 옅은 청회색으로 티끌 하나 없이 맑게 빛났다. 그가 가린 신체의 결함이 어떻든, 그 눈만은 지극히 맑았으며 멀리 있는 것을 보듯 아득하기도 했다. 노인은 자기 곁에 서 있는 두 사람에 대해 전혀 신경 쓰지 않는 듯했다. 그의 시선은 그들을 지나쳐, 온갖 색깔과 빛으로 가득한 행렬만을 주시하고 있었다.

휴언 드 돔빌의 행렬과 달리 이번 행렬은 소박한 편이었고 인원도 훨씬 적었다. 무리를 이끄는 인도자도 없이, 그저 말 탄 몇몇이 원을 이루어 수행원 역할을 할 뿐이었다. 그 원 안에서, 마치 무장한 간수에 둘러싸인 양 세 사람이 나란히 말을 타고 가는 중이었다. 마흔다섯쯤 되어 보이는 나이에 검고 건장하며 올리브처럼 길쭉한 얼굴의 사나이가 칙칙하지만 호화로운 옷차림으로, 아마도 아라비아산일 진회색 말 위에 의젓하게 앉아 있었다. 사내의 숱 많은 검은 머리가 깃털 장식 달린 모자 아래 굽이쳤고, 길쭉한 입술 언저리에는 짧게 다듬은 턱수염이 자라 있었다. 얼굴에서 무언가 미묘하고 미심쩍은 분위기가 풍겨 나왔다. 반대쪽 측면에는 비슷한 연배의 부인이 밤색과 흰색 털이 섞인 암말을 타고 있었다. 날씬한 체격에 깔끔하고 날카로운 인상에 남편처럼 거무스름한 피부였다. 꼭 다문 입술은 용의주도해 보였고 두 눈은 교활한 느낌을 주었다. 눈썹을 잔뜩 찡그리고 있었는데, 심지어 웃을 때조차도 그 주름이 펴지지 않았다. 첨단 유행에 맞춘 머리 장식에 승마복은 런던 스타일이었으며 말을 탄 자세도 아주 우아하고 멋있었지만, 첫인상은 더없이 차가웠다.

이 내외 사이에, 작고 앳된 여자 하나가 잔뜩 움츠린 채 자신에겐 좀 커 보이는 여성용 말에 올라앉아 있었다. 말고삐를 느슨히 잡은 채 안장에 앉은 자세가 마지못해 끌려 나온 사람처럼 무기력했으나 그럼에도 우아한 모습이었다. 금색과 짙은 청색이 섞인 실크 옷을 호화롭게 차려입었는데, 가녀린 몸이 온갖 장식들에 짓눌려 마치 관 속에 갇힌 사람처럼 답답해 보였다. 숱 많은 짙은 금발에 드리운 금박 망사 너머 시선은 그저 멍하니 앞쪽 허공만 응시하고 있었다. 얼굴은 보기 좋게 둥그스름했고 섬세한 이목구비에 커다란 눈이 돋보였지만, 안색이 너무나 창백하고 어두워 사람이 아니라 꼭 인형 같았다. 캐드펠은 마크 수사가 놀라서 숨을 들이쉬는 소리를 들었다. 젊고 싱그러운 아가씨가 그렇게 기쁨을 잃고서 말없이 앉아 있다니, 안타까운 일이 아닐 수 없었다.

이 귀족 내외 역시 이곳이 어디인지, 여기까지 나와 자기 조카딸이 지나가는 모습을 보려는 이들이 어떤 사람들인지 눈치를 챘다. 돔빌처럼 여봐란 듯 채찍을 휘두르는 대신, 그들은 이 전염병 환자들과 거리를 두기 위해 다른 방향으로 말 머리를 돌리곤 아예 쳐다보기도 싫은 듯 외면했다. 만일 꼬마 브란이 더 가까이에서 행렬을 보기 위해 눈을 반짝이며 언덕을 뛰어 내려가지 않았더라면, 깊은 슬픔에 빠져 모든 것을 체념하고 있던 그 젊은 여자는 그들의 존재를 눈치채지도 못한 채 그냥 지나쳐버렸을 것이다. 뭔가 움직이는 것이 얼핏 스치자 그녀는 놀라서 주변을 돌아보다가 브란을 발견하고는, 자기보다 훨씬 더 비참해 보이는 이 순진무구한 소년에 대한 연민의 정을 느끼며 갑자기 정신을 차렸다. 처음에는 오로지 놀라움과 동정심만이 일었으나, 그 꼬마의 미소 띤 얼굴을 바라보며 이내 그녀는 자신의 생각이 잘못되었음을 깨달았다. 아이의 미소에 대해 그녀 역시 미소를 지어 보였다. 눈 한 번 깜빡거릴 만큼 짧은 순간 그녀의 얼굴이 밝고 따뜻하면서도 어딘지 서글픈 친절로 빛났다. 그 맑은 하늘이 다시 구름으로 덮이기 전에, 그녀는 숙모의 안장 앞쪽으로 몸을 굽혀 동전을 한 움큼 집어 꼬마의 발아래 던져주었다. 브란은 너무 황홀한 나머지 몸을 굽혀 그것들을 집을 생각도 못 하고, 그저 휘둥그레 뜬 눈으로 입만 벌린 채 행렬을 뒤따라갔다.

일행 중 이곳에서 그런 적선을 베푸는 이는 그녀가 유일했다. 다른 이들은 아마도 거지들이 떼를 이루어 기다리고 있을 수도원 입구에서 보다 좋은 인상을 남기기 위해 아껴둔 모양이었다.

캐드펠은 아이에게서 눈을 떼 라자루스 노인을 쳐다보았다. 어린 브란이야 자기보다 운 좋은 이들이 차려입은 멋진 색의 예쁜 옷들을 봐도 시샘이나 욕심 같은 건 전혀 없이 순수한 마음으로 기뻐하지만, 경험 많은 노인으로선 그림의 떡을 바라보는 마음이 꽤나 고통스러울 터였다. 행렬이 지나가는 내내 노인은 뒤따르는 귀족 부인이나 하인들은 안중에도 없이 그 세 사람만을 바라보았다. 두건과 가리개 사이에서 얼음처럼 차갑게 빛나는 그의 파란 눈은 신부가 시야에서 사라질 때까지 단 한 번도 깜빡이지 않았다. 심지어 맨 끝의 조랑말 무리가 길의 굽이진 곳을 돌아섰을 땐, 마치 문지기실까지 그들을 쫓아가서는 담을 뚫고 건물 안으로 들어가 계속 그들을 응시할 기세였다.

마크 수사는 안쓰럽다는 듯 한숨을 길게 내쉬더니 캐드펠을 바라보았다. "저 젊은 여자가 신부죠? 대체 왜 저 어린 여자를 그자와 결혼시키려는 걸까요? 할아버지뻘은 되는 나이에, 점잖지도 친절해 보이지도 않던데요. 어떻게 이런 일이 있을 수 있죠?" 그는 노인이 그랬던 것처럼 행렬이 지나간 길 쪽을 응시했다. "그렇게 작고, 또 그렇게 어린 아가씨가 말이에요. 수사님도 그 얼굴 보셨죠? 얼마나 슬퍼 보이던지! 이건 그 아가씨의 뜻이 아닐 거예요."

캐드펠은 아무 말도 하지 않았다. 말을 보탠다고 안심이나 위로를 줄 만한 일이 아니었다. 땅이나 재산, 강력한 동맹 세력을 얻기 위해 혼인을 하는 경우는 흔하디흔했다. 신부들이—아니면 나이 어린 신랑들이—제 몸을 재물로 내놓는다는 얘기도 심심찮게 들리곤 했다. 자신의 이익을 계산하여 기꺼이 할아버지뻘 되는 남자와 결혼할 만큼 교활한 신부도 있을 터였다. 남편이 죽으면 그들에게는 유산과 아내로서의 지위가 남는 데다 조금 더 운이 좋으면, 혹은 조금만 영리하게 머리를 굴리면 자기 구미에 맞는 사람을 골라 두 번째 결혼을 할 수도 있기 때문이다. 그렇지만 이베타 드 마사르는 달랐다. 그녀의 얼굴에는, 늙은 신랑의 죽음이 아니라 바로 그녀 자신의 죽음이 기다리고 있음을 직감한 듯한 표정이 역력히 떠올라 있었다.

"그녀에게 하느님의 가호가 있기를!" 마크 수사가 진심으로 기원했다.

"그렇게 될 수도 있겠지." 캐드펠 수사가 중얼거렸다. 마크 수사가 아니라 스스로에게 하는 말 같았다. "하지만 하느님이 당신 뜻대로 하시려 할 때 인간들도 작게나마 도움의 손길을 얹어야 할 텐데."

*

성문 길에 자리한 주교관 안뜰에서, 휴언 드 돔빌의 하인들은 말에서 짐을 풀어 침구류와 천막, 그리고 혼례식과 첫날밤 잠자리를 우아하게 꾸며줄 장식품을 들고 이리저리 분주히 움직였다. 돔빌의 집사는 이미 제 주인과 주인의 먼 친척인 유도 사제를 위해 와인을 디캔터에 옮겨두었고, 침실 담당 시종은 가장 좋은 방에 장작불을 지핀 뒤 불편한 승마복 대신 입을 헐렁하고 도톰한 겉옷과 우아한 장화 대신 신을 털 달린 슬리퍼도 준비해놓았다. 남작은 푹신한 의자에 완전히 기대어 두꺼운 넓적다리를 쩍 벌리고는 아주 흡족한 표정으로 뜨끈하게 데워진 술을 홀짝이고 있었다. 신부 행렬이 세인트자일스에서 오고 있다는 사실도 그에게는 전혀 중요하지 않았다. 자신이 돈을 주고 산 물건이 지나가는 모습을 보느라 시간을 낭비할 필요도, 그러고 싶은 마음도 없었다. 신부의 얼굴이야 결혼식이 끝난 다음 실컷 볼 터였다. 그가 여기

온 목적은 자신에게, 또한 신부의 숙부이자 후견인에게 만족스러운 방향으로 이 거래를 마무리 짓는 것이었다. 그 어린 아가씨가 젊고 아름다우며 자신의 취향에 맞기까지 하면야 금상첨화겠지만, 그게 그리 중요한 문제는 아니었다.

조슬린 루시가 마부에게 말을 맡기고서 앞에 놓인 식탁용 리넨 꾸러미를 발로 치우며 서둘러 길로 나서려는 순간, 돔빌의 세 향사 중 가장 나이 많은 사이먼 애귈런이 그의 팔을 붙잡아 세웠다.

"어딜 그렇게 급하게 가는 거야? 영주가 첫 잔을 비우자마자 큰 소리로 자넬 찾을 텐데. 이번엔 자네가 그 귀족 양반 시중들 차례잖아!"

조슬린은 텁수룩한 담황색 머리칼을 긁적이면서 웃음을 터뜨렸다. "귀족? 누가 귀족이야? 자네는 못 봤나? 감히 대들 엄두도 내지 못하는 불쌍한 사람들을 그토록 무자비하게 때리다니. 그들에겐 아무런 죄도 없는데 말이야. 내가 이베타를 보고 돌아오기 전에 악마가 와서 그놈이랑 그놈의 욕심까지 몽땅 데려갔으면 좋겠군."

"쉿! 어리석긴." 사이먼이 다급히 경고의 말을 건넸다. "자넨 너무 함부로 혀를 놀리고, 게다가 너무 크게 떠들어대. 그의 말에 거역해봐. 아마도 자넬 홀딱 벗겨서 밖으로 내쫓을 거고, 그러면 자넨 그 꼴로 집에 돌아가 아버지에게 변명이나 늘어놓겠지. 그게 이베타에게 무슨 득이 되겠나? 자네에게는 무슨 도움이 되고?" 사이먼은 친근하면서도 어림없다는 듯한 태도로 여전히 그를 꽉 붙잡은 채 고개를 저었다. "자, 영주에게 가보는 게 좋을 거야. 안 그랬다가는 엉덩이를 걷어차일걸!"

셋 중 가장 어린 향사가 안장을 풀다 말고 두 사람을 향해 씩 웃어 보였다. "아, 가서 보게 놔둬. 더한 일이 있을지 또 누가 알아?" 그는 조슬린의 어깨를 가볍게 한 대 치고서 말을 이었다. "영주한테는 내가 대신 가볼게. 자네는 포도주 통이 잘 있는지 확인하느라 눈코 뜰 새 없이 바쁘다고 말해주지. 그러면 아마 기뻐할걸. 어서 가서 보라고. 그래서 자네나 이베타한테 무슨 도움이 될지는 모르겠네만."

"그래주겠나? 자넨 좋은 친구야. 다음에는 내가 자네 대신 일하도록 하지." 조슬린이 다시금 문 쪽으로 향하려는데, 이번엔 사이먼이 팔로 어깨를 감싸더니 그의 곁으로 한 발짝 다가섰다.

"나도 같이 가. 어른이 한동안은 찾을 것 같지 않거든." 사이먼이 진지하게 말을 이었다. "하지만 조슬린, 내 말 잘 들어. 자넨 영주를 상대로 너무 자주 모험을 하는 것 같아. 알다시피 그에게 잘 보이면 진급은 시간문제야. 그게 바로 자네 아버지가 바라고 기대하는 것 아닌가? 자신의 장래를 그렇게 위태롭게 만들다니, 자네 정말 바보 아닌가? 마음만 먹으면 얼마든지 영주를 만족시킬 수 있잖아. 어쨌든 우리한테야 그가 하등 어려울 것 없는 존재니까."

두 사람은 문 밖으로 나간 뒤 담 모퉁이에 자리를 잡아 어깨를 맞대고 문설주에 기대어 선 채 길게 뻗은 성문 길을 응시했다. 크고 강인해 보이는 두 청년 중 사이먼이 나이는 세 살 더 많았지만 키는 한 뼘 정도 더 작았다. 그의 옆에 선 담황색 머리카락의 무뚝뚝한 젊은이는 뭔가를 골똘히 생각하는 듯 입술을 깨물며 땅바닥만 내려다보고 있었다.

"내 장래라! 도대체 그 사람이 내 장래를 위해 뭘 할 수 있단 말이야? 내가 눈 밖에 나면 걷어차 아버지에게 돌려보내는 게 고작이겠지. 젠장, 알 게 뭐야? 어차피 내 소유가 될 장원이 두 군데나 있는데. 제아무리 영주라 해도 그것들을 빼앗아 갈 수는 없지. 내가 모실 다른 영주들도 얼마든지 있고 말이지. 내 장래는 내 손으로 만들 수 있어. 어떻게 해서라도 내 것을 지킬 테고……."

사이먼은 웃으면서 친구의 어깨를 감싼 팔을 힘껏 흔들었다. "그래, 할 수 있고말고. 그거야 내가 잘 알지!"

"실제로 독립적이고 유능한 인재를 찾는 영주들이 많아. 모드 황후께서도 잉글랜드로 돌아왔으니 이제 왕권을 둘러싼 싸움이 본격적으로 벌어질 거야. 난 잘 꾸려나갈 자신이 있어. 이보게, 친구. 자넨 자네 일이나 신경 쓰면 돼. 자네도 나만큼이나 잃을 게 많잖아. 곧 영주의 조카이자 상속인이 될지도 모르고. 하지만 혹시라도……." 조슬린은 잠시 입을 다물었다. 직접 말하기 상당히 껄끄러운 이야기였지만, 이렇게 된 이상 제 살에 비수를 꽂아 고통을 두 배로 만드는 편이 차라리 나을 것 같았다. "……혹시라도 상황이 바뀐다면 어떻게 하겠나? 젊은 신부가…… 이 결혼으로 아들이라도 얻게 되면 어떻게 하지? 자네 계획은 모두 수

포로 돌아갈 것 아닌가."

사이먼은 갈색 곱슬머리를 돌담에 기댄 채 박장대소했다. "어림없는 소리, 삼촌이 이저벨 숙모와 결혼한 지 벌써 30년이야. 그동안 얼마나 많은 울타리 밖 여자들과 놀아났는지 모르나? 그런데도 아이가 없는 걸 보라고. 물론 그 양반한테 색욕이야 아직 남아 있겠지. 그러나 그분이 아직 씨를 뿌릴 수 있다면, 차라리 내가 삼촌과 붙어먹겠네. 내 상속권에 대해서는 염려할 필요 없어. 경쟁자 같은 건 없다고. 내 나이 스물다섯이고 그 양반은 예순이 다 됐지. 난 얼마든지 기다릴 수 있네!" 그가 갑자기 몸을 똑바로 세웠다. "저기 봐, 누군가 오고 있군." 조슬린 또한 이미 길을 따라 무언가 움직이는 것을 얼핏 감지한 터였다. 고드프리드 피카르와 그 일행이 수도원에 거처를 마련하느라 서둘러 다가오고 있었다. 사이먼은 조슬린이 움직이는 것을 느끼고 손을 가만히 풀었다.

"이봐, 진정해. 그래봐야 무슨 소용이야? 이제 그 여자는 포기하라고!" 사이먼이 한숨을 쉬며 만류해보았지만 조슬린은 귀도 기울이지 않았다.

이윽고 행렬이 당도해 그들 앞을 스쳐 지나갔다. 신부의 양옆에 자리한 마귀 같은 이들은 교활하고 탐욕스러운 모습으로 머리를 빳빳이 든 채 거만하게 앉아 있었다. 마치 기분 나쁜 일이라도 겪은 양 둘 다 불쾌한 표정이었다. 그 두 사람 사이에 신부가 앉아 있었다. 온통 금박으로 치장했으나 그녀는 모든 걸 체념한 듯 안색이 창백했고, 작은 얼굴을 꽉 채운 그 커다란 두 눈망울은 장님처럼 그저 멍하니 열려 있을 뿐 무엇도 응시하지 않았다. 조슬린이 서 있는 곳에 가까워지자, 그녀는 불편하고 두려운 마음에 감히 몸도 돌리지 못하고 커다란 눈만 들어 잠시 그쪽을 보았다. 조슬린은 그녀가 자신을 보았는지 확신할 수 없었지만, 어쨌든 자신이 그곳에 있다는 건 그녀도 알리라 확신하고 있었다. 경호하는 사람들에게 둘러싸여 있다 해도, 그녀라면 느낌이나 냄새나 호흡만으로도 자신이 근처에 있다는 사실을 알아챌 수 있으리라고 그는 믿어 의심치 않았다. 그녀는 그의 곁을 스쳐 지나가며 잠시 오른손을 뺨 근처로 올렸다가 다시 내려놓았을 뿐, 주위를 둘러보거나 무덤덤한 얼굴 표정을 바꾸는 따위의 실수는 저지르지 않았다.

"도무지 포기가 안 되는 모양이군." 사이먼 애쉴린이 한숨을 쉬고는 친구를 붙잡아 마당 쪽으로 이끌었다. "맙소사, 도대체 뭘 바라는 거야? 이틀 뒤면 그녀는 돔빌 부인이 되어 있을 거라고."

조슬린은 말없이 서서 손을 올리던 그녀의 모습을 떠올렸다. 그러면서 손가락으로 입술을 만지작거린 것이다. 이는 서로 약속한 것 이상의 의미가 담긴 행동이었다.

*

고드프리드 피카르 경과 혼례를 위해 함께 온 일행들이 수사들의 거처를 제외한 수도원 접객소 전체를 차지해버렸다. 접객소 객실에서, 애그니스 피카르는 걱정스러운 표정으로 남편을 바라보았다. "그 애가 그렇게 차분한 게 영 맘에 안 들어. 도대체 믿음이 안 간다니까."

고드프리드는 개의치 않는다는 듯 어깨만 으쓱였다. "왜 그렇게 안달이야? 그 앤 이미 싸움에 졌어. 이젠 체념한 것 같더구먼. 도대체 그 애가 뭘 할 수가 있겠어? 이미 대니얼이 외출을 금지시켰고, 월터가 교회 문을 지키고 있잖아. 밖으로 나갈 방법은 없어. 날아서 담을 넘어가든가, 아니면 메올 시내를 뛰어넘을 재간이라도 있다면 또 모를까. 그 앨 잘 감시해서 나쁠 거야 없겠지만 그렇게 안달할 필요도 없다고. 당신이 잘못 생각하는 게 분명해. 그렇게 겁 많은 아이가 혼례식장에 똑바로 서서 자기는 이 결혼을 원치 않는다고 선언할 리 없잖아."

"게다가 말이지……." 애그니스가 얼굴을 찡그리며 말을 이었다. "이 수도원의 라둘푸스 원장은 자기 권한과 힘을 과대평가하는 인물이라 남작 정도는 아랑곳하지 않을 거라고들 하더라고. 아무튼 당신 말대로 그 애가 이제 시키는 대로 하기로 마음먹었으면 좋겠네."

"당신은 걱정이 너무 많아. 일단 결혼식장까지만 데려다 놓으면 시키는 대로 다 잘할 거고, 더 이상 불평하지 않을 거야."

애그니스는 여전히 안심하지 못하는 눈치였다. "과연 그럴까? 어쨌건 잘 끝나길 바라야지. 이제 이틀만 지나면 우리도 한숨 돌리겠어."

*

식물표본실이 있는 캐드펠 수사의 작업장에서는 오스윈 수사가, 의욕적이지만 하는 일마다 망쳐놓곤 하는 그 큰 손을 깍지 낀 채 근심스러운 표정으로 서성이고 있었다. 캐드펠은 무언가 좋지 않은 소식을 듣게 되리라 예감하며 오두막 주변을 걱정스럽게 둘러보았다. 사실 오스윈 수사가 스스로 자신의 실수를 깨닫는 것만 해도 장족의 발전이라 할 수 있으리라. 일단 겉보기에는 모든 게 무난하게 돌아가고 있는 듯했다. 화롯불은 약하게 타올랐고, 이상한 냄새 같은 것도 나지 않았으며, 큰 병에 담긴 과실 용액들 역시 언제나처럼 은근하게 발효되고 있었다.

오스윈 수사는 불벼락이 떨어지기 전 조금이나마 신뢰를 회복하고자 하는 마음에 자신 없는 목소리로 설명했다. "진료소 담당 수사님께서 연고와 가루약을 가져오셨습니다. 부수도원장님껜 수사님이 지어놓으신 위장약을 드렸고요. 수사님께서 말리려고 내놓으신 정제 알약은 얼추 다 마른 것 같아요. 말씀하셨던 탕제용 말린 허브들은 내일 쓰실 수 있도록 다 갈아서 준비해뒀습니다."

그러나…… 이제 어쩔 수 없이 나쁜 소식을 전해야 했다. 곧 캐드펠 수사가 놀라서 야단치는 모습을 보게 될 터였다. 선의로 자신만만하게 시작한 일이 의도와는 다른 결과를 낳은 탓이었다.

"그런데 이상한 일이……. 어떻게 그런 일이 있을 수 있었는지 모르겠습니다. 분명 그 단지에 금이 가 있던 모양이에요. 수사님께서 끓게 놔두셨던 감기약 말인데요, 제가 그걸 조심스럽게 살펴보고 있었거든요. 농도가 알맞구나 싶어서 화로에서 내리고는 시키신 대로 휘저었습니다. 프랜시스 수사님께서 폐가 좋지 않다며 급히 그 약을 필요로 하셨잖아요. 전 그걸 빨리 식혀놓아야 수사님께서 병에 담기 좋겠구나 생각했죠. 그래서 단지를 내려 찬물을 담은 그릇 안에 넣었는데……."

"그러니 단지가 터져버리지." 캐드펠은 체념한 듯 중얼거렸다.

"단지는 두 조각이 났고, 꿀이랑 허브 같은 것들은 전부 물에 흩어져버렸어요." 당황스럽고 괴로웠지만 오스윈 수사는 잠자코 사실을 인정했다. "정말 이상한 일이죠! 단지에 금이 가 있다는 걸 알고 계셨어요?"

"이보게, 단지가 아무리 종처럼 견고하다고 해도 불에서 꺼내자마자 곧바로 찬물에 넣어서는 안 되네. 흙은 그렇게 급격한 변화를 달가워하지 않아. 온도가 갑자기 바뀌면 수축되어 곧장 깨져버리고 말지. 유리 용기도 똑같이 신경을 써줘야 하고." 캐드펠은 서둘러 덧붙였다. "아, 그리고 유리 용기에 뜨거운 걸 담으려면 용기를 먼저 데워놓아야 하네. 뜨거운 걸 곧바로 차가운 데 집어넣어도 안 되고, 또 찬 걸 곧바로 뜨거운 데 집어넣어서도 안 돼."

"일단 다 치워놓았습니다." 오스윈 수사가 용서를 구하듯 말했다. "단지도 갖다 버렸고요. 하지만 여기 어디 깨진 조각이 남아 있을지 몰라요. 그나저나 기침약이 잘못되어서 어쩌죠? 제가 저녁 식사 후에 돌아와 새로 준비하겠습니다."

제발 그만두게! 캐드펠은 속으로 외쳤지만 입 밖으로 내뱉지는 않았다. "아, 됐네. 자넨 성서 독회에 참석하게. 성무일도를 제대로 지켜야지. 기침약은 내가 만들겠네." 남은 단지들이라도 오스윈 수사의 과잉 수고로부터 보호해야만 했다. "자, 어서 가서 저녁기도를 준비하게."

오스윈 수사가 식물표본실에 일을 저질러놓은 덕에 캐드펠은 저녁 식사를 마친 뒤 작업장으로 돌아와야 했고, 그렇게 그 이후에 일어난 온갖 일들에도 얽혀들게 되었다.

2

피카르 내외는 위엄을 갖추고 저녁기도에 참석했다. 이베타 드 마사르도 제단으로 끌려 온 희생양처럼 그들과 함께했다. 나이 든 하녀가 피카르 부인의 기도서를 들고 무표정하게 뒤를 따랐고, 피카르 경 뒤에서는 남자 하인 하나가 시중을 들었다. 이베타는 화려한 옷 대신 차분하고 단정한 옷으로 갈아입고 숱 많은 금발에는 미사포를 쓴 모습이었다. 기도 시간 내내 그녀는 무감각한 표정으로 눈을 내리깐 채 일어섰다 앉았다를 반복했다. 캐드펠은 수사석에 앉아 호기심과 연민이 뒤섞인 마음으로 그녀를 관찰했는데, 보면 볼수록 의문이 생겼다. 한때 그와 비슷한 연배의 사람들에게 일종의 전설과도 같았던 인물, 그러나 40년이 흐르고 이미 세상을 떠난 지금은 세간에 잊혀버린 십자군 전사. 그와 그녀는 대체 어떤 친척 관계란 말인가?

저녁기도가 끝나고 수사들이 줄지어 식사를 하러 갈 즈음, 이베타가 자리에서 일어나더니 손을 꼭 쥔 채 재빨리 앞으로 나아가 여신도 기도실 제단 앞에 꿇어앉았다. 애그니스 피카르가 뒤를 쫓아가나 보다 싶었는데, 고드프리드가 나서서 아내의 팔을 잡아 끌었다. 줄곧 이 노르만인 귀족들에게 신경을 쏟고 있던 로버트 페넌트 부수도원장이 도저히 거절하지 못할 정중한 부탁을 청하러 그들 부부에게로 다가오고 있었기 때문이었다. 피카르 부인은 기도에 빠져 있는 조카딸의 경건한 모습을 힐끗 쳐다보고는 남편 팔에 기댄 채 부수도원장 옆으로 걸어갔다.

캐드펠은 서둘러 저녁 식사를 마쳤다. 낮에 있었던 일들 때문에 내내 마음이 혼란스러웠지만, 불행히도 이런 증세를 치유할 만한 허브는 없었다. 게다가 오스윈 수사의 그 지칠 줄 모르는 낙천성 덕분에 특별한 가욋일까지 앞둔 터였다.

이베타는 부수도원장의 목소리가 멀리 사라질 때까지 바짝 긴장한 채 무릎을 꿇고 앉아 있다가, 주위가 조용해지자 살그머니 남문으로 다가가 성소를 들여다보았다. 로버트 부수도원장은 손님들을 안뜰로 데려가서는 정성스럽게 손질된 장미들이 마지막 아름다움을 뽐내고 있는 모습을 자랑스레 보여주고 있었다. 그들은 이베타에게서 등을 돌린 채였고, 그녀 앞에 뻗어 있는 회랑의 서쪽 산책길은 텅 비어 있었다. 이것이 대담한 시도요, 성공할 가능성이 희박하다는 건 그녀도 잘 알고 있었다. 그렇지만 이베타는 용기를 내어 치맛자락을 걷어 올리고는 광장을 향해 필사적으로 달리기 시작했다.

마침내 광장에 이른 그녀는 주변을 두리번거렸다. 이 수도원에 대해 그녀가 아는 것이라곤 전혀 없었다. 여기 온 것도 이번이 처음이었다. 접객소 건물과 수도원장 숙사 사이로 초록색 나뭇가지를 엮어 만든 담장이 좁은 길을 이루고 있었고, 그 너머로 흔들리는 나무 꼭대기가 보였다. 분명히 그곳에 허브밭이 있을 터였다. 그는 거기 어딘가에서 기다리겠다고 했고, 그녀도 아까 그의 곁을 스쳐 지나가며 절대 실망시키지 않겠다고 신호를 보냈다. 왜 그랬을까? 그래봐야 작별 의식 이상의 그 무엇도 기대할 수 없는데. 조금 더 일찍 용기를 냈더라면 얼마나 좋았을까. 어쨌거나 이베타는 절망 가운데서도 용기를 내어 약속에 늦지 않기 위해 있는 힘을 다해 뛰어갔다. 그녀는 이미 정식으로 약혼한 몸이었으니, 이는 결혼만큼이나 구속력을 지닌 계약이었다. 그 거래에서 빠져나오느니 차라리 인생 자체를 포기하는 게 쉬울 것이다.

무성한 초록 담장이 그녀를 에워싸며 한층 짙은 황혼을 드리웠다. 이베타는 어디로 가야 할지 확신이 서지 않아 걸음을 늦추었다. 접객소 건물 뒤쪽과 연못 사이로 난 오른쪽 길을 지나자 물방앗간 수로로 이어지는 작은 인도교가 나왔고, 그 다리를 건너니 부드러운 색의 석조 담장 통로가 보였다. 그녀는 자신과 자신을 찾는 이들 사이에 또 하나의 벽이 생긴다는 생각에 뭐라 설명할 수 없는 안도감을 느꼈다. 담 안쪽에서 자라는 풀에 치맛자락이 스칠 때마다 주변에서 감미로운 향기가 물결치듯 밀려왔고, 그러자 이상하게도 고요하고 편안한 기분이 들었다. 허브밭 안은 로즈메리[11]와 라벤더[12], 박하와 타임[13] 같은 온갖 종류의 허브 향기로 가득했다. 가을이라 아직은 무성한 느낌이 남아 있지만 이제 허브들도 긴 겨울잠에 빠져들 터였다. 여름철의 상등품은 이미 수확을 끝낸 지 오래였다.

손 하나가 담장 안 산책길에서 불쑥 나오더니 이베타의 손을 잡았다. 나직하면서도 다급한 목소리가 들렸다. "이쪽으로, 빨리. 모퉁이에 오두막이 하나 있는데…… 약제실이야. 자, 어서 와! 거기 있으면 아무도 찾지 못할 거야."

그의 곁에 가까이 다가갈 때마다 이베타는 그의 몸집에 놀라곤 했다. 머리와 어깨가 그녀 위에 있을 정도로 큰 키에, 가슴과 어깨는 무척이나 넓었고, 그의 그림자는 모든 걸 다 삼켜버릴 만큼이나 커서 마치 온갖 위협으로부터 그녀를 지켜줄 요새 같았다. 하지만 그녀는 그런 일이 불가능하다는 것을 잘 알고 있었다. 그 사람 역시 그녀만큼이나 불운하고 온갖 것들로부터 상처받기 쉬운 입장이었으며, 바로 그 때문에 그녀는 자신보다 그를 더 많이 걱정했다. 제아무리 크고 힘이 세고 무기를 잘 다루는 향사라 해도, 영주에게 반항하면 그 즉시 완전히 파멸되어버릴 수 있었다.

"저기 누가 오는 것 같아." 이베타가 그의 손을 쥔 채 속삭였다.

"이 저녁에? 아무도 오지 않을 거야. 지금은 저녁 식사 시간이고, 식사가 끝나면 다들 대회의실로 가겠지." 그는 말린 허브들이 사각거리는 처마 아래 선 이베타를 이끌고 부드러운 나무로 꾸며진 실내로 들어섰다. 선반에서 유리들이 번쩍이고, 화롯불을 아직 꺼버리지 않았는지 어둠 속에 작은 불씨들도 보였다. 그는 문을 열린 채로 내버려두었다. 낯선 이가 허가 없이 들어온 걸 감쪽같이 속이려면 아무것도 건드리지 않는 게 나았다. “이베타! 정말 이렇게 오다니!”

“내가 올 줄 알고 있었잖아!”

“당신이 빈틈없는 감시를 받고 있을까 봐 걱정했지. 시간이 얼마 없으니 잘 들어. 당신을 그 뚱뚱한 늙은이에게 절대로 넘겨줄 수 없어. 당신이 나를 믿는다면, 그리고 나와 함께 가길 원한다면, 내일 이 시간에 이리로 와.”

“오, 하느님!” 이베타가 한숨을 내쉬었다. “이 일에 탈출구가 있다고 믿는 거야?”

“있을 거야. 있어야만 하고.” 그는 열을 올리며 말을 이었다. “만일 당신이 진정으로 원한다면…… 나를 사랑한다면…….”

“그래, 사랑한다면……!”

이베타는 가느다란 팔을 뻗어 그의 젊고 탄탄한 몸을 힘껏 껴안았다. 캐드펠 수사가 아무것도 모른 채 잘 손질된 잔디 길을 조용히 걸어와 오두막 입구에 어두운 그림자를 드리운 것은 바로 그때였다. 두 남녀도 놀라서 서로 떨어졌지만 캐드펠은 그들보다 훨씬 더 놀랐다. 얼굴을 보아하니 그들은 캐드펠의 얼굴을 보고서 오히려 안심하는 눈치였다. 이베타는 오두막의 나무 벽 쪽으로 살짝 뒷걸음쳤고, 조슬린은 두 다리를 떡 벌린 채 화로 옆에 우두커니 서 있었다. 두 사람 모두 어느 정도 냉정을 되찾은 모습이었다.

"실례했소." 캐드펠이 차분하게 말했다. "환자가 기다리고 있을 줄은 몰랐소. 진료실 담당 수사가 이리 보냈나 보군. 내가 마지막 기도 시간까지 여기서 일하리라는 걸 알고 있으니 말이오."

캐드펠은 물론 웨일스어로 말하고 있었는데, 다행히 그 말 속에 들어 있는 모종의 암시를 그들이 알아차렸다. 곤경에 처하면 지혜가 한층 빛을 발하는 법이다. 그들은 듣지 못했지만, 캐드펠은 바깥의 옷자락 스치는 소리와 그들이 있는 쪽을 향해 빠르게 다가오는 여인의 성난 발소리를 감지한 터였다. 그는 화로 옆으로 다가가 부싯돌로 불을 붙여 작은 기름등잔을 밝혔다. 바로 그때, 싸늘한 인상의 애그니스 피카르가 양미간을 있는 대로 찌푸려 마치 눈썹이 하나로 붙어버린 듯한 얼굴을 한 채 입구에 나타났다.

캐드펠 수사는 심지를 조절하고 오스윈 수사가 말리려고 내놓은 정제 알약을 주워 모아 상자에 담았다. 구풍약 가루에 풀을 섞어 굳힌 작고 하얀 조각들이었다. 피카르 부인이 바로 뒤에 있다는 걸 알면서도 그는 입구 쪽으로 등을 돌린 채 서서 천연덕스럽게 말을 이어갔다. 이 젊은 남녀는 분명 한마디도 제대로 할 수 없을 터였다.

"아마 여독이 안 풀린 탓일 거요." 캐드펠은 편안하게 말하며 약상자의 뚜껑을 덮었다. "바로 그게 두통의 원인이지. 에드먼드 수사에게 진찰을 받아보는 게 좋을 듯하오. 두통을 가볍게 여겨서는 안 돼요. 그랬다가는 불면에 시달리게 될지도 모르거든. 약을 한 회분 지어주지. 젊은 신사분께서는 영주님께 드릴 약을 지을 때까지 잠시 기다려줄 수 있겠소?

조슬린은 가까스로 정신을 차려 입구 쪽으로 굳건히 어깨를 돌리고 선 채, 자신은 기다릴 수 있으니 이베타 아가씨에게 먼저 약을 드리라고 대답했다. 캐드펠은 선반에서 작은 컵을 내린 뒤 나란히 진열되어 있는 병들 사이에서 약병 하나를 골랐다. 이어 병에 든 약을 컵에 따르려 하는데, 강철같이 차갑고 날카로운 목소리가 뒤에서 들려왔다. "이베타!"

세 사람은 아주 그럴싸하게, 마치 정말로 놀란 것처럼 동시에 돌아보았다. 애그니스가 의심 가득한 표정으로 잔뜩 찡그린 채 오두막에 들어섰다.

"여기서 뭘 하고 있는 거니? 줄곧 널 찾아다녔다. 우리 모두를 저녁 식탁에서 기다리게 하다니."

"부인." 이베타에게 시간을 벌어주고자 캐드펠이 먼저 입을 열었다. "조카께선 격심한 여행 뒤에 흔히 따르는 육체적 고통으로 힘들어하고 있습니다. 진료실 담당 수사가 제게 와 치료약을 구해보라고 했다는군요." 그가 이베타에게 컵을 건네자 그녀는 마치 꿈이라도 꾸는 듯한 표정으로 그것을 받아 들었다. 눈에는 당황하고 두려워하는 기색이 역력했다. "저녁 먹기 전에 한꺼번에 쭉 들이켜요. 그러면 괜찮아질 거요. 그 물약은 꽤나 효과가 좋거든."

이베타의 머리가 아프든 않든, 분명 도움이 될 터였다. 캐드펠이 가진 것 중 가장 좋은 과실주로, 매해 만들 수 있는 양이 제한되어 있기 때문에 그는 특별히 좋아하는 사람들을 위해 따로 일정량을 보관해둔 터였다. 곧 절망에 가득 찬 그녀의 두 눈에서 경탄과 기쁨의 기미가 스쳐 지나갔고, 그녀는 빈 컵을 돌려주며 어렴풋이 미소를 지어 보였다. 조슬린 쪽으로는 감히 쳐다볼 엄두조차 내지 못하는 것 같았다.

"감사합니다. 정말 친절하시군요." 이베타는 작은 목소리로 말한 뒤 자신을 지켜보고 있던 이에게 고개를 돌렸다. "기다리게 해서 죄송해요, 숙모님. 이제 됐어요."

애그니스 피카르는 아무 대꾸 없이 잠깐 옆으로 비켜서서 이베타를 앞세웠다. 이베타가 자기 곁을 지나갈 땐 줄곧 그녀를 뚫어지게 쳐다보다가, 밖으로 나가기 직전에는 악마라도 겁먹을 만큼 매서운 눈매로 청년을 노려보았다. 최소한의 예의를 지키고는 있었으나, 애그니스는 단 한 순간도 속지 않았던 것이다.

*

신부와 감시자가 떠나고 치마가 바스락거리는 소리가 잠잠해질 때까지, 오두막에 남은 두 사람은 난처한 듯 서로만 바라보고 있었다. 이내 조슬린이 아주 깊게 한숨을 내쉬며 벽 쪽의 의자에 털썩 주저앉았다.

"저 마녀는 다리에서 떨어져 연못에 빠져 죽어야 합니다. 지금, 다리를 건너고 있을 바로 이 순간 말이죠! 하지만 세상일은 응당 그래야 하는 대로 흘러가지 않는군요. 수사님께서 저희에게 베풀어주신 호의와 기지에 대해 제가 감사할 줄 모른다고 생각지는 않으셨으면 합니다. 하지만 그런 도움도 모두 헛된 게 아닐까 싶네요. 저 마녀는 여전히 저를 의심하고 있으니까요. 아마 어떻게 해서든 제게 앙갚음을 하려 할 겁니다."

"그 점에 있어서는 그게 옳은 처사일지도 모르지." 캐드펠은 솔직하게 말을 이었다. "하느님께서 내 거짓말을 용서해주셔야 할 텐데!"

"수사님께선 거짓말을 하지 않으셨어요. 두통은 모르겠지만, 이베타는 그보다 더 심한 마음의 고통을 안고 있거든요." 조슬린은 황갈색 머리카락 사이로 손가락을 넣어 쓸어 올리고는 뒷벽에 머리를 기댔다. "이베타에게 주신 게 뭐죠?"

대답 대신 캐드펠은 컵을 다시 채워 그에게 내밀었다. "자네도 들게. 이 정도 양이면 결코 해가 되진 않을 거야. 그리고 자네가 한 이야기에 대한 판단은, 자네를 더 잘 알게 되기 전까지 일단 미뤄두기로 하지."

과실주의 풍미에 놀랐는지, 짙은 그늘이 드리워 머리카락보다 더 어두워 보이는 조슬린의 둥근 눈썹이 한껏 위로 올라갔다. 피부가 흰 사람으로서는 드물게도 그의 이마와 뺨은 오랜 야외 활동으로 보기 좋은 황갈색을 띠었고, 컵 가장자리 너머로 캐드펠을 주의 깊게 응시하는 두 눈은 밀밭의 수레국화처럼 파랬다. 사기꾼이나 난봉꾼 같지는 않았다. 그보다는 몸만 자란 학생처럼 솔직하고 참을성이 없어 보였고, 머리는 좋을지언정 지혜는 다소 떨어지는 듯했다. 영리함과 현명함이 늘 짝을 이루지는 않는 법이다.

“지금껏 제가 맛본 것 중 가장 맛있는 약이네요. 수사님은 정말 친절하시군요. 게다가 저희 상황을 곧바로 이해해주셨어요.” 청년은 긴장을 풀고 부드럽게 말했다. “저희에 대해 아무것도 모르고, 또 전에 본 적도 없으신데 말입니다.”

“자네들을 본 적이 있긴 하지.” 캐드펠은 폐결핵 치료에 쓸 허브를 적당히 집어 사발에 넣고는 화로에 풀무질을 해 불을 살렸다.

“마지막 기도 시간 전까지 기침약을 만들어야 하네. 자네만 괜찮다면 난 일을 좀 해야겠군.”

“아, 제가 수사님을 방해했군요. 죄송합니다! 너무 많이 폐를 끼쳤어요.” 그러면서도 조슬린은 나가려 하지 않았다. 그에겐 가슴에서 내려놓아야 할 짐이 너무도 많았다. 우연히 만난, 그리고 아마도 앞으로는 다시 만나지 못할 이 인정 많은 사람이 아니고는 누구에게도 자기 얘기를 털어놓을 수 없을 터였다. “제가 여기 조금 더 있어도 될까요?”

“물론이지. 편할 대로 하게. 자네는 휴언 드 돔빌 경을 모시고 있지. 그 양반 밑에서 일하기가 고달플 것 같더군. 자네 일행이 세인트자일스를 지나가는 걸 봤네. 거기서 그 아가씨도 봤고."

"아, 거기 계셨습니까? 그 노인은 괜찮으신가요?" 걱정이 가득 담긴 목소리였다. 이 청년에게 축복이 거하기를. 제 고통이 목까지 차 있는 상황에서도 타인의 존엄성이 모욕당한 것에 여전히 마음을 쓰고 있는 것이다.

"몸도 마음도 다 괜찮네. 모든 굴욕을 참아 넘길 만큼 스스로를 낮추고 사는 사람이야. 남작에게 맞은 일은 안중에도 없더군."

조슬린은 지금껏 몰두해 있던 자신의 문제에서 벗어나 이제 호기심을 느끼기 시작한 모양이었다. "수사님께서 그들…… 그러니까 그런…… 사람들과 함께 계셨단 말씀이죠? 아, 무례했다면 용서해주세요. 나쁜 뜻은 없습니다. 그들과 어울리는 게 두렵지 않으세요? 감염될지도 모르잖아요. 누가 그들을 돌볼까 하는 생각을 전 자주 하거든요. 그들이 따로 떨어져 살아야 한다는 건 알지만, 그렇다고 사람들로부터 완전히 격리될 수는 없겠죠."

"두려운 마음을 둘러싸고 있는 것들은 대부분 무의미하다네." 캐드펠이 진지하게 말했다. "필요가 생기는 즉시 두려움은 사라지지. 만일 위험에 빠진 순간 나환자가 손을 내밀면, 그때도 그 손을 잡는 게 꺼려질 것 같은가? 어떤 이들은 그럴 수도 있겠지. 하지만 자넨 그럴 것 같지 않군. 일단 그 손을 잡고 보겠지. 그 순간 두려움이란 그저 시간낭비에 불과하네. 자넨 오늘 저녁 시중 당번이 아닌가 보군. 그렇다면 여기 남아 자네 얘기를 좀 해보게.

아, 물론 자네가 원한다면 말일세. 하지만 알다시피 자넨 내게 빚진 게 있네. 초대도 받지 않고서 쳐들어온 것에 대한 변상을 해야지."

캐드펠은 이 무단 침입자가 싫지 않았다. 조슬린은 거의 무의식적으로 캐드펠에게서 풀무를 빼앗아 들더니 화로에 풀무질을 하기 시작했다.

"돔빌 경에게는 향사가 셋 있습니다." 조슬린은 신중하게 말했다. "오늘은 사이먼 애귈런이 식사 시중을 들지요. 그는 영주 여동생의 아들입니다. 그리고 가이 피츠존이 우리 중 막내인데, 그 친구도 아마 일을 하고 있을 겁니다. 전 당장 돌아가보지 않아도 돼요. 수사님께선 애써 저희를 도와주신 것이 과연 옳은 일이었는지 의문을 갖고 계신 듯하군요. 먼저 제가 어떤 사람인지 말씀드리는 게 좋겠습니다. 이베타에 대해서는 좋게 생각하시리라 확신하니까요." 그 이름이 입 밖으로 나오는 동시에 조슬린의 얼굴이 어두워졌다. 그는 자신이 피운 불꽃을 고통스럽게 쳐다보았다. "그녀는……." 그는 연정의 마음을 가까스로 억누른 채 반항적인 목소리로 말을 이었다. "그녀는 아직 어리고 여려요. 성숙하지 않았다고요. 어떻게 그럴 수 있겠습니까! 열 살 때부터 그녀는 그 두 사람의 보호 아래 지내왔습니다. 세인트자일스에서 이미 그들을 보셨겠죠. 어느 쪽 할 것 없이 둘 다 이무기 같은 자들입니다. 그녀의 성숙성이라는 것 자체가 이미 박살 나 형체도 없어요. 하지만 지금이라도 자유로워진다면 금방 원래의 자신으로 돌아가 자기 조상들처럼 용기와 품위를 갖추게 될 겁니다. 그렇게만 되면 전 어떻게 되든 상관없어요." 그는 파랗게 반짝이는 눈을 캐드펠에게로 돌렸다. "만일 그녀가 제가 아닌 다른 사람에게 간다 해도 말입니다. 아니, 아니에요. 그건 거짓말이에요. 전 영원히 그녀를 돌볼 겁니다. 평생 그녀를 돌보며 기뻐할 수 있어요. 하지만 이것만은 안 됩니다. 사악한 장사꾼의 거래, 이 불결한 거래만큼은 참을 수 없어요!"

"풀무 조심하게나! 불이 살아났으니 이제 그만 꺼내 저쪽 돌 위에 내려놓지. 그래, 잘했네. 자, 우리 통성명이나 하세. 내 이름은 캐드펠이고, 웨일스인이라네. 트레브리우에서 태어났지." 캐드펠은 허브 가루에 꿀과 식초를 넣은 단지를 불 옆에 두어 따뜻하게 데우며 말을 이었다. "이제 자네 소개 좀 해보게."

"제 이름은 조슬린 루시입니다. 아버님은 앨런 루시 경으로, 헤리퍼드 지역에 두 개의 장원을 소유하고 계세요. 제가 열네 살이 되었을 때, 아버님께선 저를 돔빌 경의 시동으로 보내셨습니다. 관례대로 더 큰 장원에서 향사 수업을 받도록 하려는 처사였죠. 제 영주가 모시기 어려운 분이라고 말하고 싶지는 않습니다. 사실 불평할 것도 없고요. 하지만 소작인과 농노들은 달라요. 영주가 그들을 얼마나 하잘것없이 다루는지……." 그는 잠시 주저했다. "전 글을 배웠습니다. 라틴어도 읽을 줄 알죠. 수도승들과 함께 공부했거든요. 그러면서 다른 사람들도 많이 접했죠. 돔빌 경이 다른 영주들보다 더 나쁘다고는 말하지 않겠습니다만,

더 나을 것도 없습니다. 차라리 처음부터 다른 영주에게 보내달라고 아버님께 간청했어야 했는데…….” 만약 이 구혼이(구혼이라고 이름 붙일 만한 것인지 모르겠지만) 돔빌 경과 마사르 상속녀 사이에 이루어진 것이 아니라면……. 그가 이무기 두 마리 틈에서 자란 그 작고 유약하며 청순한 아가씨에게 매료되지 않았더라면……. 그녀가 있는 곳에 영주가 가는 이상, 그곳이 어디라 해도 수행자들 역시 따라갈 수밖에 없었다.

“하지만 영주 곁에 있으니 그녀를 볼 수도 있는 거겠죠.” 청년은 어찌할 수 없을 만큼 복잡한 곤경에 처한 자신의 처지에 괴로워하며 말했다. “만약 제가 그를 떠나면 그녀 근처에나 갈 수 있겠습니까? 그래서 그대로 머물렀던 겁니다. 성실하게 일하겠노라 서약한 이래 줄곧 그러려고 노력해오기도 했고요. 하지만 캐드펠 수사님, 이게 정당한 일입니까? 도대체 옳은 일이냐고요! 하느님의 사랑으로 이제 그녀는 열여덟 살이 되었습니다. 그런데 그 사람 때문에 잔뜩 움츠러들어 있죠. 제가 알기로 영주는 그녀가 지금 가진 것보다 훨씬 많은 걸 갖고 있습니다. 그녀에겐 이제 행복이란 없어요. 이 결혼에서 행복이란 기대할 수조차 없습니다. 전 그녀를 사랑합니다. 하지만 그건 나중 일이고 어쨌건 그녀는 행복해져야만 해요.”

“흠…….” 캐드펠의 얼굴에 회의적인 표정이 떠올랐다. 그가 뭉근히 끓고 있는 단지를 휘젓자 취할 듯한 향기가 오두막을 가득 채웠다. “많은 연인들이 사랑의 맹세를 하지만 자신의 이익

앞에서는 대부분 똑같아지지. 물론 자넨 그녀를 위해 기꺼이 죽겠다고 말할 수도 있겠지만.”

조슬린은 긴장을 풀며 갑자기 소년같이 씩 웃었다. “아무리 대단한 열정이라 해도 그럴 수야 있나요. 가능하면 그녀를 위해서 살아 있는 게 낫죠. 있는 힘을 다해 그녀를 자유롭게 하고 그녀 스스로 다른 선택을 내리게 만들 수 있다면 전 그렇게 할 겁니다. 그러나 이 결혼은 이베타 자신의 선택이 아니에요. 그녀는 이 결혼을 두려워할 뿐 아니라 혐오하고 있습니다. 자기 의지에 반해 강제로 끌려가고 있는 거예요.”

그거야 설명할 필요도 없었다. 이베타의 얼굴과 표정이 이미 모든 것을 말해주었으니까.

“그녀를 가장 소중히 보호하고 그녀의 이익을 위해 일해줘야 할 사람들이 자기들의 이익을 위해 이베타를 이용하고 있습니다. 그녀의 어머니, 그러니까 피카르 경의 여동생 되시는 분은 이베타를 낳다가 돌아가셨고, 아버님은 그녀가 열 살 때 돌아가셨습니다. 그래서 가장 가까운 친척인 삼촌이 그녀의 후견을 맡게 된 거예요. 물론 자연스러운 일이긴 하지만, 그것도 그 친척이라는 사람이 친척 노릇을 제대로 할 경우에나 해당하는 얘기죠. 후견인이라는 위치를 이용해 온갖 이익을 챙기느라 바쁘고, 피후견인에게 땅이라도 좀 있으면 그들의 장래를 위해 잘 가꿔주기보다 자기들 것으로 만들어버리려는 자들이 한둘이 아니라는 것쯤은 저도 잘 알고 있습니다. 수사님, 이베타는 지금 저희 영주에게 팔려가는 거예요. 영주가 왕과 가깝고 또 왕의 신임을 얻고 있으니, 그런 식으로 자기들 앞길을 다져보겠다는 심사라고요. 그녀에겐 토지가 많아요. 그녀가 마사르 일가 중 유일한 상속인이라 가문의 재산이 모두 그녀에게 넘어갔거든요. 제 생각에, 그 사람들은 이베타에게 이 거래를 강요해서 한때 영웅이셨던 분의 소유로 되어 있던 땅을 분할하려는 것 같습니다. 그녀 소유로 되어 있는 땅덩어리 대부분은 앞으로 피카르가 차지하게 될 거예요. 나머지는 이번 혼례로 돔빌 경의 수중에 넘어갈 테죠. 그는 향후 수년간 혹독하게 단물을 빼먹고 결국엔 못쓰게 만들어놓을 게 뻔합니다. 그 두 사람에게는 아주 그럴듯한 계약이지만 이베타의 입장에서는 목 놓아 울 일이죠."

구구절절 옳은 말이었다. 어린아이가 고아가 되면서 큰 재산을 상속받게 될 경우 흔히 일어나는 일이기도 했다. 심지어 그게 어린아이가 아니라 소년이거나, 심지어 청년이라 할지라도 마찬가지일 거라고 캐드펠은 생각했다. 누군가와 협정을 맺기 위해, 아니면 땅을 한 덩어리로 만들기 위해, 혹은 경쟁 상대를 괴롭히기 위해, 많은 후견인들이 아이들에게 혼례를 강요했고, 이 모든 일들이 어린아이라면 그저 따를 수밖에 없을 정도로 교묘하고 꼼짝할 수 없는 방법으로 이루어지곤 했다. 남작과 왕 사이에 권력을 가진 그 누구도 이베타의 운명을 바꾸고자 손가락 하나 까딱하지 않을 것이었다. 이 무모하고 성급한 청년만이 두 사람에게 닥칠지 모를 모든 위험을 무릅쓴 채 덤비고 있는 것이다.

캐드펠은 자신이 이곳에 들어왔을 때 두 사람이 무엇에 대해 속삭이고 있었는지 묻지 않았다. 분노와 초조함에 휩싸여 있을지언정 조슬린 루시는 가슴속에 희미한 희망을 품고 있을 것이다. 그 희망이 무엇인지에 대해서는 묻지 않는 편이 나았다. 설사 그가 말하려 해도 듣지 않는 것이 좋으리라. 그러나 캐드펠이 한 가지 알아야 할 게 있었다. 조슬린은 이베타가 마사르 가문의 유일한 상속자라고 말하지 않았던가.

"그 아가씨 부친의 존함이 어떻게 된다고 했지?" 캐드펠이 조금씩 걸쭉해지는 약을 휘저으면서 물었다. 열심히 저으면 마지막 기도 전에 약을 불에서 내려 식힐 수 있을 것 같았다.

"해먼 피츠기마르 드 마사르이십니다."

조슬린은 이름 중 부계 혈통을 드러내는 부분을 정중하면서도 자랑스럽게 강조해 발음했다. 요즘 청년답지 않게 돌아가신 분의 이름을 부를 때에도 존경심을 가져야 한다는 점을 제대로 배운 모양이었다.

"이베타의 조부님은 예루살렘 성전에 참가하셨던 기마르 드 마사르이신데, 후에 아스칼론 전투에서 포로로 잡혔다가 그때 입은 부상으로 돌아가셨습니다. 이베타가 할아버지의 투구와 칼을 가지고 있죠. 그걸 보물처럼 아낀답니다. 할아버님이 돌아가신 뒤에 파티미드인들이 그것들을 돌려보내주었다고 해요."

그랬다. 파티미드인들은 용맹스러운 적에 대한 예우로 그들이 가지고 있던 유품을 돌려보냈다. 그곳에 임시로 묻혀 있던 사체들 역시 돌려보내줄 것을 정중히 요구하자 그 또한 받아들였지만, 당시 십자군을 이끌던 사람들 사이에서 다툼이 끊이지 않는 바람에 아스칼론 항구를 안전히 지킬 기회를 놓쳐버렸고, 따라서 영웅의 사체 귀환을 둘러싼 협상도 뒷전으로 밀렸다가 결국 잊혀버렸다. 아주 오래전, 지금 젊은이들은 태어나기도 전의 일이었다.

"그랬겠지." 캐드펠이 말했다.

"그런 가문의 유일한 혈육이 지금 그렇게 학대받고 기만당하며 불행하게 살고 있다니, 이 얼마나 치욕스러운 일입니까?"

"그래." 캐드펠은 불에서 단지를 내려 단단하게 다져진 흙바닥 한쪽에 세워두었다.

"이런 일이 계속되어서는 안 됩니다." 조슬린은 힘주어 말했다. "안 되고말고요." 그는 크게 한숨을 쉬며 일어섰다. "이제 돌아가야겠습니다. 당장은 뾰족한 수가 없네요." 그는 나란히 놓인 병과 단지들, 그리고 선반에 매달려 작업장을 치장하고 있는 다양한 허브 다발에 눈길을 주었다. "저 신기한 것들 중 영주의 잔에 살짝 집어넣을 만한 것은 없을까요? 영주가 아니면 피카르의 잔에 넣어도 좋고요. 둘 중 하나라도 이 세상에서 사라지면 이베타는 자유로워질 테고, 이 세상도 더 살 만해질 겁니다."

"만약 진심으로 한 말이라면 자네 영혼에 심각한 문제가 생긴 것 같군." 캐드펠이 단호히 말했다. "그저 경솔한 농담이라면 뺨이라도 한 대 맞아야 할 테고. 자네 키가 크지만 않았다면 내가 진작 때려주었을 걸세."

잠시 온화하지만 슬픈 듯한 미소가 조슬린의 얼굴을 스쳤다.

"제가 몸을 좀 낮춰드릴까요?"

"이보게, 자네가 살인같이 더러운 일에는 손도 대지 않을 사람이라는 건 잘 알고 있네. 그렇다고 그렇게 말을 함부로 해서 쓰겠나."

"그러면 안 되나요?" 조슬린이 조용히 대꾸했다. 이미 그의 얼굴에서 미소라곤 찾아볼 수 없었다. "이베타를 구하기 위해 지금까지 제가 얼마나 큰 위험에 몸을 맡겨왔는지 수사님께선 모르십니다."

*

캐드펠은 마지막 기도 시간 내내 불편한 마음으로 앉아 있다가 취침 전 30분간 경건한 시간을 갖기 위해 영혼의 방으로 들어갔다. 그 청년을 호되게 꾸짖으며, 하등 득이 될 게 없는 그런 사악한 생각일랑 모두 버려야 한다고 단호하게 이야기하는 것 외에는 그가 할 수 있는 일이 없었다. 조슬린은 기사도에 어긋나는 어떤 행동도 해서는 안 되었다. 그는 기사로 태어났고, 스스로도 기사다운 방법만 따르겠노라 맹세하지 않았는가. 문제는, 청년이 바로 그 기사도에 따라 정식으로 영주에게 결투를 신청할 경우 돔빌은 그 도전을 진지하게 여기기보다 그저 건방진 반항으로 치부해 그를 자신의 영지 밖으로 내쫓아버리리라는 사실이었다. 그게 이베타에게 무슨 도움이 된단 말인가?

하지만 그렇다고 조슬린이 정말 살인을 계획할 수 있을까? 천진한 그의 갈색 얼굴, 무시당하고는 참지 못하는 성미, 다소 성급한 태도로 미루어보면 어림도 없는 일이었다. 그러나 결혼을 이틀 앞두고 모든 것을 체념한 듯 슬픈 표정을 짓고 있던 금발의 가녀린 아가씨의 모습이 떠올랐다. 만일 정당화될 수만 있다면 한두 사람의 죽음 정도는 요구하고도 남을 만큼 버거워 보이는 얼굴이었다.

사태의 긴급성이 조슬린 루시 못지않게 캐드펠의 마음도 움직였다. 지금 이곳에 기마르 드 마사르의 손녀가 있는데, 욕심 많은 친척 둘이 마치 이무기처럼 그녀를 에워싸 감시하며 모든 걸 빼앗고 있었다. 어떻게 마사르의 유일한 혈육이, 그녀의 할아버지를 잘 알고 기억 속에서나마 존경하는 사람들의 도움 한번 받지 못한 채 그런 운명에 내던져질 수 있단 말인가? 이를 그냥 두고 본다는 건 전투에서 부상당해 적에게 포로로 잡혀 있는 동료를 버리는 짓이나 다를 바 없었다.

오스윈 수사가 영혼의 방에 들어와 캐드펠 옆으로 조용히 다가왔다. "기침약은 다 준비됐습니까, 수사님? 제가 잘못한 일이니 만회하게 해주세요. 아침 일찍 일어나 수사님 대신 약을 병에 담겠습니다. 수사님께 수고를 갚아드려야죠."

오스윈 수사는 스스로가 인지하는 것보다 더 많은 번거로움과 당혹감을 캐드펠에게 안겨주었으나, 적어도 이곳 수도원에서의 첫 번째 의무를 상기시켜주는 사람이기도 했다.

"아닐세, 아니야." 캐드펠이 황급히 말했다. "약은 다 끓었네. 밤이 지나는 동안 잘 식어서 적당하게 걸쭉해질 테니 내가 아침기도 전까지 병에 담아놓겠네. 자네는 내일 기도서를 낭독할 차례 아닌가? 성무일도를 철저하게 수행해야지. 그 일이나 신경 쓰게."

캐드펠은 숙소로 돌아가면서 제발 오스윈 수사가 약제에 손대지 않기를 바랐다. 문득 오스윈 수사의 커다란 손이 조슬린 루시의 손과 대단히 비슷하게 생겼다는 생각이 떠올랐다. 그 중 한 사람 손은 닿는 곳마다 재앙을 일으키는데, 다른 사람의 손은 얼룩무늬 회색 말의 고삐를 쥐고 있건, 칼이나 창을 쥐고 있건, 근심 가득한 아가씨 주변을 맴돌건 늘 정교하게 움직이니 참 신기한 일이었다.

하지만 만일 그 기막힌 손재주가 살인의 수단으로 쓰이기라도 한다면?

*

다음 날 캐드펠은 아침기도 시간 전에 일어나 간밤에 만들어놓은 약을 병에 담은 뒤 진료소에서 일하는 에드먼드 수사에게 가져다줄 것들을 챙겼다. 바람 한 점 없이 맑은 날이었다. 사방이

고요한 가운데 사람들 또한 조용히 움직였고, 수도원에서는 늘 그렇듯 아침기도 이후 첫 미사와 평의회가 이어지고 있었다. 다음 날로 예정된 결혼식을 준비하기 위해 해야 할 일이 많았기 때문에 평의회는 짧고 간략하게 끝났다. 덕분에 대미사가 열리는 10시 전까지 조금 여유가 생기자 캐드펠은 다시 허브밭으로 가, 의욕은 칭찬할 만하지만 늘 일을 그르치는 오스윈 수사에게 그나마 가장 잘해낼 법한 업무를 오후 일과로 정해주었다. 머지않아 내릴 서리에 대비해 땅을 갈아엎으려면 먼저 땅에 나 있는 것들을 깨끗이 정리해야 했다.

캐드펠은 10시가 조금 못 되어 광장으로 돌아왔다. 수사와 학생들, 그리고 미사를 보러 온 마을 사람들이 하나둘 모여들기 시작했다. 피카르 부부도 접객소를 막 나서는 참이었고 둘 사이에서 불쌍한 이베타가 말없이 걷고 있었다. 하지만 부드럽고 생기 있는 바람이 그녀의 절망을 관통해 기적의 희망이라도 싣고 온 듯 이제는 꽤 차분해 보이는 모습이었다. 숙모 애그니스만큼이나 흉악해 보이는 나이 든 하녀가 세 사람 뒤로 다가붙었다. 저 어린 아가씨는 포위되어 꼼짝할 수 없는 처지였다.

그들은 구호소를 담당하는 데니스 수사와 함께 성소와 남문이 있는 방향으로 천천히 움직였다. 바로 그때, 문지기실 쪽에서 갑자기 난폭한 말발굽 소리가 들리며 우아한 정적이 깨졌다. 얼룩무늬 회색 말을 탄 사람이 문지기를 짓밟아버릴 기세로 한달음에 뛰어 들어온 것이다. 하인들은 여우를 보고 놀라 도망치는 암

닭들처럼 사방으로 흩어졌다. 눅눅한 자갈 위를 미끄러지는 말발굽 소리가 울렸다. 그 사람은 갑자기 말을 멈춰 세우더니, 고삐를 말 목에 걸어놓고는 흐트러진 황갈색 머리카락에 푸른 눈을 이글거리며 내려섰다. 그러곤 턱을 앞으로 내밀고 두 발을 딱 벌린 채 고드프리드 피카르 앞에 정면으로 마주 섰는데, 이루 말할 수 없이 격분한 듯한 모습이었다.

"어르신, 제게 무슨 짓을 하신 겁니까! 저는 해고됐습니다. 아무 잘못도 하지 않았는데, 달랑 말과 안장주머니만 주면서 오늘 밤 안으로 여길 떠나라더군요. 이 모든 게 한순간에 이뤄졌고 제겐 단 한 차례 변명할 기회도 주어지지 않았습니다. 이 호의가 어디에서 나온 것인지 저는 잘 알고 있습니다. 바로 당신이지요. 당신이 영주께 저에 관해 좋지 않은 이야기를 했고, 그 결과 저는 이렇게 개처럼 쫓겨났습니다. 전 어르신의 호의에 대한 보답으로 결투를 신청하는 바입니다. 남자 대 남자로, 이 슈루즈베리를 떠나기 전에 말이지요."

3

이 느닷없는 사건이 마치 잔잔한 호수에 던져진 돌처럼 사방으로 파문을 일으켜 문지기실에서 접객소에 이르기까지, 심지어는 성소까지 술렁거리게 만들었다. 데니스 수사도 전혀 손을 쓸 수 없었으니, 그저 이 키 큰 젊은이를 멍하니 바라보며 광장이 다시 평화로워지기만을 바랄 뿐이었다. 피카르의 얼굴은 광대뼈 언저리까지 벌겋게 상기되었다가 이내 창백해졌다. 앞으로 나아갈 수도 옆으로 비켜설 수도 없는 처지였으나, 놀란 하인 무리가 뒤에서 버티고 있지 않았더라도 격분한 그는 아마 한 발짝도 물러서지 않았을 것이다. 애그니스 또한 화가 치민 표정으로 노려보다가 갑자기 이베타의 팔을 움켜잡았다. 이베타의 얼굴에 내내 머물던 평정이 한순간 깨지고 마치 얼음 조각이 햇빛을 받아 반짝거리듯 격렬한 감정이 빠르게 스치더니, 낮은 신음 소리와 함께 막 앞으로 뛰쳐나가려던 참이었다. 만약 숙모가 뒤로 잡아끌어 칙칙한 빛깔로 엄숙하게 차려입은 사람들 쪽에 세워놓지 않았더라면, 그녀도 모든 걸 잊고 아무 생각 없이 그에게 달려가 안겨버렸을 것이다. 하지만 오랫동안 몸에 익힌 복종의 습관 때문인지 아니면 다시 정신을 차린 것인지, 이제 이베타는 뒤로 물러나 가만히 서 있었다, 그녀의 얼굴에 밝은 기쁨을 드리우던 빛도 금세 썰물처럼 빠져나갔다. 그 모습을 보며 캐드펠은 심란함을 느꼈다. 이제 막 유모 손을 떠난 어린 아가씨가 그처럼 고통을 받아서는 안 되었다.

캐드펠이 그 표정을 다시 떠올린 건 한참 후였다. 당장은 과격하리만큼 무모한 조슬린 루시의 혈기와 교활하고 능수능란한 고드프리드 피카르의 원숙함이 맞선 광경에 다른 생각을 할 여유가 없었다. 예상만큼 불평등한 결투가 될 것 같지는 않았다. 조슬린은 이미 제 능력 이상의 힘을 발휘할 만큼 흥분한 상태에 자신감이 가득했고, 대단한 권력은 아니지만 어쨌든 특권을 가진 사람의 아들이었다.

"이 자리에서 당장 결투를 벌이자는 건 아닙니다." 조슬린이 크고 분명한 어조로 말했다. "당신이 승부를 가릴 수 있는 장소와 시간을 정하시오. 당신은 저를 모욕했고, 당신의 모략에 의해 전 해고됐습니다. 이제는 저와 직접 정정당당하게 맞서시지요."

"무례한 것 같으니!" 피카르가 경멸스럽다는 듯 내뱉었다. "칼을 겨누어 네놈의 명예를 지켜주느니 차라리 사냥개를 풀어놓겠다. 네가 해고된 건, 네가 아무짝에도 쓸모없고 믿을 수도 없으며 여기저기 참견만 해대는 성질 못된 철면피이기 때문이야. 문 앞에서 채찍질당하지 않은 걸 다행으로 알아라. 지금보다 더 큰 굴욕을 당하고 싶지 않으면 얌전히 내 앞에서 꺼져버려. 네 주인의 명령대로 집으로 돌아가란 말이다."

"그렇게는 못 합니다!" 조슬린은 결의를 다지듯 이를 악물고 말했다. "여기 있는 증인들 앞에서 내 할 말을 다 하기 전에는 어림없지요. 당신 명령대로 움직일 생각은 전혀 없습니다. 지금 내가 이렇게 서 있는 이 자리와 내가 숨 쉬고 있는 이 공기까지 휴언 드 돔빌 소유는 아니잖습니까? 그 사람이 아랫사람들을 부릴 수야 있지만, 그들도 그들 나름의 명예는 가지고 있습니다. 영주에게 야비한 말을 해서 내 명예를 더럽힌 게 과연 정당한 일이라고 할 수 있을까요?"

피카르가 격분해 알아들을 수 없는 소리를 내지르며 하인들을 향해 손가락을 까딱해 보이자, 격렬한 싸움을 제법 치러본 듯한 청년 대여섯이 중무장을 한 채 여기저기서 튀어나와 양쪽에 세 명씩 반원을 이루고 섰다.

"이 쓰레기 같은 놈을 당장 내 눈앞에서 치워라. 강물에 처넣어버리는 게 손쉽겠군. 정신이 번쩍 들게 해줘!"

여자들이 치맛자락을 끌며 뒤로 물러섰다. 애그니스와 하녀도 이베타의 양팔을 붙들어 끌어당겼다. 무장한 사람들이 잔뜩 인상을 쓴 채 앞으로 나오자, 조슬린은 그들에게 포위당하지 않기 위해 뒤로 몇 발짝 물러설 수밖에 없었다.

"꼼짝하지 마!" 조슬린이 격렬하게 외쳤다. "네놈들의 겁쟁이 주인이 해결할 일이다. 만약 내 몸에 손끝 하나라도 대는 자는 피를 보게 될 거야."

하지만 그는 칼자루로 손을 가져가 칼을 당장이라도 빼낼 수 있는 상태로 있어야 한다는 사실조차 잊은 채였다. 청년이 곤경에 처하기 전에 캐드펠이 얼른 나서서 중재해야 할 때였다. 캐드펠과 데니스 수사가 버티고 선 사람들 사이로 막 나서려는 순간, 성소 쪽에서 키 큰 로버트 부수도원장이 몹시 언짢은 표정을 하고 나타났다. 수도원장 숙사 쪽에서는 부수도원장과 키는 비슷하나 훨씬 더 위압적인 분위기의 라둘푸스 수도원장이 아무도 눈치채지 못하는 사이에 이쪽으로 들어서고 있었다. 그는 매서운 표정과 날카로운 눈빛으로 조용하면서도 빠르게 다가왔다.

"자, 신사 여러분." 로버트 부수도원장이 긴 팔을 우아하게 벌리고서 마주 선 사람들 사이로 끼어들었다. "이것은 우리 수도원에 큰 불명예요. 수도원 담장 안에서 무기에 손을 대거나 폭력적인 행동을 하는 건 수치스러운 일인 줄 모르시오?"

다행히 무장한 사람들이 군중 쪽으로 물러섰다. 피카르는 분노를 가까스로 억눌렀고, 조슬린도 숨을 몰아쉬며 마음을 가라앉혔다. 하지만 이 젊은이는 그런 만류에 당혹감과 부끄러움을 느낄 만한 사람이 아니었고, 가만히 침묵할 사람은 더더욱 아니었다. 조슬린은 광장을 반 바퀴쯤 돌아 수도원장 앞에 정면으로 마주 섰다. 수도원장은 이 분쟁의 현장 앞에서 무언가를 차분히 생각하는 듯 어두운 표정으로 침착하게 서 있었다. 정적이 흘렀다.

"이 수도원 경내에서는 그 누구도 싸울 수 없소." 마침내 라둘푸스 수도원장이 낮은 목소리로 입을 열었다. "물론 분노 섞인 언사가 오갈 수는 있겠지. 우리 역시 사람이니 말이오. 고드프리드 경, 이곳 수도원 경내에서 당신 하인들이 소란을 부리지 않도록 해주기를 부탁드리오. 그리고 젊은이, 다시 한번 칼에 손을 댔다가는 고해자 독방에서 밤을 보내게 될 거요."

조슬린은 고개를 숙이고 무릎을 굽혀 경의를 표했다. "존경하는 수도원장님. 용서하십시오. 경위야 어찌 되었든 제 잘못을 인정합니다." 하지만 그러면서도 조슬린은 화를 삭이지 못했다. 보아하니, 다시금 공격을 감행해 감옥에 갇힌다면 상황이 자신에게 더 유리해지지 않을까 생각하는 것 같기도 했다. 예컨대 친구들 중 누군가가 간수를 매수하거나 슬쩍 속여 자물쇠를 열어준다거나…… 어쨌거나 그럴 가능성은 충분했다. 하지만 자신에게 어떤 해도 끼치지 않는 사람을 화나게 해서 좋을 게 무엇이겠는가. "관용을 베풀어주시기 바랍니다." 조슬린은 결국 이렇게 말을 맺었다.

"좋소, 이젠 서로 이해가 된 것 같군. 그럼 이곳의 평화를 깨뜨린 소란의 원인이 무엇인지 알아봐야겠지?"

두 사람은 동시에 입을 열었으나, 조슬린이 이내 분별력을 되찾고는 뒤로 물러서며 연장자에게 먼저 기회를 주었다. 그가 입술을 꽉 다문 채 수도원장의 얼굴을 응시하는 사이, 피카르는 예상대로 조슬린을 경멸적으로 몰아세우기 시작했다.

"수도원장님, 이 건방지기 짝이 없는 향사 녀석은 게으르고 성질마저 난폭해 제 주인에게서 쫓겨났습니다. 하지만 그게 다 제가 꾸민 짓이라 믿고 있지요. 아, 물론 이자의 만행에 대해 주인에게 알리는 것이 저의 의무라고 생각하긴 했습니다. 주제넘게도 이자가 제 조카 일에 끼어들어 방해를 하는가 하면 여러모로 평화를 깨뜨리고 말썽을 피웠거든요. 제가 보기엔 자업자득인 셈이건만, 해고당한 것에 앙심을 품고 지금 제게 와서 싸움을 건 겁니다. 자기가 의당 치러야 할 대가를 치렀을 뿐인데도요. 그게 전부입니다."

노여움이 솟구치는데도 불구하고 마침내 자신에게 말할 기회가 주어질 때까지 입을 꼭 다문 채 라둘푸스 수도원장을 향해 공손하게 시선을 고정시키고 있는 조슬린을 보고 캐드펠 수사는 놀라지 않을 수 없었다. 잠깐 사이 수도원장의 공정함과 현명한 판단력에 든든한 신뢰감을 느끼고 냉정을 되찾은 게 분명했다. 그는 수도원장이 자신의 이야기를 듣지도 않고서 판단을 내리지는 않을 것이라 확신했고, 그렇다면 올바르게 자신을 변호할 기회를 얻기 위해서라도 자제할 만한 가치가 있다고 생각했던 것이다.

"자, 그럼 젊은이는?" 라둘푸스 수도원장이 물었다. 법관처럼 냉정하고 침착한 태도에 미소라고는 보이지 않았으나, 그 목소리에서 얼핏 관용의 기미가 느껴졌다.

"수도원장님. 양쪽 집안의 사람들이 이곳에서 거행될 결혼식을 보기 위해 모였습니다. 아까 보셨던 아가씨가 신부죠." 이베타는 이미 접객소로 끌려 들어가 시야에서 사라진 지 오래였다. "신부는 이제 열여덟 살입니다. 저의 영주, 아니 이제는 저의 영주가 아니게 된 그분은 예순이 다 되셨고요. 신부는 고아가 되는 바람에 8년 전부터 삼촌의 보호 아래 자랐으며, 넓은 영토를 그녀의 소유로 물려받았지만 그것 역시 오래전부터 삼촌이 맡아 관리해왔습니다." 무언가 마음에 찔리는 게 있는지 그 순간 피카르가 화를 참지 못하고 끼어들려 했지만, 라둘푸스 수도원장이 미간을 찌푸리며 조용히 손을 들자 마지못해 잠잠해졌다.

"수도원장님께서 이베타 드 마사르를 도와주시기를 간청합니다." 조슬린으로선 호기를 잡은 만큼 조금도 지체할 수 없었다. "이베타는 네 개 주에 영지를 소유하고 있고 장원만 해도 쉰 개가 넘습니다. 백작의 상속분이죠. 그걸 놓고 그녀의 삼촌과 신랑될 사람이 거래를 하고 있습니다. 자기들끼리 그걸 나눠 먹으려는 거예요. 그녀의 의지와 상관없이 소유지들이 거래되고, 심지어 그녀 자신까지 같은 처지에 놓였습니다. 가엾게도 그녀에겐 더 이상 의지할 만한 사람이 남아 있질 않습니다. 제게 죄가 있다면 그녀를 사랑한다는 것뿐입니다. 저는 이 감옥 같은 곳에서 그녀를 데리고 나가고 싶을 따름……."

이야기의 뒷부분이 분명하게 들리지 않았다. 애그니스가 발악을 해댔고 다른 사람들도 날카롭게 소리를 질러대며 반박하고 있었다. 조슬린도 상대를 위압하는 애그니스의 고함 소리를 어찌하지 못했다. 그 와중에 느닷없이 문지기실 쪽에서 힘찬 말발굽 소리가 들려오더니 말을 탄 사람들이 관리처럼 위엄 있게 광장으로 들어섰다. 사람들의 이목을 끌 정도로 제법 많은 수였다. 조슬린의 간청과 피카르의 반박으로 팽팽하게 유지되어온 긴장이 갑자기 풀리고, 사람들은 모두 입구 쪽으로 눈길을 돌렸다.

맨 앞에 휴언 드 돔빌이 오고 있었다. 레슬링 선수의 이두박근 같은 안면 근육, 섬뜩하리만치 반짝거리는 작고 검은 두 눈. 한눈에 보아도 심통 사나운 인상이었다. 그의 옆에, 스티븐 왕 밑에서 슈롭셔의 행정 장관으로 일하고 있는 길버트 프레스코트가 보였다. 그는 마르고 인정사정없는 중년의 기사로 눈썹과 코가 매처럼 매서웠으며, 끝이 구부러진 검은 턱수염에는 사이사이 잿빛 털이 섞여 있었다. 그는 등 뒤에 행정관 한 명과 일고여덟 명쯤 되는 호위병을 거느리고 있었다. 그가 적당한 곳에서 일행을 멈춰 세우자 사람들이 말에서 내렸다.

“저기 녀석이 있군!” 놀라서 멍하니 서 있는 조슬린을 보고 돔빌이 두 눈을 번쩍거리면서 큰 소리로 외쳤다. “고약한 녀석! 강제로 이곳에서 몰아내지 않으면 저렇게 돌아다니면서 소동을 피울 줄 내가 알고 있었지. 자, 저놈을 체포해주십시오, 행정 장관님. 빨리 잡아야 할 겁니다.”

돔빌은 사냥감에 너무 몰두한 나머지 수도원장이 그곳에 나와 있다는 사실도 알아차리지 못하다가, 뒤늦게야 엄숙하신 분이 말없이 서 있는 것을 발견하고는 말에서 내리더니 마지못해 모자를 벗어 들고 경의를 표했다. "좋지 않은 일로 이곳에 오게 되어 송구스럽습니다, 수도원장님. 여기 이 녀석이 이 수도원 안에서 소란을 일으킨 모양인데, 정말이지 제가 뭐라 사과를 드려야 할지 모르겠군요."

"행정 장관과 호위병들까지 몰려올 정도의 소란은 아니었소." 라둘푸스 수도원장이 차갑게 대꾸했다. "짐작건대 이 젊은이가 잘못을 저질렀다면 경에게도 그에 대한 책임이 있는 것 같은데. 젊은이를 해고하는 건 경의 권리요. 하지만 이처럼 쫓아다니며 그를 괴롭히는 건 좀 지나쳐 보이는군. 이 젊은이에게 더 따질 일이라도 있는 거요?" 수도원장은 대답을 구하는 듯 프레스코트를 쳐다보았다.

"더 따져볼 일이 있긴 한 듯합니다." 행정 장관이 말했다. "돔빌 경이 말하길, 이 향사가 짐을 꾸려 떠난 뒤 대단히 값진 물건이 보이질 않아 집 안 구석구석을 뒤져보았지만 소용이 없었다는군요. 이 청년이 자신을 해고한 영주에게 앙심을 품고 금품을 훔친 것이 아닌가 싶습니다."

조슬린의 눈빛에 당혹감이 어렸으나, 화가 나거나 두려운 기색은 아니었다. "내가, 도둑질을 했다고요?" 그는 치욕스러움에 숨이 막힐 지경이었다. "나는 저 사람 물건에 손끝 하나 대지 않았을 뿐 아니라 그의 마당에 있는 흙조차도 신발에 묻히지 않으려고 안간힘을 썼습니다. 나가라고 하기에 그저 나왔을 뿐이죠. 제 물건조차 두고 왔는걸요. 제가 가져온 것이라고는 제 몸뚱이와 이 안장주머니에 든 게 전붑니다."

수도원장이 그만하라는 듯 손을 들어 보였다. "경께서 잃어버렸다는 그 귀한 물건이 무엇이며, 크기는 얼마나 되오? 또 그것이 없어진 건 언제요?"

"신부에게 주려고 준비한 결혼 예물입니다." 돔빌 경이 말했다. "진주가 박힌 금목걸이죠. 보관함에서 꺼내면 남자 손아귀에 들어갈 만한 크기입니다. 오늘 미사 후에 신부에게 건네줄 생각으로 보관함을 열어보니 안이 비어 있었습니다. 한 시간이나 그걸 찾아 온 곳을 뒤졌죠. 보관함만 남은 것으로 보아 분실한 게 아니라 도난당한 게 분명합니다. 온당한 이유가 있어 쫓겨나고서도 막무가내로 날뛰는 이 무엄한 녀석 말고는 집에서 나간 사람은 없었습니다. 저는 이 녀석이 범인이라고 생각합니다. 구석구석 뒤져서 법대로 처리하겠습니다."

"젊은이도 그 목걸이에 대해 알고 있소? 만약 알고 있다면, 그 목걸이에 손을 댄 일이 있소?"

"알고 있습니다, 수도원장님." 조슬린은 순순히 인정했다. "영주 밑에서 일하는 세 향사 모두 목걸이에 대해 알고 있지요."

입구에 말을 탄 사람들 몇몇이 더 나타났다. 돔빌의 수행원들로, 그중엔 사이먼과 가이의 모습도 보였다. 그들은 특별한 눈길을 받거나 이 일에 연루되는 것을 원치 않는 것 같았다.

“하지만 그 물건에 손을 댄 적은 없습니다.” 조슬린이 힘주어 말을 이었다. “저는 그 집을 떠날 때 그대로이니 원하신다면 제 옷을 벗겨보십시오. 제 것이 아닌 건 실오라기 하나 찾을 수 없을 겁니다. 자, 여기 있는 제 말과 안장주머니도 있으니 한번 뒤져보시지요. 존경하는 수도원장님께서 증인이 되어주시면 되겠군요. 아니, 당신은 말고!” 돔빌이 회색 말 쪽으로 다가가자 그가 버럭 소리를 질렀다. “영주님은 안 돼요. 제게 그런 혐의를 씌운 사람이 제 물건에 손을 대게 할 수는 없습니다. 공정하게 심판할 수 있는 사람이 수색하도록 해주십시오. 수도원장님, 모든 것을 제대로 처리해주시길 간청합니다.”

“그게 좋겠군. 부수도원장, 그대가 이 일을 맡아주시겠소?”

로버트 부수도원장이 위엄 있게 머리를 숙여 요청을 받아들이고는 자신에게 부여된 임무를 수행하기 위해 엄숙하게 앞으로 나아갔다. 프레스코트의 무장한 부하 둘이 안장주머니의 자물쇠를 풀자 그동안 많은 사람들이 밀고 당기는 통에 있는 대로 예민해져 있던 말은 옆걸음을 쳤고, 사이먼이 얼른 자기 말에서 내려 안절부절못하는 그 회색 말의 고삐를 잡아 진정시켰다. 안장주머니가 광장의 자갈 위에 놓이자, 로버트 부수도원장이 손을 집어넣어 먼저 간단한 옷가지와 장신구들을 꺼내기 시작했다. 한 시간 전쯤 화가 난 조슬린이 마구잡이로 구겨 넣은 것들이었다. 호위병은 그것들을 진지하게 건네받았고, 프레스코트도 옆에 서서 그 모습을 지켜보았다. 리넨 셔츠와 짧은 바지, 윗도리, 신발, 여분의 마구와 장갑 따위가 나왔다.

로버트 부수도원장은 더 이상 아무것도 없다는 듯 긴 손을 주머니 안으로 쭉 뻗어 이리저리 휘저어 보인 뒤, 이내 두 번째 주머니 쪽으로 몸을 구부렸다. 조슬린은 갈색 얼굴에 거만한 미소를 띤 채 긴 두 다리로 떡 버티고 서 있었다. 저 젊은이가 집으로 돌아가면 어머니에게 꾸중 좀 듣겠군. 캐드펠은 생각했다. 자기를 위해 몸소 만들어준 셔츠를 저렇게 함부로 다뤘으니 말이야. 뭐, 이것도 그가 집에 돌아갈 수 있을 때의 얘기지만…….

하지만 만일 그가 도둑질을 했다면 어떻게 될 것인가? 어딘가에 끌려가 나이 든 하녀의 감시하에 갇혀 있는 그 젊은 여자에게는 무슨 일이 생길 것인가? 이 모든 일에 대해 그녀는 그야말로 부재하는 증인이었다. 아무도 그녀에게 그녀가 알고 있는 것, 혹은 그녀가 생각하고 있는 것에 대해 묻지 않았다. 이 순간 그녀는 살아 있는 사람이 아니라 하나의 값비싼 상품에 불과했다.

두 번째 가방에서는 역시 고약하게 구겨 넣은 멋진 정장과 갖가지 벨트, 어깨띠, 그리고 푸른색 두건과 셔츠 몇 장, 부드러운 가죽 신발과 역시 푸른색의 근사한 바지 등이 나왔다. 조슬린의 어머니가 이 모든 것을 준비하면서 아들의 고운 피부와 푸른 눈빛에 섬세하게 신경을 쓴 것이 틀림없었다. 그리고 놀랍게도, 그곳엔 얄팍하게 나무 커버를 씌운 젊은이의 기도서도 들어 있었다. 그래, 어제 저 친구는 자신이 글을 읽을 줄 안다고 말했었지.

마침내 로버트 부수도원장이 조그맣게 또르르 말려 있는 질 좋은 면 꾸러미 하나를 끄집어내 손바닥 위에 펼치기 시작했다. 이어 그는 고개를 들고 놀라움과 만족감이 깃든 표정을 지어 보였다.

"가리비 껍데기 모양의 은메달이군요. 성 야고보의 성전을 찾아 콤포스텔라를 순례하신 분의 물건이죠."

"제 아버님이십니다." 조슬린이 말했다.

"이게 전부입니다. 이 가방에도 아무것도 없습니다."

돔빌이 갑자기 앞으로 뛰어나왔다. "여기 이건 뭐지? 이 면 꾸러미에 남아 있는 게 있는데요. 분명 뭔가 번쩍거렸어요." 그는 부수도원장의 손에 들린 옷감 끄트머리에 매달려 있는 것을 채듯이 잡아당겼다. 은메달이 땅에 떨어졌고, 그로 인해 말려 있던 옷감이 조금 더 풀리더니 무언가 번쩍거리는 게 마치 금으로 된 뱀처럼 스르르 조슬린의 발치로 떨어졌다. 정교한 금빛 줄 사이사이에 크림색 진주가 박힌 목걸이였다.

*

조슬린은 그야말로 말문이 막혀서 저주스럽기만 한 그 작고 귀한 물건을 멍하니 바라보았다. 모든 이들의 시선이 그에게 가 박혔다. 돔빌은 신나게 웃고 있었고, 행정 장관의 얼굴엔 만족스러운 기색이 떠올랐다. 수도원장은 다소 서글픈 표정이었으나, 다른 대부분의 사람들은 암묵적인 비난의 눈길을 보내고 있었다.

그는 충격으로 인한 침묵에서 깨어나려는 듯 격렬하게 몸을 흔들더니 자신이 훔치지 않았다고, 가방 속에 그걸 넣은 사람도 자신이 아니라고 격렬하게 소리쳤다. 그러나 모든 게 부질없음을 곧 깨달았으니, 그런 부정의 외침은 단 한 차례뿐이었다. 그는 한순간 싸움을 벌여야겠다 마음먹었지만, 수도원장의 완고하고 냉정한 시선과 마주치는 순간 그 생각을 떨쳐버렸다. 여기서는 안 된다! 이곳에서 금하는 일은 결코 하지 않겠노라 스스로 맹세하지 않았는가. 순순히 복종하는 수밖엔 달리 도리가 없다. 일단 저 문을 벗어나면 문제가 달라질 것이다. 그리고 그가 진심으로 굴복하는 태도를 보일수록 저들은 주의를 게을리할 터였다. 그렇게 행정 장관의 부하들이 다가서는 동안에도 그는 아무 저항도 없이 묵묵히 서 있었다.

그들은 그에게서 칼과 단도를 빼앗고 양팔을 꽉 붙들었다. 그가 혼자인 데다 완전히 항복한 듯 보였기 때문에 밧줄로 결박하지는 않았다. 돔빌은 땅에 떨어진 목걸이를 줍는 시늉도 않은 채 복수심에 가득 차 기분 나쁜 미소를 지으며 옆에 서 있었다. 결국 사이먼이 회색 말의 고삐를 놓고 서둘러 앞으로 나와 목걸이를 집어서 그에게 건넸다. 사이먼은 조슬린에게 의혹과 걱정이 섞인 시선을 던졌지만 말은 한마디도 하지 않았다. 피카르 부부의 얼굴에는 이제 악의와 거만함이 가득했다. 돔빌의 말 한마디면 저 거추장스러운 걸림돌이 영원히 사라지게 될 참이었다. 이미 영주에게서 쫓겨난 처지에 도둑질과 배반이라는 죄목까지 덧씌워진다면 교수형은 불가피할 터였다.

"저놈은 가장 무거운 처벌을 받아야 해." 돔빌이 중얼거리며 행정 장관을 힐끗 바라보았다.

"그건 법정에서 알아서 할 문제요." 프레스코트는 잘라 말한 뒤 호위병을 향해 돌아섰다. "이자를 성으로 데려가게. 난 고드프리드 피카르 경과 수도원장님께 할 얘기가 있네. 곧 따라가지."

죄인은 건장한 두 명의 무장 사병에게 붙들려 고개를 푹 숙이고 팔을 늘어뜨린 채 양처럼 유순하게 걸어갔다. 수사들과 하객, 그리고 하인들이 그가 지나갈 수 있도록 길을 비켜주었다. 무서운 정적만이 그 행렬을 감싸고 있었다.

캐드펠 수사도 다른 사람들과 함께 넋을 잃은 채 그저 멍하니 서 있었다. 바로 조금 전 말을 타고 광장으로 들이닥친 그 호전적인 젊은이, 겁에 질려 무엇도 자신의 의지대로 할 수 없게 된 연인을 위해 필사적으로 적진에 뛰어들었던 그 용감한 연인의 모습은 이제 온데간데없었다. 캐드펠로서는 그런 갑작스러운 변화가 도저히 믿기지 않았다. 그는 입구 쪽으로 황급히 걸음을 옮기며 그 초라한 행렬이 지나가는 모습을 지켜보았다. 뒤쪽에서 사이먼 애귈런의 목소리가 들렸다. "회색 말은 마구간에 데려다 놓을까요? 불쌍한 짐승을 버릴 수는 없잖습니까. 사실 이 녀석은 아무 잘못도 없으니까요." 말투만으로는 그가 저 짐승의 주인이 정말로 도둑질을 했다고 생각하는지 아닌지 분명히 짐작할 수 없었지만, 캐드펠은 왠지 알 것 같았다. 이 상황에 의구심을 느끼는 사람은 그 혼자만이 아니었다.

조슬린과 호위병들이 다리 근처에 다다를 무렵 캐드펠은 성문길 쪽으로 나와 그들 뒤를 좇았다. 성벽을 따라 탑이며 집들이 긴 열을 이루고 있는 가운데 세번강이 웅장하게 흐르고, 그 위로 슈루즈베리 언덕이 습기를 머금은 희미한 햇빛을 받으며 빛나고 있었다. 그 오른쪽 끝에는 우뚝 솟은 성채가 보였는데, 바로 그곳에 지금 저들 호위병과 죄인이 향하고 있는 감옥이 있었다. 지난여름 여러 차례 폭우가 쏟아지고 웨일스로부터 물이 밀려들어 수량이 갑자기 늘어난 탓에 섬 아래쪽 낮은 지대는 모두 물에 잠겨버리고 말았다. 때에 따라 마을로 가는 길목을 차단하기도 하는 도개교가 지금은 내려와 마지막 수확물이나 열매, 구근 같은 사료들의 수송과 겨울용 비품을 구하는 사람들의 이동을 감당하고 있었다. 조슬린과 양옆의 호위병들은 걸어가고, 그 앞뒤로 말 탄 사람들이 셋씩 붙어 그들을 수행했다. 이동 속도는 빠르지도 더디지도 않았다. 제정신을 가진 사람이라면 자기 눈앞에서 독방 문이 닫히는 꼴을 보겠다고 서두를 리가 없고, 그렇다고 미적거리다가는 호되게 얻어맞을 수 있기 때문이었다. 짐차를 끌고 가던 시내 사람들은 길 한쪽으로 비켜서서 호송 행렬을 구경했는데, 그중 일부는 아예 넋을 잃고 죄인 뒤로 따라붙는 통에 뒤쪽 호위병들의 앞길이 가로막히기도 했다.

행정 장관은 마을 사람들과 종종 감정적인 대립을 겪어온 터였고 때로는 마을 사람들의 보복이 무시하지 못할 수준에 이르기도 했기에, 프레스코트의 부하들은 사람들에게 함부로 채찍질을 하거나 위협을 가하는 짓을 삼갔다. 도개교 망루 입구의 좁은 부분에서 구경꾼들이 길을 가로막을 때도 뒤에서 쫓아오던 호위병들은 그저 길을 비켜줄 것을 정중히 요구했고, 그러면서 죄인과 호위병 사이는 점점 더 멀어졌다. 캐드펠은 재빨리 말 사이로 미끄러지듯 움직여 입구에 있는 구경꾼들 틈에 끼어든 덕에 사태의 추이를 조금이나마 지켜볼 수 있었다.

여전히 풀이 죽어 구부정하게 걷던 조슬린이 이윽고 다리 한 중간 가장 높은 부분에 이르렀다. 그곳 난간의 높이는 그의 허리 정도밖에 오지 않았다. 한순간 그가 비틀거리는 듯 싶더니, 앞쪽에 가던 활을 멘 세 명의 기병이 의식하지 못하는 새 그들 사이의 간격이 1미터가량 벌어졌다. 마침 길 왼쪽에 마차가 세워져 있어 일행은 오른쪽으로 비켜 지나가야 했다. 그들이 벽 쪽으로 가까이 붙었을 때, 조슬린은 갑자기 축 처져 있던 몸에 힘을 주더니 자신을 에워싼 양쪽 호위병을 오른편으로 밀친 뒤 그들이 정신을 수습할 틈도 없이 발을 걸어 넘어뜨렸다. 조슬린이 다리 난간으로 올라가는 순간 뒤쫓아 온 이들 중 하나가 필사적으로 그의 발을 붙잡았지만 세찬 발길질에 비틀거리며 뒤로 물러섰다. 또 다른 호위병이 그를 잡으려고 손을 뻗었을 땐 그가 이미 강 한가운데로 뛰어들어 시야에서 사라진 뒤였다.

정말이지 멋진 광경이라 그 모습을 보고 있던 캐드펠 또한 기뻐하지 않을 수 없었다. 이유는 모르겠지만, 그 순간 문득 그의 머릿속에 그간의 사정이 훤히 떠오르는 듯했다. 조슬린 루시는 돔빌의 금붙이에 손을 대지 않은 게 분명했다. 애그니스가 허브밭에서의 밀회를 남편에게 일러바치자 피카르는 신랑이 될 돔빌에게 언질을 주며 주의를 환기시켰고, 이에 위기를 느낀 신랑이 루시를 해고한 것이다. 도둑이라는 누명을 뒤집어씌워 감옥에 안전하게 가둬놓으려는 계획 역시 이미 조슬린 루시를 해고할 당시 치밀하게 세워져 있었을 터였다. 그들로서는 그를 자유롭게 놓아줄 수 없으니까. 그는 사라져야만 하는 존재니까.

마침내 조슬린은 사라졌으나, 그들이 아닌 그 자신의 뜻에 따라 사라졌다. 캐드펠은 수십 명이나 되는 구경꾼들과 함께 난간에 기대어 숨죽인 채 강 아래쪽을 내려다보았다. 사람들이 뭐라고들 외쳐댔는데, 개중에는 조슬린을 응원하는 목소리도 섞여 있었다. 누군가 경비병에게 붙들려 감옥으로 가다가 도망치면, 법을 준수하는 이들이라 해도 대개는 응원의 박수를 보내기 마련이었다.

행정관은 자신의 실수로 죄인을 놓치자 갑자기 열을 내며 앞뒤로 늘어선 부하들에게 소리쳐 명령을 내리기 시작했다. 앞쪽 둘은 시내의 성벽 아래 강이 흐르는 길을 따라 계속 말을 달리게 했고, 뒤쪽 세 명은 수도원 제방을 향해 오던 길로 다시 돌아가 도망친 자가 강의 어떤 쪽으로 올라와도 잡을 수 있도록 대기시켰다. 하지만 그들 모두 길을 빙 둘러가야만 했다. 세번강의 조류가 하류 쪽에 있던 채석장을 모두 휩쓸어가 이젠 그곳에 길이라곤 흔적도 없이 사라졌기 때문이었다. 남아 있는 보병들 중 궁수 둘은 행정관의 지시에 따라 황급히 활을 들고 난간 쪽으로 다가가서는 혹시라도 시위를 당길 때 방해가 되지 않도록 군중들을 뒤로 물렸다.

“물 위에 나타나는 대로 활을 쏘아라!” 행정관이 소리쳤다. “가능하면 생포하되 여차하면 죽여도 좋다!”

몇 분 뒤, 말을 탄 이들이 강기슭에 도착해 구불구불한 길을 따라 강변으로 내려가기 시작했으나 그때까지도 평온하게 흐르고 있는 강 위로 담황색 머리칼이 떠오를 기미는 보이지 않았다.

“죽었나 봐!” 누군가가 침통하게 말하자 여인네 몇 명이 안됐다는 듯 한숨을 내쉬었다.

“아니에요!” 난간 위에 배를 대고 엎드려 있던 꼬마 하나가 소리를 질렀다. “저기 봐요! 수달처럼 날렵하잖아요!”

저 멀리 하류에서 조슬린의 창백한 얼굴이 물 위로 떠올랐다. 화살 하나가 허공을 가르며 그리로 향했으나 곧 그는 물속으로 사라졌고, 다시 숨을 쉬기 위해 물 위로 올라왔을 땐 이미 화살의 사정거리에서 한참 벗어나 있었다. 이어 두 번째 화살이 날아갔지만 이번에는 어림도 없는 곳에 떨어졌다. 강 한가운데서 물의 흐름에 몸을 맡긴 채 유유히 헤엄치는 그의 모습은 마치 땅 위에서처럼 자유자재였다. 장난꾸러기들과 구경꾼들이 헛수고를 한 궁수들에게 야유를 보냈다. 멀리 강 아래쪽에서 조슬린이 작별 인사를 하듯 긴 팔을 흔들어 보이자 구경꾼들 사이에서는 마침내 웃음까지 터지고 말았다.

강 양쪽 제방에서 기마병들이 추적하고 있었지만 그를 앞지를 가망은 없어 보였다. 둘은 시내 성벽과 수도원 포도밭 아래쪽으로 난 길을 따라 쏜살같이 달려갔고, 맞은편의 다른 세 명은 수도원의 가장 큰 채소밭과 과수원 등이 자리 잡고 있는 비옥한 게이초원을 달렸다. 마치 강 급류에 떠내려가는 나뭇잎을 붙잡으려는 것만큼이나 부질없는 노력이었다. 세번강은 무척 고요하지만, 그 물살의 속도는 무서울 정도였다.

소용돌이 속의 작은 거품처럼 아스라이 보이던 담황색 머리칼은 이윽고 완전히 시야에서 사라졌다. 보아하니, 아마 자기가 어떤 쪽 기슭으로 가고 있는지, 결국 어느 쪽에서 뭍으로 나올지 아무도 눈치챌 수 없게끔 다시 물속으로 잠수해 들어간 모양이었다. 포도밭 너머 왼편에는 거대한 성벽과 황무지를 뒤덮은 덤불이며 키 작은 나무들이 빽빽했고, 오른쪽 과수원 뒤에는 강변과 맞닿은 숲이 있었다. 둘 중 어느 쪽을 선택할지는 알 수 없으나, 어쨌든 그는 기슭에 올라 나무 사이에 몸을 숨길 때까지 모습을 드러내지 않을 터였다. 캐드펠 또한 그 나름대로 어느 쪽이 가장 안전한 은신처일지 궁리하고 있었다. 그때 나뭇가지가 살짝 움직이는 듯하더니 사람의 모습이 언뜻 비치는 것 같았다. 조슬린이 기슭으로 올라와 숲으로 사라지고 있었다.

더는 볼 것도, 할 일도 없었다. 캐드펠은 내팽개쳐둔 일을 기억해내고는, 신이 나 떠들어대는 장난꾸러기들과 욕지거리를 내뱉는 호위병들을 뒤로한 채 수도원 입구를 향해 걸음을 재촉했다. 자신을 뒤쫓는 사람들의 외침 소리만 들릴 뿐 돈은커녕 무기도 말도 없고 마른 옷가지 하나 지니지 못한 그 청년은 앞으로 어떻게 할 작정일까? 걸어가든 아니면 다른 방도를 찾든, 밤이 되기 전에 슈루즈베리에서 가급적 멀리 벗어나는 게 상책일 것이다. 그럼에도 불구하고, 과연 그가 그렇게 분별력 있게 행동할지 캐드펠은 확신할 수 없었다.

*

그 소식은 이미 수도원에까지 퍼져 있었다. 캐드펠이 문지기실에 들어설 때 길버트 프레스코트는 화가 나 터덜터덜 수도원을 나서고 있었으며, 무장한 병사들 역시 무겁게 발걸음을 옮기는 중이었다. 프레스코트는 조슬린 루시에 대해 딱히 개인적인 반감이 없는 듯했고, 지금까지의 태도로 봐서는 휴언 드 돔빌을 특별한 존경심으로 대하는 것 같지도 않았다. 그저 자신의 부하인 행정관의 무능함에 영 마음이 언짢은 모양이었다. 만일 빠른 시간 안에 죄인을 잡아들이지 않으면 애꿎은 호위병들만 한바탕 곤욕을 치르게 될 터였다.

소동이 가라앉자 문지기가 조심스럽게 나와 서 있다가 캐드펠을 향해 침울하게 머리를 가로저었다. "결국 도망치고 말았군요! 이제 그자가 난리를 부릴 차례예요. 온 수비대를 다 풀어서 그 녀석을 뒤쫓게 할 겁니다. 녀석은 걷고 있을 테니 말 탄 사람들을 당할 수는 없겠지요! 그자의 말은 이미 다른 향사가 주교관으로 끌고 가버렸으니 말입니다."

휴언 드 돔빌과 사이먼 애걸런, 가이 피츠존과 마부들도 모두 떠나고 없었다. 조슬린이 도망쳤다는 소식이 수도원 문지기실에 닿기 전, 다들 도둑이 안전하게 감금되리라 믿으며 자리를 뜬 것이다.

"누가 그 소식을 전하던가? 추적하는 모습을 지켜볼 만큼 오래 머물렀을 수는 없었을 텐데."

"수도원 형제 둘이 이제 끝물인 사과를 주워 가지고 막 게이에서 나오던 참이었답니다. 녀석이 뛰어드는 것을 보고는 그 소식을 전하려고 서둘러 왔더군요. 수사님께서 도착하기 조금 전이었지요."

수사들과 하인, 손님 할 것 없이 많은 이들이 광장에 모여 상황을 예측하느라 법석이었고, 어떤 이는 혹시 더 소동이 벌어질까 싶어 강둑 쪽으로 나가보기도 했다. 만일 휴언 드 돔빌이 소식을 듣는다면 크게 격분해 어디든 분풀이를 하지 않을 수 없으리라. 캐드펠은 피카르 부부가 접객소 입구에 서서 낮게 소곤거리며 비밀스러운 대화를 나누고 있는 모습을 보았다. 그들의 표정은 잔뜩 긴장해 경계하는 듯했으며, 무슨 계책이라도 꾸미는 것 같았다. 일이 이런 식으로 흘러가리라고는 전혀 예상치 못한 것이다. 그 말썽 많은 녀석을 성안에 고이 가둬두었다가 돔빌이 극단적인 처벌을 선택하면 교수형에 처할 수도 있으리라 기대했건만…….

이베타는 보이지 않았다. 애그니스가 몸종을 붙여 건물 안에 가둬놓은 것이 틀림없었다. 삼촌과 숙모가 수도원장 숙사며 접객소며 입구 사이를 수도 없이 오가는 사이 그녀는 단 한 번도 모습을 드러내지 않았다. 피카르는 말을 타고 나갔다가 거의 한 시간쯤 뒤에 돌아왔는데, 아마 돔빌과 상의하기 위해 주교관에 다녀온 듯했다.

캐드펠은 오후 내내 오스윈 수사에게 일을 맡겨두어 노심초사했다. 그러나 그가 자리를 비운 사이 오스윈 수사는 아무것도 엎지르지도 태우지도 않았고, 실수로 귀한 식물을 뽑아버리지도 않았으며, 심지어 아무것도 부러뜨리지 않았다. 이는 두말할 나위 없이 신의 특별한 가호이자 캐드펠의 유난한 집착에 대한 배려이기도 할 것이나, 한편으론 캐드펠의 지나친 불안에 대한 책망인지도 몰랐다.

그는 이제 자신의 문제에 대해 궁리하기 시작했다. 라둘푸스 수도원장을 찾아가 전날 밤 자신이 보고 직접 관여한 것들에 대해 이야기해야 할까? 그렇게 단순하고 확실치 않은 증거만으로 자신이 전혀 모르는 상황에 끼어드는 건, 아무리 선의에서 나온 행동이라 하더라도 상당히 위험한 일이었다. 어쩌면 그 청년이 재산을 노리고 이베타를 꼬여 함께 도망치려는 계획을 세운 것일 수도 있지 않은가. 그리고 확실한 건, 그가 이베타를 설득할 수 있을 정도로 충분히 매력적이라는 사실이었다. 캐드펠은 그 일에 관련된 사람들을 편견 없이 여러 각도에서 보려고 노력해보았다. 그러나 피카르 부부에게선 그녀를 향한 일말의 온정이나 애정조차 느낄 수 없었다.

오후에 라둘푸스 수도원장이 사람을 보내 캐드펠을 찾았다. 거짓말은 선의에 의한 것일지라도 쉽사리 용서받을 수 없다는 점을 상기하면서 그는 부름에 응했다. 그뿐 아니라 애그니스 피카르를 과소평가하는 것은 현명치 못한 처사라는 생각도 들었다. 비록 지금까지는 무섭게 끓고 있는 물에다 기름을 살짝 뿌리는 정도의 행동 외에는 그녀가 하는 일에 끼어들지 않은 터였지만 말이다.

"형제에 대한 불만의 소리가 좀 들리더군, 캐드펠 수사." 수도원장이 천천히 돌아앉으며 입을 열었다. 늘 그렇듯 그의 목소리는 냉정하고 날카로우면서도 정중했다. 게다가 좀처럼 표정 변화가 없는 터라 도무지 그의 속을 짐작할 수가 없었다. "아, 형제의 이름이 직접 거론된 건 아니지만, 짐작건대 저녁 늦게까지 허브밭 작업장에서 일하고 있던 수사라면 형제밖에 없을 것 같아서 말이오."

"제가 그곳에 있었습니다." 캐드펠은 기다렸다는 듯이 대답했다. 라둘푸스 수도원장 앞이라면 오로지 모든 것을 있는 그대로 이야기하는 수밖에 없었다.

"이베타라는 여자와 지금 강변 어딘가에 숨어서 쫓기고 있는 그 젊은이가 함께 있었다지? 그들의 만남을 묵인했단 말이오?"

"그런 게 아닙니다. 제가 작업장에 들어가보니 이미 두 사람이 거기 있었습니다. 저도 불편했고, 그들도 그랬던 것 같았습니다. 얼마 지나지 않아 피카르 부인이 나타났고요. 맹세컨대 전 어떻게든 사태를 진정시키기 위해 애썼을 뿐입니다. 구름을 건느라 화살 한두 개를 던진 정도랄까요."

"그 얘긴 이미 고드프리드 경에게 전해 들었소." 수도원장이 차분하게 말했다. "그분은 부인에게서 들었을 테지. 이제 캐드펠 형제 이야기를 들어보지요."

캐드펠은 기억을 되살려 모두 이야기하면서도 조슬린이 살인까지도 불사하겠노라 경솔하게 내뱉은 부분만큼은 속으로 삼켰다. 젊은이들은 흔히 성급해지면 마음에 없는 말을 쏟아놓기도 한다. 이야기를 마치자 라둘푸스 수도원장은 얼굴을 찌푸리며 그를 빤히 쳐다보았다.

"형제는 지금 무언가 진실을 숨기고 있군. 그 내용은 고해신부의 몫으로 남겨두겠소. 하지만 형제는 그 아가씨가 정말로 자기 친척을 두려워한다고 믿소? 그 아가씨가 스스로 혐오하는 일에 억지로 끌려 들어가고 있다고 생각하는 거요? 나 역시 그 젊은이의 이야기를 들었소만, 만일 이 결혼을 막고 그녀를 얻게 되면 그 젊은이 역시 대단한 부를 얻게 되오. 그러니 결국 그의 행동도 탐욕에서 비롯한 것일 수 있지. 겉이 그럴싸해 보이는 사람이라고 반드시 정신까지 제대로 박혀 있다는 법은 없으니 말이오. 오히려 삼촌이 그녀를 위해 제대로 된 계획을 세웠을지도 모르는 일이고, 그렇다면 그의 계획을 망치는 게 죄일 테지."

“그런데 한 가지 이상한 점이 있습니다.” 캐드펠이 조심스럽게 말을 꺼냈다. “제가 가장 고민스러운 것이 바로 그 때문인데요, 그 아가씨가 한순간도 혼자 있지 않고 늘 삼촌과 숙모의 보호 아래 있다는 사실입니다. 말도 거의 하지 않아 항상 다른 사람이 대신 의사를 전하더군요. 수도원장님께서 그녀와 한번 개인적으로 이야기를 나눠보시는 게 어떨까 합니다. 옆에 아무도 두지 않고 그녀 스스로 이야기하는 내용을 들어보시면 좋을 것 같습니다.”

수도원장은 잠시 숙고하더니 조용히 그 말을 받아들였다. “형제의 뜻은 잘 알겠소. 아가씨를 그렇게 싸고돈다면 그건 과보호임이 분명하지. 그녀 또한 자신의 의견을 자유롭게 말할 수 있어야 하오. 하지만 무작정 접객소를 방문해 그녀와 단둘이 만날 기회를 마련하는 것도 좀 이상하지 않겠소? 형제 못지않게 나 역시 생각을 좀 정리해야겠소. 고드프리드 경이 내게 말하기로는, 그 향사가 제 신분을 악용해서 이베타에게 수상쩍은 짓을 했는데, 그녀 역시 전부터 그에게 관심이 있던 터라 이를 묵인하고 그자의 감언이설에 홀랑 넘어갔다는 거요. 만일 그게 사실이라면 오늘 아침의 소동으로 그녀가 제정신을 차리고 생각을 바꾸었을 수도 있겠지.”

수도원장의 말이나 태도는 물론 눈빛을 통해서도 그가 저 도난 사건에 무언가 의혹을 품고 있는지 어떤지 짐작조차 할 수 없었다. 게다가 그는 가능한 모든 상황에 대해 꼼꼼히 생각하는 신중한 사람이었다.

"오늘 밤 신랑과 그의 조카, 그리고 피카르 경을 초대해 저녁을 함께하면 어떨까 싶소. 내가 몸소 가서 초청하면 기회를 마련할 수 있을 것도 같은데. 지금 가봐도 괜찮을지 모르겠군."

안 될 이유가 어디 있겠는가? 캐드펠은 면담 결과에 만족하면서 수도원장과 함께 안개 낀 가을 오후 속으로 걸어 나왔다. 라둘푸스 수도원장은 남작에 필적하는 귀족 지위를 부여받았으며, 제대로 된 권위를 가진 이의 지도를 받는 것이 젊은이들의 임무라 생각할 만큼 엄격한 사고방식을 지닌 사람이었다. 그러나 나이 든 사람들이 마치 무슨 특권이라도 지닌 듯 자녀들의 인생을 좌지우지하는 실수를 저지르곤 한다는 사실을 모르지는 않았으니, 만일 이베타가 한 번이라도 수도원장과 단둘이 이야기를 나누게 된다면 곧장 그를 신뢰하게 될 것이었다. 이 수도원의 어른이자 가장 권위 있는 라둘푸스 수도원장이 직접 손을 뻗치면, 설사 왕이 나선다 해도 그녀를 제대로 보호할 수 있을 터였다.

그들은 수도원 정원을 거쳐 광장으로 나온 뒤 접객소로 향했다. 캐드펠이 인사를 하고 막 정원으로 돌아가려 할 때 두 사람은 동시에 무언가를 보고 멈춰 섰다. 식당 담벼락 옆 석조 벤치 위에 이베타가 앉아서 무릎에 놓인 기도서를 열심히 읽고 있었던 것이다. 흐릿한 햇빛을 받아 그녀의 짙은 금발이 부드럽게 빛나고 있었다. 그녀는 혼자였고 삼촌네 식솔은 아무도 보이지 않았다.

라둘푸스 수도원장은 확인하듯 잠시 쳐다보다가 그녀가 앉아 있는 곳으로 향했다. 조용히 다가갔지만 사제복 스치는 소리가 들린 모양이었다. 그녀는 고개를 들었는데, 그 표정이 차가울 정도로 고요하고 차분했다. 얼굴은 언제나처럼 창백했지만, 수도원장이 가까이 다가가자 그녀는 입술을 살짝 움직여 미소를 지어 보이더니 일어서서 정중하게 경의를 표했다. 캐드펠은 어리둥절한 마음으로 수도원장의 뒤를 따랐다.

"자매여." 라둘푸스 수도원장이 점잖게 말을 건넸다. "이렇게 평온히 있는 것을 보니 기쁘오. 오늘 아침 소동으로 자매가 고통스러워할까 걱정하던 참이었소. 자매의 신상에 상당히 중대한 변화를 앞둔 때이니만큼 조용히 심사숙고할 시간이 필요할 텐데 말이오. 짐작건대 자매는 그 젊은이에게 호의를 가지고 있었으나 그토록 놀라운 일에 대해서는 아무런 준비가 되어 있지 않았던 것 같소. 그 일이 아마 큰 상처가 되었을 거요."

이베타는 말간 얼굴로 조용히 수도원장을 올려다보았다. 미동도 없는 두 눈은 텅 비어 있는 것만 같았다. "그렇습니다. 수도원장님. 저는 그 사람을 나쁘게 생각해본 적이 없습니다. 지금은 그보다 저 자신을 더 원망하고 있고요. 제 의무는 저도 잘 알고 있으니까요." 그녀의 목소리는 아주 작았지만 강한 확신이 있었고 또 신중했다.

"그렇다면 이제 내일 있을 혼배 성사 쪽으로 마음이 기울었다는 뜻이오? 경애하는 자매여, 내겐 내가 관계하는 모든 이들에 대한 나 나름의 책무가 있소. 그 어떤 사람에게라도 나는 열려 있소. 만약 하고 싶은 말이 있다면 내게 마음껏 해도 괜찮소. 누구도 그걸 막거나 자기에게 유리한 방향으로 왜곡할 수는 없을 거요. 자매의 이야기라면 내 기꺼이 듣겠소. 자매가 여기 이 수도원 담장 안에 머무는 동안은 자매의 평화와 행복이 내 관심사이고, 이곳을 떠난 뒤에도 난 자매를 위해 기도드릴 거요."

"믿습니다. 그리고 감사드립니다. 하지만 제 마음은 이제 정해졌고 그 결정에 만족합니다. 수도원장님, 전 제가 가야 할 길을 분명히 알고 있으니 더 이상 흔들리지 않을 것입니다."

수도원장이 한참 동안 그녀를 진지하게 쳐다보자 이베타는 아무런 동요 없이 그의 눈길을 받아들였는데, 창백한 그 얼굴에는 무언가 단호해 보이는 미소가 깃들어 있었다. 라둘푸스 수도원장은 모든 걸 명확하게 얘기해두고 싶었다. 지금이 유일한 기회일 터이기 때문이었다. "내일 자매가 치르게 될 혼례는 삼촌과 숙모의 의향에 따른 것이라 들었소. 특히 지위나 재산 문제와 관련해서 말이오. 자매의 의향도 그들과 다르지 않은 게 확실하오? 그 혼례를 자매 자신의 의지로 받아들이는 거요?"

이베타는 자줏빛이 어린 눈을 크게 뜬 채 잠시 아이처럼 망설이다가 입을 열어 간명하게 대답했다. "네, 수도원장님. 분명히 제 의지입니다. 저는 옳고 바르다고 생각하는 대로 행동하고 있습니다. 앞으로도 그렇게 해나갈 것이고요."

4

사이먼 애궐런은 영주가 분노에 차 식사도 거르고 잠자리에 든 틈을 이용해 혼자 슬그머니 주교관을 빠져나왔다. 뒤뜰을 거쳐 헛간과 과수원을 지나 담에 붙은 쪽문으로 나가서는, 성문 길을 따라 길게 이어진 삼림지대로 서둘러 들어갔다. 조슬린은 틀림없이 강 하류 쪽, 마지막으로 목격된 곳에서 멀지 않은 기슭으로 올라왔을 터였다. 아마 성에서 멀리 떨어진 오른편 제방 어디쯤이 아닐까? 숨을 곳을 마련해야 할 처지에 적진 가까이로 올라올 이유는 없으니까. 어쩌면 성문 한참 아래쪽의 수도원 근처 기슭일지도 몰랐다.

행정관의 부하들은 서두름 없이 조직적으로 그를 추적했다. 우선 시내로부터 방사상으로 퍼진 모든 길에 경비병을 세워두고 그 사이사이에 순찰대를 배치해 주위를 둥근 원 모양으로 둘러싸 감히 빠져나갈 엄두도 낼 수 없게 했다. 그러고 나니 그 원 안에 있는 은신처들을 하나하나 살펴볼 여유가 생겼다. 조슬린에게는 말도 무기도 없었으며, 심지어 그런 걸 얻어낼 방법도 없었다. 그가 도망쳤다는 소식을 전해 듣자마자 돔빌은 사이먼이 데려다 놓았던 조슬린의 은회색 말을 끌어내 다른 은밀한 곳에 가둬놓았다. 혹시라도 말 주인이 밤을 틈타 말을 가지고 도망갈까 염려해서였다. 그를 다시 잡아들이는 건 이제 시간문제였다.

사이먼은 조슬린이 올라왔을 만한 장소가 나올 때까지 계속해서 하류 쪽 숲속으로 걸어 들어갔다. 이곳 내륙에는 나무가 울창했고 덤불도 많았다. 거기서 시작된 두 갈래의 작은 개울이 각각 강 쪽으로 흐르고 있었으니, 만일 개가 추적을 시작하면 조슬린은 그중 한 곳의 바닥을 활용해 냄새를 지울 수도 있을 듯했다. 사이먼은 두 번째 개울을 따라 안쪽으로 더 깊이 들어갔다. 집중하여 귀를 기울였으나 간간이 새 울음소리만 들릴 뿐 별다른 기척은 없었다. 그는 귀를 쫑긋 세우고 선 채 조슬린과 함께 귀동냥으로 배운 춤곡을 휘파람으로 불기 시작했다. 둘에게 그 곡을 알려준 이는 돔빌의 사제로, 음악에 재능을 지닌 그는 미사 때 부르는 찬송가만이 아니라 세속적인 노래도 즐기곤 했다.

그렇게 간간이 휘파람을 불며 강에서 400미터쯤 떨어진 곳까지 갔을 때였다. 오른편의 울창한 관목들이 움직이는가 싶더니 그 사이로 손 하나가 불쑥 튀어나왔다. 잔뜩 경계한 채 그를 바라보는 눈빛도 보였다.

"조슬린?" 사이먼이 나지막이 말했다. 추적자들이 아직 이리로 오지 않았다 해도 호기심 많은 농부가 우연히 듣고는 고변해서 일을 그르칠 수도 있기 때문이었다. 하지만 숲속은 그야말로 적막강산이었다.

"사이먼?" 조슬린의 목소리에는 짙은 의혹이 묻어 있었다. "자네도 그들과 한패가 된 거야? 난 그 재수 없는 금붙이 따위엔 손 한번 안 댔다고."

"자네가 그랬으리라고 생각 안 해. 쉿, 나오지 말고 거기 그대로 있어." 사이먼은 속삭이며 그쪽으로 가까이 다가갔다. "나 혼자야. 자넬 찾아온 거라고. 그렇게 흠뻑 젖은 채로 여기서 밤을 지낼 수는 없을 테니까. 자네 말은 못 데려왔어. 지금 다른 곳에 갇혀 있거든. 게다가 길이란 길은 다 막혔으니 그들이 긴장을 풀 때까지 하루 정도는 어딘가에 숨어서 지내야 할 거야. 일단 내일만 지나면 자네를 죽여 피를 보겠다는 생각도 잦아들겠지."

조슬린은 반감과 증오에 가득 차 몸을 떨었다. 내일이 지나면 모든 게 끝나고 결국 그들의 승리로 끝날 터였다.

"하느님께 맹세하는데, 난 그놈이 멋대로 욕심을 채우도록 두지 않을 거야. 만일 그녀를 강제로 결혼시킨다면 내가 그녀를 과부로 만들어버리겠어."

"조용히 해, 이 바보 같은 친구야. 그런 얘긴 입 밖에도 내지 말라고! 다른 사람들이 들으면 어쩌려고 그래? 자, 자넨 나랑 있으면 안전해. 내 힘이 닿는 한 자넬 도울게. 하지만…… 조용히 생각 좀 해보자고."

"나 혼자서도 잘해나갈 수 있네." 조슬린은 숨어 있던 곳에서 조심스레 몸을 일으켰다. 그의 몸은 물론 고운 머리칼까지 온통 오물과 흙투성이였다. "자넨 좋은 친구야, 사이먼. 하지만 나 때문에 이렇게 어리석은 위험을 무릅쓸 필요는 없어."

"그럼 나더러 어쩌라는 건가?" 사이먼이 화가 나서 말했다. "그저 뒷짐만 지고 자네가 잡혀가는 걸 보고만 있으라고? 이보게, 자네에게 가장 안전한 곳이 있어. 아마도 그들은 뒤져볼 생각조차 못 할 거야. 일반 가옥도 아니고, 그렇다고 마구간이나 정원 헛간 같은 곳도 아니지. 다른 곳은 빠짐없이 샅샅이 뒤지겠지만 그곳 건물과 정원만큼은 그들도 그냥 지나칠 게 분명해. 들어봐, 주교관 구역 내 한쪽 구석에 오두막이 하나 있어. 오늘 내가 빠져나온 문 바로 옆에 있는데, 뒤뜰에서 잘라 온 건초를 저장해두는 곳 같아. 거기 누워서 몸을 말리고 있으면 내가 먹을 걸 좀 가져다줄게. 벽에 쪽문이 나 있는데, 아마 사람들이 밖에서 들여다볼 수 없도록 안쪽에서 잠글 수 있을 거야. 자, 그러고 나서 내가 자네 말 브라이어를 어떻게든 데려오면……. 자네 생각은 어때?"

더할 나위 없이 좋은 생각이었다. 조슬린은 진심으로 감사하며 그러마고 대답했다. 다만 한 가지, 지금 자신에겐 말이 없는 게 그리 대수로운 문제가 아니라는 말은 조용히 삼켰다. 이베타를 구해낼 뾰족한 방법을 찾아내거나 아니면 최악의 경우 모든 희망을 잃고 낙담해서 죽을 때까지 그는 어디로도 갈 생각이 없었기 때문이다.

"자넨 정말 좋은 친구야. 내 잊지 않겠네. 하지만 자네도 조심해야 돼. 이 난리에 발을 들이는 건 우리 중 하나만으로 충분하니까." 조슬린은 사이먼의 손목을 잡고서 진지하게 말을 이었다. "잘 들어, 계획대로 안 되면 난 추적당하다가 결국 잡히게 될 거야. 그럴 경우 자네는 이 일에 대해 아무것도 모르는 거야. 알겠나? 나랑은 아무 관련도 없다고 딱 잡아떼라고. 만약 음식이 발각되거나 설명해야 할 다른 일이 생겨도 다 내가 훔친 것으로 할 테니, 자네는 끝까지 이 일과 무관한 사람으로 남아 있어야 해. 자, 그렇게 하겠다고 약속하게! 자네까지 이 일에 끌어들이게 되면 난 스스로가 부끄러워 견딜 수 없을 거야."

"자넨 잡히지 않을 걸세." 사이먼이 결연히 말했다.

"물론이지. 하지만 그렇게 하겠다고 약속은 해야 해!"

"그래, 그게 자네 뜻이라면 알았네. 자네 혼자 알아서 하게 두고, 자넬 돕더라도 남들이 눈치채지 못하도록 은근히 하도록 하지. 나도 다른 사람들과 마찬가지로 내 몸 귀한 줄은 아니까 어떻게든 알아서 내 한 몸은 건사하겠네. 자, 이제 가자고. 내가 빠져나온 걸 저들이 눈치채기 전에 말이야."

돌아가는 길은 훨씬 가까웠다. 주교관 정원의 뒤쪽 담장을 향해 곧바로 간 데다 그쪽 길에는 몸을 감출 수 있는 것들이 많았기 때문이다. 앞서 가던 사이먼이 무슨 기척을 듣고 나지막이 휘파람을 불면 조슬린은 덤불 속으로 뛰어들어 숨었는데, 그런 긴장의 순간도 아주 잠깐이었다. 대개는 새들이 날아오르는 소리이거나, 들짐승들이 마른 덤불 사이를 기어가는 소리에 불과했다. 주교관 담장에 난 쪽문은 사이먼이 열어둔 그대로였다. 사이먼이 먼저 가서 조심스레 안쪽을 살핀 다음 손짓을 하자 조슬린이 무사히 문 안으로 뛰어 들어왔고, 이내 문이 닫히며 빗장 걸리는 소리가 울렸다. 담장 바로 아래 나무로 지어진 작은 건초 저장소였다. 온통 건초 냄새가 진하게 풍겼고, 발아래에서 먼지가 일어 코가 가렵고 따끔거렸다.

"아무도 이곳으로는 오지 않을 거야." 사이먼이 작은 목소리로 말했다. "뜰에 있는 마구간에 이미 건초들이 충분히 쌓여 있거든. 아늑하게 누워 있기 좋으니 조용히 숨어 있게. 난 오늘 밤 삼촌이랑 수도원장님을 만나 저녁을 먹기로 되어 있어. 거기 가기 전에 먹을 것과 마실 것을 좀 가져다주지. 자, 여기 건초 위에 있으면 젖은 옷도 곧 마를 걸세."

"내겐 궁전이나 다름없군." 조슬린은 진심 어린 말로 대답한 뒤 고마움의 표시로 친구의 팔을 꽉 붙잡았다. "자네 은혜는 잊지 않겠네. 이제는 무슨 일이 일어나도 하느님께 감사드릴 수 있을 것 같아. 나를 믿어주는 친구가 있으니 말이지. 하지만 만약 일이 잘못될 경우엔, 자네를 그 진흙탕 속으로 끌어들이느니 나 혼자 당하고 싶네."

"이 사이먼에 대해선 염려 말라고." 젊은이는 자신 있다는 듯

싱긋 웃어 보였다. "내 일은 내가 잘 알아서 할 테니 자넨 자네 일에나 마음 써. 자, 그럼 가볼게. 삼촌이 저녁기도에 갈 채비를 하느라 야단이겠어. 수도원장님이랑 약속도 되어 있으니 몸단장을 해야겠지."

*

캐드펠 수사도 저녁기도에 참석했다. 휴언 드 돔빌은 약간 음침하면서도 화려한 심홍색 옷을 차려입은 채 수도원장 곁에 앉았고, 유도 사제는 마치 제2의 로버트 부수도원장처럼 점잖고 금욕적인 모습이었지만 동시에 무언가 이용해먹을 만한 일을 궁리하는 듯 주변을 호시탐탐 살피고 있었다. 곱슬머리에 건장하고 침착한 젊은이인 향사 사이먼 애궐런의 모습도 보였다. 그의 훤한 갈색 얼굴에는 그날 있었던 일 때문인지 특별한 무게가 실려 있었다.

피카르 부부 역시 참석했지만 어린 신부와 나이 든 하녀는 나타나지 않았다. 오후 느지막이 캐드펠은 두 번쯤 이베타를 보았는데, 그땐 다시 그녀 곁에 하인이 붙어 있었다. 그녀는 평온하고 침착한 태도를 유지하고 있었고 안색은 여전히 창백했지만 당당하고 자신에 차 보였으며, 입가에 살짝 미소까지 띠고 있는 것 같았다. 아무리 생각해보아도 바로 그 전, 감시받는 사람 없이 완전히 혼자였던 그 순간이 그녀가 아무런 제약 없이 하고 싶은 말을 할 수 있었던 유일한 기회였다. 하지만 그 기회는 허망하게 날아가버렸다. 그녀는 조슬린이 최악의 상황을 맞게 되리라 생각했고, 그러니 이제 자신의 결의로 그를 구해내는 수밖에 없다고 믿은 것이다. 그녀는 이 결혼을 받아들이기로 마음을 돌렸다. 은밀하게 꿈꾸던 조슬린과의 결혼 생활과 비교하면 그야말로 환멸뿐인 현실을 향해 뒷걸음칠 작정이었다.

캐드펠이 보기에 이베타의 결정은 지나치게 쉽고 단순했다. 성경에 나오는 이야기도 모르는 걸까? 소년 벤자민을 붙잡기 위해 일부러 그의 가방에 잔을 감추어둔 예가 있지 않은가. 그것 말고도 비슷한 계략이 얼마나 자주 이용되었는가! 하지만 그녀는 너무나 어린 데다 너무도 순수한 사랑에 빠져 있었다. 아마 특별한 계략을 꾸미지 않아도 그녀의 마음을 움직이기란 식은 죽 먹기였으리라. 어쨌거나 앞으로 일어날 문제들은 불을 보듯 훤했고, 결국 그 모든 일들이 현실화될 터였다.

저녁기도가 끝나자 초대된 손님들은 수도원장의 숙사로 향했다. 애그니스 피카르는 혼자서 접객소로 돌아갔다. 캐드펠로서는 당장 무엇도 할 수 없었다. 그는 식당으로 가 저녁을 먹고 그 뒤엔 대회의실에서 책을 읽었다. 무슨 이유인지 식욕도 별로 나질 않았고 집중도 되지 않았다.

수도원장의 손님들은 함께 저녁을 먹었지만 아주 늦게까지 자리를 같이하지는 않았다. 캐드펠은 마지막 기도가 끝나고 잠자리에 들기 전 작업장에 들러 문단속을 하고는 숙사로 돌아오는 길에, 입구의 등불 옆에서 돔빌과 그의 향사가 주교관으로 돌아가기 위해 말에 오르고 피카르가 그들을 배웅하는 모습을 보았다. 유도 사제는 내일 행사 준비를 위해 수도원장과 함께 이곳에서 밤을 보내는 모양이었다.

들뜬 목소리로 미루어 다들 술을 마신 듯했지만 과음을 하지는 않았을 터였다. 라둘푸스 수도원장은 대단히 절제 있는 사람이니, 아마 스스로 적당하다 여겨지는 정도까지만 술을 내놓았으리라. 노란 불빛 속에 사람들의 모습이 선명히 잡혔다. 남작은 뚱뚱하고 탐욕스러워 보이는 것이, 재산에 있어서도 그 욕심이 결코 작고 사소한 사람이 아님을 한눈에 알 수 있었다. 그에 비하면 피카르는 꽤나 빈약하지만, 모든 면에서 어둡고 사악하고 교활한 인물이었다. 그런 교활함이 돔빌의 무지막지한 힘과 잘 맞아떨어졌으니, 그 둘이 힘을 합하면 어떤 상대라도 무찌를 수 있을 것 같았다. 향사는 성실한 태도로 인내심 있게 서 있었는데, 한편으로는 생각이 다른 곳에 가 있는 듯 보였다.

캐드펠은 그들의 모습을 계속 지켜보았다. 젊은이가 하품을 겨우 참으며 주인의 마구를 붙들고 있다가 주인을 따라 자신도 사뿐히 말에 올라 한 손으로 솜씨 있게 고삐를 쥔 채 자세를 바로잡았다. 영주인 삼촌을 집까지 모시고 가서 잠자리까지 봐주는 게 자신의 책임임을 알고 술을 한 모금도 마시지 않은 게 분명했다. 이윽고 피카르가 그들에게서 물러나 손을 들고 작별을 고하자 말을 탄 두 사람은 입구까지 천천히 움직이기 시작했다. 말발굽 소리가 마치 박자를 맞춘 듯 또각거리며 성문 길의 포장석 위에 울려 퍼지더니 이내 잠잠해졌다.

*

성문 길은 칠흑처럼 어두웠다. 달 없는 밤, 별들만이 희미하게 빛을 발하고 있었다. 며칠 동안 안개로 뿌옇던 하늘이 모처럼 청명했고, 밤공기도 서늘하니 아주 맑았다. 창문 한두 곳에서 불빛이 새어 나오고 있었다. 길에서 멀찍이 물러난 곳에 자리한 주교관 문설주 양쪽으로 나무들이 어두운 그림자를 드리우고 있었다.

두 사람은 그쪽으로 천천히 다가가다가 문 바로 앞에서 멈춰 섰다. 그들은 나지막이 이야기를 나누었지만, 주변이 워낙 조용해서 목소리가 또렷이 울렸다.

"먼저 들어가게, 사이먼." 돔빌이 말했다. "난 잠시 바람을 좀 쐬고 싶구나. 마부들도 가서 자라고 해."

"침실 시종들은 어떻게 할까요?"

"오늘 밤엔 시중을 들 필요가 없네. 내가 따로 부르지 않는 한 내일 아침기도 때까지 방에 들어오지 말라고 전하게."

젊은이는 지시대로 하겠다는 듯이 말없이 허리를 굽혔다. 주변이 온통 고요한 가운데 움직이는 건 그들뿐이었다. 그러나 어둠 속에 다른 누군가가 있었다. 마을 가까이에 발을 들여서는 안 되는 자였다. 그는 익히 단련된 침묵으로 자신의 존재를 감춘 채 컴컴한 곳에 서서 외투 자락이 가볍게 스치는 소리와 마구가 딸랑이는 소리를 듣고 있었다. 사이먼이 얌전히 말을 몰아 안마당으로 들어가자 돔빌은 고삐를 흔들어 세인트자일스 쪽으로 떠났는데, 처음엔 천천히 말을 몰다가 곧 어딘가 급히 갈 곳이 있는 사람처럼 기세 좋게 내달리기 시작했다.

어둠 속에서 어두컴컴한 그림자 하나가 절뚝이는 걸음으로 풀이 나 있는 갓길을 따라 소리 없이 움직였다. 병 때문에 한쪽 발에만 의지하고 있건만 보폭이 꽤나 넓었고 속도 또한 놀라울 만큼 빨랐다. 그는 말발굽 소리에 귀를 기울이며 텅 빈 성문 길을 돌고 병원과 교회를 지나, 그 너머에 있는 길까지 계속 따라갔다. 이윽고 말발굽 소리가 갑자기 잦아들었다. 판단컨대 말을 탄 이가 길 한쪽으로 비켜서 풀 위로 가고 있는 듯했다. 그 지점까지 그는 서두르지 않고 줄곧 걸어갔다.

길 오른편 땅은 메올 시내의 비탈 쪽으로 기울어 있었다. 물방아 수로가 시작되는 곳이었다. 시원스럽게 생긴 나무들과 여기저기 흩어져 있는 잡목림이 그곳 경사면을 온통 뒤덮고 있었다. 그 구불구불한 수풀 지대를 내려가면 말을 달릴 수 있는 풀밭이 나왔다. 널찍하고 평탄해 밤에도 그리 위험하지 않은 길이었다. 하늘엔 별이 반짝였고 나무들은 이미 잎들을 반이나 떨군 상태였다. 바로 그 길 어딘가에서 휴언 드 돔빌이 사라졌다. 이제 그의 모습은 찾아볼 수 없었고 소리조차 들리지 않았다.

노인은 몸을 돌려 세인트자일스 쪽으로 다시 천천히 걷기 시작했다. 그를 제외한 동료들은 이미 모두 옥내로 들어가 잠들어 있었다. 혹시라도 어떤 가엾은 사람이 지나가다 밤바람에 오한이라도 들면 안으로 들어올 수 있도록 바깥문을 늘 열어두었지만 그는 안으로 들어가지 않았다. 동트기 전, 제법 쌀쌀하긴 해도 공기가 깨끗하고 달콤한 데다 그야말로 사방이 고요해 혼자 사색에 잠기기 적당한 이 시간이 그는 좋았다. 그다지 추위를 타는 편도 아니었다. 담장 바깥 공동묘지 쪽으로 꺾어지는 곳에는 병원과 길 사이의 경사진 잔디밭에서 베어다 놓은 건초가 산더미처럼 쌓여 있었다. 며칠 안에 이것들 모두 헛간으로 옮겨져 가축용 사료나 마구간 두엄용으로 저장될 터였다. 노인은 외투를 둘러쓰고 풀 위에 앉아 편안하고 따뜻하게 쉬기 위해 건초 더미에 몸을 묻었다. 허리띠에 매달려 덜그럭거리던 접시들도 땅 위에 풀어놓았다. 이제 그의 주변에는 나환자가 왔다고 떠들어댈 인간도 없었다.

그는 잠들지 않았다. 고개를 똑바로 들고 등을 곧추세운 채, 못쓰게 된 왼손을 아직은 쓸 만한 오른손 안에 꼭 집어넣고 있었다. 그 밤의 어떤 것도 이 노인의 모습만큼 평온할 수는 없을 듯했다.

*

조슬린은 건초 더미 속에서 선잠에 빠졌다. 사이먼이 약속했던 대로 빵과 고기며 술 등을 가져다주었고 옷도 이미 다 말랐다. 그렇게 편안하게 누워 쉬어본 것이 얼마 만인지 몰랐으나 마음만은 내내 펀치 않았다. 하루 이틀 안에 추적이 느슨해지면 사이먼이 운동을 좀 시키겠다는 핑계로 그 회색 말을 잠긴 문 밖으로 끌어낸 뒤 그를 도와 도망치게 해줄 터였다. 하지만 그게 무슨 소용이란 말인가? 당장 내일이면 이베타는 희생될 텐데……. 애당초 조슬린에게 그녀를 두고 혼자 도망치겠다는 계획 같은 건 없었다. 사이먼이 이런 피난처를 마련해준 것은 물론 고마운 일이고, 또 도망치는 게 가능해질 때까지 그곳에 숨어 있으라고 충고한 것도 두말할 나위 없이 현명한 처사였다. 그러나 조슬린은 그 충고에 따를 의향이 전혀 없었다. 잠시의 휴식이야 반가운 일이지만 내일 아침 10시 전까지 무언가 조치를 취하지 않으면 이 모든 게 허사가 될 것이었다.

조슬린은 혼자였다. 쫓기는 처지에 무기도 없었고, 그렇다고 무슨 특별한 계획이 있는 것도 아니었다. 더욱이 이제는 시간도 얼마 남지 않았다.

결론은 간단했다. 여기서 그가 할 수 있는 일은 하나도 없다는 것, 그리고 만약 다른 곳으로 옮겨갈 마음이 있다면 반드시 이 밤을 이용해야 한다는 사실이었다. 설사 단도를 구해 들키지 않고 돔빌의 방으로 숨어 들어갈 수 있다 해도, 자신이 그 이상의 행위를 벌일 만한 위인이 못 된다는 것을 조슬린은 스스로 잘 알고 있었다. 말로야 살인을 대수롭지 않게 여기는 듯 아무렇게나 내뱉을 수 있을지언정, 캐드펠이 제대로 짚었듯이 그는 그런 짓을 저지를 수 있는 사람이 아니었다. 그렇다고 정정당당하게 결투를 신청한다면 돔빌은 아마 면전에서 그를 조롱하고 행정 장관에게 넘겨버릴 것이다. 물론 그게 겁나지는 않았지만 조슬린은 상황을 받아들이기로 했다. 세상에 돔빌이 두려워할 일은 없었으며, 그가 겁을 낼 만한 적수 또한 전혀 없다고 해도 과언이 아니었다. 나는 그렇게 형편없는 검객이 아니야. 조슬린은 다짐하듯 생각했다. 하지만 최근 몇 년 동안 나라는 존재는 그저 이렇게 저렇게 요리해 먹어치울 돔빌의 요깃거리에 지나지 않았지.

만약…… 만약 내가 수도원장과 사제, 그리고 수많은 하객들이 모인 곳에서 그의 턱수염을 움켜잡고 따귀를 갈긴다면? 그자의 알량한 체면을 거스를 만한 어떤 행동을 한다면? 그가 공개적인 곳에서 피로 보복해야 마땅한 어떤 짓을 벌인다면? 그러면 그는 행정 장관과 법관을 뒤로 물린 채 자신이 직접 나서겠지. 내 심장을 갈라버리고 자신이 받은 모욕을 완전히 씻기 전까지 이베타는 물론 결혼도 전부 잊어버릴 거야. 게다가 그를 그 상태로 유도할 수만 있다면 그는 아마도 내게 숨 돌릴 틈을 주고 자기 것과 똑같은 길이의 칼을 쥐여준 뒤 나를 아주 엄중히, 명예롭게 처단하고자 하겠지. 그래, 비록 엉터리 증거를 들이대 내게 거짓 혐의를 씌우긴 했지만, 그렇게 하면 그는 무기를 가지고 나와 공정하게 싸우려 할 수밖에 없어.

그리고…… 누가 알겠어? 이베타가 나를 위해 기도해주면, 또 내가 원한의 모든 무게를 실어 그 비열한 자에게 달려든다면 승부가 어떻게 날지는 아무도 몰라. 만약에 내가 이기면, 설사 거짓

협의로 내가 감옥에 간다 해도 그녀만은 자유로워질 수 있잖아.

하지만 솔직히 그는 결말에 대해 그리 깊이 생각하지 않았다. 그저 이베타를 그 가증스러운 혼례에서, 그리고 마치 떡갈나무에 붙어 결국엔 그 나무를 죽이고 마는 담쟁이덩굴처럼 그녀의 유산을 노리고 달라붙은 후견인들로부터 구해내야 한다는 생각뿐이었다. 어차피 이번 일이 어그러지더라도 그들은 서둘러 다음 후보를 수소문하여 눈 깜짝할 새 그녀를 팔아치울 것이다. 하지만 조금이라도 시간을 끌어야 했다. 사정이 달라질 수도 있으니까. 어쩌면 피카르가 죽어버릴지 누가 알겠는가. 어떻게든 내일만 넘기자!

무슨 일이라도 벌이려면 일단 이곳에서 나가 수도원 뒤쪽으로 숨어들 방법을 강구해야 했다. 성문 길 부근으로는 전혀 가망이 없었다. 길에는 경비병들이 깔려 있을 것이며 성 입구와 시민들이 사는 구역으로 나 있는 문에도 보초가 세워져 있을 것이 틀림없었다. 수도원 구역은 한쪽만 제외하고 사방이 높은 담으로 둘러싸여 있었다. 담이 둘러지지 않은 쪽은 메올 시내에 면해 있었는데, 정원 옆을 흐르는 그 시내는 걷거나 헤엄쳐 건널 수 있을 만한 깊이였다. 물이라면 조슬린은 두려울 게 없었다. 성문 길만 가로지르면 비탈로 내려갔다가 메올 시내를 통해 수도원 경내로 들어 갈 수 있을 것이다. 그쪽에는 몸을 숨길 만한 잡목이나 덤불이 많이 있었다. 게다가 행정 장관은 아마 하류 쪽부터 수색을 벌일 터였다.

그는 건초 더미에 누워 몸을 뒤척였다. 코에 먼지가 들어갔는지 재채기가 터질 것 같아 황급히 입을 틀어막았다. 그의 유일한 희망은 남작과 마주하고 결투를 벌이는 것뿐이었다. 그 희망을 위해서라도 밤사이 이곳을 빠져나가 성문 길을 지나야 했다. 위험이 사라질 때까지 산토끼처럼 이곳에 가만 숨어서 무사하기만을 바라는 사이먼에게는 고맙지만 안타까운 심정을 전할밖에 없었다.

시간을 알 도리는 없었지만, 오두막의 빗장을 풀어 문을 열고 정원을 내다보니 아직 어둠이 짙었다. 무서울 정도의 정적이 썩 달갑지는 않았지만 관목숲에 부는 산들바람 덕에 자칫 발소리가 나더라도 티가 나지 않을 듯했다. 그런데 그가 담이 높이 둘러쳐진 은신처에서 나오는 바로 그 순간, 어둠이 어슴푸레한 빛으로 바뀌기 시작했다. 지금이 아니면 영영 기회는 없을 것이었다. 주위는 정적에 싸여 있었다. 그는 쪽문 빗장을 들어 올리고 아래로 빠져나가서는, 주교관의 정원을 빙 둘러선 벽을 짚으며 앞으로 나아갔다. 주교관과 이웃 사이에는 긴 띠처럼 늘어선 나무들과 오솔길이 나 있었다. 그는 그 길을 따라가 성문 길 초입에 이르러 잠시 귀를 기울였다. 여전히 조용했다. 저 너머 탁 트인 길이 어슴푸레하나마 눈에 들어오는 것으로 보아 벌써 새벽녘에 가까워진 듯했다. 서둘러야 했다.

그는 탁 트인 길을 가로질러 목적지를 향해 달렸다. 그러다 돌하나가 발아래에서 잠시 귀에 거슬리는 소리를 내며 굴러가는 순간 펄쩍 풀밭으로 뛰어 들어갔다. 성문 길 어딘가에서 누군가 마을 쪽을 향해 뭐라 크게 내지르는 소리가 들렸다. 잠시 후 다른 사람이 조금 작은 목소리로 대꾸하더니 이어 그가 있는 방향으로 뛰어오기 시작했다. 파수병들이 아직까지 도로를 순찰하고 있었던 것이다. 조슬린은 날쌔게 앞으로 돌진해 가파른 잔디밭 경사면을 내려갔다. 물레방아가 있는 작은 도랑 쪽에서 주위를 살펴보다가 아래쪽에서도 고함 소리가 메아리치는 것을 듣고 관목 덤불 속으로 뛰어들었다. 길 아래를 순찰하던 경비병 두 명이 그가 숨어 있는 쪽으로 급히 올라오고 있었다.

아직까지는 그들의 눈에 띄지 않았다. 이제 한 가지 가능성이 남아 있었다. 가급적 빠른 시간 안에 뒤쫓아 오는 사람들과의 간격을 멀리 벌려놓는 것이었다. 그렇게 하려면 길을 이용해야 했다. 길 위에서라면 그가 추적자들보다 훨씬 빠를 터였다. 그는 급히 뒤로 기어가 풀이 자라 있는 갓길로 올라서서는 세인트자일스 병원을 향해 사슴처럼 날쌔게 달리기 시작했다. 뒤쪽 계곡 아래서 동료들을 소리쳐 부르고 응답하는 소리가 울렸다. “도둑놈이 길 위로 나왔다! 쫓아가!”

두 사람이 길로 나와 조슬린을 쫓기 시작했다. 하지만 그가 훨씬 앞서 있었다. 달리다 보면 경비 초소가 배치된 길을 피해 몸을 숨길 만한 곳을 찾을 수 있을 것이었다. 그러나 바로 그때, 온몸의 피가 얼어붙는 것만 같았다. 풀숲에서 말발굽 소리가 들려왔던 것이다. 어느새 계곡 쪽에서는 경비병들이 올라오고 있었다.

"저놈 잡아라! 대로에 있다! 가서 짓밟아버려!"

그들을 따돌리는 건 불가능했다. 그렇다고 길 위에서 방향을 바꿔봐야 반대편에서 쫓아오는 다른 경비병 네 명과 맞닥뜨리게 될 뿐이었다. 그는 세인트자일스 병원을 향해 몸을 돌려 미친 듯이 달려간 뒤 은신처를 찾아 정신없이 두리번거렸다. 왼편에 윗가지를 엮어 만든 담장과 공동묘지로 이어지는 경사진 풀밭이 보였다. 뒤에서 추적자들이 승리가 눈앞에 있다는 듯 함성을 내지르며 다가오고 있었으나 아직까지는 그들과의 사이에 얼마간의 거리가 있었고, 다행히 길이 굽어 잠시나마 그들의 시야에서도 벗어날 수 있었다.

그때 담장 부근 어두컴컴한 곳에서 느닷없이 웬 목소리가 나직하지만 단호하게 그를 불렀다. "여기로! 빨리!"

숨을 헐떡이며 경사진 풀밭을 올라가던 조슬린은 본능적으로 그쪽으로 몸을 돌리고 자신을 향해 뻗쳐진 그 긴 팔을 붙잡았다. 헐렁한 망토를 걸친 키 크고 마른 사람이 담장에 기대어 세워놓은 허브 더미 속으로 손을 집어넣어 황급히 구멍을 만들고 있었다. "이쪽이오!" 얼굴이 그렇듯 그의 목소리에서도 아무런 특징을 찾아낼 수 없었다. "이리로 숨으시오!"

조슬린은 머리를 디밀어 더미 속으로 들어가서는 정신없이 몸을 가렸다. 노인은 다시 자리에 앉아 망토를 잘 편 뒤 허브 더미에 몸을 기대었는데, 풀과 옷과 망토 사이로 느껴지는 그의 몸은 깡말랐지만 허리가 무척 꼿꼿했고 어깨는 조슬린만큼이나 널찍했다. 그가 한손을 뒤로 돌리더니 바스락거리는 나뭇가지 틈새로 넣어 조용히 하라는 의미로 조슬린의 무릎을 꽉 잡았다. 그 손길이 닿는 순간 조슬린은 얼어붙은 듯 잠잠해졌다. 노인 특유의 차분함과 평온함에 전염되기라도 한 듯 그의 마음과 정신까지도 편안해지는 것 같았다.

경비병들의 말발굽 소리가 가까워지고 있었다. 선두의 말이 멈춰 서며 자갈밭에 미끄러지는 소리가 들려왔다. 담장 옆에 앉아 있는 노인을 발견한 것이리라. 해가 뜨기 직전이라 주위는 이미 밝아져 있었고, 막 모서리를 돌아선 그들 앞의 쭉 뻗은 길 위에는 그 외에 다른 사람이라고는 아무도 없었다. 한 사람이 말에서 내려 숨을 고르는 소리가 들려왔다.

"불결한 사람이오!" 노인이 충고하듯이 말하고는 덜그럭대는 접시들로 나무 모서리를 탁탁 두드렸다. 침묵이 내려앉았다.

잠시 후 길 아래쪽에 있던 다른 경비병이 비웃듯 입을 열었다. "그놈도 제정신은 아니군. 감옥에 가기 싫다고 나환자 병원으로 도망 오다니." 이어 노인이 잘 듣지 못할 것이라 생각했는지 톤을 높여 말했다. "영감, 잘 들어. 지금 우린 도둑놈 하나를 뒤쫓고 있는데, 그놈이 이쪽으로 갔단 말이지. 혹시 못 봤나?"

"아니." 노인이 대답했다. 베일로 입을 가린 탓인지 말이 느릿느릿한 게 발음도 분명치 않았으나, 그는 참을성 있게 공을 들여 말을 이었다. "도둑은 보지 못했소."

"여기에 얼마나 오랫동안 앉아 있었나? 그동안 아무도 지나가지 않았나?"

"밤새 여기 있었소" 노인은 힘겹게 대답했다. "그동안 이곳을 지나간 사람은 없소."

걸어서 따라오던 다른 경비병 둘도 숨을 헐떡이며 도착했다. 네 사람은 낮은 목소리로 의논을 하기 시작했다. "숲길을 통해 다시 돌아간 게 분명해. 자네들은 오른쪽 길로 가봐. 우린 울타리 위로 말을 달려가겠네. 녀석은 숨어서 가야 하니 그렇게 멀리까진 못 갔을 거야. 우선 그렇게 찾아보고, 없으면 다시 돌아와 왼쪽 길을 뒤져보자고."

말들이 다시 몸을 흔들고 발을 구르더니 앞으로 달리기 시작했다. 도보로 가는 두 경비병은 숲속으로 온 길을 더듬어가며 분명 여기저기 덤불들을 두드려볼 터였다. 긴 침묵이 흘렀다. 조슬린은 차마 그 침묵을 깨기가 두려웠다.

"발 좀 뻗고 편하게 앉으시오." 마침내 노인이 그대로 앉은 채 입을 열었다. "여태 꼼짝도 못 했잖소."

"급히 해야 할 일이 있습니다." 조슬린은 그가 잘 들을 수 있도록 두건으로 가린 귀에 바싹 다가서서 말했다. "제가 어르신의 도움에 얼마나 감사하고 있는지 아마 하느님은 아실 겁니다. 하지만 어떻게든 해 뜨기 전까지 수도원에 도착해야 합니다. 그렇지 않으면 어르신께서 이렇게 지켜주신 제 자유가 아무런 쓸모가 없게 돼요. 그곳에서 반드시 할 일이 있습니다. 한 사람을 위해서 말이지요."

"그 일이란 게 무엇이오?" 노인이 침착하게 물었다.

"제가 할 수 있을지는 모르겠지만…… 바로 오늘 있을 혼례를 막는 일입니다."

"음!" 노인이 탄성을 내뱉었다. "대체 무엇 때문에? 게다가 그걸 어떻게 하겠다는 거요? 당신은 아직 꼼짝할 수 없소. 머지않아 그 사람들이 돌아와 조금 전처럼 여기저기 다 뒤져볼 거요. 나야 지붕 아래서보다는 별을 벗 삼아 밤을 보내기를 더 좋아하는 늙은 문둥이일 뿐이네만……." 풀들이 바스락거렸다. 그가 가볍게 한숨을 쉬는 듯했다. "저 병원이 어떤 곳인지는 알고 있겠지. 당신은 나환자가 두렵지 않소?"

"두렵지 않습니다." 조슬린은 말하고 나서 잠시 망설이며 다시 생각해보았다. "아니, 두렵습니다. 아니, 두려워하는 것 같아요. 잘 모르겠네요. 제가 분명히 아는 건, 그저 제가 해야 할 일을 제대로 해내지 못할까 봐 두렵다는 것뿐입니다."

"시간이 좀 있소. 무언가 말하고 싶은 게 있다면 내 들어보겠소." 만나자마자 신뢰가 가는 이 노인에게라면 자기 가슴을 내리누르고 있는 이 무거운 짐을 다 내려놓을 수 있을 것 같았다. 문득 그는 그게 세상에서 가장 자연스러운 일인 양 노인에게 모든 것을 털어놓기 시작했다. 자신의 성난 사랑, 자신이 받은 부당한 대우, 심지어 이베타가 어떤 학대를 받았는지에 대해서까지 전부 이야기했다. 도중에 말 탄 두 명의 기병이 다시 돌아와 마을 쪽으로 가는 소리가 들리자 노인이 손으로 조슬린의 무릎을 눌러 조용히 하도록 주의를 주었고, 그들이 떠난 뒤 마지막 말발굽 소리마저 길을 따라 사라지자 끊긴 이야기의 실타래를 이어가듯 그는 다시 말을 시작했다.

"그렇다면 당신은 성소 근처 어딘가로 숨어들 계획이구먼." 이야기를 다 들은 노인이 잠시 생각에 잠겼다가 입을 열었다. "그러다 한때 당신의 영주였던 사람 앞에 서겠다는 거고. 공개적으로 그에게 창피를 주면 그는 절대 당신을 무시할 수 없을 테고, 그러니 결투에 임할 수밖에 없으리라 생각한 거요?"

"그게 유일한 방법입니다." 조슬린은 분명한 어조로 말했지만 실제로 그렇게 될 가능성이 크지 않다는 사실 또한 이미 알고 있었다.

"그럼 그렇게 서두를 필요 없소. 해가 뜨기 전까지 두건과 가리개만 준비하면 당신도 우리들처럼 얼굴과 신분을 한꺼번에 감출 수 있소. 내 한 가지 말해줄 게 있는데, 휴언 드 돔빌은 어젯밤 자기 침소에 있지 않았소. 깊은 밤 이 길에서 오른쪽으로 돌아가 저 너머로 말을 몰고 나가더군. 난 줄곧 이 자리에 있었는데, 그가 혹시 다른 길을 알고 있는 게 아니라면 아직까지 돌아오지 않은 게 분명하오. 내 생각으론 아마 말을 몰고 나간 길로 다시 돌아올 테니, 그가 이곳을 지나갈 때까지 기다리면 신랑이 식장에 나타나지 못하도록 할 수도 있소. 당신과 내가 번갈아가며 그가 오는지 살펴봅시다. 하지만 만일 그가 오지 않는다면, 그땐 어찌해야 할지 모르겠군."

*

조슬린이 그토록 뒤숭숭한 밤을, 또 그토록 뒤숭숭한 새벽을 보낸 적은 없었다. 안개가 어슴푸레 보이는가 싶더니 그 사이로 해가 솟아올라 길 저편 계곡의 추수가 끝난 널찍한 공터를 비추고 있었지만, 그때까지도 휴언 드 돔빌은 주교관으로 돌아오지 않았다.

"그대로 숨어 있도록 하시오." 라자루스가 말했다. "내가 돌아올 때까진 움직이지 말고." 그는 일어나 진료소로 가더니 곧 두건 달린 망토 한 벌과 가리개로 쓸 파란색 면 헝겊을 가지고 돌아왔다. "자, 이제 이걸 입으시오. 죽은 사람의 옷을 입는 게 꺼림칙할지도 모르겠군. 이 옷 주인은 지금 공동묘지에 있거든. 이곳에선 사람이 죽어도 옷을 그냥 남겨두지. 그래서 저 안에는 그런 옷들이 잔뜩 있소. 거적때기는 태우지만 멀쩡한 옷가지는 최대한 깨끗이 빨아 보관하는 거요. 이 옷 주인은 덩치가 큰 사람이었나 보군. 당신한테는 넉넉히 맞을 것 같소."

마치 어린애가 된 듯, 혹은 앞일을 예측할 수 없는 꿈속에 그저 몸을 맡기듯 조슬린은 그가 시키는 대로 했다. 그러고 있자니 어떤 의식적인 두려움이나 혐오감 없이 나환자에게 흉금을 터놓고 이야기하는 것도, 나환자의 망토를 받아 들어 자신을 감추는 일도, 또 나환자들이 기거하고 있는 병원으로 이끌려 들어가는 것도 전혀 이상하게 느껴지지 않았다. 이 모든 것이 결국은 그에게 뻗쳐진 구원의 손길이었으며, 그 역시 진심으로 감사하는 마음으로 그 손을 잡을 뿐이었다. 물론 환자의 수는 이미 파악되어 있을 테고, 또 그의 체격이 워낙 건장해 눈에 띄지 않을 수는 없을 터였다. 그러나 라자루스가 이미 사람들에게 무슨 말을 해둔 것인지, 아니면 도움이 필요한 누군가를 보면 본능적으로 교묘하게 움직여 자기들 사이에 숨겨주는 것이 이들 사이의 불문율인지, 아침기도 시간 교회에 모인 환자들 모두가 조슬린 주변으로 모여들어 그를 감춰주었다.

자신을 에워싼 이들 대부분이 몸 어딘가에 상처를 지닌 채 절뚝이는 모습을 보면서 그는 문득 지금까지는 한 번도 느끼지 못했던 숙연한 마음이 압도해오는 것을 느꼈다. 그는 기도에 집중하지 못한 채, 그저 그 무리를 경외하는 마음에 푹 젖어 있었다.

바깥쪽에서 길을 감시하는 일은 라자루스가 한 소년에게 살짝 부탁해둔 터였다. 바로 휴언 드 돔빌의 생김새를 잘 아는 브란이었다. 그렇게 이들 모두가 조슬린이 해야 할 일들을 조금씩 떠맡아 해내고 있었다. 그로서는 그저 이들의 자비에 머리 숙여 깊이 감사할 따름이었다.

5

이베타는 아침 일찍부터 정성스럽게 몸단장을 해야 했다. 애그니스와 매들린이 목욕을 시키고, 옷을 입히고, 갖가지 반짝이는 리본들로 장식된 그녀의 숱 많은 금발을 그물로 감은 뒤 보석이 박힌 둥근 황금 머리핀으로 고정시켰다. 화관에 달린 금박 면사포가 목과 어깨 언저리를 거쳐 드레스의 빳빳한 금박 밑단까지 늘어뜨려졌다. 그녀는 말없이 그저 몸을 맡기고 있었는데, 안색이 어찌나 창백한지 몸에 붙인 상아 장신구들이 오히려 어둠침침해 보일 정도였다. 이베타는 두 사람이 시키는 대로 몸을 돌리고 지시하는 대로 고개를 숙이며 모든 것을 잠자코 받아들였다. 준비가 다 끝나자 그들은 마치 교회 벽감 속의 조각상이라도 되는 양 그녀를 방 한가운데 우두커니 세워두었다. 혹시라도 그 멋진 드레스에 주름이라도 갈까 염려한 것이다. 이윽고 그들 또한 신부에 못지않을 만큼 화려하게 단장하기 시작했고, 그동안 그녀는 그들이 세워둔 대로 불평 한마디 없이 잠자코 서 있었다.

고드프리드가 들어와 눈을 가늘게 뜨고 인상을 쓴 채 그녀 주변을 빙빙 돌더니, 면사포 자락을 잡아끌어 양쪽이 대칭을 이루도록 매만지고는 흡족한 듯 바라보았다. 유도 사제는 성인처럼 온화한 표정을 짓고 그녀의 아름다움과 멋진 모습에 대해 찬사를 늘어놓고는 이 결혼으로 그녀가 얻게 될 큰 행운에 대해 언급하며 이런 행운을 얻게 해준 후견인들에게 감사를 드려야 한다고 너스레를 떨었다. 곧 하객들이 하나둘 들어와 감탄을 하기도 하고 부러워하기도 하다가 교회 안에 자리들을 잡기 위해 방을 나갔다.

평소라면 대미사가 시작될 10시가 되자 시중드는 사람들이 그녀 뒤로 모여들었고, 그녀는 피카르의 팔을 잡고 접객소 앞쪽의 현관으로 이끌려가 신랑이 오면 따라 나갈 채비를 했다.

모든 게 완벽하게 준비되어 있었다. 딱 한 가지, 신랑만 빼고.

*

그 누구도, 심지어는 피카르조차도 처음 10분 동안은 감히 뭐라 불평을 늘어놓거나 미심쩍은 표정을 짓지 못했다. 휴언 드 돔빌은 그 자신이 곧 법인 사람이었다. 심지어 이 결혼으로 자신이 이익을 볼 것이 확실한데도 마치 자기 쪽에서 크게 양보라도 하는 양 생색을 내지 않았던가. 결혼식에 지각을 하다니 무례한 짓임에는 틀림이 없지만, 그 누구도 그가 아예 오지 않으리라고는 생각지 않았다. 하지만 다시 10분이 지날 때까지도 여전히 의례를 갖춘 행렬은 나타나지 않았고, 성문 길 부근에서 말발굽 소리조차 들리지 않았다. 사람들은 서로 수군거리며 불편한 듯 다리를 비틀기 시작했고, 몇몇은 휘파람을 불기도 했다. 맨 앞에 서 있던 이베타는 문득 얼어 있던 몸이 녹기라도 한 양 주변에서 들리는 온갖 걱정스러운 이야기들에 몸을 떨며 숨을 깊이 들이쉬었다. 내색하지는 않았지만 그녀의 얼굴엔 살포시 핏기가 돌기 시작했고, 꽉 다물고 있던 입술은 붉어졌다가 부드러운 장밋빛으로 변해갔다.

유도 사제가 마치 허공을 떠다니는 듯한 걸음걸이로 짐짓 품위 있게 교회에서 나왔지만, 그 역시 불안감을 감출 수는 없었다. 그는 낮은 목소리로 피카르와 이야기를 나눴는데, 이미 피카르는 얼굴을 굳힌 채 걱정으로 미간을 잔뜩 찌푸리고 있었다. 좀 늦게 도착해 서둘러 수사들 틈에 끼어든 캐드펠은 앙증맞은 황금 인형처럼 꾸며놓은 신부의 얼굴에서 시선을 떼지 않았다. 그 비현실적인 금박 치장 속에서 작고 냉랭하던 얼굴이 서서히 누그러지고, 아이리스 같은 자줏빛 눈은 끝도 없는 슬픔의 심연에서 벗어나 한낮의 빛으로 생기를 되찾고 있음을 확인할 수 있었다.

성문 길을 따라 급히 달려오는 말발굽 소리를 가장 먼저 들은 사람도 아마 이베타였을 것이다. 그녀는 감히 고개를 돌릴 엄두도 못 내고, 눈만 들어 그쪽을 쳐다보았다. 사이먼 애컬런이 결혼식용 예복을 차려입은 채 입구로 말을 타고 들어오더니, 문지기에게 말고삐를 내던지고 조급히 뛰어내려 접객소 입구 쪽으로 성큼성큼 다가왔다. 그의 얼굴에는 당황한 기색이 역력했다.

"피카르 어르신, 무례를 용서하십시오! 뭔가 일이 잘못되었나 봅니다. 저희도 대체 뭐가 뭔지……." 이어 유도 사제가 다가와 세 사람은 머리를 맞댄 채 이야기를 나누기 시작했다. 애그니스는 귀를 쫑긋 세우고 긴장된 얼굴로 근처를 서성거렸고, 수도원장과 부수도원장까지 교회에서 나와 있었다. 품위를 유지하고 있긴 하나, 그들 또한 심기가 편치는 않은 듯했다.

"어젯밤 이곳을 떠나 숙소로 돌아가면서 전 영주님이 시키는 대로 했습니다. 그분께 아무것도 묻지 않았죠. 어떻게 감히 물어볼 수 있었겠습니까? 주인님은 잠시 말을 타고 싶다며 혼자 들어가라고, 아침까지는 시킬 일이 없으니 다른 식구들도 모두 잠자리로 보내라고 하셨습니다. 그래서 전 그대로 했죠! 오늘 아침에도, 침실 담당 시종이 살펴보러 들어갈 때까지 그분이 침실에서 주무시고 계신 줄로만 알았습니다. 그런데 아침기도 시간이 지나고 30분은 족히 되었을 즈음에 사람들이 절 흔들어 깨우더군요. 침대가 깨끗한 것으로 보아 영주님이 밤새 들어오시지 않았던 것 같다면서요." 어느새 젊은이의 목소리는 주변에 몰려든 사람들이 다 들을 수 있을 정도로 커졌다. 몰려든 사람들은 숨을 죽인 채 이 놀라운 이야기의 근원지에 집중하고 있었다.

“수도원장님.” 사이먼이 몸을 돌리며 서둘러 예를 갖췄다.

“송구하지만 영주님께 무슨 일이 일어난 것 같습니다. 저를 안으로 들여보내고 시종들도 모두 재우라 하시고는 어젯밤 내내 숙소에 돌아오시지 않으셨어요. 장담하건대, 그분은 이 자리에 안 오시거나 늦으실 분이 아닙니다. 이 약속을 지킬 수 있는 자유와 건강을 지니고 있는 한 말이죠. 무슨 부상이라도 당하신 건 아닌지 모르겠습니다. 혹시라도 말에서 떨어지셨다거나……. 위험하다는 걸 알면서도 그분께서는 밤에 말을 타는 걸 무척 좋아하셨어요. 아, 말발굽에 돌이라도 걸렸으면 어쩌죠? 아니면 여우굴에…….”

“영주께서 그대만 주교관으로 들여보냈다고 했소?” 라둘푸스 수도원장이 물었다. “그런 다음 말을 타고 갔단 말이지?”

“예, 세인트자일스 쪽으로 가셨습니다. 하지만 그런 뒤에 어느 길로 가셨는지, 목적지가 있기나 했는지 전 아무것도 모르겠습니다. 제게는 아무 말씀도 안 하셨어요.”

“우선 그 길 쪽으로 사람들을 보내 흔적을 찾아보거나 무슨 얘기라도 좀 들어보게 해야겠군.” 라둘푸스 수도원장이 침착하게 말했다.

“이미 그렇게 해봤죠. 아무 소용 없었습니다. 병원장은 그분을 못 봤다고 했고, 그 길을 따라 더 가봤지만 소득이 없었어요. 더 찾아보려다가 우선 알려드리는 게 도리일 듯해 이렇게 왔습니다.

제가 장관님의 부관에게 이미 사정 얘길 해두었으니 어제 놓친 죄인을 찾느라 숲을 뒤지면서 아마 돔빌 영주님의 흔적도 함께 찾아볼 것입니다. 그 부관이 장관님께도 사람을 보내 영주님의 실종 사실을 알렸고요. 수도원장님, 그러니 제가 영주님에게 무언가 위급한 일이 벌어졌거나 무슨 문제가 생겼다는 걸 얼른 전하지 못한 이유를 이해하시리라 믿습니다. 제 생각엔 지금이야말로 영주님을 찾기 위해 전면적인 수색을 시작해야 할 때인 것 같습니다. 어쩌면 어딘가에 부상을 입고 누워서 일어나지도 못하고 계실지 모릅니다."

"내 생각도 같소." 수도원장은 선언하듯 대답한 뒤 애그니스 피카르 쪽으로 정중하게 돌아섰다. 그녀는 자기 남편 곁에 선 채 한 손으로 이베타의 금빛 옷소매를 거머쥐고 있었다. "부인, 이 불안한 상태가 그리 길지 않으리라 믿소. 우리 모두 돔빌 경이 안전하게 있음을 곧 확인하게 될 테지요. 단지 사소한 주변 상황 때문에 지체되고 있을 뿐, 나쁜 일은 없을 거요. 일단 조카분을 안으로 데려가서 좀 쉬게 하는 것이 좋을 듯싶소. 이 신사분들이 우리 수도원 수사들과 함께 나가서 신랑을 찾아보는 동안 말이오."

애그니스는 걱정스러운 얼굴로 간단히 목례를 한 뒤 이베타를 끌고 시야에서 사라졌다. 그들이 숙소로 들어가자 문이 닫혔다. 이베타는 시종 한마디도 하지 않았다.

*

사람들은 마구를 갖춰 말을 타고 나갔다. 결혼식 하객으로 온 남자들과 주교관의 마부 및 시동, 성에서 온 무장 병사들로 이루어진 무리였다. 젊은 수사들과 수련사들은 한데 모여 걸어갔는데, 개중엔 소식을 듣고 학교 가는 길에서 살짝 빠져나와 무리 속에 숨어든 귀 밝은 소년도 하나 끼어 있었다. 나중에 무단결석의 대가를 치러야 할 테지만, 아이에게는 이 모험이 그런 위험쯤 감수할 만한 가치가 있는 모양이었다.

말 탄 사람들은 돔빌이 향사와 헤어졌던 성문 길을 따라 세인트자일스를 향해 가보기로 했다. 갈림길에 이르자 그들은 두 무리로 나뉘어 흩어졌다. 한편 걸어가는 이들은 평소 왕래가 드문 소로들을 택했다. 일부는 숲을 가로질러 강 아래쪽으로 향했고, 다른 일부는 물방앗간 저수지를 돌아 메올 시내가 있는 계곡으로 들어갔다가 초원과 잡목림을 뚫고 상류 쪽으로 거슬러 올라갔다.

캐드펠은 마지막 무리에 합류했다. 그들은 추수가 끝나 텅 빈 공간을 가급적 넓게 훑기 위해 일직선으로 서서 옆으로 퍼지며, 수도원 구역의 경계에서부터 상류 쪽을 향해 하천을 사이에 두고 양쪽으로 난 길을 더듬어갔다. 말을 탄 사람이라면 당연히 탁 트인 넓은 지대를 택했거나 잘 다져진 승마로를 이용했을 터였다. 출발점인 주교관 입구부터 뒤지는 것은 무의미했기에, 그들은 수도원 구역의 담장이 끝나는 곳까지 빠르게 나아간 뒤 한 줄로 늘

어서서 병원 바로 아래 계곡을 건넜다. 그곳 덤불 위에는 작은 탑이 솟아 있었고, 그 옆으로 길이 나 있었다.

그 지점에서부터 그들은 찬찬히, 그리고 샅샅이 살펴나갔다. 대열은 간격을 더 벌려 보다 넓은 지역을 더듬어보았다. 그들 대부분은 이 지역의 길에 대해 어느 정도 알고 있었다. 분명 큰길에서 반대쪽으로 간 사람들도 비슷한 지점에 도착했을 텐데, 아직도 어느 방향으로 오라거나 추적을 그만두라는 외침 소리는 들리지 않았다.

어느새 무리는 세인트자일스에서 1킬로미터쯤 떨어진 곳에 이르렀다. 경사진 밭과 여기저기 산재한 가느다란 잡목림들이 숲을 무성하게 덮고 있었다. 거기서 길로 나가려면 가파른 비탈을 올라가야 했다. 그들은 다소 경사가 완만한 곳까지 한참 더 걸어가 마침내 풀이 자라 있는 널따란 승마로에 도착할 수 있었다. 승마로는 아주 나무랄 데 없이 부드럽고 평평한 잔디밭으로, 길을 따라 내려가다 보면 약간 좁아지면서 울창한 숲으로 이어졌다. 캐드펠의 기억에 따르면 그 길은 돌이 삐죽삐죽 나온 개천의 여울을 지나 롱 숲 남서쪽까지 뻗어 있었다.

그들이 막 승마로에 들어섰을 때, 앞서 부산을 떨며 뛰어나갔던 예의 무단결석 소년이 팔을 들어 뒤쪽의 숲을 가리키면서 오솔길을 달려왔다.

"저기 뒤쪽 개간지에서 말 한 마리가 풀을 뜯고 있어요! 안장도 마구도 있는데, 주인은 보이지 않습니다!"

그러고서 소년은 다시 방향을 틀더니 다른 사람들을 재촉하며 되돌아 뛰어가기 시작했다. 사람들 왕래가 잦은지 잘 닦인 그 길은 양옆으로 빽빽이 들어찬 나무들을 끼고 풀이 우거진 작은 목초지로 이어졌다. 바로 거기 풀밭에서 휴언 드 돔빌의 커다란 말이 불안한 듯 어슬렁거리고 있다가, 한꺼번에 많은 사람들이 달려들자 고개를 들고 놀란 듯한 시선으로 쳐다보았다. 마구는 어느 것 하나도 사라지거나 흐트러지지 않은 채 모두 제대로 채워져 있었지만, 정작 말 주인의 모습은 흔적도 없었다.

"만약 그 어르신이 이 지역에 사는 분이었다면 말도 분명 집을 찾아 돌아갔을 겁니다." 흥분한 소년이 자랑스럽게 말고삐를 잡고서 말했다. "어디가 위험한지 잘 알았을 테니까요. 하지만 말에게 여긴 낯선 동네일 테고, 그래서 무언가에 놀란 순간 마구 내달리다가 그만 길을 잃은 거죠."

타당한 이야기였다. 소년은 사람들을 계속 따라가고 싶어했지만, 이제는 어린아이가 보아서 좋지 않을 게 나타날 수도 있었다. 캐드펠 옆에 서 있는 진료실 담당인 에드먼드 수사 역시 같은 생각을 하고 있는 듯했다. 만약 말 주인이 무언가에 부딪히거나 놀라 떨어졌고 그들이 말을 먼저 발견한 거라면, 휴언 드 돔빌 역시 숙소로 돌아오는 길 언저리에 쓰러져 있을 터였다. 하지만 이는 곧 그의 상태가 그리 좋지 않음을 뜻했다. 그렇게 강인하고 단단한 사람이 사소한 부상 따위로 밤새 몸을 가누지 못하지는 않았을 테니 말이다.

"말이 놀라면 앞으로 뛰어나가지 뒤로 물러서지는 않습니다." 그 수다스러운 개구쟁이가 상기된 채 말을 이어갔다. "그러니까 이 방향으로 계속 가봐야 해요."

"얘야." 캐드펠이 말했다. "이 말을 주교관으로 데려갈 수 있겠지? 가서 그곳 사람들에게 말을 어디쯤에서 찾았는지 말해주렴. 그런 다음에는 학교에 가서 수업을 받아라. 자초지종을 잘 얘기하면 도망친 벌을 면할 수도 있을 거다."

소년은 당황스러워하다가 곧 불만에 찬 표정으로 입을 열어 뭔가 말하려 했다.

"어서 올라 타!" 캐드펠이 재빨리 아이의 말을 가로막고 명령했다. "말 탈 줄 알지? 여기 발을 올리고…… 자!" 소년이 반항해야 할지 아니면 우쭐해해야 할지 생각할 겨를도 없이, 캐드펠은 손을 둥글게 오므려 소년의 발에 대주며 안장에 올라앉게 했다. 일단 올라앉자 훌륭한 말의 감촉이 마술이라도 부린 듯 소년의 얼굴에 흡족한 미소가 떠올랐다. 소년은 고삐를 단단히 잡더니 기다란 등자는 아랑곳없이 두 발을 옆구리의 비단 발걸이에 찔러 넣고는, 마치 매일 하는 일이라도 되는 양 자연스럽게 말을 얼러댔다.

사람들은 소년이 제대로 말을 몰아 지시받은 대로 할 것이라는 확신이 들 때까지 한동안 그가 말을 타고 가는 모습을 지켜보았다. 그러고는 방향을 돌려 계속 길을 갔다. 공터가 끝나는 지점에서 길이 다시 나무들로 가로막혔다. 여기저기 풀이 드문드문 돋

아난 무른 땅에 말 발자국이 찍혀 있었다. 그로부터 800미터쯤 더 나아갔을 때, 갑자기 앞서 가던 에드먼드 수사가 걸음을 멈추었다.

"여기 있군."

두툼하고 건장한 사내가 머리를 큰 떡갈나무에 기대고 팔을 쭉 편 채 대자로 뻗어 있었다. 그곳에는 나무들이 빽빽하게 자라 있어서 몸에 걸친 화려한 의복에는 짙은 그늘이 드리웠고, 위를 향하고 있는 얼굴은 온통 피투성이였다. 초록빛 어둠 속에서 충혈된 눈이 툭 튀어나와 있었는데, 특유의 잔혹하고 강건한 분위기가 이젠 한결 누그러져 아예 촛농처럼 흘러내릴 것 같아 보였다. 용감하지만 아직 천진난만한 그 소년을 먼저 돌려보낸 것이 정말 다행이었다. 녀석이 앞질러 달려와 이걸 보았다면 이 적나라한 악의 모습에 마음이 병들고 말았으리라.

캐드펠은 앞으로 나아가 시체 옆에 무릎을 굽히고 앉았다. 곧이어 에드먼드 수사도 그를 따라와 맞은편에 웅크렸다. 그는 죽음을 앞둔 노인들을 위로하는 일에 익숙했으나, 늘 애정 어린 보살핌 속에 맞이하는 평화로운 죽음만을 보아온 터라 이렇게 건장한 사람의 객사 앞에서 두려움을 느낄 수밖에 없었다. 수련사 둘과 평신도 하나도 그들 곁으로 가까이 다가와서 아무 말 없이 서 있었다.

"죽었나요?" 에드먼드 수사가 두려운 듯 물었지만, 그게 어리석은 질문이라는 건 그도 이내 깨달은 듯했다.

"몇 시간 전에 죽은 것 같군요. 아마도 동틀 무렵이었을 겁니다. 몸이 완전히 차가워지지는 않았으니까요." 캐드펠은 시체의 무거운 머리를 받쳐 들고, 피가 지저분하게 엉겨 붙은 부분을 손가락으로 만져보았다. 뒷머리 윗부분과 왼쪽 귀의 윗부분, 그리고 벗어진 정수리 부위에 찢긴 상처가 있었고, 그 언저리에도 긁힌 자국이 많이 보였다. 한 뼘가량 떨어진 떡갈나무 기둥에 충격이 가해진 흔적이 남아 있었다. 캐드펠은 상처의 윗부분과 주변부를 자세히 살펴보았다. 함몰되지 않는 것으로 보아 두개골이 손상된 것 같지는 않았다.

"말에서 아주 심하게 떨어진 모양입니다." 에드먼드 수사가 말문을 뗐다. "여기 이 떡갈나무 기둥에 부딪쳐 죽은 걸까요?"

"그럴 수도 있겠지요." 캐드펠은 석연찮은 태도로 대답했다. 무언가 미심쩍었지만, 그 자신도 그 이유를 정확히 짚어낼 수 없었다.

"아니면 여기 이렇게 의식을 잃고 기절해 있다가 차가운 밤공기 때문에……."

"밤새 여기 있지는 않았습니다." 캐드펠이 말을 끊었다. "이슬방울이 시체 아래 맺혀 있거든요. 그리고 말이 앞으로 고꾸라지지는 않았으니 뒤로 떨어진 게 분명해요." 시체는 오른편 나무에 머리를 기대고 발은 계곡 쪽으로 뻗친 채 길을 가로질러 비스듬히 누워 있었다. "분명 이른 새벽에 말을 타고 숙소로 돌아오던 길이었을 겁니다. 물론 길을 알고 있었을 경우의 얘기지만요. 어쨌든 길은 꽤 좋았을 테고, 주변은 막 밝아지기 시작했을 거예요. 이렇게 심하게 떨어진 걸 보면 말을 빠르게 몰고 있었던 게 틀림없습니다."

"말이 뒷다리로 곧추서는 바람에 그랬을까요? 작은 야행성 동물이 발아래로 뛰어들어 놀랐다거나 해서……."

"그럴 수도 있지요." 캐드펠은 껍질이 벗겨지고 핏자국이 묻어 있는 나무 밑동에 정수리가 놓이도록 조심스럽게 돔빌의 머리를 내려놓았다. "떨어진 뒤에는 전혀 움직이지 않은 것 같군요." 그가 확신을 가지고 말했다. "보세요. 구두 뒤축이 풀밭 깊숙이 박혔던 자국입니다."

캐드펠은 자리에서 일어나 승마로 쪽으로 나아가며 여러 각도에서 길을 살펴보기 시작했다. 그사이 현명한 수련사 하나가 지나온 길을 되돌아갔다. 소년이 주교관에 당도해 소식을 전하면 그쪽에서 급히 행정 장관의 부하들을 보낼 테니 그들을 길에서 맞이해 안내하려는 것이었다. 게다가 시체를 운반하기 위해서는 들것이 필요하기도 하니 말이다. 캐드펠은 길을 따라 수십 발짝을 돌아왔다가 거기서부터 다시 시체가 놓여 있는 곳을 향해 천천히 움직이며 길 양쪽의 나무들을 꼼꼼히 살펴보기 시작했다. 에드먼드 수사는 캐드펠의 행동을 이해하지 못하고 그저 물끄러미 바라볼 뿐이었다.

"무얼 찾고 계십니까, 수사님?"

마침내 캐드펠이 무언가를 발견한 듯했다. 그는 죽은 사람의 발에서 네 발짝쯤 떨어진 곳에 멈춰 서더니 먼저 자신의 오른편에 선 나무기둥의 높은 부분에 시선을 고정시켰다가 잠시 후 반대편 나무로 시선을 옮겨 뚫어지게 쳐다보았다.

"이리 와보세요. 모두들 이리 와서 보고, 나중에 내가 이야기할 때 증언해주세요."

길 양쪽에 선 두 그루 나무의 비슷한 높이에 가느다란 골이 파여 있었다.

"이 두 나무 사이에 줄을 매둔 겁니다. 보통 키의 남자라면 목에 닿았을 테고 말을 탔다면 가슴에 걸쳐졌겠죠. 거기 걸려 떨어진 것 같습니다. 이렇게 좋은 길에서 느릿느릿 말을 몰고 가기엔 너무 싱거웠을 테니 아마 좀 빨리 달렸을 거예요. 그가 왜 그렇게 멀리 나동그라져 떨어졌는지 알 만하죠. 자, 그럼 그의 목에 흔적이 있는지 살펴봐야겠군요."

모두 겁에 질려 아무 말도 못 하고 시체가 놓여 있는 곳까지 캐드펠을 따라갔다. 이윽고 캐드펠이 돔빌의 외투 깃을 뒤집어 목을 드러내자 그들은 다시금 말을 잃었다. 턱수염 밑, 끈에 베인 검붉은 상처 때문만은 아니었다. 두 손으로 목을 조른 듯 손가락 형태의 시커먼 멍이 목을 둥글게 감고 있었고, 엄지 두 개를 포개어 후골을 짓이긴 듯한 상처도 보였다. 아마도 그 안쪽 연골마저 부서진 모양이었다.

다들 겁에 질려 그저 멍하니 바라보고 있을 때, 승마로를 따라 다급한 목소리가 점차 가까워졌다. 그중 행정 장관의 목소리가 가장 크게 들렸다. 사고 소식을 전하러 사람을 보내긴 했으나, 그 구체적인 면면은 아직 거기 있던 몇 명만이 알고 있는 비밀이었다.

캐드펠은 다시 옷깃을 내려 질식사의 증거가 되는 부분을 가린 뒤 일행과 함께 길버트 프레스코트와 그의 부하들을 맞으러 갔다.

*

행정 장관과 부하들은 시체를 확인한 다음 들것을 가져와 휴 언 드 돔빌을 싣고는 외투 자락을 끌어올려 얼굴을 덮었다. 그러고는 나중에 그 자리를 쉽게 찾을 수 있도록 그를 들어 올린 바로 그 지점에 나무막대 두 개로 십자가를 만들어 세웠다. 돔빌의 시체는 수도원의 시체 보관소로 옮긴 뒤 수도사들로 하여금 격식을 갖춘 장례식을 마련하게 할 예정이었다. 애당초 그의 결혼식에서 증인 역할을 하기로 되어 있던 이들이 이제는 장례 준비를 해야 했다.

개구쟁이 꼬마 브란은 신중하게 성문 길을 살피고는, 공동묘지 담장 아래 덜그럭거리는 접시를 차고 가리개를 쓴 채 앉아 있는 키 큰 남자 둘에게 상황을 보고했다. “그 사람을 찾았어요. 사람들이 옮기는 걸 제 눈으로 봤습니다. 주교관을 그냥 지나쳐 어디론가 데려가는데, 그 이상은 따라갈 수 없었어요.”

“죽었나? 살았나?” 푸른 얼굴 가리개 뒤에서 라자루스의 침착하고 느릿한 목소리가 물었다. 소년은 죽음이 무엇인지 이미 알았고, 따라서 그에게 이를 감출 이유가 없었다.

“얼굴이 덮여 있던데요.” 브란은 대답하면서 그들 옆에 앉았다. 소년은 또 다른 사나이, 그러니까 젊고 또 온몸이 멀쩡하다고 알려진 이 새로운 입소자에게서 이상한 침묵과 긴장을 느꼈다. 도대체 그가 왜 떨고 있는지 의아했다.

“아무 말 말게.” 라자루스가 평온하게 다독였다. “이제 자네도 숨을 쉴 수 있게 된 거야. 그 아가씨도 그렇고.”

*

무장한 병사들이 옮겨온 들것을 수도원 광장에 내려놓자 사방에서 잠시 소란이 일었으나 이내 잠잠해졌다. 곧 이 일과 관계된 사람들이 몰려와 아무 말도 못 하고 그저 눈만 멀뚱하니 뜬 채 관 주변에 둘러섰다. 행정 장관과 그의 부하들, 그리고 위엄 있는 라둘푸스 수도원장을 제외하고는 모두들 겁에 질려 있었다. 접객소 쪽에서 피카르드가 아직도 뭔가 희망을 품은 듯한 표정으로 뛰어나오다가, 수의를 입히고 얼굴을 덮어놓은 시체를 보더니 얼어붙은 듯 멈춰 섰다. 그의 아내 역시 겁에 질려 뒤를 따르고 있었다. 금으로 만든 작은 조각상 같은 이베타는 자기 의복의 무게를 주체할 수 없는 듯 힘겹게 움직여 왔는데, 가까이 다가와서도 시체에서 눈길을 돌리지 않았다. 이제는 의심할 여지가 없었다. 물론 충격적이긴 했지만, 이 죽음이 그녀에겐 곧 생명이었다. 그렇다면 어제 그녀는 왜 자기 자신을 속였던 것일까.

"존경하는 수도원장님." 프레스코트가 입을 열었다. "저희가 아주 좋지 않은 소식을 가져왔습니다. 돔빌 경을 찾긴 했는데, 보시다시피 이렇습니다. 이 수도원의 수사님들께서 발견하셨는데, 말에서 떨어지신 채 베이스탄으로 이어지는 숲속 오솔길에 있었다고 합니다. 말은 다친 곳 없이 풀을 뜯어 먹고 있었습니다. 휴언 드 돔빌 경은 떡갈나무가 있는 곳에 떨어져 사망하였습니다. 숙소로 돌아오는 길에 일이 일어난 듯싶습니다. 수도원장님, 적절한 준비를 다 마칠 때까지 이분을 이곳에 모셔 육신과 마음의 위로를 받게 해주셨으면 합니다. 그분의 조카가 여기 일행 중 한 분이시고, 또 사제께서도 역시 그분의 친척이시며……."

사이먼은 말없이 서성거리고 있다가 고개를 숙여 침을 꿀꺽 삼키고는 들것 위에 있는 시체를 힐끗 보았다.

"이런 날 참으로 어울리지 않는 일이 일어났군요." 라둘푸스 수도원장이 엄숙하게 말했다. "고인께 우리 수도원의 애도와 동정을 전하는 바이오. 그리고 의당 우리 수도원은 여러분의 필요에 따라 한결같은 배려를 할 것이며, 수도회의 모든 예배와 접객소의 방을 제공할 것이오. 지금은 차분하게 기도를 드려야 할 때요. 죽음은 우리의 일상과 함께 있지요. 우린 그것이 가까이 있다는 사실을 깨달을 필요가 있소. 단순한 두려움이 아니라 신 앞에 이르는 과정 중에 누구나 겪어야 하는 경험으로 말이지요. 더 이상 할 말이 없군요. 정숙히 하느님의 뜻을 받아들입시다."

"지당한 말씀입니다, 수도원장님." 피카르그가 칼처럼 가늘고 높은 목소리로 정중하게 경의를 표하며 말했다. 캐드펠은 줄곧 피카르의 얼굴을 살폈으나 그 심중을 좀처럼 짐작할 수가 없었다. 당황한 것이야 분명하고 분노와 실망감을 느끼는 것도 사실이지만, 그보다 먼저 다른 계산을 하고 있는 눈치였다. "하지만 감히 의견을 드리건대, 이 일을 그냥 신의 뜻이라 여기고 고분고분하게 받아들여야 할까요? 휴언 드 돔빌 경은 이 지역을 잘 압니다. 여기서 그렇게 멀지 않은 롱 숲 근처에 사냥용 오두막도 가지고 있지요. 평생 말을 타고 다니는 동안 낮이건 밤이건 사고 한 번 없었는데, 하필 결혼 전날 밤에 그가 아무렇게나, 심지어 부주의하게 말을 탔다는 걸 누가 믿겠습니까? 멀쩡한 정신으로, 그리고 지쳐 보이지도 않는 모습으로 이곳에서 말을 타고 나갔다는 건 수도원장님도 저도 다 알고 있는 사실입니다. 자기 향사에게 잠들기 전 잠시 바람이나 쐬고 오겠다고 했다죠? 분명히 그게 그분이 하고 싶었던 일의 전부였을 겁니다. 그런데 지금 그는 죽어서 우리에게 돌아왔습니다. 더없이 팔팔한 사람이, 막강한 권력을 가진 그분이 말입니다. 아뇨, 저는 믿지 않습니다. 뭔가 비열한 내막이 있는 게 분명합니다. 납득할 수 있도록 제가 좀 더 조사해 보아야겠습니다."

프레스코트는 일부러 자신이 가진 결정적인 정보를 꺼내지 않은 채 말을 돌리고 있는 것 같았다. 이야기를 듣는 사람들 중 그 죽음이 그저 단순한 사건으로 치부되리라는 가능성에 조금이라도 안도하는 자가 있는지 확인하기 위한 것이다. 그렇다면 동그랗게 모여 있는 사람들의 표정 하나하나를 세밀히 훑어보았을 텐데, 같은 것을 찾고 있던 캐드펠에 비해 딱히 대단한 성과를 거둔 것 같지는 않았다. 그 어느 얼굴에서도 그는 죄나 공포의 그림자를 발견할 수 없었다. 그저 사건에 대한 모종의 호기심 아니면 의무적인 슬픔과 수치의 표정만 엿볼 수 있을 뿐이었다.

"그의 죽음이 사고에 의한 것이라고 말하지는 않았소." 행정장관이 퉁명스럽게 말했다. "말에서 떨어진 것조차 우연한 일은 아니었지. 길을 가로질러 양쪽 나무에 어른 목 정도 높이로 줄이 매어져 있었거든. 거기 걸려 안장에서 떨어진 거요. 하지만 사망의 직접적인 원인은 추락이 아니었소. 누군지는 모르겠지만, 그를 기다리며 매복하고 있던 자가 나타나 돔빌 경이 의식을 잃고 쓰러져 있는 사이 일을 저질렀소. 그의 목을 두 손으로 눌러 살해한 거요."

갑자기 거센 바람이라도 불어닥친 양 둥글게 모여 있던 사람들이 술렁거리며 거칠게 숨을 몰아쉬었다. 수도원장이 고개를 들어 쳐다보았다.

"그렇다면 살인이라는 거요?"

"지금까지 저질러진 살인 중 가장 잔인하고 완벽한 살인입니다."

"그리고 우린 누가 그런 짓을 했는지 알고 있습니다!" 피카르가 몸을 앞쪽으로 굽히더니 가시 돋친 목소리로 자못 의기양양하게 말을 내뱉었다. "제가 말씀드리지 않았나요? 이건 돔빌 경에게 해고당했던 그 젊은 도둑놈의 짓입니다. 그 악마 같은 자가 원한을 품고 제 영주를 죽인 거예요. 그놈이 아니면 누가 그랬겠습니까? 대체 누가 그런 원한을 품을 수가 있냐고요! 더 볼 것도 없습니다. 이건 조슬린 루시 짓이에요."

뒤쪽에서 갑자기 금빛 하나가 번쩍이며 쏜살같이 움직이는가 싶더니, 곧 이베타가 피카르를 마주한 채 버티고 섰다. 어제의 희생양이 지금은 한 마리 금빛 들고양이로 변해 으르렁거리고 있었다. 휘둥그레 뜬 자줏빛 그녀의 두 눈이 자수정처럼 빛났다.

"틀렸어요!" 도전적이며 의기양양한, 심지어 조롱이 섞인 음성으로 그녀가 언성을 높였다. "아시다시피, 여러분 모두 잘 아시다시피, 그게 사실일 리 없습니다! 잊으셨나요? 이 일과 관련해 결백한 사람이 있다면 바로 그 사람이 유일해요. 그 사람은 요 이틀 내내 슈루즈베리 성의 감옥에 갇혀 있었으니까요. 그때의 누명도 말도 안 되는 것이었지만, 이제 와 생각하니 하느님께 감사드릴 일이었네요. 그가 살인을 저지르지 않았다는 건 장관님의 간수가 증언해줄 겁니다."

캐드펠 수사는 머리를 한 대 얻어맞은 기분이었다. 처음에는 그녀가 무슨 소리를 하는지 제대로 파악할 수 없었으나 듣다 보니 모든 상황을 알 것 같았다. 이제 그녀가 수도원장의 질문을 받았을 때 왜 그렇게 단호하고 침착했었는지도 짐작할 만했다. 피카르 부부는 조슬린이 도망쳤다는 사실을 이베타에게 숨겼고, 그래서 그녀는 모든 희망이 사라졌다고 생각했던 것이다. 그리고 바로 지금, 그 사실이 그녀의 모든 평온을 망가뜨리게 될 이 순간에 그들은 그녀 쪽으로 몸을 돌려 모든 사정을 쏟아놓기 시작했다. 피카르 부부는 지나칠 만큼 이야기에 열중했고, 특히 애그니스는 유독 신랄하고 잔인했다.

"어리석은 것. 그 녀석은 지금 감옥에 없어. 다리를 건너기도 전에 도망쳤지. 원한을 한껏 품은 채 말이야."

"어제까진 도둑이었지만 이젠 쫓기며 숲을 헤매고 있는 한 마리 늑대야. 그놈이 새 신랑감을 죽였다고! 반드시 교수형에 처해야 해!"

이베타의 얼굴에서 빛나던 광채도 용기도 모두 사라졌다. 그녀는 잠시 침묵을 지키고 있다가는 딱 한 번 입술을 달싹거려 저항하듯 "아니에요!" 하고 내뱉었지만 그 소리조차 거의 들리지 않았다. 이제 뺨이 눈보다 하얗고 창백해진 채, 그녀는 손을 들어 가슴에 대고는 총 맞은 새처럼 스르르 쓰러져 작은 금더미처럼 무너졌다.

*

하녀 매들린이 앞장서서 달려오고 다른 여자들도 쓰러져 있는 그 작은 몸뚱어리를 향해 모여들었다. 피카르는 걱정이 아닌 분노로 가득한 고함을 내지르고는 몸을 구부려 그녀의 손목을 잡아 일으켜 세웠다. 이 부부에게 그녀는 치욕의 원인이자 골칫거리였으니, 눈에서는 물론 마음에서조차 그녀를 치워버리고 싶은 심정이었다. 몰려든 이들이 옷자락으로 그녀의 숨을 막거나 너무 세게 끌어당겨 손목 관절을 빼놓기 전에, 캐드펠이 얼른 그 사이로 끼어들어 사람들을 뒤로 물렸다.

"침착하십시오. 숨을 쉬도록 해줘야 합니다! 기절했으니 아직 환자를 옮기지 마십시오."

이러한 상황에 익숙한 에드먼드 수사가 반대편에서 용감하게 그를 도왔다. 라둘푸스 수도원장이 보고 있는 앞에서 감히 수사들의 권위와 요청을 무시할 수 있는 사람은 없었다. 애그니스조차 냉랭하고 잔뜩 경계하는 빛이 역력했으나 일단 뒤로 물러났다. 캐드펠은 이베타 곁에 무릎을 굽히고 앉아 웅크린 다리를 반듯하게 편 뒤 자신의 팔 위에 그녀의 머리를 얹었다. "누가 외투를 접어서 머리 밑에 넣어주시오. 오스윈 형제는 어디 있지?"

사이먼이 외투를 벗어 베개처럼 말았다. 이 광경을 쳐다보던 수련사들 사이에서 오스윈 수사가 달려 나왔다.

"가서 문 옆 선반을 보면 박하와 괭이밥으로 만든 초제가 들어 있는 작은 병이 있을 걸세. 그것과 쓴 허브 물약 한 병을 가져오게. 빨리 움직여야 하네."

그는 그녀의 머리를 사이먼이 만들어준 베개 위에 가만히 내려놓고는 손목을 잡아 문지르기 시작했다. 그녀의 여윈 얼굴은 얼음처럼 창백하다 못해 푸르스름한 빛까지 띠었다. 이어 오스윈 수사가 예의 열정 가득한 태도로 급히 뛰어 돌아왔다. 감사하게도 약을 제대로 챙겨 온 듯했다. 어쨌든 오스윈 수사에게도 희망은 있는 셈이다. 에드먼드 수사가 반대편에 무릎을 꿇고 앉아서 작은 초제 병을 들고 있는 사이, 캐드펠은 박하와 괭이밥의 맵고 따가운 냄새를 그녀의 코에 가까이 가져갔다. 곧 그녀의 콧구멍이 커지더니 실룩거리는 모습을 볼 수 있었다. 기침 비슷한 미세한 경련이 자그마한 그녀의 가슴에 일었고, 광대뼈에서 뺨으로 칼처럼 날카롭게 이어지던 턱선도 점차로 부드러워졌다. 그녀의 머리맡에 서 있던 피카르는 의사에게 처치를 맡겨두고 보니 새삼스럽게 증오가 되살아났는지, 다시금 독기 어린 목소리로 소리치기 시작했다.

"의심의 여지가 있습니까? 그 녀석은 무기도 없이 도망쳤어요. 게다가 멀리 도망할 아무런 수단도 없습니다. 모든 것을 빼앗겨 원한을 품은 사람이 아닌 다음에야 누가 맨손으로 사람을 죽이겠습니까? 그 녀석은 그런 짓을 할 만큼 크고 건장한 젊은이예요. 그놈을 빼면 휴언 드 돔빌 경에게 불만을 가진 사람은 아무도 없었습니다. 오로지 그 녀석만이 원한을 품었으며, 그것도 아주 지독한 원한이었지요. 녀석은 복수를 위해 가장 극단적인 방법을 택한 겁니다. 이제 놈이 죽을 차례입니다! 자, 어서 미친 개 쫓듯이 놈을 추격해야 합니다. 불가피한 경우에는 눈에 띄는 대로 사살해야겠지요. 놈이라면 가까이 있는 누구에게건 치명적인 위험을 가할 수 있을 테니까요. 이건 교수형감입니다."

"내 부하들이 지금 그를 찾기 위해 숲과 과수원을 뒤지고 있소." 프레스코트가 퉁명스럽게 말했다. "오늘 새벽 순찰대로부터 어떤 자가 은신처에서 뛰쳐나와 성문 길로 도망했다는 보고를 들은 이래 수색을 계속하고 있지요. 그땐 아직 그렇게 밝진 않았지만 순찰대원들이 얼핏 그를 보았다는데, 내 판단으론 루시인 것 같소. 게다가 어젯밤 어떤 떠돌이가 뒤뜰의 닭장에서 뭘 훔쳐 갔다는 말도 들리더군. 추적이 계속되고 있으니 그는 머지않아 잡힐 거요. 내가 동원할 수 있는 사람은 모두 차출해 내보내두었소."

"제 아랫것들도 데려다 쓰십시오." 피카르가 열성을 다해 말했다. "휴언 경의 사람들도 그렇고요. 이제 우리 모두 살인자를 찾는 일에 몰두해야 합니다. 장관님 생각에도 조슬린 루시가 범인임이 틀림없지요?"

"모든 게 명백해 보이긴 하오. 정황상 처절한 증오를 가지고 한 짓이라고밖에 볼 수 없으니까. 지금까지 우리가 파악하기로 그자 말로는 휴언 드 돔빌 경에게 딱히 원한을 품은 자도 없고 말이오."

캐드펠은 침착하게 이베타를 살피면서도 주변의 말을 전부 듣고 있었다. 피카르는 복수심에 불타 서둘렀으며, 행정 장관은 앞으로 계속될 치밀한 추적을 위해 경비병들을 조슬린 루시 주위에 배치해 점차 포위망을 좁혀 들어가도록 명령을 내리고 있었다. 그사이 이베타의 얼굴에 희미한 혈색이 돌아오더니, 잠시 후 금발 눈썹이 바르르 떨리며 광대뼈 위에서 그림자가 가볍게 흔들렸다. 멍한 자줏빛 두 눈이 캐드펠 앞에서 열렸다. 이해할 수 없을 만큼 공포스러운 기색이 그 안에 머물러 있었다. 그녀의 입술이 달싹거렸다. 캐드펠은 우연인 척 자신의 손끝을 그녀의 입술에 갖다 댄 뒤 재빨리 눈을 감아 보였다. 조슬린이 위기에 처해 있는 상황이 그녀의 행동을 한층 기민하게 만들었다. 이베타는 초롱꽃처럼 가는 핏줄이 비치는 눈꺼풀을 얼른 닫았다. 여전히 정신을 잃은 사람처럼 누워 있었지만, 이제 생명이 돌아오는 징후가 확연히 보였다.

"아가씨가 움직이기 시작하는군. 이제 안으로 모셔야겠소."

캐드펠은 피카르나 사이먼, 또는 다른 누군가가 앞지르기 전에 얼른 자리에서 일어나 두 팔로 그녀를 안아 올렸다.

"정신이 들 때까지 몇 시간은 누워서 쉬어야 하오. 아주 심하게 기절하셨거든." 그녀의 몸은 놀랄 만큼 조그마했다. 아마 몸에 걸친 의복이 그녀보다 훨씬 무거울 터였다. 이토록 약한 생명이, 게다가 그저 묵묵히 순종하도록 길들여지고 스스로를 포기하기까지 했던 여인이 조슬린을 위해 거의 영웅적인 용기를 내었던 것이다. 조슬린이 말할 수 없이 끔찍한 살인이라는 죄명을 피해 갈 수 있다면 도둑이라는 누명과 성안의 감방조차 그녀에겐 위안이요 기쁨이었다. 이제 정신을 차린 지금, 그녀는 그의 생명에 대한 위협과 도주의 희망 사이에서 괴로워할 게 분명했다. 살인은 말할 것도 없이 교수형감이었지만, 아직까지 그가 자유의 몸인 것을 보면 도망칠 여지도 남아 있었다. 희망은 저절로 생겨났다가 이내 저절로 그녀에게서 멀어지기를 반복할 터였다.

"부인, 제게 길을 안내해주신다면……."

애그니스는 화려한 치맛자락을 모아 쥐고는 그의 앞을 휩쓸듯 지나쳐 자신들의 숙소가 있는 접객소로 향했다. 그녀가 조카에 대해 아무런 걱정도 하지 않는다고 할 수는 없었다. 사실상 조카는 그녀의 재산 중 가장 큰 부분이었고, 그렇기에 그토록 지나칠 정도로 조카를 방어하고 보호하려 애써온 것이었다. 하지만 이 순간 그녀가 이베타에 대해 느끼는 가장 주된 감정은 조바심과 불쾌감이었다. 지금쯤 이베타는 적절히 처분된 상품처럼 안전하게 혼례를 마쳤어야 했다. 하지만 아버지의 땅과 작위에 대한 모든 권리를 그대로 지니고 있는 이상 그녀는 여전히 가치 있는 상품이었다. 물론 그 소유물 중에는 피카르 부부가 절대로 욕심 내지 않을 물건, 이집트의 파티미드족에 의해 정중하게 보관되었던 전사 기마르 드 마사르의 칼과 투구도 포함되어 있지만 말이다.

"여기에 눕히면 됩니다." 애그니스는 눈을 가늘게 뜨고 캐드펠을 쳐다보았다. 그가 엊그제 오두막에서 자신과 마주쳤던, 그래서 자신이 수도원장에게 불평을 늘어놓았던 바로 그 수사라는 사실을 그녀는 잊지 않고 있었다. 하지만 조슬린 루시가 목숨이 내걸린 채 쫓기고 있는 지금, 그런 대수롭지 않은 문제는 더 이상 그녀의 마음의 평화를 위협할 수 없었다. "이 애를 위해 내가 해야 할 일이 있을까요?"

이베타는 침대보 위에 누운 채 한숨을 쉬었지만 여전히 말은 없었다. 그녀의 몸은 도금이라도 한 듯 여전히 온통 금장식으로 덮여 있었다.

"작은 컵을 하나 마련해주시겠습니까? 허브 탕제를 먹이려고요. 다소 쓰긴 하겠지만 아주 효과가 좋은 강장제인데, 다시 기절하는 걸 막아줄 겁니다. 그리고 방을 좀 따뜻하게 덥혀야 할 것 같습니다. 작은 석탄 화로가 있으면 좋을 텐데요."

애그니스는 의심 없이 이 충고를 받아들여 그대로 따랐다. 고작 5분 남짓 여유를 얻는 데 불과하겠으나 캐드펠은 그녀를 방에서 나가 있게 하기 위해 그런 일들을 부탁한 터였다. 하녀는 복도에서 기다리고 있었고, 애그니스도 부탁받은 일들을 처리하기 위해 치맛자락을 끌며 밖으로 나갔다.

이베타가 눈을 떴다. 역시 그때 그 수사였다! 그 목소리를 기억하고 있던 그녀는 다시금 그를 훔쳐보며 자기 생각이 옳았음을 확인했다. 무언가 말을 하려 했지만 눈물에 목이 메어 아무 소리도 나오지 않았다. 캐드펠이 바싹 다가가 귀를 대고 그녀의 목소리를 들었다.

"그들은 내게 아무것도 얘기해주지 않았어요! 그냥 도둑질을 했으니 사형당할 수 있다고만 했어요……."

"알고 있소." 캐드펠은 그렇게 대답한 뒤 잠시 기다렸다.

"나한테 그랬어요. 내가 모든 걸 완벽하게 해내지 않으면, 그러니까 제대로 이야기하고, 또 모든 의혹을 없앨 수 있도록 행동하지 않으면…… 휴언이 그의 목숨을 빼앗을 거라고…….”

“자, 조용히, 목소리 낮추고! 그래, 내 다 알고 있소.”

“하지만 제가 다 잘해내면 그 사람을 풀어줄 거라고…….”

그랬다. 그녀는 준비가 되어 있었다. 조슬린을 구하기 위해서라면 몸과 의지와 희망 가릴 것 없이, 자신의 모든 것을 팔아치울 준비가 되어 있었던 것이다. 그녀는 그토록 용감한 사람이었다.

“그 사람을 도와주세요!” 이베타는 자줏빛 꽃 같은 눈을 커다랗게 뜬 채 캐드펠의 손을 꽉 잡았다. 손의 뼈마디는 새처럼 가늘었지만 뿌리칠 수 없을 만큼 강했다. “그 사람은 뭘 훔치지도 않았고 살인을 하지도 않았어요! 제가 알아요!”

“내 힘이 닿는 한 돕겠소.” 캐드펠은 순간 숨을 들이쉬고서 입구에 다가선 애그니스가 보지 못하도록 그녀 쪽으로 몸을 굽혔다. 그녀도 재빨리 알아차리고 다시 눈을 감더니 잡았던 손을 놓고 조금 전처럼 축 늘어뜨렸다. 몇 분 지나지 않아 다시 눈을 뜨니 이번엔 애그니스가 그녀를 바라보고 있었다. 그리 친절한 태도는 아니었지만 숙모는 진심으로 걱정스러운 듯 몸은 좀 어떤지, 캐드펠이 가져온 그 쓰고 향이 강한 물약은 잘 먹었는지 물었고, 이베타는 작은 목소리로 희미하게 대답했다.

“아가씬 조용히 혼자 쉬는 게 좋을 것 같습니다.” 방을 떠나면서 캐드펠이 조언을 건넸다. 가능하면 그녀가 그 존재만으로도 부담이 되는 사람들로부터 벗어나 혼자 있을 수 있게 해주기 위해서였다. “잠을 좀 자야 해요. 그렇게 기절을 하면 대단히 힘든 일을 한 것만큼 심신이 지치게 됩니다. 수도원장님께서 허락하신다면 제가 저녁기도 전에 다시 들르지요. 그땐 잠을 푹 자는 데 도움이 될 만한 물약을 가지고 오겠습니다."

최소한 그 정도는 그들도 허락할 수 있었다. 이제 조카를 자신들의 손안에 확실하게 붙잡아둔 터였다. 게다가 당장 그녀를 데리고 할 수 있는 일도, 그녀에게 시킬 일도 없었다. 돔빌이 죽었으니 다시 생각해서 다른 경쟁자들에게 자리를 열어놓아야 했다. 이베타에겐 해방이 아니라 잠깐의 휴식인 셈이었다. 그동안 캐드펠은 이 끔찍한 죽음을 둘러싼 주변 상황과, 그 죽음에 억울하게 책임을 뒤집어써야 하는 불운한 젊은이의 운명에 대해 생각해보아야 했다. 대답을 듣기는커녕, 아직 묻지도 못한 질문들이 너무나 많았다.

*

정오 무렵, 성문 길 뒤편 잡목림과 정원들을 수색하던 무장한 경비병 중 하나가 행정관에게 다가와 말했다. "이제 이쪽 열에서 수색하지 않은 정원은 딱 한 군데뿐인데, 제 생각엔 그곳도 마저 살펴보는 게 좋을 것 같습니다. 드 클린턴 주교관 말입니다." 어떤 바보가 제 발로 사자 입에 들어가겠냐며 사람들이 조롱하자 그는 주장을 굽히지 않으며 열정적인 태도로 이야기했다.

"그렇게 바보 같은 짓은 아닙니다! 그 녀석이 지금 우리가 나누는 이야기를 들으며 비웃고 있는 모습을 한번 상상해보십시오! 행정관님께서 의심하지 않는 장소라면, 그만큼 은신처로 적당한 곳이 있을까요? 그리고 그자의 말이 저 집 안에 있다는 사실을 잊어서는 안 됩니다. 이렇게 우리 모두가 사방팔방으로 뛰어다니는 동안 마구간이 열려 있는지 어떤지 누가 신경이나 썼겠습니까?"

행정관은 그 주장이 고려해볼 만한 가치가 있다고 생각하고, 정원과 우사, 마구간, 과수원 등 주교관 담장 안에 있는 모든 곳을 살펴보게 했다. 마침내 그들은 뒷담 옆의 건초 창고에 도착했다. 물론 조슬린 루시를 발견하지는 못했으나, 그곳에는 빵 부스러기와 먹다 버린 사과 속심, 그리고 마초 위에 남겨진 누군가의 자취가 기다랗게 남겨져 있었다. 게다가 담에 나 있는 쪽문의 빗장이 풀려 있었다. 그곳에서 사라진 사람이 누구였는지에 대해 의문을 갖는 사람은 아무도 없었다.

이곳을 조사해야 한다고 주장했던 경비병은 비록 죄인을 잡을 기회는 놓쳤지만 자신의 의견이 받아들여져 수색이 이루어진 것만으로도 충분하다고 생각했고, 따라서 그 수색 작업도 딱히 힘들거나 불만스럽게 여겨지지 않았다.

6

휴언 드 돔빌은 벌거벗겨진 채 면 헝겊으로 덮여 시체 안치소에 눕혀졌다. 그 주위에는 수도원장과 부수도원장, 슈롭셔주의 행정 장관, 고인의 조카인 향사, 결혼을 했다면 지금쯤 사돈 친척이 되었을 고드프리드 피카르 경, 그리고 캐드펠이 둘러서 있었다.

사이먼 애귈런은 고생스러웠던 오전 수색 당시의 의복과 장갑을 그대로 착용한 채였고, 죽은 사람과 가까운 친척으로서 짊어져야 할 책임 때문인지 몹시 초췌하고 근심스러워 보였다. 피카르는 턱 가장자리에 난 짤막한 수염을 손가락으로 뜯어가며 자신이 본 손해와 이제 새롭게 주어질 기회에 대해 곰곰이 생각하는 듯했고, 라둘푸스 수도원장은 고요히 신중하게 캐드펠의 설명에 귀를 기울였다.

수도원장은 세상과 교회 일 양쪽에서 폭넓은 경험을 가진 사람이었지만, 한때 군인이자 선원으로 생활했던 캐드펠에게 열린 책처럼 환하게 읽히는 이 폭력적 상황을 심상히 받아들일 정도는 아니었다. 자신의 단점을 잘 아는 그는, 경험이 많은 사람치곤 보기 드물게 다른 이로부터 배우기를 주저하지 않았다. 지금 그의 주된 관심사는 이 수도원의 명예와 결백으로, 그 기준에는 순수한 정의가 내포되어 있었다. 한편 로버트 부수도원장은 노르만인 특유의 헌신적인 동족애 속에서 격심한 분노에 휩싸여, 피카르가 그러듯 자기 나름의 방식으로 복수할 필요를 느끼고 있었다.

"머리의 상처들은 치명상이 아닙니다. 보기에는 머리에만 상처가 몰려 있지만 말이지요." 캐드펠 수사가 깨끗이 씻어서 빗질한 시신의 머리에 손을 얹은 채 말을 이었다. "이분은 뜻밖의 충격으로 정신을 잃었고, 그저 무방비 상태로 누워 있었습니다. 자, 이걸 보십시오……." 그가 면 헝겊을 내려 큼직한 가슴통과 굵은 팔의 윗부분을 드러내 보였다. "이분은 등을 바닥에 대고 머리는 나무에 기댄 채 팔다리를 쫙 펴고 있었습니다. 여기 존경하는 프레스코트 경께서 보셨고, 에드먼드 수사와 우리 수도회의 수련사 몇 사람도 그 사실을 확인했지요. 하지만 그땐 옷 때문에 지금 이대로의 모습을 볼 수 없었습니다. 여기 상박 부위를 보면 근육 안으로 둥글게 검은 멍이 져 있습니다. 각자 팔을 펴고 한번 생각해보십시오. 정신을 잃은 사이 이분에게 무슨 일이 있었을까요? 상대는 바로 이 팔 위에 무릎을 대고 앉아 손을 목으로 가져갔던 겁니다."

"그렇다면 그때 이분이 깨어나지 않았겠소?" 수도원장은 캐드펠이 뭉툭한 갈색 손가락으로 살인의 흔적을 좇는 모습을 가만히 지켜보다가 진지하게 물었다.

"뭔가 애쓴 흔적은 보입니다." 캐드펠은 잔디에 나 있던 깊은 구멍을 떠올렸다. 아마 돔빌의 신발 뒤축 자국이었으리라. "하지만 그저 몸만 조금 뒤틀고 말았던 것 같습니다. 상처를 입고 더 이상 저항할 힘조차 없을 경우 흔히 그렇게 움찔거리게 되지요. 정신을 거의 잃은 상태라 이분은 상대의 공격에 맞설 수 없었을 겁니다. 그리고 이 손자국은 무척 강력하고도 결연해 보이지요. 여기 두 개의 손가락 흔적을 보십시오. 두 개가 겹쳐서 아주 깊숙이 박혔던 듯합니다. 목울대가 파열될 정도로요."

지금까지는 캐드펠 자신도 이렇게 자세하게 그 끔찍한 상처를 들여다볼 기회를 갖지 못한 터였다. 짧은 턱수염 밑 끈에 스친 자국 근처에는 핏방울이 말라붙어 검붉은 선이 그어져 있었고, 그 위로 목을 조른 사람의 손이 남긴 검은 상처가 선명하게 드러나 있었다.

"미쳤다 할 만큼 원한이 깊은 자의 소행이라는 증거요." 프레스코트가 무뚝뚝하게 말했다.

"아니면 아주 놀라고 겁을 먹은 사람의 소행이거나요." 캐드펠이 부드럽게 말했다. "그로선 필사적인 행동이었을 수도 있습니다. 느닷없는 상황에 평소답지 않은 짓을 벌인 거죠."

"두 분이 얘기하는 사람이 동일인일지도 모르겠군." 라둘푸스 수도원장이 말했다. "이 사체에 대해 우리가 더 알아야 할 게 있소?"

그런 듯했다. 돔빌의 목 왼쪽 부분, 틀림없이 오른손 가운뎃손가락이 닿았던 것으로 보이는 자리에 마치 톱니 모양의 보석이 박혔던 것처럼 움푹 팬 상처가 짤막하게 가로질러 나 있었다. 캐드펠은 이 대수롭지 않은 자그마한 상처를 보며 잠시 생각에 잠겼다. 아니, 이 상처는 결코 대수롭지 않은 것이 아니었다.

"작고 날카로운 자상입니다." 그가 상처를 가까이 들여다보면서 말을 이었다. "그리고 그 옆에 이렇게 움푹 팬 상처가 있지요. 범인은 반지를 끼고 있었는데, 오른손 중지나 약지였던 것 같습니다. 반지에 박힌 보석이 살을 파고든 거죠. 아마 반지는 약간 느슨했을 겁니다. 움켜잡은 순간 안에서 조금 돌아갔거든요. 중지가 분명합니다. 만일 약지에 느슨하게 맞았다면 중지로 옮겨 꼈을 거예요. 아무튼 그런 식이 아니고서는 이런 상처가 날 리 없습니다." 캐드펠은 고개를 들어 둘러선 진지한 얼굴들을 보았다. "혹시 루시가 그런 반지를 끼고 있었나요?"

피카르는 모르겠다는 듯이 어깨 으쓱여 보였다. 사이먼이 뭔가를 잠시 생각하더니 말했다. "저는 반지를 본 기억이 없는데요. 하지만 그가 반지를 끼지 않았다고 단언하지도 못하겠습니다. 가이에게 한번 물어봐야겠어요."

"꼭 짚고 넘어가야 할 문제 같군." 행정 장관이 말했다. "더 눈여겨봐야 할 것이 있소?"

"더 이상은 없어 보입니다. 다만 이분이 어디에 갔었는지, 그리고 대체 왜 그런 시간에 그런 길에 있었는지에 대해서는 생각해봐야 하겠지요."

"그런 시간이라……. 우린 정확한 시간을 모르오." 프레스코트가 말했다.

"네, 그렇지요. 돔빌 경이 정확히 언제 죽었는지 알 수는 없습니다. 하지만 이분이 누워 있던 곳 아래쪽의 잔디가 젖어 있었던 건 분명하지요. 그리고 또 하나 주의해야 할 점이 있습니다. 모든 흔적들이 매우 분명하게 남아 있는데, 너무 지나친 확신을 가지고 그것들을 읽어내지 않도록 주의해야 합니다. 잠복하고 있던 적에게서 습격을 받았을 당시 이분은 말을 타고 숙소로 돌아오던 중이었습니다. 누군가 덫을 쳐놓고 그가 돌아오기만을 기다리고 있었지요. 따라서 범인이 누구건, 그는 돔빌 경이 어디에 갔는지, 또 어떤 길로 돌아올지 미리 알고 있었던 겁니다."

"밤을 틈타 뒤를 쫓다가 적당한 때 자신의 계획을 실행에 옮겼을 수도 있지." 행정 장관이 말했다. "루시가 주교관 정원의 건초 창고에 숨어 있었다는 건 확실하오. 어두워지자 아마도 그는 이런 일을 벌일 작정으로 그곳에서 나와 몸을 숨기고 영주의 동태를 살폈을 거요. 돔빌 경이 이곳 수도원에서 저녁 식사를 하는 것도 알고 있었을 테지. 그거야 식솔들 모두 아는 사실이었으니까. 그렇게 숨어서 기다리다가 돔빌 경이 향사를 들여보낸 뒤 혼자 말을 타고 나서는 걸 보게 된 거요. 그로선 그다지 어렵지 않게 복수의 기회를 잡은 셈이지. 루시가 범인이라는 사실엔 의심의 여지가 없소."

그 이상 덧붙일 말은 없었다. 행정 장관은 자신이 옳다는 확신을 가지고 다시 수색을 지휘하러 돌아갔다. 상황이 상황이니만큼 그런 그의 태도를 비난할 수는 없었다. 휴언 드 돔빌의 시신은 에드먼드 수사와 그의 조수들에게 맡겨졌고, 그의 관은 시내 최고의 목수인 마틴 벨코트에게 부탁해놓은 터였다. 어디에 묻히든, 시신이 무덤으로 가는 여정에 오르기까지 합당한 위엄을 갖추어 두어야 했다. 이제 더 이상 시신이 말해줄 단서는 없었다.

작업장으로 돌아가 오스윈 수사가 내년에 심을 씨앗을 제대로 분류해놓았는지 점검하고, 그에게 이 죽음을 둘러싼 여러 정황들에 대해 자세히 설명해줄 때까지는 캐드펠 역시 그렇게 생각했다. 그런데 오스윈 수사가 모든 이야기를 귀 기울여 듣더니 대수롭지 않다는 투로 이렇게 말했다. "10월의 늦은 밤에 모자도 쓰지 않은 채 말을 타고 나가다니 별일이네요. 게다가 그분은 대머리잖아요!"

캐드펠은 깜짝 놀라 몇 줌 씨앗들 너머에 서 있는 오스윈 수사를 경이로운 눈으로 바라보았다. "자네 방금 뭐라고 했나?"

"노인이 밤에 모자도 쓰지 않고 외출했다니 이상하잖아요."

돔빌은 머리에 아무것도 쓰지 않은 채 수도원 문을 나서지 않았다. 그건 분명한 사실이었다. 바로 캐드펠 자신이 그가 떠나는 모습을 보지 않았던가. 당시 돔빌은 아주 멋진 선홍색 모자를 쓴 채였고, 모자 밑으로는 금으로 된 술 장식이 흔들리고 있었다. 하지만 말에서 떨어져 누워 있던 시체에선 모자 같은 것을 보지 못했으며, 그는 이를 이상하게 여기지도 않았다.

"이보게." 캐드펠이 진심으로 말했다. "내가 늘 자네를 과소평가해왔지. 만일 다음번에 내가 자네를 꾸짖으면 이번 일을 상기시켜주게나. 그럼 내 기꺼이 참지. 그래, 그분은 분명 모자를 쓰고 있었어. 그걸 한번 찾아봐야겠네."

*

캐드펠은 수색에 참여하기 위해 오전 시간을 빼둔 만큼, 조금 더 늦게 돌아오더라도 무리는 없겠다고 생각하여 따로 허락을 구하지 않았다. 조금 서두르면 저녁기도 전까지는 돌아올 수 있을 것이며, 장소도 미리 십자가로 표시해둔 터였다.

눌렸던 풀들이 다시 일어서고 있었지만, 떡갈나무 아래쪽에는 여전히 돔빌 몸의 윤곽이 희미하게 남아 있었다. 캐드펠은 길을 따라가며 땅바닥을 눈여겨 살펴보고 길 양편의 나무들 틈새도 샅샅이 들여다보았다. 처음에는 아무것도 발견할 수 없었다. 마침내 찾던 물건이 눈에 띈 것은 나뭇가지 사이로 비친 한줄기 햇살

덕분이었다. 빽빽한 덤불을 뚫고 들어온 햇살이 모자 가장자리에 장식된 금술을 비춘 것이다. 돔빌이 말에서 떨어질 때 벗겨져 길에서 3미터쯤 떨어진 덤불숲으로 날아간 모양이었다. 멋을 부려 꼬아놓은 장식 때문에 더더욱 쉽게 벗겨졌으리라. 캐드펠이 그것을 끄집어냈을 땐 터번처럼 꼬아놓은 부분이 망가져 있었지만, 주름이 잡힌 한쪽 가장자리가 아래로 늘어져 우아하게 흔들거리는 것이 여전히 모자로서 손색이 없어 보였다. 짙은 선홍색의 주름 사이에서는 연푸른색 꽃이 빛나고 있었다. 야간 승마를 나간 휴언 드 돔빌이 어딘가에서 가늘고 곧은 꽃줄기를 꺾어 모자를 장식한 모양이었다. 줄기에 달린 기다란 녹색 이파리와 별 모양 연푸른 꽃은 하루 종일 아무도 보아주지 않았음에도 여전히 더할 나위 없이 멋진 빛깔을 뽐내고 있었다. 캐드펠은 모자 주름에서 그 꽃을 빼내 들여다보고는 무척 놀랐다. 유사한 다른 종들이 있긴 하지만 그 식물은 대단히 진귀한 것이 틀림없었다.

예전엔 이따금씩 보이곤 하던 웨일스의 그늘진 곳에서도 이젠 거의 찾기 어려워졌으나, 캐드펠은 그 식물을 잘 알고 있었다. 그가 알기에 아직까지 이곳 잉글랜드에서는 그 꽃이 발견된 적이 없었다. 담석용 가루약이나 물약을 만들기 위해 그 씨를 좀 얻고자 했을 때도 이 진귀한 식물의 유사종을 얻은 것에 만족해야 했다. 조금 시들긴 했지만 아주 최근까지 잘 자라고 있었던 듯한 그 식물을 보면서, 이제 그의 머릿속은 새로운 궁금증으로 가득 채워졌다. 이 푸른색 개지치[14] 덩굴이 왜 여기 붙어 있는 거지? 휴언 드 돔빌이 수도원을 떠날 땐 분명 없었는데!

유감스럽게도 더 이상 찾아볼 시간이 없었다. 얼른 돌아가 이베타도 만나보고 저녁기도에도 참석해야 했다. 캐드펠은 이제 돔빌의 야간 산책에 대해 정말 진지한 호기심을 품기 시작했다. 피카르가 이야기한 바에 따르면 남작이 롱 숲 근처에 사냥용 오두막을 가지고 있다고 했지? 성문 길에서 이리로 빠지는 경로가 아마도 그 오두막으로 가는 지름길일 터였다. 숲 언저리로 몇 킬로미터쯤 돌아가도 그곳이 나올 테지만, 아마 죽은 사람이 갔던 길을 그대로 따라가는 편이 훨씬 효과적일 것이다. 하지만 오늘은 더 이상 시간이 없었다.

캐드펠은 그 푸른색의 작은 꽃묶음과 모자를 옷 속에 쑤셔 넣고는 돌아왔다. 두말할 나위 없이 이 두 가지를 행정 장관에게 건네주고 적절한 상황 설명을 하는 것이 그의 의무이지만, 과연 자신이 그럴 수 있을지는 스스로도 확신이 서지 않았다. 모자로는 지금까지 알려진 것 이상의 단서를 얻지 못할 것이다. 하지만 시들어가는 이 작은 꽃묶음은 사정이 다르다. 그 꽃이 자라는 곳이 이 지역 안에 한 군데 이상 있을 리는 만무했다. 캐드펠이 알기로 이 식물의 서식지는 귀네드 내에서도 단 세 곳뿐이었다. 비록 한 송이뿐이긴 하나 여기서 그것이 발견되었다는 사실 자체가 엄청나게 놀라운 일이었다. 더하여 프레스코트의 태도도 마음에 걸렸다. 그는 정직하고 공정한 사람이지만 다소 독단적인 성격이고, 이미 조슬린이 이 사건의 범인이라 확신하고 있었다. 그가 아니면 누가 남작에게 원한을 품겠느냐는 것이다. 하지만 캐드펠은 그렇게 생각하지 않았다. 살인에 대한 어설픈 몇 마디 말로 사실을 잘못 판단해서는 안 된다. 몰래 살인을 저지를 수 있는 사람이 있는가 하면, 절대로 그런 짓을 못 하는 사람도 있다. 본성을 거스를 수는 없다는 게 그의 생각이었다. 누구나 어쩔 수 없이 살인의 욕구를 느낄 수야 있지만, 그렇다고 모든 사람이 그렇게 교활하게 등 뒤에서 칼을 꽂거나 길에 끈을 장치하여 사람을 죽일 수 있는 것은 아니다.

수도원으로 돌아온 그는 프레스코트가 접객소에 배치해두고 간 행정관에게 모자를 가져다준 뒤 작업장에서 양귀비 시럽을 챙겨 이베타에게 갔다.

이번엔 잠시도 이베타와 단둘이 시간을 보낼 수 없었다. 애그니스의 심복 역할을 충실히 수행하는 하녀 매들린이 줄곧 눈을 치켜뜨고 두 귀를 세운 채 그들 맞은편에 서 있던 까닭이었다. 그가 이베타에게 해줄 수 있는 일이라곤, 그저 거기 서서 자신이 변함없이 그녀의 편이며 앞으로도 계속 그럴 것임을 다시금 확인시켜주는 것뿐이었다. 최소한 시선을 교환할 수는 있었고, 그렇게 해서 그들은 서로의 마음을 읽어낼 수 있었다. 숙면을 돕는 약을 처방해주면서, 그는 그녀를 도울 최선의 방법이 무엇일까 고민했다. 그렇다면 결국 조슬린 루시를 도와야 하는 걸까? 이베타는 사랑하는 이의 목숨을 위해 자신의 행복을 기꺼이 내놓을 사람이고, 그러니 그의 도움이 조슬린에까지 미치지 않는다면 그녀로서는 감사할 까닭이 없을 터였다.

캐드펠은 시들어가는 작은 꽃다발을 여전히 옷 속에 숨긴 채 저녁기도에 참석했다.

*

마크 수사는 좌절에 빠져 있었다. 병원의 모든 환자를 제대로 파악하고 관리하려는 자신의 노력이 어쩐지 줄곧 걸림돌에 부딪치는 듯한 기분이었다. 이를 느낀 것은 어린아이 한둘을 빼고 이곳 식구들 모두가 교회에 모였던 아침기도 때부터였다. 모인 환자가 전부 몇 명인지 헤아려보지는 않았다. 교회에 가라고 강요하는 사람도 없고 어디가 아프거나 컨디션이 좋지 않을 경우에는 남아서 쉴 수 있기에, 모이는 사람들의 숫자는 늘 달랐다. 그뿐 아니라 짧은 의식 동안에도 몸을 움직여줘야 하는 사람들이 있기 때문에 예배 중에도 환자의 수는 늘 유동적이었다. 문제는, 늘 어둡고 비좁은 교회 안 어슴푸레한 불빛 아래 보였던 어느 건장한 사람의 인상이 시종 지워지지 않고 그의 기억에 남아 있다는 사실이었다. 그가 담당한 환자들 중에도 그처럼 건장한 사람이 예닐곱 명 있긴 하지만 그는 그들 하나하나의 걸음걸이와 몸가짐을 잘 알고 있었고, 따라서 가리개를 쓰고 있더라도 사소한 멈칫거림이나 구부정한 자세만으로도 그들을 구분해낼 수 있었다.

아침기도 중, 마크 수사는 머리에 두건을 쓰고 얼굴을 가린 그

낯선 사람을 몇 번인가 다시 찾아냈지만 그러는 족족 이내 놓쳐 버렸다. 다른 환자들이 끊임없이 위치를 바꾸어 그 침입자를 숨겨주고 있다는 것을 그는 미사가 끝날 때까지 알지 못했다.

침입자는 사람들 앞에서 거의 말을 하지 않는 듯했다. 만일 그가 정말 나환자로서 일생을 건 순례 중 이곳에서 잠시 쉬고 있는 것이라면 자신을 소개하지 않았을 리 없고, 그토록 은밀하게 움직이고 몸을 숨길 필요도 없었을 터였다. 하지만 건강한 사람이 무엇 하러 이런 곳에 숨어들겠는가? 무언가 절박한 사정이 있는 걸까?

마치 꿈이라도 꾸고 있는 것만 같았다. 아침 식사로 빵과 오트밀과 순한 에일을 나눠주면서 굳이 수를 세어보지는 않았지만—불행한 사람들에게 무언가를 주면서 그 수를 일일이 헤아리는 사람이 어디 있겠는가—나중에 보니 음식이 예상보다 훨씬 많이 없어졌다는 사실을 알게 되었다. 환자 중 누군가 다른 사람을 위해 음식을 빼돌렸던 것이다.

물론 그는 행정 장관의 부하가 세인트자일스와 시내 사이의 숲과 정원들을 죄다 뒤지고 있다는 사실을 잘 알고 있었으며, 정오 전에 이미 휴언 드 돔빌이 죽었다는 소식도 들은 터였다. 버림받아 고립된 사람들이라고 소식까지 듣지 못하는 건 아니었으니, 시내나 수도원에 무슨 일이 일어나면 즉각 병원에도 말이 퍼지곤 했다. 남작의 죽음이 알려지고 도망친 향사가 범인으로 몰리고 있다는 소식이 들려왔을 때 환자들은 비명을 질러 항의의 뜻을 나타냈지만, 마크 수사는 일을 하느라 바빠 그런 소문들에 별로 관심을 기울이지 않았다. 오전 내내 환자들을 치료한 뒤 마지막 환자에게 연고를 발라주고 붕대를 갈아줄 때까지는 자신을 괴롭히는 의혹에 대해서도 심각하게 생각해볼 겨를이 없었다. 그런 뒤엔 손수 의무 기록을 작성해 병원에 가져다주어야 했고, 이어 몸을 움직일 수 있는 환자 몇몇을 서턴 장원으로 보내 겨울 땔감용 장작을 주워 오게끔 했다. 이는 작고한 그 지역 영주가 그들에게 부여한 특권으로, 그의 아들 또한 이를 허락하고 있었다. 아무튼 그 후에는 점심 식사 준비를 돕고 병원장의 대차 계정을 검토하는 등 마크 수사는 여러 가지 일을 해야 했고, 오후가 되어서야 스스로 선택한 일을 할 수 있는 여유를 가지게 되었다. 예컨대 오갈 데 없는 노인 환자에게 성서를 읽어준다거나, 꼬마 브란에게 공부를 시킨다거나 하는 일이었다. 수업은 대개 아주 쉬워서 놀이나 다름없었지만, 이 소년은 대단한 열성을 가지고 마치 숨을 쉬고 엄마 젖을 빨아들이듯 가르치는 것들을 모두 소화해냈다.

마크 수사는 자그마한 여덟 살짜리 꼬마를 위해 알맞은 크기의 책상도 만들어주었다. 오늘은 낡았지만 깨끗한 벨럼지[15]를 손질하고, 그중 닳아 해진 길쭉한 조각 하나를 따로 떼서 바로 곁에 있는 자기 책상에다 미리 옮겨다놓았다. 교실이라 해봐야 현관 귀퉁이의 비좁은 구석이었지만, 작은 창문 가까이에 잡아 빛은 충분히 들었다. 그들은 때로 그림 그리기 놀이로 수업 시간을 채우곤 했는데, 이 게임에서는 브란이 손쉽게 그를 이기곤 했다. 두 사람은 벨럼지가 다 닳아 너덜너덜해질 때까지 지우고 다시 쓰기를 반복했다.

마크 수사는 밖으로 나가 제자를 찾았다. 무척 청명하지만 햇살에는 부드러운 습기가 배어 있는 날씨였다. 많은 나환자들이 덜그럭거리는 접시들을 차고서 곁길 언저리에 나가 있었다. 그들은 마차가 지나갈 때면 일정하게 거리를 유지한 채 얌전히 서 있었지만, 사람이 지나가면 소리쳐 동냥을 호소했다. 라자루스는 늘 앉아 있는 공동묘지 담 근처에 자리를 잡고 있었다. 키가 크고 등이 곧은 그는 언제나처럼 두건과 가리개를 둘러쓴 얼굴을 똑바로 쳐든 채였고, 바로 곁에서 브란이 그의 넓적다리에 편안하게 기대고 있었다. 꼬마는 손가락에는 거친 실이 걸려 있었고, 실타래의 다른 한쪽은 그의 이에 물려 있었다. 둘이서 실뜨기 놀이를 하는 모양인데, 실을 뜰 때마다 아이는 왁자하게 웃어댔다.

나이 든 사람과 어린이가 함께 어울리는 모습을 보는 건 참으로 즐겁고 유쾌한 일이다. 마크 수사는 그들을 방해하고 싶지 않아 이내 물러서려는데, 바로 그때 꼬마가 그를 보았는지 잡고 있던 실을 놓고서 급히 외쳤다. "저 금방 갈게요. 마크 수사님! 잠깐만 기다리세요!"

브란은 놀이 상대에게 쾌활하게 인사를 건넨 뒤 마크 수사에게 달려와서는 살며시 손을 잡고 깡충거리며 현관 안으로 들어갔다.

"수사님이 준비를 마칠 때까지 우리 둘이서 시간을 때우고 있었어요."

"날씨가 이렇게 화창한데 나가 놀고 싶지 않니? 네가 원하면 그래도 된다. 공부는 해가 진 다음에도 할 수 있으니까. 게다가 겨울이 되면 내내 화롯가에 앉아 공부만 해야 할 거야."

"아니에요. 제가 글자들을 얼마나 잘 외웠는지 보여드리고 싶어요."

브란은 마크 수사를 문 안으로 이끌고는 제 책상에 앉아서 앞에 놓여 있는 새 벨럼지를 자랑스럽게 매만졌다. 그때까지도 마크 수사는 자신이 방금 목격한 게 무언지 제대로 알지 못하다가, 꼬마의 얄팍한 손이 조심스레 깃털 펜을 쥐는 것을 보는 순간 마침내 깨닫기 시작했다. 그는 순간 너무나 놀라 크게 숨을 들이쉬었다. 브란은 자신이 무언가를 대단히 잘못했다고 생각했는지 얼른 그를 올려다보았고, 마크 수사는 서둘러 그를 칭찬해 안심시켰다.

맙소사, 왜 이제야 눈치챘을까? 물론 키도 라자루스와 비슷하고, 바른 자세니 망토 아래 감춰진 넓은 어깨도 그랬다. 다만 브란과 놀이를 하는 동안 실을 잡고 있던 그 두 손만은 아니었다. 그것은 대단히 부드럽고 유연하며 보기 좋게 생긴 젊은이의 손이었다.

*

그럼에도 불구하고 마크 수사는 병원장은 물론 다른 누구에게도 자신이 본 것을 이야기하지 않았고, 침입자를 만나려는 어떤 노력도 하지 않았다. 마크 수사를 꼼짝 못하게 붙들어둔 건, 약속이나 한 듯 그자를 감싸는 환자들의 행동이었다. 아무런 이야기도 설명도 없이, 고통받고 있는 환자 모두가 침묵의 연대로 그의 불행을 함께 나누고 있었던 것이다. 마크 수사는 경솔한 사람이 아니었다. 감히 그 물결을 거스르거나 그들의 판단에 대해 옳고 그름을 따질 수는 없었다.

*

해 질 무렵 수색자들은 아무런 소득 없이 돌아왔다. 마지못해 끌려 나갔던 가이도 사이먼과 함께 쓰는 방으로 터벅터벅 걸어 들어와 신발을 벗어서 차버리고는 분노 섞인 한숨을 지으며 침대에 누웠다.

“자넨 참 좋겠어. 그 고행을 모면했으니 말이야. 몇 시간 동안 흙투성이로 덤불 속을 헤매질 않나, 돼지우리를 들여다보질 않나, 괜스레 겁을 줘서 암탉을 쫓아버리질 않나……. 몸에서 쓰레기 냄새가 가시질 않는군! 유도 사제는 교회에서부터 법석을 떨어대며 우리들을 쫓아다니면서도 자신은 그 더러운 일에 한 발짝도 뛰어들지 않더구먼. 아마 돌아가서 이런 기도를 올렸겠지. 저들이 이 늙은이의 영혼에 조금이나마 득이 되는 일을 할 수 있도록 도와주소서!”

"조슬린은 못 봤고?" 사이먼이 외투 소매 속에 팔을 꿰며 근심스럽게 물었다.

"만약 그 친구를 봤다면 일부러 반대편 길로 시선을 돌렸겠지. 그리고 시종 잠자코 있었을 거야." 가이는 하품을 참으면서 편안한 자세로 다리를 뻗었다. "하지만 코빼기도 못 봤지. 지금 경비병들이 쥐새끼 한 마리 빠져나갈 수 없도록 시내를 빙 둘러 경계선을 쳐놨어. 내일은 북쪽을 향해 천천히 몰고 들어갈 계획이라던데. 그마저 실패하면 그다음 날은 개천 쪽으로 갈 테지. 사이먼, 다들 그 친구를 잡으려고 난리들이야. 이 집까지 들어와 구석구석 샅샅이 뒤졌다는 얘기 들었나? 그러다 담장 옆의 별채 한 곳에 누가 숨어 있던 흔적을 발견했다지? 물론 그 친구가 아니었을지도 모르지만 말이야."

사이먼은 침울한 얼굴로 외투를 입었다. "그래, 들었네. 하지만 그 누군가가 조슬린이었다 해도, 그는 이미 오래전에 떠난 것 같아."

"이미 마을 밖으로 도망쳤으려나? 혹시 모르니 오늘 그 늙은이의 마구간 빗장을 열어두는 것이 좋지 않을까? 아니면 브라이어를 앞마당 열린 문 쪽에 데려다두거나. 작은 기회라도 없는 것보다는 낫잖아."

"지금 어디에 있는지만이라도 알면 좋을 텐데……. 어쨌든 나도 자네 생각에 동의하네. 그 불쌍한 짐승을 다시 밖으로 끌어내 운동이라도 좀 시켜둬야겠어. 누가 아나? 만일 내가 브라이어를 타고 돌아다니면 조슬린이 숨어서 이를 보고 연락을 취해올지."

"자네도 그에게 씌워진 혐의를 믿지 않는구먼." 가이는 헝클어진 머리를 들고서 날카로운 눈초리로 친구를 힐끔 쳐다보았다. "그의 안장주머니에 목걸이를 집어넣은 그 치사한 짓도 그렇지. 도대체 하인들 중 어떤 개 같은 녀석이 영주의 명을 받아 그걸 거기다 감춰뒀는지 참으로 궁금하네. 그 늙은이가 몸소 그런 짓을 했을 리는 없을 테니 말이지. 내가 아는 한, 그런 더러운 짓에 직접 손을 댈 만한 위인은 아니거든." 가이는 아버지의 집을 나온 열두 살 이래 쭉 남작 밑에서 지내온 터였다. 그동안 그는 그 무시무시한 영주에게 일종의 초연한 애정을 느끼게 되었고, 영주 또한 그에게만큼은 한 번도 화를 낸 일이 없었다. "그렇지만 조슬린에게 혐의를 두지 않는 것도 어리석은 일이겠지. 사실 분노에 눈이 돌았다면……. 어쨌든 그에겐 그럴 만한 이유가 있으니 말이야. 그가 영주를 죽이지 않았다는 데 기꺼이 내 영혼까지 걸지는 못하겠네. 아마 아닐 테지만, 그래도 완전히 확신할 수는 없어."

"나는 영혼을 걸겠네." 사이먼이 단호하게 말했다.

"자네 말이야," 가이는 일어서더니 친구의 어깨를 가볍게 쳤다. "사람들의 공통된 의견에서 너무 멀리 벗어나지 않도록 주의하는 게 좋아. 자칫 실수를 할 수도 있거든. 자, 그럼 단장한 모습 좀 볼까?" 그는 사이먼의 외투 깃을 깔끔하게 정돈하며 말을 이었다. "근사하군. 오늘 어디 가나?"

"수도원에 피카르 부부를 보러 가야 해. 형식적인 예의랄까. 이제 최악의 날은 지나가고 사태가 어느 정도 진정되는 국면이니 말이야. 어쨌든 친척이 될 뻔했던 사람들이니, 삼촌을 애도하는 일에 그들 나름의 몫이 있지 않겠나. 삼촌이 매장될 때까지는 연장자 겸 조언자로 그 사람을 존중해서 손해 볼 건 없지. 그리고 수녀원에 계신 고모님과 먼 사촌 한둘에게 기별을 해야 하는데, 유도 사제에게 도움을 좀 받을 수 있을 거야. 그는 화려체를 제대로 구사할 줄 알거든."

"미리 알려줄 게 있네." 가이가 천천히 일어나 따뜻한 물을 가지러 나가면서 말했다. "행정 장관이랑 유도 사제가 내일은 자네도 수색 작전에 참가시킬 거야. 다들 조슬린을 교수형 시키려고 혈안이 되어 있거든."

"난 언제든 반대편 길을 볼 준비가 되어 있어. 자네처럼 말이지." 사이먼은 그렇게 대꾸한 뒤 하마터면 친척이 되었을, 그리고 지금은 친척의 권리를 가지길 희망하고 있을 사람에게 의무를 다하기 위해 방을 나섰다.

*

이베타는 침대에 누워 있었다. 손을 뻗치면 닿을 만한 곳에는 캐드펠 수사가 정확히 양을 가늠해 만든 양귀비 물약이 놓여 있었다. 캐드펠은 그 약만 먹으면 마음속에 작고 따뜻한 평온의 알

갱이가 들어간 듯 저절로 잠을 이루게 될 것이라고 했었다. 하지만 그녀는 아직 잠들고 싶지 않았다. 매들린이 지척에 있긴 했으나, 이렇게 방에 홀로 누워 있자니 일종의 수동적인 쾌락이 느껴졌다. 이번 주 내내 그들은 좀처럼 그녀를 혼자 두지 않았고, 그들의 존재가 주는 압박감은 마치 그림자처럼 그녀를 태양으로부터 고립시키곤 했다. 그녀가 바른 답변을 하고 침묵으로 자신의 끔찍한 운명에 대해 분명한 동의를 나타내 보일 수 있었던 건 겨우 어제의 아주 짧은 동안, 그나마도 멀찍이 선 감시의 눈길 속에 서뿐이었다. 그들은 조슬린이 감옥에 갇혀 있지 않고, 비록 쫓기는 자의 자유일지언정 어딘가에 자유의 몸으로 있다는 사실을 시종 잊지 않고 있었다.

이제 다 끝났다. 두 번 다시 그런 식으로 스스로를 속일 수는 없었다. 그녀는 최소한 두 가지 사실에서 위안을 얻을 수 있었다. 그가 붙잡히지 않았다는 것, 그리고 그녀 자신이 아직 결혼하지 않았다는 것.

문고리에 손이 닿는 소리가 들려 그녀는 몸을 한껏 움츠렸다. 문이 열리고 애그니스가 나타났는데, 그 자비로운 표정과 염려스러운 목소리로 미루어 뒤에 방문객을 달고 온 모양이었다. 이베타는 그 돌연한 변화에 물끄러미 그녀를 바라볼 뿐이었다.

"여태 깨 있었니? 좋은 친구분께서 네 안부를 묻기 위해 여기까지 오셨구나. 잠시 들어오시도록 할까? 너무 피곤한 것 아니니?"

손님은 이미 들어와 있었다. 나들이옷 차림으로 방문한 사이먼이었다. 그는 그녀의 삼촌과 숙모에게 최대한의 예의를 갖추었고, 그 신사다운 태도에 꽤나 좋은 인상을 받았는지 그들은 그와 이베타를 단둘이 있도록 해주었다. "몇 분만이에요. 이 아인 더 이상 무리를 하면 안 되거든요." 애그니스는 그렇게 말하며 친절한 미소와 함께 방에서 물러갔다.

그녀가 나가고 문이 닫히는 순간 소년처럼 유쾌하던 사이먼의 표정이 진지하게 바뀌었다. 그는 이베타의 침대 곁으로 뚜벅뚜벅 다가오더니 등받이가 없는 작은 의자를 가져다 그녀 가까이 앉았다. 그녀도 몸을 일으켜 베개에 기대앉았다. 풍성한 금발 머리카락이 목면 가운의 어깨를 덮었다.

"조용히." 그가 조심시키듯 손가락을 입술에 대었다. "감시자들이 들을지 모르니 목소리 낮춰요. 난 그저 잠시 인사나 나누고 안부나 알아보러 이 방에 들어온 것으로 되어 있으니까요. 당신이 그토록 충격을 받은 것을 보고 저도 놀랐습니다. 그가 도망쳤다는 얘기를 듣지 못했던 건가요?"

이베타는 대꾸 없이 그저 고개만 가로저었다. "오, 사이먼. 무슨 소식이라도 있나요? 아니면……."

"좋지도 않고, 그렇다고 나쁘지도 않은 소식입니다." 사이먼은 여전히 나지막한 목소리로 빠르게 말을 이었다. "상황은 그대로예요. 그는 여전히 자유의 몸이고, 앞으로도 그러하길 기도드리는 수밖에요. 보아하니 저들은 추격을 계속할 듯합니다. 하지만 나 역시 수색에 참여할 거예요." 그는 의미심장하게 말하고는,

자신을 향해 더듬더듬 뻗쳐오는 그녀의 작은 손을 잡았다. "기운 내요! 하루 종일 찾았지만 아직까지 그를 잡기는커녕 본 사람조차 없습니다. 혹 누가 알겠습니까? 이미 오래전에 추격의 범위를 벗어났을지 말입니다. 그는 강인하고 또 대담한 사람이니……."

"지나치게 대담하죠!" 그녀가 고통스럽게 말을 끊었다.

"그들이 온갖 누명을 뒤집어씌웠지만, 그에겐 아직 친구들이 있습니다. 결코 그가 죄를 지었으리라 믿지 않는 친구들 말이죠!"

"아, 사이먼. 정말 고마워요!"

"당신과 조슬린을 위해서라면 무엇이든 할 수 있어요. 일단 당신은 끈기를 가지고 기다려야 합니다. 그래도 한 가지 위협은 사라졌잖아요. 조슬린이 붙들리지 않는 한 급할 건 전혀 없어요. 당신은 그저 기다리기만 하면 됩니다."

"그 사람이 훔치지 않았다는 걸 정말로 믿는 거죠? 그가 살인하지 않았다는 것도요?" 그녀가 애처롭게 물었다.

"그럴 사람이 아니라는 거 잘 압니다." 사이먼은 확신을 가지고 힘주어 말했다. "그에게 잘못이 있다면, 사랑이 허용되지 않는 상황에서 사랑을 했다는 것뿐이겠죠. 아, 죄송합니다." 이베타가 움찔하는 것을 보고 사이먼은 그녀의 얼굴을 외면한 채 재빨리 말을 이었다. "제가 주제넘었다면 용서하세요. 하지만 그가 저를 친구로 믿고 사정을 들려주었습니다. 그래요, 저는 잘 알고 있습니다!" 그는 불안한 듯 뒤를 돌아보았다가 이내 그녀를 안심시키기 위해 미소 지어 보였다. "슬슬 당신의 숙모가 얼굴을 찡

그리기 시작하겠군요. 이만 가봐야겠습니다. 하지만 기억해두세요. 조슬린에겐 친구가 있다는 걸 말입니다."

"그러죠." 그녀는 진심을 다해 말했다. "하느님께 감사드리고, 당신에게도 감사드려요. 또 와주세요, 사이먼. 그러실 수 있죠? 당신이 제게 얼마나 큰 위안인지 몰라요."

"예, 다시 들르겠습니다." 그는 약속한 뒤 몸을 숙여 서둘러 그녀의 손에 입을 맞췄다. "자, 그럼 어서 주무세요! 걱정 말고요."

그가 몸을 돌리는 순간 애그니스가 문을 열었다. 자애로운 표정이었지만 사나운 눈초리는 여전했다. 이 젊은이야 휴언 드 돔빌의 조카이니 죽은 삼촌에게 걸맞은 경의로 대접하지만, 그렇다고 감시의 시선을 거둘 수는 없지 않은가. 이베타를 제대로 처분해 이득을 확실하게 챙길 때까지는 어림도 없는 일이었다.

문이 닫혔다. 이베타는 이제 잠들 준비가 되었다. 가슴을 내리누르던 짐이 한결 가벼워진 듯했다. 그녀는 캐드펠 수사가 준 벌꿀처럼 달고 진한 약을 마신 다음 촛불을 껐다.

매들린이 의심스러운 듯 살금살금 다가왔을 때 이미 그녀는 깊이 잠들어 있었다.

*

마지막 기도를 마친 뒤, 캐드펠 수사는 수도원 숙사의 집무실에 있던 라둘푸스 수도원장에게 정식 면담을 청했다. 무거운 대화를 나누기에 적당한 시간이었다. 격정으로 가득 찼던 하루도 이제 다 지났고 밤의 평정이 깃들어 있었다.

"수도원장님, 이번 사건과 관련해 제가 알고 있는 내용 대부분을 말씀드렸습니다만, 한 가지를 빠뜨렸습니다. 제가 허브에 대한 지식을 좀 갖추고 있다는 건 수도원장님께서도 잘 아시지요. 실은 장관에게 넘긴 모자에서 허브를 발견했습니다. 이루 말할 수 없이 진귀하여, 심지어 그 서식지인 웨일스에서조차 아주 드물게밖엔 볼 수 없는 것이지요. 더욱이 이곳에서는 한 번도 발견한 일이 없습니다. 하지만 휴언 드 돔빌 경이 생전에 마지막 밤을 보낸 곳에 바로 이 허브가 자라고 있는 듯합니다. 제 생각에 이건 아주 중요한 단서 같습니다. 그것이 있던 장소를 찾아내고, 죽은 사람이 결혼식 전날 밤 그곳에 무엇을 하러 갔었는지 알아보고 싶습니다. 그것을 알아내면 그의 죽음과 그를 죽인 방식, 그리고 범인에 대해서도 짚이는 바가 있으리라 생각합니다."

그는 손바닥에 시들어가는 작은 꽃묶음을 올려놓았다. 마른 줄기 한 묶음과 실처럼 가는 이파리들, 그리고 시들어가면서도 여전히 연푸른 빛깔을 유지하고 있는 별 모양의 꽃이 보였다.

"한번 봅시다." 수도원장은 놀란 듯한 눈으로 꽃잎을 살펴보았다. "그렇다면 형제는 이 식물이 어디서 자라며 어디서 자라지 않는지 알고 있는 거요?"

"대단히 드문 몇몇 장소에서만 자랍니다. 백악이나 석회암이 노출되어 있는 곳이지요. 잉글랜드에서는 한 번도 본 적이 없습니다."

"이걸로 죽은 사람이 밤을 지낸 곳이 어디인지를 추측해낼 수 있으리라 믿소?"

"우리는 그가 돌아오던 길을 알고 있습니다. 향사를 숙소 입구에 남겨두고 떠날 때도 분명 같은 길로 갔을 겁니다. 수도원장님께서 말미를 주신다면 제가 그 길을 따라가 이 꽃을 찾아보겠습니다. 젊고 어리석고 분노한, 그 밖에는 아무런 죄도 없는 한 생명이 살고 죽는 문제가 이 사소한 단서에 달려 있다고 저는 믿습니다."

"그런 일은 수도 없이 많이 있었지. 우리가 추구하는 것은 정의요. 자비는 하느님의 특권이오. 캐드펠 형제, 허락할 테니 필요하다면 얼마든지 추적해보시오. 형제를 믿소."

"제가 수도원장님의 배려를 얼마나 소중히 여기는지는 하느님께서 아십니다." 캐드펠이 진심을 다해 말했다. "무엇을 찾아내건 간에 수도원장님께 전하도록 하겠습니다."

"장관에게 주지 않고?" 라둘푸스 수도원장이 미소 지으며 물었다.

"물론 드려야죠. 하지만 수도원장님을 통하겠습니다."

캐드펠 수사는 숙사의 자기 침대로 돌아가 새벽 기도를 알리는 종소리가 울릴 때까지, 마치 아무것도 모른 채 요람에 누운 천진난만한 아이처럼 잠에 빠졌다.

7

다음 날 아침, 캐드펠이 아침기도를 끝내고 나왔을 때 이미 프레스코트는 큰길 북쪽 지역을 새로 수색하기 위해 사람들을 정렬시키고 있었다. 이번에는 약 5킬로미터에 이르는 아주 대대적이고 면밀한 수색 작업을 통해 족제비나 토끼 한 마리도 감히 빠져나갈 수 없게 할 계획이었다. 그는 이제 사냥감을 반드시 붙잡을 작정이었고, 밤새 경계를 한층 강화해두었기에 조슬린이 아직 이를 뚫고 도망쳤을 가능성은 없다고 확신했다. 피카르는 식솔들을 모두 이끌고 나와 정렬시켰으며, 유도 사제 또한 주교관에 머물고 있는 돔빌의 식솔들을 닦달하고 있을 터였다. 어떤 이들은 마지못해 끌려 나온 게 분명해 보였는데, 그럼에도 수색대에 무언가 전염병 같은 열정이 퍼지기라도 한 듯 대부분의 몰이꾼들은 사냥감의 미미한 흔적을 보기만 해도 악을 써대곤 했다.

물론 이번이 처음은 아니었지만, 캐드펠 수사는 지금 휴 베링어가 곁에 있어 프레스코트의 이 으스스한 열정을 좀 누그러뜨려 주면 얼마나 좋을까 하고 진심으로 바랐다. 그는 마음이 열려 있을 뿐 아니라 스스로의 능력을 의심하고 경계할 만큼 건강한 의식을 지닌 사람이었으니, 다른 이들이 이미 결론을 내버린 일을 대할 때도 늘 회의를 품고 다시 한번 생각해보곤 했다. 하지만 휴 베링어는 지금 주 북쪽에 있는 메이즈버리의 자기 장원에 머물고 있었으며, 아마도 앞으로 몇 주 안에는 돌아오지 않을 터였다. 아내가 첫아이를 해산할 날이 가까워졌기 때문이다. 어떤 남자에게든 아내의 해산은 일생에서 가장 극적인 경험이 아닐 수 없으리라. 결국 이 문제는 오로지 길버트 프레스코트의 지시에 의해서만 해결될 수밖에 없어. 캐드펠은 가만히 생각에 잠겼다. 그래, 다른 많은 지역에 비하면 이곳 슈루즈베리는 운이 좋은 편이야. 프레스코트는 아주 정직하고 공평무사한 사람이니까. 설사 무언가를 빨리 결정해야 하거나 약식재판을 진행할 때도 명확한 사실 외에는 어떤 것도 인정하는 법이 없지. 믿을 만한 증거를 제시하면 그는 즉시 그것을 받아들일 거야. 따라서 지금 당장 필요한 건 바로 진실의 증거였다.

그사이 캐드펠은 약간의 짬을 내서 오스윈 수사에게 업무를 지시했다. 불과 일주일 전만 해도 오스윈 수사에게는 땅 파는 일 같은 야외 육체노동이 그나마 적당하다고 생각했으며, 이 엄청난 요령부득이 작업장에는 아예 발도 들여놓지 않기를 진심으로 바라던 그였다. 그러나 오늘 캐드펠은 그에게 약간 이른 가지치기 작업에 더하여 이제 막 발효하기 시작한 회분 과실 용액을 지켜보는 일과 진료소에 보낼 연고를 만드는 일까지 맡겼다. 언젠가 그와 함께 연고를 만들며 그 과정에 대해 충분히 설명한 터였으니, 이번에는 매 단계를 일일이 다시 설명하는 대신 겸손과 신뢰를 가득 담아 간단한 개요만을 정리해주었다.

"작업장을 자네 손에 맡기고 가네." 캐드펠은 힘주어 말했다. "내 자네만 믿네."

그러고는 거리로 나와 들리지 않을 만하게 되자 혼잣말로 중얼거렸다. "하느님 제 거짓말을 용서해주소서. 또한 이게 부디 진실이 되기를…… 아니면 최소한 이것이 제게 죄보다는 공이 될 수 있기를 바랍니다. 오스윈, 이 친구야. 자네에게 기회가 왔으니 이제 혼자 힘으로 한번 날개를 활짝 펴보게나. 기회를 잘 활용하라고!"

이제는 그날 하루를 자유롭게 쓸 수 있게 된 셈이었다. 출발점은 돔빌이 죽은 바로 그 지점이 될 것이었다. 그는 지름길을 택했다. 개인적인 용무가 있을 때만 이용하는 다소 위험한 길이었다. 수도원의 들판과 정원의 언저리를 감싸고 흐르는 메올 시내는 홍수 때만 아니면 걸어서도 건널 만했다. 물론 이는 이곳을 잘 아는 사람에게나 해당되는 일이고, 캐드펠은 바로 그런 사람 중 하나였다. 그는 승복을 무릎까지 걷어 올린 뒤 시내로 들어섰다. 샌들에 물이 들어찼지만 그만큼 쉽게 빠져나갔고, 이렇게 발을 적시는 정도의 번거로움을 감수하면 먼 길을 돌아가지 않고도 얼른 목적지에 닿을 수 있었다. 수도원에서 미사가 끝날 즈음 그는 남작이 기습당했던 길에 이르렀고, 이내 그 길을 따라 빠른 걸음으로 계속 나아갔다.

이쪽 지역의 길은 크게 굽이진 시내를 가로질러 뻗어 있었다. 그는 두 번째 여울로 다가가는 중이었는데, 그곳을 지나면 시내의 만곡을 벗어나 숲과 들판을 뚫고 서턴과 베이스탄 쪽으로 갈 수 있었다. 그곳은 사람이 거의 살지 않는 시골로, 거기서 그리 멀지 않은 곳에 롱 숲이 자리 잡고 있었다. 그는 돔빌이 그렇게 멀리까지 갔거나 벌판에서 밤을 보냈으리라고는 생각하지 않았다. 충분히 그럴 수 있고 또 심지어 상황이 좋지 않을 경우엔 더한 일도 견딜 만큼 억센 사람도 모든 게 순조로울 땐 편안한 상태를 선호하는 법이다.

서턴 스트레인지에 이르자 숲이 느닷없이 끝나고 들판이 나왔다. 캐드펠은 언젠가 자신에게서 피부 발진 치료를 받았던 아이의 아버지인 소작농을 만나 시간을 물은 뒤 돔빌이 죽었다는 소식이 그곳까지 전해졌는지 확인해보았다. 그랬다. 그 일은 이미 지역에서 가장 중요한 이야깃거리가 되어 있었으니, 그곳 주민들 또한 살인자를 쫓는 수색대가 다음 날이면 자기들 집과 우사를 뒤지러 오리라 예상하고 있었다.

“내가 듣기로는 이 부근 어디에 돔빌 경의 사냥용 오두막이 있다던데. 숲 가장자리라고 들었네. 그렇다면 시골길을 따라 15킬로미터쯤 더 가야 하려나?"

"아, 베이스탄 너머 있는 그 집일 겁니다." 소작농은 자기 집 정원 담에 느긋하게 기대선 채 대답했다. "그분은 숲에서 야생 조수를 사육할 수 있는 특권을 가지고 계시죠. 하지만 직접 오시는 일은 거의 없어서, 대신 마을 젊은이가 집사로 오두막을 지키고 있습니다. 방문객이 없을 땐 주로 할머니가, 그러니까 그 젊은이의 어머니가 집을 돌보았죠. 그분은 다른 곳에 더 좋은 사냥지를 갖고 계시거든요. 아니, 이제는 가지고 계셨었다고 해야겠군요! 누군가가 그분에게 덫을 놓았다지요."

"게다가 아주 철저하게 일을 해치웠지." 캐드펠이 진지하게 대꾸했다. "그곳에 가려면 어느 길을 택하는 게 좋을까? 베이스탄을 가로질러야 하나?"

"바로 그거예요. 구도로를 가로질러서 언덕들 사이로 계속 가시다 보면 곧바로 뻗은 길이 보일 겁니다. 그 길을 따라가면 숲 가장자리에 이르게 되는데, 바로 거기 조금 못 미친 곳에 그 집이 있지요."

캐드펠은 걸음을 재촉해 베이스탄의 곁길에 이르렀다. 그가 걸어온 길은 그곳에서 다른 길과 교차되어 오르막으로 이어졌다가 다시 일직선으로 곧게 뻗어 있었다. 여기저기 흩어진 소작지를 지나자 양쪽의 완만한 사면 사이로 관목이 무성한 황야와 잡목림이 간헐적으로 자라고 있는 경사로가 나타났고, 거기서 1.5킬로미터쯤 더 가니 다시 빽빽한 나무들로 둘러싸인 숲길이 이어지며 흰 석회질의 암반이 눈에 띄기 시작했다. 탁 트인 공지에 이르렀을 때는 히스가 바삭거리면서 그의 발목을 스쳤다. 걸어서 이렇게 멀리까지 와본 것도 참 오랜만이었다. 만일 그렇게 심각한 일로 온 것이 아니었다면 그야말로 즐거운 산책이 될 수도 있었으리라.

돔빌 경의 사냥용 오두막은 그야말로 갑자기 눈앞에 나타났다. 양쪽에 선 벌거벗은 나무들 사이로 나지막한 돌담이 보였고, 그 안쪽에 나무로 지은 나지막한 건물이 별채를 끼고 서 있었다. 거칠고 흰 돌담벽에는 잎이 좁은 해란초며 담쟁이며 기린초에 꿀풀까지 온갖 종류의 야생 허브들이 자라 있었는데, 이제는 꽃이 거의 다 시들어버린 터라 캐드펠은 잎을 확인하여 그 종류를 구분해낼 수 있었다. 담장 안에는 과수원도 만들어져 있었지만 나무 수가 많지 않고 그나마도 꽤 늙은 데다 죄다 옹이투성이라, 오랫동안 보살핌을 전혀 받지 못한 채 방치된 듯한 인상을 주었다. 아마도 돔빌 가계의 옛 주인이 어린이를 포함한 가족을 위해 제법 쓸 만한 가정집으로 꾸며놓은 모양인데, 아이가 없는 중년 남자가 주인이었던 최근 수년 동안은 사냥철 외에는 쓸모가 없었던 듯했다. 아니, 사실 사냥철에도 돔빌은 나무가 울창한 다른 지역의 숲을 더 선호했으리라.

캐드펠은 열려 있는 문으로 들어갔다. 안쪽 구석에 핀 금작화 덤불이 곧바로 그의 시선을 사로잡았다. 틀림없는 금작화 덤불이었다. 가을임에도 불구하고 여전히 꽃이 피어 있었는데, 여기저기 흩어져 있는 별 모양의 그 꽃은 황금색이 아니라 밝고 투명한 푸른색이었다. 가까이 다가가 살펴보니 돌담의 아랫단과 그 옆 땅바닥에 좁고 기다란 이파리를 매단 가는 줄기들이 무성하게 자라 있는 것이 보였다. 땅 위에 얽힌 줄기는 덤불의 뿌리를 뒤덮었고, 길고 가느다란 줄기들은 볕이 드는 곳을 향해 가지 사이를 기어올라, 철이 한참 지났는데도 여전히 푸르게 빛나는 꽃송이를 피워내고 있었다.

이어 그는 개지치 덩굴을 찾아냈다. 바로 여기가 휴언 드 돔빌이 생애 마지막 밤을 보낸 곳이었다.

*

"누굴 찾고 계십니까, 수사님?"

아침의 기색이 느껴질 정도로 공손하면서도 잘 갈아놓은 칼끝처럼 예리한 목소리가 뒤에서 들려왔다. 캐드펠은 놀라 그쪽으로 돌아섰다. 목소리만큼이나 모호한 분위기를 풍기는 사내가 서 있었다. 뒷담 아래 있는 별채에서 나온 듯했다. 몸가짐이 좋은 반듯한 젊은이로 나이는 서른다섯 살가량 되어 보였으며 소박한 시골풍 옷을 입었는데, 세련되지는 않지만 일종의 위엄 같은 것이 풍겨 나왔다. 갈색 피부에, 맑고 날카로운 것이 꼭 양지바른 개울가의 자갈을 닮은 그의 눈은 시선이 가는 곳을 향해 유연하게 움직였다. 얼핏 아주 쾌활해 보이지만 그렇게 호락호락할 것 같지는 않았고, 또 그렇게 친절해 보이지도 않았다.

"당신이 휴언 드 돔빌 경의 집사군요?" 캐드펠이 정중하게 물었다.

"그렇습니다." 젊은이가 대답했다.

"그러면 내가 이곳에 온 이유를 말씀드려야겠구먼." 캐드펠은 친절하게 말을 이었다. "이미 소식을 들으셨겠지만, 당신의 주인께서 돌아가셨소. 살해당하셨지. 시신은 슈루즈베리의 성 베드로 성 바오로 수도원에 안치되어 있는데, 나는 바로 그곳에서 왔소."

"어제 들었습니다." 집사가 말했다. 납득할 만한 방문 이유를 듣자 다소 누그러지긴 했으나 얼굴에는 여전히 경계의 빛이 역력했고 말소리도 조심스러웠다. "사촌이 시내에 나갔다가 그 소식을 듣고 전해주더군요."

"그러면 주인집 식솔들이 직접 소식을 전하지 않았다는 얘기요? 아무런 지시도 없었고? 유도 사제가 당신에게 사람을 보내 소식을 알렸겠거니 생각했는데……. 하긴, 다들 아직 경황이 없으니 이해할 만하지. 일을 적당히 마무리짓고 나면 당신에겐 물론이고 곳곳의 장원마다 사람을 보낼 거요."

"물론 살인자를 잡는 일이 가장 급하겠지요." 남자는 그렇게 말하며 입술에 침을 적시고, 자갈 같은 두 눈을 이리저리 굴리며 약간 비스듬하게 캐드펠을 쳐다보았다. "제게는 적절한 때 기별을 주실 거고요. 이곳에서 집사로 일할 수 있건 혹은 그만두게 되건, 연락이 올 때까지는 일을 계속할 생각입니다. 주인님의 땅과 가축들을 잘 관리해 상속인에게 넘겨줘야죠. 저를 대신해서 그렇게 말씀 좀 전해주십시오, 수사님. 이곳 염려는 마시라고, 마음 놓아도 좋다고 말입니다." 그는 잠시 눈을 감고 생각하다가 물었다. "살해당하셨다고 하셨나요? 확실합니까?"

"그렇소. 저녁 식사 후 말을 타고 나갔다가 숙소로 돌아오는 중에 일을 당한 듯하오. 이쪽으로 오는 길 중간에서 그분을 찾았소. 생각건대 이 오두막에 들렀던 게 아닐까 싶은데."

"이곳에는 오시지 않으셨습니다." 집사의 말투는 단호했다.

"사흘 전 슈루즈베리에 온 이래 한 번도 안 들르셨소?"

"예."

"그분의 향사나 하인도 오지 않았고?"

"안 왔습니다."

"그렇다면 결혼 축하연에 참석하러 온 하객 중 누구도 이곳에 재우지 않았던 모양이군. 당신 혼자 이 오두막을 지키고 있었소?"

"저는 이곳 부지와 가축, 농지들을 돌보고, 제 어머님께서 집을 관리하십니다. 아주 드물지만 주인님께서 여기 방문하실 때면 몸종이며 요리사며 하인들까지 모두 데리고 오시죠. 마지막으로 오신 게 족히 4년은 넘은 것 같습니다."

그는 숨을 쉬듯 아주 자유롭고 거침없이 거짓말을 하고 있었다. 그 주의 다른 지역에서는 찾아볼 수 없는 별 모양의 푸른 꽃이 바로 그곳에 있는데도 말이다. 하지만 돔빌이 여기 왔었다는 걸 왜 저렇게 단호하게 부인하는 걸까? 게다가 조금이라도 현명한 사람이라면 이런 일이 벌어졌을 때 겁부터 먹을 텐데, 이 젊은이에게서 충격이나 공포의 기색은 찾아볼 수 없었다. 어쨌거나, 그는 이 오두막에 있는 누군가를 제 주인의 죽음과 연관 지을 만한 어떤 실마리도 제공해서는 안 된다고 마음먹은 듯 보였다.

"주인님을 살해한 자는 아직 붙잡히지 않은 겁니까?" 틀림없이 이 젊은이는 범인을 추적하고 있다는 소식에 반가워하며 어서 그를 감옥에 안전하게 가두기를, 마침내 모든 조사가 다 끝나기를 고대하고 있었다.

"아직은 그렇소. 지금 모두들 나서서 그를 추적하고 있지. 그러면 난 이만 돌아가야겠지만, 솔직히 그리 서두를 필요는 없겠군요. 오늘은 날씨도 좋고, 느긋한 산책이야 늘 즐거운 일이니 말이오. 떠나기 전에 잠시 앉아 에일 한 잔 마실 수 있겠소?"

눈에 띄게 싫은 기색을 보이진 않았으나, 그는 얼마간 망설이다가 캐드펠을 집으로 데리고 들어갔다. 이 수사를 아무렇지 않게 안으로 들이는 게 최선이라고 생각한 모양이었다. 그러면 왜? 특별히 설명해야 할 사람이나 감출 만한 무엇도 없다는 걸 직접 보고 확인하게 하려는 것일까? 어쨌든 캐드펠은 재빨리 권유를 받아들여 그의 안내에 따라 열린 문 안으로 들어섰다.

복도는 어둠침침하고 조용했으며, 짙은 나무 냄새가 가득했다. 매우 깔끔하고 소박하게 차려입은 작은 노파가 건너편 방에서 바삐 나오다가 낯선 사람을 보고는 노골적이지는 않지만 경계의 기색을 드러냈다.

"이리로 오십시오, 수사님." 아들이 재빨리 말했다. "편히 앉으세요. 이곳에 점잖은 분을 모셔본 적이 별로 없어서 좀 어색하네요. 어머니, 에일 한 잔 주시겠어요? 수사님께서 먼 길을 걸어 돌아가셔야 하거든요."

방은 햇빛이 잘 들어 밝았고, 꽤 안락하게 꾸며져 있었다. 그들은 함께 앉아 집사의 어머니가 가져다준 에일과 귀리 케이크를 먹으며 날씨와 월동 준비에 대해, 더하여 스티븐 왕과 황후 사이에서 두 갈래로 찢긴 이 나라의 슬픈 운명에 대해 이야기했다. 지금 당장이야 슈롭셔가 평화로울지 모르나, 이렇게 두 동강 나 있는 나라에서는 그야말로 위태롭기 짝이 없는 평화였다. 황후는 브리스틀에서 자신의 이복 형제인 글로스터의 로버트 경과 합류하였고, 월링퍼드의 성주인 브라이언 피츠카운트 경, 글로스터의 대신인 마일스 경 등 다른 많은 이들 역시 그녀와의 동맹에 참여했다. 우스터시가 글로스터로부터 공격 위협을 받고 있다는 소문도 돌았다. 전쟁의 물결이 더 가까이 오지 않기를, 그리고 가능하면 우스터만은 피해를 입지 않기를 바라는 마음만큼은 두 사람 모두 같았다.

그러나 이런 격의 없는 대화가 이어지는 중에도 캐드펠 수사는 긴장을 늦추지 않고 있었다. 집 안에 아무도 없고 이곳의 모든 것이 잘 관리되고 있으며 자신은 결백하다는 사실을 확인시키기 위해 캐드펠을 집 안에 들인 거라면, 이는 결국 집사의 실수인 셈이었다. 분명 방 안은 희미한 향수 냄새를 풍기고 있었다. 그 냄새를 방에 들여온 사람이 노파가 아닌 것은 분명했다. 보아하니 향수를 사용한 사람은 이 방에서 나간 지 얼마 되지 않은 듯했다. 그런 류의 향기는 금세 날아가버리기 때문이다. 캐드펠은 꽃향기를 구분해내는 비상한 후각을 지니고 있었기에, 그게 다름 아닌 재스민 향임을 금방 눈치챌 수 있었다.

이 집에서 찾아볼 건 더 이상 없는 듯했다. 캐드펠이 일어나서 환대에 대한 감사의 말과 함께 작별을 고하자, 집사는 공손하게 그를 따라 밖으로 나왔다. 그런데 정말 우연히도, 두 사람이 막 밖으로 나왔을 때 노파가 마구간 문을 활짝 열어둔 채로 걸어 나오고 있었다. 집사가 재빠르게 튀어나가서 문을 닫고 빗장을 걸었지만 캐드펠의 눈길을 막을 수는 없었다.

캐드펠은 아무런 내색 없이 파란색 꽃을 피우고 있는 금작화 덤불 곁에 서서 태연하게 작별 인사를 건네고는 몸을 흔들며 왔던 길을 돌아가기 시작했다.

그 마구간에는 말이 한 마리 있었다. 휴언 드 돔빌의 덩치를 지탱하거나 돔빌의 수행원을 태우고 사냥을 다닐 만한 녀석은 아니었다. 작고 가냘픈 흰색 머리, 호기심에 밖을 빼꼼 내다보던 그 얼굴, 아치형의 목과 꼬인 갈기……. 그리고 흔들거리는 문 안쪽에는 밝은색으로 야단스럽게 장식된 마구가 걸려 있었다. 여성들이 주로 타는 자그마한 스페인산 말이었는데, 그렇게 정교하고 장식이 많은 마구를 보면 어떤 요조숙녀를 위해 마련된 것임이 분명했다. 하지만 분명 이 오두막에는 그런 숙녀가 없었다. 물론 그는 아무런 예고 없이 그곳에 갔고, 따라서 그들이 숙녀의 흔적을 완전히 감출 여유 같은 건 없었다. 게다가 젊은이는 캐드펠을 집 안에 들여 그곳에 아무도 없다는 걸 확인시킨 참이었다.

누군지 모를 그 숙녀가 돔빌의 죽음과 관련이 있는 걸까? 자신이 그 일을 공모했다고 의심받는 것이 두려워 이곳을 떠난 걸까? 그렇다면 왜 말을 내버려둔 채 굳이 걸어서 떠나기로 했을까? 이 외진 지역에 그런 숙녀가 걸어서 갈 만한 곳은 또 어디란 말인가?

*

그는 수도원으로 곧바로 돌아가지 않고, 줄곧 잔디가 깔린 승마로를 따라 걷다가 성문 길에 이르자 주교관으로 향했다. 평상시엔 야단법석일 앞마당이 그날 오후엔 쥐 죽은 듯 조용했다. 신체 건강한 하인들은 물론이고 마부까지 모두 수색대에 차출되어 숲속 어디론가 나가 있는 까닭이었다. 나이 든 이들 몇몇만 거기 남아 있었는데, 캐드펠에겐 그것이 오히려 다행스러웠다. 나이 든 하인들일수록 스스로 인정하든 않든 주인의 개인적인 일들을 잘 알고 있는 법이니 말이다. 공연히 번잡스럽기나 하고 그저 귀만 밝은 젊은이들은 오히려 믿음이 가지 않았다.

그는 돔빌의 침실 담당 시종을 찾았다. 그는 꽤 오랫동안 돔빌을 주인으로 모셔온 데다, 돔빌이 죽고 없는 지금은 솔직하게 진실을 말해도 괜찮으리라 생각할 만큼 명민한 분별력을 지닌 사람이었다. 그가 두려워할 사람은 이제 세상에 없으며, 전적으로 솔직한 태도를 보여야 행정 장관도 만족스러워할 터였다. 얼마 동안은 주인 없이 지내야 하겠으나 새 주인을 찾을 것이니, 하인들로서는 두려워할 이유도, 뭔가를 숨길 까닭도 없었다.

침실 담당 시종은 머리가 희끗희끗한 게 예순은 족히 넘어 보였으며, 대부분의 나이 든 하인들처럼 소극적이면서도 겸손한 위엄과 현실적인 안목을 가진 차분한 사람이었다. 그의 이름은 아르눌프로, 이미 행정 장관의 모든 질문에 주저 없이 답했으며, 캐드펠이나 어떤 다른 사람이 다시 물어도 기꺼이 솔직하게 대답할 준비가 되어 있었다. 어느덧 하인으로 일한 지도 오래되었으니, 그는 이제 다른 이의 수하에 들어가 새로 고용살이를 시작하느냐 아니면 일을 그만두고 편히 쉬느냐 하는 기로에 서 있었다.

그런데 캐드펠의 첫 질문은 산전수전 다 겪은 이 하인에게도 예상치 못한 것이었다.

"당신의 주인께선 꽤나 호색한이셨더군. 그 얘길 좀 해주겠소? 그분에게 중요한 정부가 있었나요? 완전히 마음을 빼앗길 정도의 애인이랄까, 마사르 쪽 상속녀와의 결혼을 앞둔 요 며칠 사이에도 함께 지내지 않고는 견딜 수 없었던 그런 여자 말이오. 영주께서는 누군가를 여기 데려와 자신이 들를 수 있는 곳에 머물게 했던 것 같소. 좀 떨어진 곳이긴 하지만 말이오."

노인은 베네딕토회 승복을 입은 사람의 입에서 그런 질문이 나온 것이 신기하고 의아한지 벌린 입을 다물지 못했지만, 잠시 그를 꼼꼼히 살펴본 뒤에는 태도가 눈에 띄게 부드러워졌다. 두 사람은 언어는 물론 인생의 경험 또한 공유하고 있었던 것이다.

"수사님, 어떻게 알아내셨는지 모르겠지만, 맞습니다. 그런 여자가 있긴 있었지요. 영주님께는 온갖 종류의 여자들이 들르곤 했어요. 저라면 결코 그런 여자들에게 열중하지 않았을 겁니다. 여자들에게 구애하는 일도 보통 번거로운 게 아니니까요. 하지만 주인께선 그 여자들 없이는 멀리 나가지도 못했고, 또 한 군데 오래 머물지도 못했습니다. 그분 곁에는 늘 여자들이 있었죠. 자그마치 스무 명은 되었을 겁니다! 그런데 그중 한 사람은 좀 달랐어요. 아예 아내처럼 내내 그분 곁에 머물렀거든요. 오래 입은 겉옷이나 낡은 신발처럼 여유 있고 편해서, 굳이 비위를 맞추려고 노력할 필요도 없는 그런 여자였습니다. 늘 특별한 느낌이 들었죠." 아르눌프는 가느다란 손가락으로 턱수염을 문지르며 말을 이었다. "주인님께서 어디에 가든 그 여자도 항상 멀지 않은 곳에 있었습니다. 하지만 여기까지 데려오셨는지는 잘 모르겠군요. 그분은 그런 일에 절 쓰지 않으셨거든요. 저는 주인님께서 셔츠나 바지를 입을 때 도와드린다거나, 사냥 후에 신발을 벗는 걸 거든다거나, 아니면 밤에 술을 찾으시면 얼른 대령할 수 있도록 주인님 가까운 곳에서 잠을 잔다거나, 뭐 그런 일들을 주로 했지요. 주인님의 여자분을 시중드는 일은 다른 사람이 맡아 했어요. 그런데 그 여자가 정말 여기 왔습니까? 그런 얘긴 없었는데요."

"숙녀용 말에 대해서도 듣지 못했소? 새하얀 털에 꼬불꼬불한 갈기가 달린 스페인계 혈통의 자그마한 말인데, 제가 얼핏 그걸 보았기에 드리는 말씀입니다. 금박으로 장식된 굴레가 마구간 문에 걸려 있었지요."

"아, 제가 아는 놈입니다." 아르눌프가 놀라며 대답했다. "주인님께서 그 여자분에게 사주신 말이죠. 사실 제가 그런 걸 알아서는 안 되지만……. 그런데 어디서 그 말을 보셨죠?"

"말만 봤지 여자는 못 봤소. 말과 향수 냄새만 남겨둔 채 이미 떠나버렸더군."

"그렇다면……." 아르눌프가 가만 생각하더니 말을 이었다. "제가 보기에 그 여자분은 아마도 살인 같은 일에 휘말리고 싶지 않아 자리를 피한 듯합니다. 만약 그분이 그곳에 계셨던 게 확실하다면, 주인님께서는 사이먼을 들여보낸 뒤 혼자서 그 여자분에게 가셨던 게 분명하니까요. 그러니 도망하는 것도 당연하지요. 어쩌면 영영 사라져버렸을 가능성도 있겠네요."

"그 여자분은 거기에 충복을 하나 두고 있더군." 캐드펠이 무덤덤하게 말했다. "나는 물론이고 온 세상 사람들에게 그 여자분이 절대 그곳에 머물지 않았다고 믿게끔 하려고 안간힘을 씁디다. 아마 지금쯤은 그 작은 말도 은밀한 장소로 옮겨놓았겠지."

다소 뒤늦은 감이 없지는 않지만, 집사의 그런 행동이 혹시 그 여자는 물론 자기 자신을 위한 것은 아니었을까 하는 의구심이 들었다. 만일 여자가 내내 그곳에서 돔빌 경을 기다려야 하는 처지였다면, 틀림없이 더 젊고 잘생겼으며 어느 모로 보나 훨씬 매력적인 젊은이와 즐거운 시간을 보내는 게 당연한 일이었는지도 모른다. 그리고 남자 쪽에서는 질투심과 증오심에 불타 주인을 없애버렸다는 의심을 받을 수 있으니 그 여자의 존재가 알려지는 것에 대해 두려움을 가졌을 수 있다. 아닌 게 아니라, 거기서 한 걸음만 더 나아가면 그가 범인이 아닐까 의심해볼 여지가 충분했다. 예컨대 돔빌이 그날 밤 그곳에 왔는데, 그게 젊은이가 그 여자와 함께 더없이 행복한 시간을 보낸 직후라면? 여자가 자신의 것이라 생각하며 행복해하던 그가 갑자기 돔빌의 등장과 함께 밖으로 내동댕이쳐졌다면? 슬픔에 잠겨 궁리하던 그의 눈앞에는 주인이 돌아갈 길이 선명히 떠올랐을 것이다. 오두막에서 한참 떨어진 슈루즈베리 근처에서 일을 벌이면 광활한 들판 너머에 있는 자신은 혐의를 쓰지 않으리라 생각했으리라. 충분히 가능한 이야기였다! 일이 그렇게 벌어졌을 수도 있다. 많은 것이 그 여자에게 달려 있었다. 캐드펠은 여자에 대해 더 많은 것을 알고 싶었다.

"문제는, 그 여자분이 말을 두고 떠났는데 그렇게 외진 곳에서 어디로 걸어갔느냐 하는 거요." 동시에 그는 여자가 왜 굳이 걸어가는 방식을 택했는지 궁금했으나, 이는 다소 애매한 문제였기에 직접적인 질문을 삼가기로 했다.

"주인께서 여자분을 돌보던 장원, 그러니까 그 여자분 집이라 할 수 있는 곳은 체셔에서 한참 떨어진 곳에 있습니다." 아르눌프는 뭔가를 곰곰이 생각하고 있었다. 오랫동안 무시해왔거나 아니면 아예 잊고 있던 일들을 기억해내느라 애를 쓰는 기색이 역력했다. "하지만 주인님께서 그 여자분을 처음 만난 건 바로 이 지역 어딘가에서였습니다. 그때만 해도 약간 촌스러운 미인이었죠. 스무 살이 채 안 된 젊은 아가씨였는데, 네, 그래요. 스물이 채 안 됐었습니다. 그 여자분은 손베리의 어바이스라는 이름으로 알려져 있었고, 그분의 아버지는 그곳에서 수레 목수로 일하고 있다고 했어요. 제가 기억하기엔 예농이 아니라 자유민이었습니다." 마을의 장인들은 대개 자유민이었다. 그러나 예농들이 땅에 예속되어 있듯이 그들 또한 작업장에 예속되어 있었다. "분명히 거기 그 여자분의 친척들이 있을 겁니다. 그곳이 여기서 먼가요? 제가 이 지역을 잘 몰라서요."

"아니." 섬광 같은 생각이 스친 듯 캐드펠은 멍하니 대답했다. "그렇게 멀지 않소. 손베리라면 내가 잘 알지. 그 정도 거리면 여자분 혼자 충분히 걸어갈 수 있었을 거요."

그는 생각해볼 것들을 잔뜩 짊어진 채 주교관을 나왔다. 사라진 여자에 대한 흥미가 한층 깊어졌다. 무려 20년간 돔빌의 보호 아래 정부로 지내면서 아내로서의 지위를 누리고 조용히 순종하며 살아와 이제 마흔에 이른 여자라……. 사냥용 오두막의 그 청년보다 나이는 많지만, 아직도 젊은이의 마음을 얻을 수 있을 만큼 매력적인 여자이리라. 그래, 그 청년은 욕망과 질투의 재물이 되어, 자기들 사이를 가로막은 방해물이자 그녀의 소유주인 그

가증스러운 늙은이를 제 손으로 없애버리기로 마음먹었던 건지도 모른다. 하지만 그녀의 나이를 생각하면 또 다른 추정도 가능했다. 이제 마흔이 다 된 나이의 여자가 그런 관계를 새로 맺기란 그리 쉽지 않았을 것이다. 돔빌이 죽어버리자 그녀는 자기 친척들이 몇 킬로미터 떨어지지 않은 곳에 살고 있다는 걸 떠올리고, 당분간 그곳에 숨어 지내야겠다고 생각한 것일 수도 있다.

하지만 영주가 선물한 귀한 말을 두고 간 이유는 무엇일까? 손베리까지 걸어가기보다는 말을 타고 가는 편이 훨씬 나을 텐데.

어느새 오후가 거의 저물어가고 있었다. 이제 캐드펠도 저녁기도 시간에 맞춰 돌아가 오스윈 수사가 그사이 어떤 경이로운 일을 저질렀는지, 아니면 천재적인 일을 벌여놓았는지 확인해보아야 했다.

하지만 내일은 반드시 그 여자를 찾아낼 것이었다!

*

세인트자일스에서는 두 젊은이가 각기 개인적인 문제로 골머리를 앓고 있었다. 마크 수사는 이미 오래전에 결론을 내린 터였다. 병원의 침입자, 손이 완전하다는 사실만 제외하면 모든 점이 라자루스와 비슷한 그 키 큰 나환자는 행정 장관이 수많은 사람들을 동원해서 추적하고 있는 그 향사임이 틀림없었으니, 이러한 확신이 그를 다소 복잡한 도덕적 딜레마로 끌어들였다.

그 또한 신부의 목걸이를 훔친 도둑에 관한 이야기를 들었지만, 캐드펠 수사에게 그랬듯 그에게도 이는 너무나 의심스러운 사건이었다. 그런 값진 물건을 슬쩍 짐 꾸러미에 집어넣었다는 혐의를 받아 멸망이나 죽음의 구렁텅이로 빠져든 사람들이 그동안 얼마나 많았던가. 그야말로 적을 제거하는 가장 손쉬운 방법이었다. 마크 수사는 그 소문을 믿지 않았다. 더욱이 휴언 드 돔빌의 행태를 목격한 터이니, 그의 보복과 관련해 어떤 희생양도 기꺼이 내어주지 않을 작정이었다.

하지만 살인이라면 문제가 달랐다. 부당한 처사를 당하고 억지 누명까지 쓰게 된 젊은이라면, 설사 그것이 자신의 본성에는 반하는 일일지라도 복수만을 골똘히 생각해 결국엔 극단으로 치달을 수도 있음을 그는 알고 있었다. 그렇다면 어떻게 해야 옳을까? 매복해 있다가 기절한 사람을 해치우는 일은 기사답지 못할 뿐 아니라 혐오스러운 짓이다. 그런 복수는 그 누구에게도 용인될 수 없다. 그의 고민은 한계에 다다랐다. 하지만 자기 짐을 다른 이의 어깨에 떠넘길 수도 없는 노릇이었으니, 일단 자신이 알고 있는 것을 그저 혼자서만 간직할 뿐이었다.

침입자에게 가서 직접 은밀한 사연을 캐물을 생각도 해봤지만, 워낙 밀폐된 공동체 속에서 생활하는 터라 좀처럼 그럴 기회를 찾을 수가 없었다. 그가 죄를 지었다는 확신이 설 때까지는 주의를 끌 만한 행동을 하지 않을 작정이었다. 증거가 발견되기 전에는 누구든 무죄로 간주되어야 했고, 더욱이 대단히 미심쩍고 악의에 찬 혐의가 이미 가짜 주화처럼 둔탁한 소리를 내고 있을 경우엔 더더욱 그랬다.

결국 마크 수사는 그와 단둘이 있는 기회를 잡아 모든 걸 터놓고 이야기해본 뒤 판단해야겠다고 마음먹었다. 그런 기회를 잡기 전까지는 최선을 다해 그를 지켜보며 그가 하는 일을 일일이 기록해두다가, 만일 그사이 그가 어떤 좋지 않은 일을 하려 들면 그에 맞서고, 아무 짓도 하지 않으면 기꺼이 나서서 그를 변호할 작정이었다. 진실을 위해 어떤 방식으로든 자신을 활용해주십사 하고, 그는 하느님께 간절히 기도드렸다.

*

문제의 사내는 큰길에서 상당히 벗어난 곳에서 라자루스와 함께 앉아 있었다. 강을 가로질러 애첨으로 이어지는 길을 따라 400미터쯤 떨어진 곳이었다. 앞에 동냥 그릇 하나가 놓여 있긴 했지만, 그들은 지나는 사람들에게 적선을 구하지 않았다. 심지어 누군가 자비를 베풀고자 가까이 올라치면 접시를 덜그럭거리며 물러앉곤 했다. 두 사람은 몸을 가린 채 빛바랜 가을 풀밭 나무 그늘 아래 다리를 꼬고 앉아 있었다. 나환자의 몸짓을 익히기란 그리 어렵지 않았다.

"지금 이 모습이면 수색망을 뚫고 자유롭게 다닐 수 있네." 라자루스가 말했다. "아무리 용감한 사람이라 해도, 아니 아무리 정신 나간 사람이라 해도 죽은 나환자의 외투를 입고 다니리라고는 상상하지 못할 걸세. 또한 범인을 잡겠다고 자네 옷을 벗겨볼 만큼 용감하거나 정신 나간 사람도 없을 거야." 말이 길어지자 그러잖아도 성치 못한 혀가 지쳐버린 듯 라자루스는 더듬더듬 이야기를 맺었다.

"뭐라고요? 그녀를 저렇게 감금된 상태로 내버려둔 채 내 몸뚱이 하나 구하라는 말씀입니까? 난 여기서 한 발짝도 움직일 수 없습니다." 조슬린이 격하게 말했다. "아직도 그녀는 그 삼촌이라는 작자의 손에 잡혀 있어요. 그자는 그녀가 가진 모든 것을 약탈했을 뿐 아니라 제 이익을 위해 그녀를 두고 장사까지 하고 있단 말입니다. 가격만 적당하다면 휴언 드 돔빌보다 더한 자에게라도 팔아치우려 할걸요! 곤경에 처해 있는 이베타에게 등을 돌려야 얻을 수 있는 자유라면 그게 제게 무슨 소용이 있겠습니까?"

"보아하니……." 라자루스가 느릿느릿 말을 이었다. "그 아가씨를 원하는 건 바로 자네 자신인 것 같은데. 혹시 내가 잘못 본 건가?"

"그래요. 전 과거의 어떤 감정과도 비교할 수 없을 만큼, 또 이 세상의 그 어떤 것도 더할 수 없을 만큼 강렬하게 그녀를 원하고 있습니다." 조슬린의 말투는 사뭇 격정적이었다. "설령 그녀에게 땅은커녕 땅을 걸어다닐 신발 한 켤레 없다 해도 제가 그녀를 원하는 마음에는 변함이 없을 것입니다. 그녀가 당신과 같은 나환자라 해도 저는 그녀를 원할 수밖에 없습니다. 하지만 그 모든 것에도 불구하고 그녀가 제대로 된 후견인의 보살핌 속에서 명예를 회복하고 또 자기가 살고 싶은 곳을 마음대로 선택할 수 있을 만큼 자유로워지는 모습을 볼 수만 있다면, 전 그것으로 만족할 겁니다. 물론 그녀를 얻기 위해 최선을 다할 테지만, 더 좋은 사람이 있다면 그녀를 빼앗겨도 좋아요. 그래요, 결코 불평하지 않을 겁니다……. 아니, 아니에요, 그럴 수는 없어요. 어르신이 제대로 보셨습니다. 전 고통스러울 만큼 그녀를 원하고 있어요!"

"하지만 이처럼 쫓기는 몸으로 그녀를 위해 무얼 할 수 있겠나? 혹 저쪽 사람들 중에 믿을 만한 친구라도 혹 있나?"

"사이먼이라는 친구가 있습니다." 조슬린은 한결 누그러져서 대답했다. "그는 제가 나쁜 짓을 했다고 생각지 않습니다. 더없이 착한 마음으로 절 숨겨줬는데, 유감스럽게도 전 그곳을 떠나면서 그 친구에게 말 한마디 하지 못했죠. 만약 지금 당장 그 친구에게 메시지를 전할 수만 있다면 그 친구가 이베타에게 소식을 전해줄 수 있을 테고, 전에도 그랬던 것처럼 그녀와 제가 만날 수 있게끔 도와줄 거예요. 도대체 어떻게 그런 일이 일어났는지는 모르겠지만 그 늙은이가 죽어버렸으니 그녀에 대한 감시도 좀 느슨해졌을 겁니다. 사이먼이라면 제게 말을 가져다가……."

"어디로 가겠다는 건가?" 나환자가 냉정한 말투로 물었다. "만약 감시를 뚫고 그 아가씨를 데려온다면, 자넨 대체 어디로 그녀를 데려갈 생각인가?"

“그러잖아도 많이 생각해봤습니다. 브레우드의 화이트 레이디스 수녀원으로 데려가 그녀의 개인적인 문제에 대한 조사가 이루어지고 적절한 조처가 취해질 때까지 좀 피해 있게 해달라고 부탁해볼 참입니다. 거기 있는 분들이라면 그녀가 원치 않는 한 막무가내로 그녀를 내주지는 않을 테니까요. 필요하다면 왕에게도 간청을 드려봐야겠지요. 왕께선 따뜻한 마음을 가지신 분이니 그녀를 공정하게 살펴주실 겁니다. 그런 다음엔 최대한 빨리 제 어머님께 데려갈 생각입니다.” 조슬린이 솔직히 털어놓았다. “저들은 제가 그녀의 재산을 탐낸다는 말들을 하나 본데, 저로선 정말 견딜 수 없는 일입니다. 전 앞으로 훌륭한 장원 두 곳을 상속받을 예정이에요. 애초에 남의 땅 같은 건 탐낼 필요도 없을뿐더러 남에게 빚을 진 일도 없다고요. 그렇게 업신여김을 당할 이유가 없지요. 만약 그녀가 저를 선택해준다면 전 신께 감사드리고 그녀에게 감사할 겁니다. 그러면 정말 행복하겠죠. 하지만 지금 제가 가장 염려하는 것은 그녀의 행복입니다.”

살집 좋고 단단해 보이는 기병 하나가 조랑말을 세우고는 길을 벗어나 두 사람이 있는 쪽으로 다가왔다. 라자루스는 손을 뻗어 접시를 집어 들고는 무표정하게 그쪽을 향해 덜그럭거리는 소리를 냈다. 남자는 멀찍이 선 채 미소를 짓더니 동전을 하나 던져주었다. 라자루스가 그것을 주워 들고 성호를 그어 보이자 그는 손을 흔들고 돌아갔다.

“아직도 선량함이 남아 있어.” 라자루스가 혼잣말처럼 중얼거렸다.

“아직도 그렇다니 하느님을 찬미해야죠!” 조슬린이 겸허한 태도로 말했다. “저 역시 그런 친절을 경험했죠. 어르신께 한 번도 그런 걸 청하지 않았는데 말입니다. 만약 어르신께 부인과 아이들이 있다면……. 이렇게 혼자만 계시는 건 정말이지 큰 낭비예요.”

한동안 긴 침묵이 흘렀다. 침묵은 라자루스에게 그리 드문 것도 고통스러운 것도 아니었다. 마침내 노인이 입을 열었다. “아내가 있었지. 벌써 오래전에 죽었지만 말이야. 아들도 하나 있었네. 참 복된 아이였어. 결코 내 어두운 그림자를 그 애에게 드리우고 싶지 않을 정도로.”

“그런 말씀 마세요!” 조슬린이 자못 화난 투로 말했다. “어르신에게서 어두운 그림자라고는 전혀 찾아볼 수 없는걸요! 아드님은 당연히 아버지를 보고 기뻐할 겁니다.”

노인이 고개를 돌려 가리개 위에서 반짝이는 두 눈으로 조슬린을 뚫어져라 쳐다보았다. “그 앤 아무것도 몰랐네.” 라자루스가 짤막하게 말했다. “그땐 갓난아이에 불과했거든. 이건 내 선택이지, 그 애의 선택이 아니었어.”

조슬린은 아직 어리고 둔감하며 때로는 실수를 하기도 했지만, 자신이 들어설 수 없고, 들어서려 해서도 안 되며, 또 그런 마음을 먹을 필요조차 없는 영역이 있다는 사실을 금방 깨달았다. 돌이켜보면 추방자들과 함께 지낸 요 이틀간 그가 얼마나 크게 성숙했는지, 새삼 놀라울 정도였다.

"제게 묻지 않으신 게 하나 있을 텐데요." 조슬린이 말했다.

"지금은 묻지 않겠네. 자네도 역시 내게 묻지 않은 게 있지. 누구에게나 아니라고 답할 수밖에 없는 질문이 있는데, 그런 걸 물어봐야 무슨 의미가 있겠나?"

*

저녁기도 후, 수도원 영안실에서는 로버트 부수도원장과 유도 사제, 그리고 고드프리드 피카르와 죽은 이의 두 향사가 지켜보는 가운데 휴언 드 돔빌의 입관식이 진행되었다. 피카르와 두 젊은이는 수색에 참여해 하루 종일 말을 타고 다니느라 지쳐 있었고, 여전히 외투와 장갑도 벗지 못한 채였다. 범인은 여전히 잡지 못했지만, 피카르와 유도 사제를 빼면 그곳의 어느 누구도 그 사실에 대해 크게 유감스러워하는 것 같지 않았다.

제단 위에 놓인 촛불과 관대棺臺의 머리 쪽과 다리 쪽에 놓여 있는 양초들은 찬바람에 꺼질 듯했고, 예식에 참가한 사람들의 그림자도 벽에서 크게 흔들렸다. 로버트 부수도원장이 하얗고 기다란 손으로 사체 위에 조심스레 성수를 몇 방울 흩뿌리자, 떨어지는 물방울이 촛불에 반사되어 환하게 반짝였다가 이내 사그라들었다. 이어 유도 사제가 성수를 뿌린 뒤 죽은 이의 유일한 친족인 사이먼에게 성수반을 건네주었다. 사이먼은 황급히 장갑을 벗고서 그것을 받아 들고는 침울한 표정으로 향초 가루를 집으며 삼촌의 시신을 내려다보다가 이윽고 성수를 뿌리기 시작했다.

"제가 이런 일을 하리라 생각지도 못했었는데……." 사이먼이 중얼거리고는 돌아서서 피카르에게 성수반을 건넨 뒤 어둠 속으로 물러섰다.

성수기의 녹색 분무구에서 손등으로 떨어진 물방울이 너무 차가워 그는 손을 급히 털어냈다. 양초의 불빛이 예식의 모든 과정을 세밀하게 비추었고, 검은 소매에 잘린 듯한 손들의 움직임은 더없이 매혹적이었다. 수많은 손들이 생동감 있게 이리저리 움직이는 가운데, 뒤편의 어둠 속에는 창백한 얼굴들이 떠올라 있었다. 로버트 부수도원장의 하얗고 우아한 손가락에서부터 맨 마지막으로 예를 표하는 가이의 부드러운 갈색 주먹까지, 의식을 집전하는 손들은 마치 춤사위를 벌이는 듯 모든 이의 시선을 사로잡았다. 의식이 모두 끝나고서야, 내내 창백하게 굳어 있던 참가자들의 얼굴에 안도의 빛이 나타나기 시작했다. 마치 방금 물 위로 나온 사람처럼 다들 깊은 숨을 몰아쉬었다.

일은 끝났다. 로버트 부수도원장은 저녁 식사를 하기 전에 죽은 이를 위해 간단히 기도를 드리러 갔고, 유도 사제는 수도원장 숙소로 향했다. 두 젊은이는 주교관으로 돌아가 지친 말을 손질해 마구간에 집어넣고 먹을 것을 준 뒤 자신들도 저녁 식사를 하며 휴식을 취했다. 피카르는 짤막하게 밤 인사를 건넨 뒤 접객소로 물러가서는 애그니스와 함께 방으로 들어가 문을 닫아걸고 다른 식솔들, 심지어는 가장 신임하는 사람들조차도 가까이 오지 못하게 했다. 아내에게만 은밀하게 털어놓을 중요한 이야기가 있었던 것이다.

*

꼬마 브란은 수업이 끝나자 글씨 연습을 하겠다며 닳아빠진 벨럼지 조각 하나를 얻어가지고 돌아왔다. 열정을 보인다고 스승에게 칭찬을 받았지만, 사실 그의 목적은 마크 수사의 생각과 전혀 다른 것이었다. 침실에서 이미 잠들었어야 할 브란은 수업에서 가져온 물건을 가지고 조슬린 곁으로 다가와 속삭였다.

"메시지를 전하고 싶어한다고 라자루스 할아버지가 그러시던데요. 진짜로 글을 읽고 쓸 줄 아세요?" 그는 손끝으로 그런 신비로운 마술을 부릴 줄 아는 사람이라면 누구든 존경했다. 브란은 조슬린 곁으로 바싹 다가앉아 더욱 작은 소리로 속삭였다. "내일 아침에 마크 수사님의 잉크 그릇을 쓰면 돼요. 아무도 수사님의 책상을 지켜보지 않거든요. 아저씨가 글을 써주면 제가 그걸 전달할게요. 어디라고 말씀만 하세요. 사람들 눈에 띄지 않을 거예요. 근데 종이가 그렇게 크지는 않으니까 메시지는 간단하게 쓰셔야 돼요."

조슬린은 망토 자락으로 바싹 마른 그 꼬마를 감싸 쌀쌀한 밤공기를 막아주었다. "정말 착하고 용감하구나. 언제고 내가 기사가 되면 널 내 향사로 삼으마. 그러면 너는 라틴어도 배우고, 셈도 배우고, 내가 모르는 것까지 배우게 될 거야. 그래, 난 웬만한 글은 쓸 줄 알지. 벨럼지는 어디 있지?" 꼬마는 폭이 좁지만 길이는 제법 되는 벨럼지 조각을 그의 손에 꼭 쥐여주었다. "이 정도면 훌륭하구나. 단어 스무 개 정도면 할 말은 다 할 수 있지. 넌 참으로 총명한 아이구나!"

꼬마는 영양실조와 불결함 때문에 종기가 났으나 마크 수사의 치료를 받아 이제 거의 나아가는 제 머리를, 그래도 한때는 특권층에 속했던 조슬린의 어깨에 편안하게 파묻었다. 조슬린으로선 그저 기껍고 사랑스러울 따름이었다. 브란이 졸린 눈을 하고는 자랑스럽게 말했다. "전 다리까지도 갈 수 있어요. 뒷길을 이용하면 되거든요. 두건과 가운만 있으면 시내에도 들어갈 수 있고요. 말씀만 하시면 어디든 갈게요."

"네 어머니께서는 널 얼마나 보고 싶어 하실까." 조슬린이 소년의 귀에 대고 속삭였다. 브란의 어머니가 세인트자일스 병원에 아이를 맡긴 채 세상 모든 것을 포기하고 죽음만 기다리고 있다는 사실을 그 또한 잘 아는 터였다.

"아니에요. 어머니는 주무시고 계실 거예요." 어머니에게는 닫혀 있는 세상이, 늘 분주하고 불평할 줄 모르는 이 꼬마에게는 친구와 함께 작은 음모를 꾸미는 재미와 공부하는 재미로 온통 열려 있었다.

"이리 오렴. 가까이 와서 몸을 좀 녹이고 눈도 붙이렴." 그는 꼬마가 편히 기대도록 몸을 돌렸다. 그러곤 자기 몸에 기대 오는 이 작은 아이의 신뢰에 자신이 얼마나 큰 기쁨을 느끼는지 깨닫고는 깜짝 놀랐다. 꼬마가 잠들고 나서 한참 지난 뒤까지도 조슬린은 깨어 있었다. 생명이 위협받는 마당에 관심과 열정이 이렇게 다른 곳을 향할 수 있다니 놀랍기만 했다. 다른 사람들에게 무시만 당하는 이 작은 영혼을 자신의 운명과 어리석음에서 비롯한 위험에 빠뜨려서는 안 된다는 생각이 들었다. 그렇다. 그는 편지를 쓸 테고 어떻게든 그 편지를 사이먼에게 전할 방법을 찾기 위해 노력할 것이었다. 하지만 지금 편하게 그의 팔을 베고 있는 이 천진난만한 꼬마를 그 일에 끌어들이지는 않을 터였다.

조슬린도 이내 잠이 들었다. 그는 침대 위의 어린 손님과 함께 뒤척이면서 그날 밤을 편하게 보냈다. 그리고 같은 시각, 라자루스는 어디에선가 홀로 앉아 밤이 깊도록 잠을 이루지 못하고 있었다.

8

조슬린은 동트기 전에 자리에서 일어났다. 아무렇게나 다리를 뻗고 편안하게 누워 있는 꼬마 친구를 깨우지 않기 위해 조심스럽게 움직였다. 이른 아침 공기가 차가워, 그는 두툼한 나환자용 망토를 꼬마에게 덮어준 뒤 밖으로 나왔다. 몸을 가리지 않으면 대단히 위험할 테지만, 그렇다고 나환자용 망토를 입은 채로 시내에 들어갈 수도 없었다. 어떻게든 눈에 띄지 않게끔 노력해야 하리라. 전날의 작업으로 성문 길 북쪽 지역에 대한 수색은 끝났을 것이니, 최소한 오늘은 다른 곳에 경계가 집중될 가능성이 높았다.

조슬린은 현관으로 몰래 숨어들어, 책상 위에 놓인 마크 수사의 잉크병과 깃펜을 집어 들었다. 동이 터서 환해질 때까지 기다릴 수는 없었다. 교회 안의 불빛이 흐릿했지만 간단히 몇 자 적기에는 충분했다. 그는 뭐라고 쓸 것인지 이미 마음속에 정해둔 터였고, 벨럼지 조각이 작아서 제대로 반듯하게 쓰기는 어려웠지만 최소한 읽을 수 있게 쓰려고 노력했다. 깃펜에서 잉크가 줄줄 새어 나왔지만 칼이 없으니 어떻게 고쳐볼 도리가 없었다. 피부와 사지가 멀쩡하다 해도 나환자들과 같은 처지가 된 지금, 그에겐 몸에 걸치고 있는 것 이외엔 마음대로 사용할 수 있는 게 아무것도 없었다.

"사이먼, 나와의 우정을 생각하여 두 가지 일만 좀 해주기를 바라네. 브라이어를 수도원에서 꺼내 개천 건너편에 숨겨두고, 이베타에게는 저녁기도 후에 허브밭으로 오라고 전해주게."

이제 이것을 사이먼의 손에 정확히 전달할 방법만 찾으면 되었다. 하지만 그렇게 하지 못한다면 그냥 자신이 가지고 있을 수밖에 없었다. 이미 사이먼의 이름을 적은 뒤였고, 만일 편지를 잃어버리기라도 하면 친구까지 이 문제에 말려들 터였다. 그렇다고 이름을 지울 방법도 없었다. 이제 정해진 대로 편지를 전하거나 아니면 당초의 계획을 포기해야 했다. 그리고 이것을 사람에게 정확히 전달하려면 보다 신중하고 대담해질 필요가 있었다.

며칠 전 주교관의 은신처에서 도망쳐 나올 때처럼 그는 동트기 전의 어두움과 고요 속으로 나갔다. 조심스럽게 병원 뒤쪽으로 가, 나무와 덤불에 몸을 숨기며 시내를 향해 움직이기 시작했다. 인가가 가까운 정원과 뒤뜰을 지날 때에는 길에서 더 멀리 떨어져야 했다. 아직은 시간이 충분했다. 주교관에 불이 켜지기 전까지는 별다른 인기척이 없을 것이고, 날이 완전히 밝기 전까지는 안뜰에서 나오는 사람이 없을 것이다. 그때까지는 귀족 양반들의 아침 식사도 그 이후에나 시작될 터였다. 조슬린은 주교관 담장 곁 나무 그늘이 드리운 좁은 길에 이르러 적당한 장소를 물색했다. 담 너머 안쪽과 바깥쪽을 한꺼번에 감시할 수 있을 뿐 아니라 사람들의 얼굴을 확인하고 마구간 근처의 움직임까지도 살펴볼 수 있는 곳이어야 했다.

그는 떡갈나무 위에 자리를 잡은 뒤 조심스럽게 가지를 펼쳐 몸을 가렸다. 그곳에서는 양쪽이 다 잘 보였고 위급한 경우 신속하게 땅으로 내려올 수도 있었다. 이제 기다리는 것밖엔 달리 할 일이 없었다. 아직 동쪽이 어렴풋이 밝아진 정도였다. 오늘 아침에는 누구도 그를 위해 음식을 슬쩍 훔쳐낼 필요가 없으리라.

마침내 동이 텄다. 주교관과 건물을 감싸고 있는 담장, 그리고 안쪽의 마구간과 우사, 창고 등이 어둠에서 벗어나 차츰 형태와 제 색깔을 드러내면서 활기를 띠기 시작했다. 하인과 제빵사, 마부, 우유 짜는 하녀들이 제일 먼저 잠자리에서 빠져나와 졸음에 겨운 눈으로 부산스럽게 일을 시작했다. 부엌 하인들이 제빵소에서 빵이 담긴 쟁반을 가져다가 주교관 안으로 들어갔다. 그러고는 한참 뒤 바야흐로 신사들이 모습을 드러내기 시작했다. 유도사제가 가장 먼저 밖으로 나와 두 번째 미사를 드리러 갔고, 잠시 후에는 사이먼과 가이가 동시에 나타났는데, 무언가 심각한 이야기를 나누는 듯했다. 마부들은 그곳에 있는 거의 모든 말들을 마구간에서 끌어내고 있었다. 이미 오전 수색 작업을 준비하라는 지시가 떨어진 모양이었다.

사람들이 모였다. 그들은 줄지어 입구를 빠져나가 성문 길을 따라 시내 쪽으로 가기 시작했다. 가이도 시무룩한 표정으로 체념한 듯 따르고 있었다. 하지만 사이먼은 그들을 따라나서지 않았다. 그는 현관 계단에 선 채 그들이 떠나는 모습을 계속 지켜보고 있었는데, 무언가를 기다리는 게 분명했다. 주교관 마구간은 건물 모퉁이를 돌아선 자리에 있어 조슬린의 시야에 잡히지 않았으나, 빠르고 힘찬 말발굽 소리가 모서리를 돌아 앞마당 쪽으로 점차로 가까워지고 있음을 감지할 수 있었다. 잠시 후 브라이어가 나타났다. 짙은 회색 반점을 가진 그 은회색 말이 탁 트인 아침 공기 속에서 화가 난 듯 껑충껑충 뛰는 바람에 마부가 진땀을 흘리며 질질 끌려가고 있었다. 사이먼이 다가가 손으로 녀석의 회색 목과 어깨를 쓰다듬고는 은빛 말머리를 양 손바닥으로 받쳐 든 채 잠시 가만히 바라보았다. 조슬린은 가슴이 뭉클했다. 난마처럼 꼬인 이 상황에서도 그는 힘이 넘치는 동물이 내내 우리에 갇혀 있는 걸 염려해 그놈에게 운동이라도 시키고자 바깥으로 끌어낸 것이었다. 사이먼이 다시 주교관으로 들어가며 마부에게 뭐라 지시를 했지만 조슬린에게는 거의 들리지 않았다. 말과 입구를 가리키는 걸로 보아 안장을 채워 데려오라는 내용인 듯했다.

조슬린은 마부의 모습을 쭉 지켜보다가 나무에서 내려와 덤불로 몸을 가린 채 입구 바깥쪽을 살펴볼 수 있는 곳까지 조심스럽게 움직여갔다. 마부가 브라이어를 이끌고 그쪽으로 다가왔는데, 녀석은 달리고 싶어 안달하는 모습이었다. 마부는 별 생각 없이 승마대 옆 담에 달린 고리에다 말을 묶어놓고 들어갔다. 마부가 뒤뜰로 사라져 마구간 앞 자갈길을 터벅터벅 걷는 소리가 들리자 조슬린은 몸을 숨기고 있던 곳에서 나와 담을 따라 달려가서는, 주인의 느닷없는 등장에 놀라고 반가워하는 브라이어를 쓰다듬어 진정시켰다. 바로 그 순간, 기병 두 명이 큰길을 따라 마구를 짤랑대며 다가오는 것이 보였다. 그는 재빨리 길 쪽으로 등을 돌리고 서서, 그들이 지나갈 때까지 마치 주인을 기다리는 마부인 양 고삐를 붙든 채 가만히 서 있었다. 그사이 브라이어도 다소 진정되었는지, 조슬린이 서둘러 벨럼지 조각을 은빛 앞갈기에 잡아매는 동안 마술에라도 걸린 듯 얌전히 기다렸다.

기병들이 지나가자 잠시 성문 길이 텅 비었고, 양옆으로 나무가 늘어선 좁은 골목에도 인적은 보이지 않았다. 조슬린은 자신의 등을 향해 항의하듯 울어대는 브라이어에게서 떨어져 토끼처럼 날쌔게 달리기 시작해 세인트자일스 쪽으로 한참 멀어질 때까지 멈추지 않았다.

이제 할 일은 끝났다. 감히 멈춰 서서 자신이 벌인 일의 결과를 확인할 만한 여유는 없었다. 이미 날이 훤하게 밝아 길 위에 사람들이 늘어가고 있기에, 그 어떤 무기보다도 강력한 방어물이라 할 수 있는 나환자 옷으로 가급적 빨리 몸을 가리는 게 현명할 터였다. 그저 사이먼이 갈기에 매놓은 쪽지를 얼른 발견하기만을 기도할 수밖에 없었다. 만일 약속된 시간에 수도원 들판 건너편 잡목림에 브라이어가 보이지 않으면, 자신의 부탁이 사이먼에게 전달되지 않았나 보다 생각하고 다시 돌아와야 하리라. 하지만 그렇게 된다 해도 그는 또 다른 방법을 강구할 것이었다. 이베타가 보다 나은 사람의 후견 아래 제대로 대접받게 될 때까지는 그 무엇도 포기하지 않을 작정이었다.

그는 저녁때까지 이럭저럭 세인트자일스 주변에서 얌전히 시간을 보냈다. 남의 이목을 끌지 않기 위해서라도 무리한 행동은 자제해야 했다.

병원 마당 한구석에 있는 덤불에 앉아서 머지않아 겪게 될 모험에 대해 생각하던 조슬린은, 문득 자신이 대낮에 망토도 없이 몸을 드러내놓고 있다는 사실을 깨달았다. 그 순간 덤불에서 작고 재빠른 사람 하나가 칙칙한 옷자락을 팔에 걸친 채 튀어나오더니 다른 한 손으로 조슬린의 넓적다리를 덥석 붙들고 낮은 소리로 쏘아붙였다.

"절 깨우지도 않고 그냥 가버리시다니, 왜 그러셨어요?"

조슬린은 고마운 마음에 쪼그리고 앉은 채 꼬마를 와락 끌어안았다.

"네가 워낙 곤히 자고 있어서 깨우기가 미안했어. 일을 끝내고 이렇게 돌아왔으니 용서하렴. 물론 네가 있었다면 일이 한결 수월했을 거야. 널 못 믿어서 그런 건 아니란다."

브란은 조슬린에게 힘껏 옷을 던졌다.

"어서 입으세요! 그리고 여기 얼굴 가리개도 있어요. 이것도 없이 어떻게 진료소에 돌아오실 생각을 하셨어요?"

꼬마는 조슬린을 위해 빵 한 덩어리도 가지고 온 터였다. 조슬린은 그걸 반으로 잘라 더 큰 쪽을 꼬마에게 주었다. 꼬마의 친절함에 모든 근심이 사라지고 한바탕 너털웃음이 나왔다.

"넌 내 향사야. 너 없이 내가 뭘 할 수 있겠니? 지켜주는 사람 없이는 한 발짝도 갈 수 없단다. 자, 이제 오늘 하루를 온전히 네게 맡기마. 물론 마크 수사님과 공부하는 시간은 제외하고 말이지. 전부 네가 원하는 대로 하자꾸나."

조슬린은 꼬마가 시키는 대로 옷가지를 걸친 뒤 그와 나란히 앉아 흡족하게 빵을 먹었다. 그러고 나서 두 사람은 손을 잡고 세인트자일스 병원으로 얌전히 걸어 들어갔다.

*

사이먼은 힘이 남아도는 브라이어를 천천히 몰아 수도원 입구에 거의 다다랐을 무렵에야 갈기에 무언가 묶여 있는 것을 발견했다. 마부가 녀석을 제대로 손질하지 않았다는 생각에 화가 났지만, 그쪽으로 손을 뻗자 둥글게 말려 단단히 묶여 있던 벨럼지 조각이 잡혔다. 그는 걸음을 늦추며 그 흥미로운 쪽지의 매듭을 풀고 펼쳐보았다.

옹색하게 적힌 조슬린의 필체가 드러났다. 침침한 불빛 아래서 쓴 탓에, 게다가 제대로 말을 듣지 않는 깃펜 때문에 좀처럼 알아보기가 힘들었다. 사이먼은 누군가 자신을 엿보기라도 하는 듯 서둘러 쪽지를 말아 쥐고는 주변을 둘러보았다. 이 느닷없는 메시지가 어떻게 해서 내게 전달되었을까? 이걸 전한 사람이 어딘가에서 날 지켜보고 있지 않을까? 하지만 그를 찾기엔 이미 늦었다! 이제 친구를 만나기는커녕 말 한마디 전할 방법도 없었다. 단지 편지에 적힌 대로 모든 걸 준비한 뒤 그가 나타날 때를 기다리는 게 상책이었다.

사이먼은 벨트의 작은 주머니에 편지를 조심스럽게 넣고서 생각에 잠긴 채 말을 몰았다. 수도원 입구 너머 시내 쪽으로 나 있는 세번강 다리를 향해 행정 장관의 병졸들이 모여들었고, 수도원 광장에서는 하루의 통상적인 일과가 진행되고 있었다. 평수사들은 서둘러 게이 초원의 커다란 정원으로 나가는가 하면, 농가의 뜰과 창고에 쌓여 있는 일을 시작하느라 바빴다. 에드먼드 수사는 식물표본실과 진료소의 입원실 사이를 분주히 오갔고, 구호품 관리와 분배를 맡은 오즈월드 수사는 입구에 늘어선 거지들에게 물건을 나눠주었다. 사이먼은 심각한 표정으로 입구로 들어와 마부에게 브라이어를 넘겨주고는 접객소로 향했다. 이어 고드프리드 피카르에게 접견을 요청했고, 그 청은 즉각 받아들여졌다.

*

이베타는 매들린과 함께 방에 앉아서 방석용 장식 태피스트리 조각에 수를 놓고 있었다. 이제 그녀가 원하면 밖으로 나갈 수도 있었지만 정문 밖까지는 허용되지 않았다. 조마조마한 마음으로 한번 시도했다가 공손하면서도 엉큼한 삼촌의 부하들에게 붙들려 창피만 당하고 돌아와야 했다. 조슬린이 어디 있는지는 신만이 알 터였다. 그와 연락을 취할 방도도 없는 마당에 이렇게 꽉 막힌 곳에서 한 발짝 더 나가본들 무슨 소용이겠으며, 조금 다른 상황에 있어본들 또 뭐가 즐겁겠는가? 그저 근심을 억누르고 이 곳에 앉아 자유로운 바람 소리에나 귀를 기울이는 편이 나았다. 최근에는 말 한마디 나눌 기회도 없었지만 언젠가 벼락이 떨어지려는 걸 막아주었고 또 언젠가는 신비스러운 약으로 자신을 이 황량한 세상에 다시 돌아오게 해주었던 수사만이 그녀에겐 유일한 버팀목이었다. 아니, 사이먼도 있었다. 그는 조슬린에게 씌워진 혐의를 믿지 않는 의리 있는 친구였다. 만일 기회만 주어진다면 할 수 있는 한 두 사람을 도와줄 터였다.

이베타가 바느질을 조용히 이어가는데, 옆방에서 처음엔 어렴풋이 들리던 목소리가 점점 커져갔다. 단단한 접객소 내벽을 뚫고 들어오는 그 소리를 매들린은 전혀 눈치채지 못하는 것 같았다. 이베타는 신중하게 호기심을 억눌렀다. 그녀가 잘못 들은 게 아니라면, 그건 삼촌이 누군가와 싸우는 소리였다. 삼촌의 악의에 찬 목소리에서 이를 짐작할 수 있었다. 물론 목소리를 의도적으로 낮춘 터라 그 내용까지 알아들을 수는 없었다. 또 다른 목소리의 주인공은 다소 젊은 사람이었고, 조심성 없는 태도로 무척이나 열을 내며 무언가를 방어하는 눈치였다. 듣자 하니 마른하늘에서 날벼락이라도 떨어진 듯 놀라서 아연실색하고 있는 게 분명했다. 여전히 내용은 알아들을 수 없었으나 뭔가 심상치 않은 소리가 들려오더니 두 목소리가 한층 격렬하게 다투기 시작했다. 그제야 그녀는 귀에 익은 그 억양을 알아차렸다. 삼촌과 사이먼 사이에 무슨 일이 벌어진 것일까? 분명 그것은 사이먼의 목소리였다. 삼촌은 이제 그녀에게 접근하려는 젊은 남자를 모두 의심하게 된 걸까? 이베타는 목에 걸린 맷돌처럼 자신에게 부여된 알량한 특권과 그 효용 가치에 대해 잘 아는 터였고, 바로 그 가치 때문에 삼촌이 자신을 보호하려 한다는 사실 또한 너무도 분명히 알고 있었다. 하지만 불과 하루 이틀 전만 해도 사이먼은 아주 특별히 환대받는 사람 아니었던가. 심지어 애그니스 숙모는 그에게 미소까지 지어 보였다.

매들린은 무신경하게 앉아 두건에 바느질을 할 뿐 소리에는 전혀 신경 쓰지 않았다. 아닌 게 아니라, 이 하녀는 귀가 무척 어두워 설령 옆방의 대화가 들린다 해도 웅웅거리는 정도로밖에 인식하지 못할 것이었다.

이제 다툼은 잦아들고 문 닫히는 소리가 들려왔다. 다시 낮고 다급한 웅얼거림에 이어 누군가 이베타의 방문을 두드렸고, 곧 사이먼이 당당하게 방으로 들어섰다. 이베타는 어쩔 줄 몰라 그저 가만히 그를 바라보았다.

"안녕하십니까, 이베타 양?" 그는 아무렇지도 않게 인사를 건네더니 하녀를 향해 말했다. "잠시 둘이 있게 해주실 수 있을까요, 매들린 부인?"

매들린은 애그니스가 그에게 미소 지으며 인사하던 것을 떠올리고는 바느질감을 들고 지난번처럼 아주 유쾌하고도 관대하게 예의를 갖추어 방을 나갔다.

문이 닫히자마자 사이먼은 이베타의 침대 곁으로 다가와 무릎을 꿇고는 그녀 가까이 몸을 기댔다. 침착함을 유지하려 애썼지만, 그의 얼굴은 잔뜩 붉어져 있었고 숨소리도 거칠었다.

"잘 들어요, 이베타. 내가 다시는 이 방에 들어오지 못할 테니……. 매들린이 지금 내가 여기 당신과 함께 있다고 전하면 당신 숙부님이 당장 쫓아올 겁니다. 다름이 아니라, 조슬린에게서 전갈이 왔어요." 이베타는 놀란 얼굴로 입을 떼려 했으나 사이먼이 손가락을 그녀의 입술에 대고는 낮은 목소리로 재빨리 말을 이었다. "오늘 저녁기도 후에 허브밭에서 만나잡니다. 내가 조슬린의 말을 메올 시내 건너편에 대기시켜둘 거예요. 그를 실망시키면 안 됩니다. 알았죠?"

이베타는 놀라움과 반가움으로 말문이 막혀 그저 고개만 끄덕였다. "네, 사이먼. 어떤 일이라도 할게요! 조슬린에게 당신처럼 충실한 친구가 있어서 얼마나 고마운지 몰라요! 그런데…… 무슨 일이라도 있었나요? 삼촌께서 왜 갑자기 당신에게 그렇게 적대적인 거죠?"

"제가 조슬린을 변호했거든요. 그는 살인을 저지르지도 않았고 도둑질을 하지도 않았다고 했지요. 결국은 그의 무죄가 입증될 것이고, 그렇게 되면 사람들이 그동안 조슬린에게 했던 온갖 무례한 말과 행동을 철회할 거라고 말입니다. 당신 삼촌과 숙모는 더 이상 듣고 있을 수 없었던지 나가라고 하시더군요. 하지만 자, 여기 조슬린의 메시지가 있습니다. 보세요!" 그의 필적을 알고 있던 이베타는 몸을 떨며 그 내용을 읽어나가기 시작했다. 그녀는 벨럼지 조각이 마치 무슨 성스러운 유물이라도 되는 듯 사랑스럽게 어루만지다가, 내키지 않는 듯 천천히 접어 다시 사이먼에게 돌려주었다.

"삼촌과 숙모님이 볼지 모르니…… 당신이 잘 간직해주세요. 전 조슬린이 시킨 대로 할 겁니다. 이 은혜를 어떻게 다 갚아야 할지 모르겠네요. 게다가 죄송스럽게도 제 집안분들이 당신을 박대하고 언짢게 했으니……."

"언짢다니요, 언짢을 게 뭐가 있겠습니까?" 그는 낮게 속삭였다. "그 사람들에 대해서는 전혀 신경 쓰지 않습니다. 당신의 호의면 족해요!"

"어디 호의뿐이겠어요. 사이먼, 당신은 늘 제게 이렇게 친절을 베푸시네요. 당신이 없으면 제가 무슨 일을 할 수 있을까요? 만약에 우리가 자유로워진다면…… 그럴 수만 있다면 꼭 당신을 찾아갈게요. 당신은 언제까지나 우리의 가장 소중한 친구예요!" 이베타는 말로 다 할 수 없는 감사의 뜻을 표현하고자, 자신의 입가에 올린 사이먼의 손을 꽉 붙들었다. 그러나 문 쪽에서 발소리가 들리고 손잡이가 돌아가는 순간 사이먼이 그녀를 제지하며 재빨리 물러섰다. "허브밭입니다!" 그는 속삭이듯 말한 뒤, 두렵지만 결연한 표정으로 이베타의 반짝이는 눈을 마주 보았다.

"이렇게 많이 회복된 모습을 보니 참 기쁘군요." 문이 열리자 그가 형식적인 인사말을 건넸다. "당신에게 안부라도 묻지 않고 떠날 수는 없었습니다."

피카르가 천천히 방으로 들어왔다. 짐짓 공손한 태도였으나, 교활한 얼굴엔 싸늘함이 어려 있었고 목소리는 그보다 더 차갑게 느껴졌다.

"아직도 여기 계셨습니까, 애걸런 씨? 제 조카는 안정을 취하는 중이라 혼란스럽게 해선 안 됩니다. 게다가 당신도 서둘러 식솔들에게 돌아가 떠날 준비를 하셔야 할 텐데요. 오늘 장관의 대열에 합류하겠다고 약속한 걸로 아는데, 모쪼록 그 약속을 지키시길 바랍니다."

"제 일은 제가 알아서 합니다." 사이먼이 퉁명스럽게 말했다. "안심하시지요, 나리. 적당한 시간이 되면 지시대로 장관님의 대열에 합류할 테니까요."

애그니스는 입술을 꼭 다문 채 뭔가 의심스럽다는 듯 눈을 가늘게 치켜뜨고 남편 옆에 서 있었다. 사이먼은 이베타에게 정중히 경의를 표하고 애그니스를 향해서는 뻣뻣하게 고개만 숙인 뒤 뚜벅뚜벅 밖으로 나갔다. 두 사람은 기분 나쁜 침묵 속에서 사이먼이 현관 밖으로 나가는 모습을 지켜보고 있다가 그가 사라지자 금방 싸늘하게 돌아서서 이베타를 가만히 살폈다. 이베타는 고개를 숙이고서 그저 수만 놓을 뿐 아무 말도 하지 않았다. 그렇게 긴장된 침묵이 이어지다가, 마침내 그들이 등 뒤로 문을 닫으며 방에서 나갔다. 그들은 아무것도 묻지 않았다. 딱히 이상한 점을 찾아내지 못한 모양이었다. 하긴, 언제 이베타가 제 감정을 드러낸 적이 있었던가? 조슬린을 위해 지금 이베타가 얼마나 놀라운 일을 하려고 하는지 그들로서는 결코 알 도리가 없었다.

*

캐드펠 수사는 아침 식사를 마치자마자 수도원 마구간에서 노새 한 마리를 빌려 타고 곧바로 길을 떠났다. 이베타가 조슬린의 메시지를 받아 들 즈음 그는 베이스탄을 거쳐 사냥용 오두막 근처의 광활한 숲을 지나고 있었다. 손베리의 작은 마을로 가기 위해 반드시 오두막 옆으로 난 길을 따라갈 필요는 없었으므로, 그는 오른쪽으로 약간 벗어나 롱 숲 경계 지역을 향해 서쪽으로 나아갔다. 오두막과 마을은 1.5킬로미터도 채 떨어져 있지 않지만, 그 여자가 그렇게 훌륭한 말을 버리고 걸어서 그곳을 떠난 이유는 여전히 알 수 없었다.

숲을 벗어나 마을로 가까이 접근하자 주발 모양으로 깊게 파인 근사한 초록빛 초원과 깔끔하게 손질된 줄무늬 경작지가 햇살 아래 환하게 드러났다. 마을의 진취적인 젊은이들이 숲을 새로 개간했는지, 작은 땅뙈기들이 주변 숲 사이 여기저기 흩어져 있었다. 그 한가운데 나지막한 통나무집들이 모여 있는 것이 보였다. 집들 위로 푸른 연기가 모락모락 피어오르고, 주변에는 나무 태우는 냄새가 베일처럼 드리워 있었다. 작고 가난하고 외진 마을, 힘들게 열심히 일하는 사람들이 사는 곳이었다. 그 주변에는 땔감과 밀렵한 동물들이 가득 쌓여 있었는데, 캐드펠이 보기에 이는 아마도 마을에서 공동으로 추진한 사업의 결과물인 듯했다. 수레를 만들기 위한 온갖 종류의 목재들 역시 수북이 쌓인 채 목수의 손재주를 기다리고 있었다. 바퀴통 제작에 반드시 필요한 느릅나무며, 나뭇결이 일정해 바큇살의 심재로 쓰는 떡갈나무, 탄력이 좋고 잘 휘어 둥근 테를 만들기에 적당한 물푸레나무까지, 이곳에서는 그 모든 재료를 한꺼번에 구할 수 있었다.

캐드펠은 첫 번째 통나무집 앞에 노새를 세운 뒤, 뜰에서 암탉들에게 모이를 주는 여자를 불러 예의 수레 목수에 대해 물었다.

“얼저를 찾으시는군요?” 여자는 통통한 팔을 담장에 기댄 채 지극히 우호적인 호기심을 갖고 그를 바라보았다. “연못을 지나 저쪽 끝으로 가면 그 사람 가게가 나와요. 목재가 쌓여 있는 걸 보면 금방 아실 거예요. 가게 안에 마차도 하나 있을 테고요. 바퀴 하나를 새로 다는 일 때문에 아마 정신이 없을 거예요.”

캐드펠은 고맙다고 인사한 뒤 그녀가 알려준 쪽으로 향했다. 오리들이 시끄럽게 물질을 해대는 연못 너머 말린 나무 더미가 수북이 쌓인 가겟집이 보여 그는 곧장 그리로 들어섰다. 연장과 자재가 잔뜩 쌓인 넓은 작업장 위로 방과 다락이 올라간 집이었다. 앞마당에는 바퀴 하나가 빠진 마차가 비스듬히 세워져 있었다. 부서져 두 동강이 난 바퀴와 바큇살 대여섯 개가 바닥에 흩어져 있었으며, 아마 재사용이 가능해 보이는 쇠로 된 휠도 눈에 띄었다. 바큇살로 쓰려는지 이미 다듬어놓은 느릅나무 줄기들은 잔디 위에 별 모양으로 겹쳐 정리되어 있었다. 수염이 텁수룩하니 마흔다섯쯤 되어 보이는 나이에 근육질의 땅딸막한 남자가 손도끼를 가지고 잘 굽은 물푸레나무의 결을 살려가며 바퀴 테 만드는 일에 열중하고 있었다.

"하시는 일에 하느님의 은총이 있기를!" 캐드펠은 노새를 멈춰 세운 뒤 가볍게 내리며 인사를 건넸다. "당신이 얼저 씨인 모양이군요. 나이 지긋한 분인 줄 알았는데."

수레 목수가 손도끼를 놓고 일어나 가볍게 몸을 움직였다. 방문객을 보는 그의 눈에는 호기심과 호감이 어려 있었다. 얼굴이 동그스름한 게 착해 보였지만 어딘지 모르게 위엄과 냉정함이 느껴지는 것 같기도 했다. "제 아버님도 생전에 얼저라 불리셨고, 이곳과 인근 부락에서 수레 목수로 일하셨지요. 아마도 수사님께서 찾으시는 분은 제 아버님인 듯합니다. 지금은 하늘나라에서 쉬고 계시지요. 벌써 돌아가신 지 한참 됐어요. 가게와 집은 이제 제가 관리합니다." 그는 캐드펠을 재빠르게 훑어보며 말을 이었다. "수사님은 슈루즈베리의 베네딕토 수도원에서 오신 것 같군요. 무슨 일이신지 말씀이나 들어보죠."

"지금 우리 지역에 문제가 좀 생겼는데…… 아마 이쪽에도 소문이 퍼졌을 거요." 캐드펠은 울타리 말뚝에 고삐를 걸친 뒤 승복을 털면서 등을 한번 쭉 펴고는 말했다. "휴언 드 돔빌 경이 결혼식 당일 새벽에 살해된 사건이지요. 알고 보니 그분이 여기서 그리 멀지 않은 곳에 있는 사냥용 오두막에 여자를 하나 데려다 놓았더군. 돔빌 경이 죽은 건 그 여자에게 갔다가 돌아오는 길이었소. 그 여자도 지금은 사냥용 오두막을 떠났는데, 이름이…… 손베리의 어바이스라고, 당신 아버님이신 그 얼저 씨의 따님이라 들었소. 바로 이 지역에서 돔빌 경과 만나 가까워졌다고요. 얼저 씨도 처음 듣는 얘기는 아니겠지요?"

캐드펠이 대답을 기다리는 사이 잠시 정적이 흘렀다. 천성적인 솔직함에도 불구하고, 목수는 이제 경색되고 묵묵한 표정으로 캐드펠을 바라볼 뿐 아무 말도 하지 않았다.

"여동생을 위험에 빠뜨리거나 위협하려는 뜻은 아니오." 캐드펠이 말했다. "그럴 필요도 없고. 하지만 동생분이라면 재판관이 알아두어야 할 것들을 잘 알고 있을 듯하오. 죄지은 자를 벌주기 위해서도 그렇지만, 죄 없이 누명을 쓰고 있는 사람을 구하기 위해서라도 동생분의 증언이 꼭 필요하지요. 내가 원하는 건 그저 동생분과 이야기를 좀 나누는 것뿐이오. 돔빌 경의 오두막집에 말한 마리가 남겨져 있던데, 그게 동생분의 소유일 거라고 나는 믿고 있소. 말을 내버려둔 채 걸어서 이곳에 왔을 거라고 말이오."

"예전에 제게 여동생이 있긴 했죠." 얼저가 침묵을 깼다. "하지만 저와 식구들이 손베리의 어바이스와 한 가족이던 시절은 이미 오래전 일에 불과합니다."

"무슨 이야긴지 알아요. 하지만 혈연은 혈연이오. 동생이 당신에게 오지 않았소?"

얼저는 한동안 심각한 얼굴로 캐드펠을 쳐다보다가, 마침내 마음을 굳힌 듯 입을 열었다. "왔었습니다."

"이틀 전이죠? 슈루즈베리에서 휴언 드 돔빌 경이 살해됐다는 소식이 들려온 직후에 말이오."

"예, 이틀 전 오후 늦게였죠. 하지만 그때까지 우리는 살해 소식을 모르고 있었습니다. 그 애가 말해줘서 알았죠."

"동생분이 여기 있다니 말입니다만, 내가 좀 만나보고 이야기를 나눴으면 싶은데." 그 순간 건강하고 말쑥해 보이는 여자 하나가 집 밖으로 나왔다가 다시 들어가는 모습이 눈에 띄었다. 뜰 한쪽 구석에선 열네 살쯤 되어 보이는 남자아이가 작은 바큇살로 쓸 떡갈나무를 잘게 자르고 있었다. 얼저의 아내와 아들이었다. 작업장 주변에 다른 여자의 모습은 보이지 않았다.

"지금은 여기 없습니다. 그 앤 제 집에서 환영받는 손님이 못 되거든요. 그 애가 노르만인 남작의 매춘부가 되기로 결정한 이후 우리 식구들은 한 번인가 두 번밖에 그 앨 보지 못했습니다.

일가친척들은 물론이요 가문 전체의 수치였죠. 그 애가 다시 여기 왔을 때, 전 오빠로서 여동생에게 해야 할 도리는 하겠으나 돈과 안락함과 부유한 삶을 좇아 오래전에 제 발로 나간 이 집에 그 애를 다시 들여놓지는 않겠다고 말했습니다. 그 앤 전과 똑같았어요. 기도 전혀 죽지 않았죠. 그 애를 어떻게 하든 전 상관치 않습니다. 도대체 갈피를 잡을 수가 없는 아이예요. 그 앤 아무것도 바라지 않겠다고, 그저 세 가지 부탁만 들어달라고 차분하고 공손하게 청하더군요. 그 애가 요구했던 건 조랑말 한 마리, 자기의 멋진 옷과 맞바꿀 평범한 농부 옷 한 벌, 그리고 제 아들 녀석을 길잡이로 몇 시간만 내어달라는 거였어요. 자기가 원하는 곳까지 가면 아들 녀석이 말을 가지고 돌아오면 된다는 얘기였죠. 5킬로미터쯤 가야 하는데 그 좋은 구두를 신고는 도저히 걸을 수 없다고요."

"그래서 그 세 가지 부탁을 다 들어줬소?" 캐드펠이 놀란 표정으로 물었다.

"그랬죠. 그 앤 여기 지하실에다 화려한 옷가지를 벗어두고 제 아내의 낡은 옷으로 갈아입었습니다. 반지며 금목걸이도 전부 벗어, 이제 더는 그것들이 필요하지 않을 뿐 아니라 자기가 이 집에 진 빚을 조금이나마 갚고 싶다면서 아내에게 주었답니다. 그러고는 제 조랑말을 타고 갔는데, 저기 저 녀석이 걸어서 그 애를 따라가다가 날이 저물기 전에 다시 말을 타고 돌아왔습니다. 이게 제가 아는 전부입니다. 그 이상은 묻지도 않았어요."

"어디로 갔는지도 모르시오?"

"모릅니다. 하지만 아들애가 돌아와서 이야기한 게 있긴 하지요."

"동생이 간 위치 말이오?"

"고드릭 포드라는 곳인데, 여기서 서쪽으로 숲을 가로질러 가면 나옵니다."

"어딘지 알고 있소." 캐드펠이 밝은 목소리로 말했다. 고드릭 포드라면 폴스워스 수도원의 분원인 베네딕토 수녀회 소속 수녀들이 운영하는 작은 농장이 있는 곳이었다. 어바이스는 휴언 드 돔빌을 살해한 범인이 밝혀지고 잡힐 때까지, 그리고 그의 여인에 대한 것은 까맣게 잊힐 때까지, 사람들에게 존경받는 막강한 수도원의 보호하에 은신하려 한 것이다. 그렇게 안전한 피난처에서라면 자신이 알고 있는 것들을 주저 없이 털어놓을지도 모른다. 그러니까 자신이 그곳에 계속 머물 수 있도록 해주기만 한다면 말이다.

캐드펠은 얼저에게 도와주어서 고맙다는 인사를 남기고 고드릭 포드를 향해 출발했다. 그래, 그럴 수 있지. 그 엄청난 소문과 거미줄처럼 복잡다단한 범죄에 말려들어가는 상황을 염려하여 몸을 피한 게 분명해.

하지만 여전히 이해할 수 없는 것들이 있었다. 그 자그마한 스페인산 말을 남겨둔 채 걸어서 떠난 이유는 무엇일까? 그리고 화려한 의복을 허름한 옷으로 바꿔 입고, 오래전에 떠난 제 일가에 빚을 갚겠다며 손가락에서 반지까지 뽑아준 까닭은 무엇일까?

*

고드릭 포드의 농장은 긴 경사지에 자리하고 있었다. 널찍한 빈터에 야트막한 집 한 채와 작은 목조 교회가 딸려 있고, 높다란 돌담장 안으로는 잘 가꾼 채마밭과 과수원이 보였다. 과수원을 가득 메운 과실수의 잎사귀는 절반 이상이 노랗게 물들어 우아하고 아름다운 자태를 뽐냈다. 그 안쪽에서, 몸과 얼굴 모두 동그스름한 중년의 견습 수녀 한 사람이 내년 봄을 위해 양배추 모종을 새로 파놓은 땅에 옮겨 심고 있었다. 캐드펠은 입구로 돌아 들어가 말에서 내릴 때까지 내내 그녀를 지켜보았는데, 그 자신감 있는 태도와 절도 있는 움직임으로 보아 역량과 요령 양쪽에서 후한 점수를 받을 만한 일꾼 같았다. 베네딕토 수도회 소속 수사들과 마찬가지로 베네딕토 수녀회 소속 수녀들 또한 육체노동을 긍정적으로 생각했고, 기도드리는 일만큼이나 농작물 경작에 힘을 쏟는 걸 당연하게 여겼다. 장밋빛의 혈색 좋은 이 여자는 매사에 만족감을 느끼는 성실한 주부처럼 일에 열심이었고, 이제 모종을 옮겨 심은 곳 부근을 널찍한 발로 꽉꽉 눌러 밟고는 아주 기꺼운 듯 손으로 흙을 어루만지고 있었다. 보기 좋게 통통한 체격에 키는 크지 않았으며, 얼굴은 동그스름하고 후덕한 인상이었지만 입술과 턱은 아주 강단 있어 보였다.

그녀는 캐드펠과 노새를 의식하자 여느 농부처럼 무어라 투덜대면서 천천히 허리를 펴더니, 비스듬히 기운 눈썹 아래 빈틈없어 보이는 갈색 눈을 캐드펠 쪽으로 돌려 두건에서 신발까지 한 번에 쭉 훑어보았다.

그녀가 밭에서 나와 천천히 그에게 다가왔다.

"하느님의 이름으로 환영합니다, 수사님! 이곳에 무슨 볼일이라도 있으십니까?"

"수녀원에 하느님의 축복이 있기를!" 캐드펠이 의례적으로 말했다. "최근 이곳으로 피신해 온 숙녀분과 이야기를 좀 나눌까 해서 왔습니다. 제가 알고 있는 바에 의하면 손베리의 어바이스라는 분인데, 저를 그분께 안내해주실 수 있겠습니까?"

"기꺼이요." 놀랍게도 그 발그레한 뺨에 갑자기 보조개가 파이더니, 수녀가 무릎을 굽히고 가볍게 고개를 숙였다. 원숙하면서도 잔잔한 아름다움이 한순간 빛을 발했으나 그녀는 조금 전의 얌전하고 평범한 모습으로 돌아가 말을 이었다. "손베리의 어바이스라면, 수사님께선 이미 그 사람을 만나셨습니다. 그게 바로 제 이름이거든요."

*

그들은 농장의 어두컴컴하고 작은 응접실에서 작은 테이블을 사이에 두고 마주 앉았다. 베네딕토 수도회의 수사와 햇병아리 수녀는 상대방에 대해 비상한 관심을 가지고 서로를 바라보았다. 수녀원장이 대화를 나누도록 허락하고 문을 닫아준 터였는데, 자신을 찾아온 사람과 이야기를 나누게 해달라고 요구하던 어바이스의 태도가 어찌나 당당하고 확고한지 놀라울 정도였고, 동시에 지극히 겸손한 태도를 보이며 그랬다는 점이 더욱 신기할 따름이었다. 하지만 캐드펠은 이제 이 여자와 이야기를 해나가는 동안 더욱 놀랄 일이 끝도 없이 이어지리라는 예감이 들었다.

노르만인 남작에게 몸을 팔아 먹고사는 여자라면 의당 그러리라고 예상했던 이미지, 그러니까 버릇없고 제멋대로이며 제 아름다움만 믿고 날뛰는 오만함은 어디에 있는가? 그런 사람들이라면 자신의 매력을 유지하기 위해 입술연지와 화장용 크림을 찍어 바르고, 야릇한 애교를 떨어대고, 혹 살이 찔까 싶어 잘 먹지도 않고, 그저 우아하게 움직이는 법을 익히느라 여념이 없지 않은가? 하지만 지금 그의 눈앞에 있는 사람은 그저 순순히 중년의 나이에 접어든 평범한 여인이었다. 얼굴과 목의 주름이 훤히 드러나 보이고, 갈색 머리칼 사이사이에는 은빛 머리칼이 아무렇지 않게 섞여 있었다. 하지만 활기와 생기만큼은 두드러졌으니, 앞으로도 그런 모습에는 변함이 없을 듯했다. 자신감으로 가득해 현재의 자신이 아닌 다른 존재가 되고 싶다는 욕구도 필요도 느끼지 못하는 사람. 바로 그 모습 그대로 그녀는 스무 해 이상을 휴언 드 돔빌과 함께 지내온 것이다.

"그래요." 그녀는 캐드펠의 질문에 주저 없이 대답했다. "전 휴언의 사냥용 오두막에 있었습니다. 그분은 어디에 가건 늘 저를 곁에 두었어요. 그분의 영지라면 가보지 않은 데가 없었죠." 그녀는 나직하지만 쾌활하고 차분한 목소리로 자신의 과거를 풀어놓았다. 마치 품위 있는 부인이 남편을 여의고도 전혀 흥분하지 않고 그저 습관처럼 차분하게, 애정 어린 마음으로 지난날을 회상하는 듯한 모습이었다.

"그러면 그분의 사망 소식을 들었을 때 그 상황에서 발을 빼는 게 최선이라고 생각하신 겁니까? 그게 살인이었다는 얘긴 들었나요?"

"그날 오후쯤엔 그 사실을 모르는 사람이 없었어요. 전 그 일과 아무런 관계도 없습니다. 또 도대체 누가 그런 일을 저질렀는지 짐작조차 할 수 없고요. 수사님께선 어떻게 생각하실지 모르지만, 제가 겁을 먹었던 건 아닙니다. 지금껏 저는 두려움 때문에 무슨 행동을 한 적이 없어요." 그녀는 아주 담담하고도 구체적으로 이야기했고, 캐드펠은 그녀를 신뢰할 수 있었다. 맹세코 그녀는 평생 한 번도 두려움을 느끼지 않았을 것이다. 그녀는 마치 양털 주머니에 손을 집어넣어 그 무게와 섬세함의 정도를 가늠하듯 한 마디 한 마디를 신중하게 이어갔다.

"그래요. 두려움은 아니었어요. 그보다는…… 이미 소문이 좋지 않은 제 처지를 공공연하게 드러내는 게 내키지 않았습니다. 벌써 스무 해가 넘도록 조심스럽게 지내왔어요. 이제 사람들의 입방아에 오르는 건 정말이지 견딜 수 없어요. 게다가 이제 다 끝난 마당에 머뭇거릴 이유가 어디 있었겠습니까? 제가 그를 다시 살려낼 수도 없는 노릇이고요. 이제 제 나이도 마흔넷이니, 세상을 알 만큼은 압니다. 물론 제 생각입니다만." 그녀는 시종 캐드펠을 뚫어져라 쳐다보며 말했다. 뺨에 보조개가 잠깐 패었다가 사라졌다. "물론 수사님도 세상을 잘 아시겠죠. 제 얘기에 별로 놀라시지 않는 걸 보니 말예요."

"지금 같은 상황에서 당신을 대하고서 놀라지 않을 사람이 있을까요? 하지만 사실 그렇긴 합니다. 나도 이 승복을 입기 전까진 세상을 많이 돌아다녔지요. 그리고 지금 보니…… 처음에 휴언 드 돔빌을 사로잡은 것이 바로 사람을 놀래는 당신의 능력이 아니었을까 싶군요."

"제 말을 믿어주신다면 전부 말씀드리죠." 어바이스는 그렇게 말한 뒤 한숨을 쉬며 뒤로 깊숙이 기대앉더니 소박하게 생긴 통통한 손을 둥그런 배 위에 포개놓았다. "오래전 일이라 이젠 기억도 희미하지만요. 저는 시골 계집아이로 태어나 누릴 수 있는 최고의 영화를 누렸고, 또 불평 없이 그 대가를 치를 만큼의 기지와 뻔뻔함을 지닌 사람입니다. 그리고 여전히 그런 기지와 뻔뻔함이 남아 있기에 제 나이와 이력으로 가능한 최고의 것을 누리고 있지요."

그녀가 내뱉는 말과 말의 행간에는 더 많은 이야기가 함축되어 있었고, 캐드펠이 그것을 모두 이해한다는 걸 그녀는 너무도 분명히 알았다. 그녀는 자신의 한 이력이 끝났음을 이미 인식하고 있었다. 더는 그런 은밀한 관계를 새로 맺을 수 없을 만큼 나이가 들었고, 그런 걸 바라지 않을 만큼 현명했으며, 아예 그런 일을 고려조차 하지 않을 만큼 의리 있는 사람이기도 했다. 이 오래된 관계가 끝난 지금, 이제는 자신의 힘과 에너지를 가지고 할 수 있는 일이 무엇일까 고민해야 할 시점이었다. 지나온 과거도 그렇고, 평범한 결혼을 생각하기는 이미 너무 늦기도 했다. 이런 여자에게 과연 무엇이 남아 있겠는가?

"그래요." 어바이스가 긴장을 풀고 편안하게 입을 열었다. "휴언 드 돔빌 경을 모시는 동안 전 시간을 잘 활용했습니다. 언제나 그를 기다려야 했는데, 어떤 경우에는 그게 몇 주가 되기도 했거든요. 저는 글도 알고, 셈도 할 수 있고, 그 밖에 다른 기술도 많이 익혔습니다. 이제 제가 아는 것들을 활용하고 능력을 써먹어야겠지요. 제게 아름다움은 없습니다. 물론 옛날에도 그리 대단한 수준은 아니었습니다만, 이제 누구도 제 아름다움을 원하지 않으며 거기에 돈을 쓰려고도 하지 않지요. 저는 다만 휴언에게 어울리도록 길들여졌고, 그분은 그런 저에게 익숙해 있었습니다. 다른 여자들이 그를 괴롭히고 지치게 했다면 전 그분에게 한마디로 깃털 침대 같은 존재였죠."

"그를 사랑했습니까?" 자신을 대하는 그녀의 태도로 보아 그런 질문이 무례가 되지는 않을 듯했다.

"아뇨." 그녀는 잠시 생각에 잠겼다가 대답했다. "제가 그분을 사랑했다고는 말할 수 없어요. 또 그분이 제게 요구한 것도 그런 건 아니었고요. 오랜 시간이 지나고 돌아보니…… 그건 일종의 애호 같은 감정이었어요. 아니면 서로의 내면에 깊숙이 자리해서 결코 사라지지 않는 습관 같은 감정이랄까요. 잠자리를 갖지 않는 경우도 잦았죠." 그녀는 조심스럽게 털어놓았다. "그저 함께 앉아서 술을 마시고, 그분이 가르쳐준 체스를 두고, 음유시인들의 노래를 듣곤 했어요. 가끔은 한 침대에 누워서도 키스를 하거나 서로의 몸에 손을 대는 일이 없었고요."

그야말로 결혼해서 오래도록 함께 살아온 나이 든 남자와, 마찬가지로 나이 든 소박하고 쾌활한 아내 사이 같았다. 하지만 이 역시 이미 다 지난 일이었다. 그녀는 지극히 현실적인 사람이었으니, 죽은 동반자를 진심으로 애도하는 동안에도 현실을 냉정하게 판단하고 이제 무언가 새로운 일을 시작하려 준비하는 참이었다. 이처럼 총명한 사람이라면 분명 다른 곳에서도 그 총명함을 활용할 만한 분야를 찾아낼 것이다. 젊음으로 갈 수 있는 길은 막혔을지언정 그녀에겐 다른 수많은 길이 아직 열려 있었다.

"그분은 결혼식 전날 밤에 당신에게 갔었죠." 입 밖에 내지는 않았으나 캐드펠은 아름답고 순종적이며 대단한 재산을 가진 열여덟 살의 신부를 떠올리고 있었다.

그녀는 온화하면서도 마음을 꿰뚫는 듯한 표정으로 테이블 앞쪽에 몸을 기댔다. 흡사 순종을 서약한 수사의 마음이 어떻게 움직이는지를 세심하고 진지하게 관찰해보려는 것 같은 태도였다.

"예, 제게 왔었어요. 슈루즈베리에 온 뒤로 처음이었는데, 결국 그게 마지막이 되어버렸죠. 그분의 결혼식 전날 밤에……. 그래요, 결혼도 일종의 거래예요. 내연 관계나 마찬가지로 말이에요! 사랑은, 아, 그건 결혼이나 내연 관계랑은 완전히 별개의 것이죠. 예, 전 그분을 기다렸습니다. 아시겠지만 제 입장은 어떤 식으로도 변할 수 없었거든요."

캐드펠도 이해할 수 있었다. 스무 해 넘게 정부로 살아온 여인이, 설령 많은 재산을 지닌 데다 자기보다 스물여섯 살이나 어린 여자라 해도 이 새로운 신부에게 밀려날 리는 없었다. 그 두 여자는 서로 다른 별개의 세계였고, 그렇게 서로 다른 곳에 속한 이들은 각자 제 나름의 존재 근거를 갖는 법이다.

"혼자 왔던가요?"

"네, 혼자였습니다."

"그러면 몇 시에 떠났습니까?" 이제 그는 문제의 핵심으로 파고들기 시작했다. 이 명예로운 정부가 돔빌의 종말과 관련된 어떤 음모도 꾸미지 않았으며, 또 그 충실하면서도 의심 많은 집사 때문에 길고 길었던 돔빌과의 관계를 청산한 것도 아님이 분명해졌기 때문이었다. 만일 우연히 남작의 시종과 그런 상황에 부딪치게 되더라도 그녀는 두 발을 굳건히 딛고 꿈쩍도 하지 않았을 것이며, 그들이 이 여자를 존중하라 배웠듯이 그녀 또한 존중 어린 마음으로 그들을 대했으리라.

그녀는 주의 깊게 말을 이었다. "새벽 6시가 지나서였어요. 얼마나 지났는지는 정확하게 모르겠습니다만, 동이 트는 기미가 보였죠. 그분과 함께 입구까지 나갔는데, 그때 이미 색깔을 분별할 정도였으니 아마 6시 30분쯤 되었을 겁니다. 전 개지치 꽃이 있는 곳으로 갔어요. 올해는 참 늦게도 꽃이 피었죠. 그걸 몇 줄기 따서 그분 모자에 꽂아드렸습니다."

"6시 30분이라……." 캐드펠은 가만히 생각해보았다. "그렇다면 아침기도 15분 전까지는 살해된 바로 그 지점에 이를 수 없었겠군요."

"그 장소가 어디인지 저는 모릅니다. 어쨌든 정확히는 6시 20분이 좀 지난 시점에 떠났다고 해야 할 거예요."

아무리 빨리 가더라도 15분 안에는 덫이 놓였던 곳에 이를 수 없었을 것이다. 목을 졸라 살해하는 시간까지 고려하면 적어도 10분……. 결국 최소한 6시 45분 전에는 살인자가 그 장소를 떠날 수 없었으리라는 결론이 나온다.

이제 한 가지 중요한 질문이 남아 있었다. 이렇게 그녀를 만나기 전까지 줄곧 그를 당황스럽게 했을 뿐 아니라 진실을 파헤치는 과정에 줄곧 새로운 오해를 일으키던 많은 문제들은 이미 그 중요성을 잃은 터였다. 예컨대 그녀가 스페인산 말을 마구간에 남겨두고 온 이유나, 자신의 모든 소유물을, 심지어는 반지마저 내버린 까닭 같은 것들 말이다. 캐드펠은 애초에 그녀가 급하고 두려운 마음에 뒤도 돌아보지 않고 숨으며 아무 생각 없이, 그저 자신을 휴언 드 돔빌과 연결시킬 수 있는 것이라면 그 무엇이라도 버린 것이리라 생각했다. 그녀가 수녀복을 입고 있는 모습을 보았을 때조차 그는 그녀에게 참회의 마음이 생긴 것이라 생각했으며, 지나온 삶을 보상하며 여생을 보내기 위해서는 성소에 들어가기 전에 과감히 모든 것을 버릴 필요가 있었을 것이라고 여겼다. 그러나 이제 그와는 전혀 다른 뜻밖의 진상을 깨달은 참이었다. 손베리의 어바이스는 그 어떤 일도 후회하지 않았다. 캐드펠은 그녀가 평생 두려움이나 수치심을 느끼지 않고 살아왔으리라 확신했다. 그녀는 거래를 했었고, 주인이 살아 있는 동안 그 거래를 충실히 지켰다. 그리고 이제 다시 스스로의 주인이 되었으므로 자신의 생각대로 재산을 처분한 것이다.

그녀가 모든 장신구를 벗어놓은 건 마치 나이 든 군인이 자신에게 남은 적지 않은 정열을 농사짓는 데 쏟자고 다짐하며 더 이상 쓸모없고 흥밋거리도 되지 않는 무기를 버리는 것과 다름없었다. 그녀가 지금 계획하고 있는 일이 꼭 그랬다. 농장은 베네딕토 수녀회의 주 수입원이었고, 그녀는 그 일에 철두철미하게 전념하여 결국은 성공할 터였다. 비둘기 같은 수녀 몇이 옹기종기 모여 사는 둥지에 매 한 마리가 날아든 셈이라고나 할까. 캐드펠은 다른 수녀들에게 심지어 애처로운 연민의 정까지 느꼈다. 만일 서너 해의 시간만 더 주어진다면 그녀는 폴스워스의 수녀원장이 될 것이고, 나아가 이곳의 기반과 명성을 더욱 공고하게 만들 것이 분명했다. 그러다 죽은 뒤에는 결국 성인으로 숭앙받을지도 모를 일이었다.

캐드펠은 이미 그녀에게 큰 신뢰를 느끼고 있었으나, 그와는 별개로 어쨌든 시민으로서의 의무를 다할 경우엔 개인적인 비밀이 다소 침해당할 수도 있다는 사실을 알릴 필요가 있었다.

"알아두셔야 할 게 있습니다." 그는 조심스럽게 말을 꺼냈다. "곧 어떤 사람이 목숨을 걸고 재판을 받게 될 텐데, 그때 아마도 행정 장관이 당신에게 증언을 요청할 겁니다. 당신 말에 그 결백한 사람의 목숨이 달려 있는 셈이죠. 모든 것을 여기서 제게 말씀하셨듯이 재판정에 나서서도 증언하시겠습니까?"

"제 평생 최소한 한 가지 죄만은 피하며 살아왔습니다. 아니, 아예 그런 유혹을 느낀 적이 없다고 해야겠군요. 저는 거짓말을 하지도, 거짓으로 뭘 꾸며내지도 않습니다. 원하신다면 언제라도 진실을 말씀드리지요."

"그러면 마지막으로 한 가지 더 확인하죠. 휴언 드 돔빌 경은 당신에게 가기 전 시종들을 모두 물리고 그 누구에게도 자신이 가는 곳을 알리지 않았어요. 범인은 돔빌 경이 같은 길로 돌아오리라는 확신이 드는 지점까지 그의 뒤를 밟았을 겁니다. 아니면, 아마 그럴 확률이 더 높은데, 그가 어디로 가는지 이미 알고 있었거나요. 그게 누구든, 그자는 당신이 거기 사냥용 오두막에서 그를 기다리고 있다는 사실을 알았던 겁니다. 당신은 대단히 조심을 했다지만 그 사람은 틀림없이 알고 있었어요."

"분명히 말씀드리자면, 전 수행하는 사람 없이 혼자 돌아다닐 수는 없었어요." 그녀는 곧바로 입을 열었다. "나이 든 하인 하나가 현명하게도 영주에게 저를 아주 멀리 떨어진 곳에 두어서는 안 된다고 말씀드렸다더군요. 하지만 그 장소를 아는 사람은…… 휴언의 명령에 따라 그곳까지 저를 데려간 사람 말고 또 누가 있겠습니까? 휴언과 일행이 슈루즈베리로 오기 이틀 전이었습니다. 전 항상 휴언이 신뢰하는 그 한 사람에게만 맡겨지곤 했지요. 지난 3년 동안 내내 그랬어요. 더 많은 사람을 끌어들일 이유는 없으니까요."

"그의 이름을 알려주시죠." 캐드펠 수사가 말했다.

9

행정 장관은 오전 수색 작업을 메올 시내의 남쪽 지역 인근 숲까지로 제한했다. 사냥감을 쫓는 몰이꾼들처럼, 대원들은 서로의 얼굴을 볼 수 있을 정도로 가까이 밀착한 채 질서 있게 움직이며 천천히 수색을 이어갔다. 하지만 그 많은 시간과 공을 들였음에도 아무것도 얻지 못했다. 은밀히 숨어 있던 곳에서 뛰쳐나오는 자도 없었고, 조슬린 루시와 닮은 사람 또한 코빼기도 보이지 않았다. 다시 전열을 가다듬고 식사를 하기 위해 철수하면서 이들은 마을의 경계 지역을 감시하는 순찰대원들에게 연락을 취했다. 세인트자일스의 나환자들이 밖으로 나와 멀찍이 떨어져 그들의 움직임을 호기심 어린 눈으로 바라보았다. 길버트 프레스코트는 기분이 좋지 않은 듯 말수가 눈에 띄게 줄어 있었으나, 다른 사람들은 비교적 표정이 괜찮은 것 같았다.

"녀석이 이미 한참 전에 이 지역을 벗어나 고향으로 돌아간 게 분명해." 가이가 저녁 식사를 하기 위해 주교관에서 말을 내리며 희망이 담긴 목소리로 사이먼에게 말했다. "정말 그러면 좋겠는데 말이지. 그가 잡힐 위험만 없다면 그를 쫓는 일도 즐겁게 할 수 있을 거야! 피카르의 얼굴이 점점 흙빛으로 변해가는 꼴도 볼만할 테고, 또 그자의 말이 오소리 굴에 발을 잘못 디뎌 제 주인을 떨어뜨리는 모습도 참 재미있겠지. 장관이야 자기가 해야 할 일이니 어쩔 수 없지만 피카르는 그럴 필요가 없는데도 그놈의 원한 때문에 눈에 불을 켜고 있잖아."

"조슬린이 우리 영감을 죽였다고 아주 철석같이 믿고 있지." 사이먼이 어깨를 으쓱이며 말을 이었다. "사실 그렇게 열을 올리는 것도 이상할 게 없어. 어떤 대가를 치러서라도 복수를 해야 직성이 풀리는 사람이거든. 그자가 나한테마저 등을 돌렸다는 거 알고 있나? 그 사람 앞에서 조슬린이 도둑질을 했다거나 살인을 했다는 주장은 결코 믿을 수 없다고 딱 잘라 말했더니 아주 들불처럼 화를 내더라고. 그자나 그자의 부인이나 더는 날 환대하지 않을 걸세."

"정말인가?" 가이가 깜짝 놀라 입을 벌렸다. "자네 말이야, 저녁 식사 후에 실시할 수색 작업 땐 그자 바로 옆에 서기로 되어 있는 거 모르나? 그 사람을 조심해야 할 거야. 절대로 그에게 등을 보이면 안 되네. 자네와 사이가 좋지 않으니 무슨 짓을 할지 모른다고. 난 그런 기질을 가진 사람을 그다지 신뢰하지 않아. 게다가 우리가 가야 할 곳은 나무가 울창해 앞이 제대로 보이지도 않는 지역이거든."

하지만 그리 심각한 말투는 아니었으니, 가이는 제 동료이자 친구가 여전히 자유로운 몸이라는 사실에 대해 그저 안도하는 듯했다. 10월의 매서운 공기가 건강한 젊은이의 식욕을 당겼는지 식탁 위의 요리를 바라보는 그의 눈이 아주 매서웠다.

"꼭 이베타의 방을 나오는 나를 바라보던 그 사람의 눈빛 같군." 사이먼은 침울한 표정으로 중얼거렸다. "자네 말이 맞아! 그자를 주시하고, 그자보다 빨리 칼을 뽑아야겠지. 해가 진 뒤 다시 이곳으로 무사히 돌아올 수 있도록 말이야. 어떤 경우에도 그자의 칼날을 피할 수 있을 만큼 충분히 앞서 가야겠어." 그는 얼핏 은밀한 미소를 지어 보였다. "그건 그렇고, 난 저녁기도 전에 살펴봐야 할 중요한 일이 있네. 그사이 그자가 와서 훼방을 놓는 일이 없도록 주변을 잘 살펴봐야지. 자넨 어디로 배정됐나?"

"행정 장관의 부관들이랑 움직여야 해. 참 운도 없지!" 가이는 낯을 찡그리며 히죽 웃었다. "내가 그 수색에 전혀 의지가 없다는 걸 누가 알까? 글쎄, 내게 계속 일을 맡기는 걸 보니 아직은 모르는 모양이야. 만약 내가 그를 보고도 눈을 감아버리면 그제야 아차 싶겠지. 장관은 꽤 괜찮은 사람 같은데 살인 용의자를 떠안고 있는 마당이라 아주 초조하고 낙담해 있는 것 같더군. 게다가 스티븐 왕까지 요사이 이쪽으로 눈길을 돌리기 시작했다니 그 사람 숨소리가 점점 거세지는 것도 당연하지." 그는 의자를 뒤로 밀쳐 두 다리를 쭉 뻗고는 숨을 크게 들이쉬었다. "준비됐으면 이제 가볼까? 오늘 밤에도 다들 헛수고만 하고 돌아오기를 바랄 뿐이네."

그들은 함께 밖으로 나가 세인트자일스 아래 계곡 쪽으로 내려갔다. 수색대원들은 대열을 새로 정비한 뒤 오전 수색 때와 똑같이 천천히 움직여 울창한 잡목림과 삼림 지대를 뚫고 남쪽으로 나아갔다.

*

큰길 남쪽, 계곡이 널찍하게 내려다보이는 작은 언덕 위에 천으로 몸을 두른 장신의 두 남자가 서서 수색대원들이 움직이는 모습을 지켜보았다. 거기서는 초원 위로 길게 늘어선 그들의 대열이 한눈에 잡혔다. 대원들은 일정한 거리를 유지하되 동료와 열을 맞춘 채 질서 정연하게 움직이면서 광활한 삼림지대를 뚫고 나아가기 시작했다. 햇살이 대기에 깔린 희미한 안개를 뚫고 들어와 나뭇잎 사이에서 움직이는 대원들의 옷과 마구를 비추었고, 그 반짝임이 마치 작은 먼지가 만들어내는 빛무리 같았다. 그들이 서서히 남쪽으로 움직이자 언덕 위에서 지켜보던 사람들의 시선도 천천히 그들을 좇았다.

"어두워질 때까지는 계속 저러고 있겠군." 라자루스는 몸을 돌려 수색대가 떠나 텅 비어버린 들판을 살펴보았다. 분주한 움직임도, 웅성이는 목소리도, 온갖 현란한 색들의 요동도 사라지고 이젠 모든 게 조용하고 차분했다. 두 개의 은빛 물줄기만이 한풀 꺾인 태양 아래 빛을 발하고 있었다. 가까이 보이는 것은 수도원의 저수지와 방앗간에 물을 대기 위해 끌어들인 물방아 수로였으며, 더 먼 쪽에 있는 것이 메올 시내로, 수도원 정원 앞의 하류와 견주어보면 돌이 많아 울퉁불퉁한 바닥이 드러나 보일 만큼 얕기도 하거니와 그 폭도 이상하리만치 좁게 느껴졌다. 오리들이 시내 남쪽의 야트막한 곳에서 물장난을 쳤고, 그 위에선 오리들을 돌보는 꼬마가 돌로 가장자리를 두른 웅덩이에 낚싯대를 드리우고 있었다.

"때가 아주 좋습니다." 조슬린이 숨을 들이쉬며 말했다. "장관이 무장한 사람들을 몽땅 데려갔으니 절 도와주는 셈이군요. 어르신 말씀대로 해 질 녘까지는 계속 저러고 있겠죠. 해가 진 뒤에는 다들 분노와 피로에 젖어 집으로 돌아갈 거고요. 이보다 더 좋은 기회가 있겠습니까."

"말들까지 모두 끌려 나갔네." 라자루스가 담담하게 말하면서 총명한 눈을 돌려 동행을 쳐다보았다. 조슬린에게는 이제 얼굴을 가린 그 모습이 전혀 불편하게 여겨지지 않았다. 눈빛과 목소리만으로도 충분히 친구를 확인할 수 있었던 것이다.

"예, 그렇더군요."

"말을 교대할 리도 없어. 거의 대부분의 사람들이 소집됐고,

말도 모두 징발된 모양이니 말일세."

"그렇지요."

브란이 경사진 풀밭을 돌진하듯이 내려오더니, 자신 있게 그들 사이에 끼어들어 양손으로 두 사람의 손을 각각 잡았다. 그중 한 손에는 손가락 두 개가 없고 세 번째 손가락도 반밖에 남아 있지 않았으나 브란은 전혀 개의치 않았다. 아이는 매일같이 살이 오르고 있었다. 목에 난 혹은 눈에 띄게 작아졌고, 가느다랗던 머리칼은 점차 두터워져서 그 꽤 많은 작은 머리에 난 종기의 흔적을 뒤덮고 있었다.

"다들 밖으로 나갔으니 이제 우린 무얼 하죠?" 꼬마가 물었다.

"우리라니?" 조슬린이 말했다. "마크 수사님이랑 공부할 시간인 줄 알았는데. 오늘 하루는 아주 쉬기로 했니?"

"마크 수사님은 할 일이 있대요." 대수롭지 않은 말투였다. 아닌 게 아니라, 아이의 경험에 따르면 마크 수사는 잠을 잘 때 빼고는 일을 하지 않는 경우가 거의 없었던 것이다. 브란은 제가 고른 이 두 친구가 자기 뜻에 따라주지 않으면 화라도 낼 기세였다. "오늘은 제가 원하는 걸 다 들어주겠다면서요." 아이가 굳은 어조로 상기시켰다.

"그래야지." 조슬린이 대답했다. "저녁때까지만 말이야. 그땐 나도 할 일이 있거든. 자, 시간을 잘 이용해보자. 뭘 하고 싶니?"

"칼만 있으면 겨울 장작용 나무 중 하나를 뽑아 작은 말을 만들어줄 수 있다고 하셨죠?"

"그럼, 물론이지. 아마 네 어머니께 드릴 작은 선물도 만들 수 있을 거다. 네 말대로 칼만 구할 수 있다면 말이지. 부엌에서는 아무래도 빌려주지 않을 것 같은데……. 혹시 마크 수사님이 깃펜 다듬을 때 쓰는 칼을 좀 얻어 올 수 없을까? 나무를 깎는 데는 그게 내 목숨보다 훨씬 값진 물건 같구나." 조슬린은 가볍게 말했지만, 만일 수색대가 일찍 돌아올 경우 말마따나 자기 생명이 얼마나 보잘것없게 될지 떠올리자 온몸이 얼어붙는 것만 같았다. 어찌 되었든 마지막 몇 시간만큼은 브란에게 내주는 것이 좋으리라.

"칼이라면 저한테 있어요." 아이가 자랑스럽게 말했다. "엄마가 생선 내장을 끊어낼 때 쓰시던 건데, 아주 날카롭죠. 자, 그럼 이제 나무만 빼 오면 돼요!" 나무하러 갔던 사람들이 숲에서 한 짐씩 지고 돌아온 덕분에 땔감 창고엔 나무가 가득 차 있었고, 그 중에서 장난감을 만들 수 있을 만큼 결이 고운 작은 통나무도 하나 구할 수 있을 터였다. 아이가 두 사람을 잡아끌었지만 노인은 슬그머니 아이의 손을 놓은 뒤 그들 뒤편으로 떨어졌다. 그의 눈은 여전히 아래쪽 숲을 훑고 있었다. 이제 몰이꾼들이 내지르던 고함 소리와 덤불에 옷이 스치는 소리까지 모두 빠져나가, 사방이 온통 고요했다.

"난 고드프리드 피카르라는 사람을 한 번밖에 못 봤네." 라자루스가 생각에 잠겼다가 입을 열었다. "아까 떠난 대열에서 그 사람은 어디 있었지?"

조슬린이 뒤를 돌아보았다. "우리 쪽에서 볼 때 네 번째 열이었습니다. 마르고 거무스름한 피부에, 검정과 황갈색이 섞인 옷을 입고 깃털이 꽂힌 붉은색 모자를 썼어요."

"아, 그 사람……." 라자루스는 고개도 돌리지 않은 채 말을 이었다. "그래, 붉은 모자 말이지. 다시 봐도 찾기 쉽겠구먼."

그는 큰길에서 몇 미터쯤 더 앞쪽으로 나아가더니 나무에 등을 기대고 경사진 풀밭에 앉았다. 조슬린이 브란의 손에 이끌려 갈 때도 그는 돌아보지 않았다. 조슬린과 브란 또한 그의 고독을 방해할 생각이 없었다.

*

마크 수사는 그날도 할 일이 많았다. 만일 풀크 레이널드를 위해 대차 계정을 맞춰두는 일이라면, 그거야 다른 날로 미룰 수 있을 터였다. 물론 그는 아주 꼼꼼해서 장부 기록을 미루는 경우가 거의 없지만 말이다. 하지만 정말 급한 일은 따로 있었다. 바로 그 일 때문에 그는 열린 현관 안에 선 채 누군가를 살피느라 여념이 없었는데, 다행히 그곳은 꽤 밝아서 눈에 띄지 않고서도 그 은밀한 손님의 움직임을 하나하나 자세히 확인할 수 있었다. 나환자가 아닌 그 젊은이가 아침기도에도 식사 시간에도 나타나지 않았다는 걸 마크 수사는 잘 알고 있었다. 그러다 조금 시간이 지난 뒤에, 천진난만하게 브란과 손을 잡고서 그가 다시 모습을 드러낸 것이다. 꼬마는 그 새로운 친구가 무척이나 마음에 드는 모양이었다. 아이는 즐겁게 달려오고, 그 옆에서 젊은이가 잔뜩 신경을 기울여, 하지만 더없이 어색하게 라자루스의 불편한 걸음걸이를 흉내 내고 있었다. 다소 비논리적이긴 하지만, 마크 수사가 보기에 저 젊은이는 절대로 도둑이나 살인자일 수 없었다. 고개를 숙이고 커다란 손을 점잖게 모은 채 신중하게 걸음을 옮기는 저 사람, 다른 이를 위해 저토록 관대하게 자신의 시간과 관심을 내어주는 사람이 정말 도둑질이나 살인을 저지를 수 있단 말인가? 도둑질에 얽힌 소문도 믿기 어려웠는데, 저 젊은이가 복수를 위해 살인을 저질렀다는 주장은 더더욱 이치에 맞지 않게 여겨졌다. 만약 그가 그런 짓을 했다면, 지금처럼 변장을 하고서 부지런히 걸어 이미 오래전에 행정 장관의 수색망을 벗어나 자유롭게 떠났을 것이다. 하지만 그는 그렇게 하지 않았다. 그에게는 여기에 머물러야만 하는 중요한 이유가 있는 것이다. 그리고 그 일은, 만일 제대로 해결되지 않으면 그의 목숨을 위태롭게 할 만한 것일 수도 있다.

조슬린은 마크 수사의 양심을 자극하는 존재였다. 그를 제외한 누구도 그를 눈치채지 못했다. 어느 누구도 그를 위해 해명해주지 못할 것이고, 최악의 경우 그에게 피신처를 마련해주거나 비밀을 지켜줄 만한 사람도 없었다. 그래서 마크 수사는 그 사람이 아침 일과를 빼먹고 어딘가에 다녀온 이후 줄곧 그를 주시하고 있었다. 지금까지는 그렇게 지켜보는 것이 그리 어렵지 않았다.

오전 내내 그는 브란과 함께 장작을 쌓고, 길 주변의 벌초 작업을 도왔다. 빗물 고인 웅덩이 주위에서 진흙 바닥에 그림 그리기 놀이도 했는데, 두 사람은 그림 하나를 완성할 때마다 부드럽고 고운 흙을 다시 평평하게 고르며 즐겁게 웃곤 했다. 고통스러운 상황에 처해서도 가난한 꼬마의 요구를 저렇게 잘 들어주는 젊은이가 어떤 나쁜 짓을 할 수 있겠는가? 마크 수사의 감시는 어느덧 보호로 바뀌어가고 있었다. 실상 그 젊은이에게는 그게 훨씬 더 절실한 것이었다.

조금 전 보자니, 젊은이와 라자루스는 오후 수색 작업을 살피느라 큰길을 가로질러 계곡이 잘 내려다보이는 지점으로 가는 것 같았다. 그랬다가 곧 그가 춤까지 추면서 재잘대는 브란과 함께 돌아왔고, 그 두 사람은 이제 교회 부속 묘지 담장 아래 앉아 땔감 창고에서 가져온 나뭇조각을 깎는 일에 완전히 몰두해 있었다. 출입구에서 바깥쪽으로 몇 걸음 거리에 그들의 모습이 보였다. 브란은 새 머리칼이 나느라 뿌리 쪽에는 담황빛이 도는 금발을 잔뜩 숙인 채, 열심히 나무를 깎는 조슬린의 능숙한 손길을 지켜보았다. 유쾌한 웃음소리가 간간이 들려왔다. 그들을 즐겁게 하는 어떤 형태가 완성되어가는 모양이었다. 마크 수사는 그게 무엇이든 가난하고 버림받은 이들에게 기쁨을 준다는 사실에 감사드렸고, 그러한 축복을 가져온 사람 쪽으로 마음이 기우는 걸 느꼈다.

담장 아래서는 어떤 놀라운 게 만들어지고 있는 걸까? 한 시간쯤 바라만 보던 그는 결국 호기심을 누르지 못하고 그쪽으로 다가갔다. 브란이 그를 보고는 기쁨의 환성을 지르며 나무를 깎아 만든 말을 흔들어댔다. 세부는 생략된 채 그저 대충 깎아 형태만 드러나 있었으나, 크기가 한 뼘 반쯤 되는 그 조각은 틀림없는 말이었다. 그것을 조각한 사람은 두건과 가리개를 쓴 머리를 푹 숙이고서 또 다른 것을 만드느라 여념이 없었다. 작은 나뭇조각으로, 이번에는 누구라도 그 꼬마인 줄 한눈에 알아볼 만한 인물상을 조각하는 중이었다. 그는 푸르게 빛나는 눈을 수시로 들어 브란을 살펴보고는 다시 작품을 만드는 데 몰두했다. 볕에 그을려 황갈색이 된 젊은이의 손은 흠 하나 없이 매끈했다. 그는 조심해야 한다는 사실조차 까맣게 잊고 있었다.

마크 수사가 제자리로 다시 돌아올 즈음, 조슬린에 대한 그의 신의는 한층 굳어져 있었다. 자기 자신도 논리적으로 그 이유를 설명할 수는 없었다. 그가 조각하던 작은 인물상 때문일까? 얼굴 이외의 부분은 아직 다듬어지지 않았지만 이미 생기가 있어 보였으며, 완성된 모습도 미루어 짐작할 수 있을 듯했다.

그렇게 오후가 지나가고, 더 이상 조각 작업을 할 수 없을 만큼 주위가 어두워졌다. 마크 수사는 조슬린 루시가—이제 그는 그 젊은이가 바로 조슬린 루시임을 확신하고 있었다—그 자그마한 인물상 조각을 포기했거나 아니면 이미 다 완성했으리라 생각했다. 브란이 조각상을 흔들며 안으로 뛰어 들어온 건 실내에 있는 등에 막 불을 켜려 할 때였다. 아이는 흥분해서 기쁨에 겨운 비명을 작게 내지르고 있었다.

"이것 보세요, 마크 수사님! 이게 저예요! 제 친구가 만들어줬어요!"

정말로 브란과 꼭 닮은 인물상이었다. 다루기 힘든 나뭇결에 잘 듣지 않는 칼로 조각을 하느라 여기저기 거칠게 도려낸 자국이 남아 있었지만, 생기 있게 웃는 모습이 그대로 드러나 있었다. 하지만 그걸 만들어줬다는 친구는 브란과 함께 오지 않았다.

"얼른 가서 엄마한테 보여드리렴. 그걸 선물하면 참 좋아하실 거다. 오늘은 하루 종일 누워 계셨는데, 그걸 보면 기뻐하며 잘 만들었다고 칭찬하실 거야. 자, 어서 가보렴." 브란은 웃으며 고개를 끄덕이더니 밖으로 나갔다. 규칙적인 식사 덕분인지 아이는 몸에 살이 좀 붙었고, 걸음걸이도 한결 단단하고 민첩해진 것 같았다.

아이가 나가자마자 마크 수사도 책상에서 일어나 밖으로 나섰다. 꽤 어둑해지긴 했지만 아직 주위를 분간할 수는 있었다. 저녁 기도까지는 한 시간이나 남아 있었다. 교회 부속 묘지의 담장 아래엔 아무도 없었다. 조슬린은 늦은 산책을 하는 사람처럼 크고 쭉 뻗은 몸을 느긋하게 움직여 경사진 풀밭을 따라 큰길로 내려서고 있었다. 그는 길가에 멈춰 서서 주위에 아무도 없는지 살피더니 길을 건너 멀리 라자루스가 홀로 앉아 있는 곳으로 미끄러지듯 내려갔다.

마크 수사는 조심스럽게 거리를 유지한 채 그의 뒤를 따라갔다.

라자루스가 앉아 있는 나무 아래쪽에서는 정적이 감돌았다. 두 사람은 그늘 속에서 몇 마디 말을 주고받았다. 두 사람은 서로를 잘 이해하고 있는 듯했다. 파르스름하게 빛나는 하늘을 배경으로 외투와 두건을 걸치지 않은 크고 유연하게 생긴 젊은이의 윤곽이 드러났지만, 어두운 색 옷을 입은 탓에 자세히 볼 수는 없었다. 젊은이가 다시 나무 쪽으로 몸을 기댔다. 마크 수사가 보기에는 손을 잡으려고 몸을 굽히는 것 같았다. 그들은 가족끼리 흔히 그러듯 애정 어린 입맞춤을 나누는 듯했다.

조슬린은 나환자 가운을 그늘 속에 벗어두었다. 앞으로 어떤 위험이 닥치든, 세인트자일스라는 이름은 절대 거론하지 않을 생각이었다. 자기 자신과 몸에 걸친 옷 말고는 세상에 아무것도 가진 것 없이, 그는 경쾌한 발걸음으로 경사면을 뚜벅뚜벅 내려가서는 계곡 쪽으로 사라졌다. 저녁기도까지 30분쯤 남은 지금, 탁 트인 곳에서는 여전히 눈에 띄기 쉬울 것이었다.

마크 수사는 이제 어떻게 할지 마음을 먹었다. 그는 노인이 쉬고 있는 나무를 조심스럽게 빙 둘러 조슬린을 따라가기 시작했다. 가파른 경사면 아래쪽에 이르자 조슬린은 물방아 수로를 가볍게 건너뛰어 메올 시내 쪽으로 향했다. 키 작은 마크 수사에게는 힘겨운 일이었다. 시내 바닥에 있는 돌들이 저무는 햇살을 받아 반짝거렸다. 샌들이 젖은 데다 앞이 훤히 보이지도 않았지만 마크 수사도 어찌어찌 시내를 건널 수 있었다. 거기서부터는 시내 곁의 목초지를 따라 키 큰 젊은이의 모습을 바라보며 뒤를 밟았다.

계곡을 따라 수도원 정원으로 가는 도중에 조슬린은 초원 근처의 삼림지대와 잡목림 언저리로 들어갔다. 마크 수사도 나무와 나무 사이를 지나며 충실히 그를 따랐다. 이제 눈도 점차로 어슴푸레한 빛에 적응이 되었는지 전혀 어둡게 느껴지지 않았고, 밤안개 속에서도 사물들을 또렷이 분간할 수 있었다. 오른쪽으로 시선을 돌리니 붉게 물든 황혼을 배경으로 수도원 윤곽이 명확하게 눈에 들어오고 시내 너머 지붕과 탑, 담장 같은 것들도 어렴풋이 보였다. 콩밭이 있는 언덕과 정원을 에워싼 담장과 울타리가 그 뒤로 이어지고 있었다.

땅거미가 내리기 시작하자 광활한 풀밭이 마지막 광채를 뽐내듯 붉게 빛났다. 나무들 사이에는 온통 그늘이 드리워 있었지만, 마크 수사는 그 속에서 움직이는 어두운 윤곽을 분간할 수 있었다. 귀로는 나무들 사이에서 불안하게 움직이는 소리를 듣고 있었다. 그런데, 갑자기 겁먹은 듯한 말 울음소리가 울렸다. 누군가가 급히 손으로 쓰다듬어 그 말을 진정시키고 있는 듯했다. 이어 나지막한 속삭임과 탄탄하고 미끈한 말의 어깨를 부드럽게 토닥이는 소리도 들려왔다. 무언가 기쁨과 희망에 차 있는 듯한 소리였다.

몇 미터 떨어진 곳, 나무들 사이 은밀한 자리에 어렴풋한 물체가 서 있었다. 이어 은회색 말의 얼굴과 목이 선명하게 보였다. 몰래 움직이기엔 너무 눈에 띄는 색깔이었다. 도망자를 믿고 있는 누군가가 그 은밀한 장소에 조슬린의 말을 가져다 놓은 것일까?

멀리 개천 너머에서, 저녁기도를 알리는 종소리가 작지만 또렷하게 울렸다.

*

바로 그즈음, 캐드펠 수사 역시 은회색 말의 출현에 갑자기 멈춰 선 참이었다. 그는 말이 놀라지 않도록 노새를 세운 채 도대체 그게 무엇일까 곰곰이 생각했다.

그는 고드릭 포드에서 급히 나올 수 없었다. 적어도 그곳 수녀원장에게 자신이 찾아온 이유를 납득할 만하게 설명해야 했는데, 수녀원장이 워낙 친절하고 수다스러워 시간을 꽤나 할애해야 했다. 수녀원을 방문하는 사람이 거의 없는 데다 캐드펠은 승복이라는 훌륭한 소개장까지 입고 있던 터라, 그녀는 혼례가 틀어진 이야기며 그 이후의 소동에 대한 이야기까지 모두 들은 다음에야 그를 놓아주었다. 캐드펠 역시 수녀원장이 권하는 포도주 한 잔을 거절하고 싶지 않았고, 그러다 보니 출발이 예상보다 다소 늦어졌던 것이다.

캐드펠이 말에 올라 그곳을 떠날 때도 손베리의 어바이스는 활력 넘치고 만족스러운 모습으로 자기가 모종한 곳 주변 땅을 힘있게 밟아 다지며 여전히 일을 하고 있었다. 그 정도 정열과 목적

의식이라면 수녀원의 성직자 위계를 하나씩 딛고 올라가는 일은 그녀에게 어렵지 않을 터였다. 그리고 그 모든 과정에서 그녀는 정직하고 공정하겠지만, 기지나 활력, 경험 등에서 자신을 따라오지 못하는 수녀들에게는 더없이 무자비하리라. 캐드펠을 향해 쾌활하게 손을 흔드는 그녀의 뺨에 예의 보조개가 파였다가 이내 사라졌다. 그는 돌아오는 내내 그 누를 수 없는 아름다운 흔적을 가만히 떠올려보았다. 솔직히, 그녀를 존중하지 않을 수 없었다. 그녀가 특유의 솔직함으로 증언을 해준다면, 어느 누구도 감히 반박하려 하지 못할 것이다.

캐드펠은 서두르지 않고 그저 노새가 원하는 속도로 줄곧 계속 나아갔다. 저녁기도 시간이 거의 다 되었을 즈음에는 휴언 드 돔빌이 죽은 곳 근처의 잔디밭 승마로를 따라 한층 깊어진 황혼 속으로 천천히 움직이고 있었다. 그는 예의 떡갈나무 앞을 지나, 몇 분 뒤에는 역시 전에 보았던 나무들로 둘러싸인 풀밭에 들어섰다. 그때 오른쪽에서 뭔가 부스럭거리며 움직이는 기척이 느껴졌다. 그는 바싹 경계한 채 노새를 세우고 가만히 안장에 앉아 귀를 쫑긋 세운 채 기다렸다. 다시금 소리가 들려왔지만 딱히 감추려는 의도는 없는 것 같았다. 다소 마음을 놓고 조용히 길을 떠나려는데 여전히 소리가 이어졌고, 그는 곧 얽힌 덤불 틈새로 자신을 따라 움직이고 있는 창백한 짐승 하나를 보았다. 골격이 좋고 날씬한 말 한 마리가 나뭇가지 사이에서 마치 유령처럼 희미하게 나타난 듯했다. 문득 "창백한 말은 그 등에 죽음을 태우고 다닌

다"라는 성경 구절[16]이 떠올랐다. 하지만 그 죽음은 이미 말에서 내린 모양이었다. 공들여 만든 안장은 텅 비어 있었고 고삐는 목에 느슨하게 늘어진 채였다.

이번에는 캐드펠이 내릴 차례였다. 노새를 끌고 조심조심 그 유령 쪽으로 다가가서는 부드럽게 달래보려 했으나, 말은 놀란 듯 울창한 숲속으로 달려가버렸다. 캐드펠이 인내심 있게 따라갔지만 가까이 가면 갈수록 말은 더 깊은 숲속으로 그를 이끌 뿐이었다. 분명 수색대원들이 오후에 이곳을 살펴보았을 텐데. 나무에 남은 표식으로 보아 바로 얼마 전에 이 잡목림을 지나 돌아간 게 분명했다. 그들 중 하나가 말에서 떨어졌다가 놀라 달아나는 말을 다시 잡지 못하고 불명예스럽게도 걸어서 돌아간 걸까? 그게 아니라면 혹시…….

말이 갑자기 다시 눈앞에 나타났다. 그곳은 풀이 돋아 있는 작은 공터라 비교적 밝은 데다 별빛도 희미하게 비치고 있어서 말의 우아한 모습을 제대로 볼 수 있었다. 잠시 머리를 숙여 풀을 뜯던 말은 캐드펠이 다가가자 갈기를 세우고 뒷다리를 치켜들더니 이내 반대편 숲속으로 사라졌다. 이번에는 캐드펠도 따라가지 않았다.

작은 원형경기장 비슷한 풀밭에 남자 하나가 등을 대고 누워 있었던 것이다. 끝이 말린 그의 검은 턱수염은 하늘을 향했고, 기다란 검은 머리칼은 제멋대로 흐트러져 있었다. 팔은 무언가를 움켜잡으려는 듯 잔뜩 구부린 채 한쪽은 잔디밭에, 다른 한쪽은 허공으로 뻗치고 있었다. 양단 모자가 남자의 머리 위쪽에 놓여 있었는데, 하얀 깃털이 달려 있어서 금세 눈에 띄었다. 아무것도 쥐고 있지 않은 오른손에서 옆으로 몇 미터 떨어진 곳에도 무언가 가늘고 긴 것이 보였다. 빛을 받아 금속성 광채를 띠고 있었다. 캐드펠 수사는 조심스럽게 손으로 더듬어 남자 손바닥보다 조금 긴 길이의 가느다란 칼과 칼자루를 찾아냈다. 그는 손가락으로 칼날을 부드럽게 만져 피가 묻어 있지 않다는 사실을 확인한 뒤 칼을 놓여 있던 자리에 그대로 두었다. 밝을 때 다시 살펴보아야 했다. 그저 자신의 맥박 뛰는 소리와 심장 두근거리는 소리만 느낄 뿐, 이런 어둠 속에서 그가 할 수 있는 일은 없었다. 캐드펠은 죽은 사람 옆에 무릎을 꿇고서 자기 그림자를 피해가며 시체를 자세히 살펴보았다. 우선 얼굴을 집중해서 보아야 했다. 어둠 속에서조차도 얼굴에 울혈이 있고, 입은 벌어져 있으며, 눈이 튀어나오고, 삐져나온 혀가 이빨 사이에 깨물려 있다는 걸 확인할 수 있었다.

휴언 드 돔빌처럼 고드프리드 피카르 역시 말을 타고 숙소로 돌아가던 중 길에서 누군가를 만났고, 그 만남의 과정에서 기어코 살아남지 못했던 것이었다.

캐드펠 수사는 모든 것을 처음 발견했던 그대로 두고 아랍 혈통의 그 고집 센 말도 버려둔 채, 놀란 노새가 낼 수 있는 가장 빠른 속도로 달려 수도원으로 돌아갔다.

10

이베타는 하루 종일 마음을 가라앉히고 보다 간교해지는 법을 배워야 했다. 필요만큼 위대한 스승은 없는 법이다. 저녁 무렵까지, 수도원 출입구를 나서지 않는 한 누구라도 자신의 일거수일투족을 감시할 필요를 느끼지 못하게끔 해두는 게 그녀에게는 절실했다. 어쨌든, 그녀가 딱히 어딜 가겠는가? 사랑하는 사람은 목숨을 내놓은 채 쫓기는 처지이고, 유일한 친구로 알고 있던 사람도 거처에서 쫓겨난 데다, 자신에게 친절을 베풀던 수도사조차 이른 아침부터 경내에 모습을 보이지 않았다. 그녀가 어디로 가 누구에게 하소연할 수 있을까? 이베타는 완전히 혼자였다.

반항심이 저절로 솟구쳤지만, 그럴수록 그녀는 더욱 완벽하고 설득력 있게 자신의 역할에 충실했다. 그러다 오후가 되자 두통을 호소하면서 정원을 거닐며 바람을 쐬면 좀 나아질 것 같다고 말했다. 매들린이 애그니스의 드레스에 달린 자수 장식을 손봐야 했기에 그녀 혼자서 나갈 수 있었다. 애그니스는 산책을 허락하며 경멸적으로 입을 삐죽거렸다. 이렇게 유순한 여자애가 무슨 일을 저지를 수 있겠어?

이베타는 맥 빠진 시늉을 하며 천천히 걸었고, 감시자가 따라붙을 경우에 대비해 꽃밭의 돌 벤치에 잠시 앉기도 했다. 곧 아무도 지켜보는 사람이 없다는 확신이 들자, 그녀는 재빨리 뛰어 덩굴이 얽힌 담장 안으로 들어가서는 작은 인도교를 건너 허브밭에 들어섰다. 작업장 문은 활짝 열린 채였고, 안에서 누군가 움직이고 있었다. 이제 거의 됐어! 캐드펠 수사가 도와줄 거야! 만일 그가 없다면 급히 약이 필요하다고 말할 생각이었다. 캐드펠 수사만큼 경험과 기술을 갖춘 사람은 아니더라도 어쨌든 거기 있는 사람이라면 약이 어디 있는지, 그리고 어떻게 복용해야 하는지를 알고 있을 터였다.

오스윈 수사는 씨앗 분류에 쓰는 진흙 접시 두 개를 깨뜨려 그 조각들을 주워 담던 참이었다. 입구 쪽에서 들리는 발소리에 그는 저도 모르게 몸을 움츠렸다. 지난 사흘 동안 이 하찮은 접시 나부랭이 좀 깨뜨린 게 다인데! 여분 접시들이 쌓여 있으니 재빨리 대체해놓는 건 일도 아니었고, 그는 깨진 조각들만 눈에 띄지 않게 치운 다음 자신의 실수에 대해서는 아무 말도 하지 않을 작정이었다. 방어적인 몸짓으로 돌아선 그는 입구에 뜻밖의 사람이

서 있는 것을 보고 깜짝 놀랐다. 악의라고는 찾을 수 없는 멍한 표정으로 눈을 휘둥그레 뜬 채 입만 벌리고 서 있을 뿐이었다. 오스윈 수사와 이베타 둘 중에서 누구의 얼굴이 더 붉어졌는지 도무지 모를 일이었다.

"방해가 되었다면 죄송합니다." 이베타가 머뭇머뭇 말을 꺼냈다. "저, 구하고 싶은 게 있는데……. 이틀 전에 제가 몸이 좋지 않았을 때 캐드펠 수사님께서 잠을 푹 잘 수 있게 하는 약을 주셨거든요. 양귀비로 만든 약이라고 하셨는데, 혹시 그게 뭔지 아시나요?"

오스윈 수사는 침을 꿀꺽 삼키고 힘차게 고개를 끄덕인 뒤 가까스로 입을 열었다. "여기 이 병에 들어 있는 게 바로 그 약입니다. 캐드펠 수사님께서는 오늘 이곳에 계시지 않지만, 제가 아가씨를 도와드리면 기뻐하실 거예요."

"그럼 지난번 주셨던 만큼 또 주실 수 있을까요? 오늘 밤에도 그 약을 먹어야 할 것 같아서요." 불가피하게 거짓말을 할 수밖에 없었다. 갓 부화한 병아리처럼 동그스름하니 순진해 보이는 이 노란 머리 젊은이가 진심을 담아 친절을 베풀자, 이베타는 얼굴을 붉히며 말을 이었다. "아니, 지난번의 두 배를 가져가도 될까요? 그거면 이틀 밤은 충분하겠죠? 그때 얼마큼 주셨는지는 제가 기억하고 있어요."

오스윈 수사는 그저 멍해져서 하마터면 작업장에 있는 것을 전부 내줄 뻔했다. 작은 병에 약을 채우고 마개를 막는 내내 손이 떨렸다. 그녀가 병을 받기 위해 수줍게 손을 내밀었을 때에야 비로소 그는 자신의 본분을 떠올리고 늦게나마 조용히 눈을 내리깔았다.

모든 일이 지극히 간단하면서도 신속하게 끝났다. 그녀는 속삭이듯이 감사 인사를 전한 뒤 누가 지켜보는지 확인이라도 하듯 자신의 어깨 너머를 살피고는, 약을 다루는 오스윈 수사보다 훨씬 더 능숙한 솜씨로 약을 소매 안에 숨겼다. 오스윈 수사는 서투르기만 했던 수년 전 여드름투성이 소년 시절로 되돌아간 듯 멍하니 입구에 선 채 빠르게 인도교를 건너가는 이베타의 뒷모습을 바라보았다. 수도자의 소명을 받기로 한 게 너무 성급한 결정은 아니었을까? 물론 아직 종신서원을 드리기 전이니 마음을 바꿀 기회는 얼마든지 남아 있었다.

덩굴이 얽힌 길을 따라 그녀가 사라질 때까지, 오스윈 수사는 줄곧 정승처럼 서 있었다. 살아가는 동안 어느 때건 장애물은 있기 마련이라고, 성소 안에서건 밖에서건 누구나 모든 것을 다 가질 수는 없는 법이라고, 그는 생각했다.

이베타는 돌 벤치로 가서는 손을 포갠 채 무표정한 얼굴로 앉아 있다가, 매들린이 찾으러 나오자 순순히 일어나 접객소로 가서는 지난 수 주일 동안 소일거리로 손보던 장식물 천 조각에 건성으로 바느질을 했다. 아버지와 함께 살던 시절 집에 묵었던 떠돌이 시인에게서 들은 이야기 속 페넬로페라는 여자처럼, 너무나 엉터리로 바늘을 움직여서 낮 동안에 해놓은 걸 밤에는 다시 풀어야 할 정도였다.

그녀는 저녁기도 시간이 가까워질 때까지 가만히 기다렸다. 드디어 바깥이 어두워지기 시작했다. 애그니스는 새로 손질한 드레스를 입은 채 매들린에게 머리 손질을 맡기고 있었다. 고드프리드 피카르 경이 냉혹하게 결의를 다지고 도망친 살인자를 추적하는 사이 각종 의례에 모습을 드러내고, 필요한 모든 예배에 참석하여 수도원장과 부수도원장, 그리고 수사들과 신의 어린 관계를 유지해나가는 일은 아내 애그니스의 몫이었다.

“너도 준비해야지.” 양단 옷의 어깨 너머로 고개를 돌려 조카를 매섭게 쏘아보면서 애그니스가 말했다.

이베타는 무릎에 손을 얹어 소매 안에 들어 있는 약병을 손목으로 꽉 누르면서, 짐짓 아무렇지 않은 듯 입을 열었다. “오늘은 여기서 쉬는 게 좋을 것 같아요. 제대로 잠을 못 자서 그런지 머리가 너무 무겁네요. 숙모님께서 허락하신다면 지금 매들린이랑 저녁을 먹고 일찍 잠자리에 드는 게 어떨까 하는데요.” 자신이 가지 않으면 매들린도 어쩔 수 없이 남아 감시를 이어가겠지만, 그러한 상황에 대비해 대비책을 세워둔 터였다.

어깨를 으쓱여 보이는 애그니스의 반듯하고 날카로운 옆얼굴에는 경멸의 빛이 가득했다. “요즘 아주 우울해 보이네. 그러고 싶다면 그냥 남아 있으렴. 매들린이 우유술을 만들어줄 거다.”

모든 게 계획대로였다. 애그니스가 아무 의심 없이 출발하자, 하녀는 이베타의 침실에 작은 테이블을 놓고 빵과 고기, 그리고 꿀을 넣은 우유와 포도주를 섞어 만든 양조주 등을 날라 왔다. 뜨겁고 달콤하면서도 되직한 그 음료는 캐드펠이 만든 양귀비 시럽의 텁텁한 맛을 묽게 하는 데 안성맞춤이었다. 그녀는 양조주가 들어 있는 큰 병을 비운 뒤 오스윈 수사가 준 약을 부었다. 시간은 충분했다. 그러곤 잔에 입만 댈 뿐 술을 마시지 않았고, 마침내 매들린 혼자서 병에 든 것을 다 비우는 모습을 보며 신께 감사했다. 매들린은 음식에는 별로 손을 대지 않았으니, 그로 인해 약효가 한층 강력해질 것이었다.

매들린은 접시를 부엌으로 거둬 가서는 돌아오지 않았다. 이베타가 초조함과 흥분에 들떠 10분쯤 기다리다가 나가보니, 하녀는 부엌 한쪽 구석에 놓인 벤치에 편안하게 기대어 코를 골고 있었다.

외투나 신발 같은 것을 챙길 틈도 없이, 이베타는 부드러운 가죽 슬리퍼를 신은 채 어둠 속으로 뛰어나가서는 쫓기는 토끼 새끼처럼 뒤도 돌아보지 않고 광장을 가로질러 정원의 어둡고 푸른 길을 따라 계속 달렸다. 수로의 은빛 반사광 덕분에 다리의 난간을 잡고 어찌어찌 길을 찾을 수 있었다. 하늘은 낮 동안에도 그랬듯 마치 베일을 드리운 양 흐릿했지만 그 너머로 별들이 파르스름하게 빛났고, 공기는 포도주처럼 차가우면서도 신선하고 상쾌했다. 다행히도 사람들은 여전히 교회에서 열심히 찬송가를 부르고 있었다. 그녀는 하느님께 감사드렸고, 신의를 지키는 유일한 친구 사이먼에게도 감사했다!

식물표본실의 작업장 처마 아래 조슬린의 모습이 보였다. 그는 벽에 붙어 선 채 짙은 그늘 속에서 기다리고 있었다. 그가 양팔을 뻗어 이베타를 자기 쪽으로 잡아끌자, 그녀도 가느다란 팔을 뻗어 정열적으로 그를 안았다. 잠시 두 사람은 숨도 안 쉬고 말없이, 그러나 필사적으로 서로를 끌어안고 있었다. 사방엔 침묵과 고요함뿐이었다. 수로며 시내며 강물이며, 모두 흐르기를 멈춘 듯했다. 바람도 숨을 죽이고, 식물들 또한 생장을 중단한 것만 같았다.

급박한 상황이 모든 것을 휩쓸고 삼켜버려, 심지어 더듬거리는 애정의 말 한마디 속삭일 수 없었다.

"아, 조슬린…… 정말 당신이군요……."

"쉿, 조용히! 이리로, 이리로 빨리요! 자, 내 손을 잡아요!"

그녀는 그의 손에 매달려 그저 따라갈 뿐이었다. 그렇게 수로 너머까지 가자 눈앞에 시내가 나타났다. 사방이 막힌 정원 곁으로 올해 새로 일군 콩밭이 메올 시내를 따라 쭉 펼쳐져 있었다. 울타리 아래서 조슬린은 잠시 텅 빈 어둠 속을 바라보며 행여 미행하는 자가 있을까 귀를 기울였지만 사방이 고요할 따름이었다. 이베타가 그의 귀에 대고 속삭였다.

"여길 어떻게 건너왔어요? 그리고 난 이제 어떻게 건너가죠?"

"쉿! 저 아래쪽 들판에 브라이어가 있어요. 사이먼이 아무 말 안 했어요?"

"하지만 행정 장관이 길이란 길은 모두 막아둔걸요." 그녀가

몸을 떨며 한숨을 쉬었다

“여긴 숲속이고 어두우니 괜찮아요. 같이 뚫고 나갈 수 있을 거예요.” 그는 그녀를 바싹 끌어안고는, 울타리의 그늘진 부분에 밀착하여 몸을 숨긴 채 들판을 내려가기 시작했다.

갑자기 성난 말의 울음소리가 정적을 깨뜨렸다. 조슬린은 발을 옮기다 말고 그 자리에 멈춰 섰다. 아래쪽 물가에 있는 덤불이 심하게 흔들리더니 말발굽 소리와 뭐라 고함치는 소리가 들려왔다. 그러곤 당혹감 섞인 외침과 함께 울타리 너머로 브라이어가 누군가를 매단 채로 뛰쳐나왔다. 이어 또 다른 그림자가 따라 나왔다. 잘 보니 적어도 네 명은 되는 사람들이 뒷발로 선 말에게 밟히지 않으려고 춤추듯 몸을 움직이며 녀석을 진정시키고 있었다.

행정 장관의 무장한 부하들이 이 연인과 자유 사이에 제방을 놓듯 정렬했다. 탈주를 잃고 브라이어도 놓친 것이다. 조슬린은 아무 말 없이 돌아서서 이베타를 끌어안고는 덤불 가까이에 붙어 선 채 맹렬하게 걸음을 옮기기 시작했다.

“교회 본당 입구로…….” 이베타가 겁에 질려 입술을 달싹이자 그는 그렇게 속삭였다. 사람들이 아직 저녁기도에 참석 중이라 해도 지금쯤이면 다들 성가를 부르고 있을 테고, 본당 중앙부에는 불이 꺼져 있으리라. 잘하면 다른 사람들 눈에 띄지 않고 성소를 빠져나와 서문을 통해 밖으로 나갈 수 있을 터였다. 서문은 수도원 담장 바깥쪽으로 난 유일한 문으로, 아주 위험하거나 혼란스러운 특수 상황이 아닌 다음에는 절대 닫아두는 법이 없었다. 하지만 그는 그것이 아주 궁색한 희망이라는 사실 또한 잘 알고 있었다. 만약 최악의 상황이 닥치면 성역 안으로 들어갈 수밖에 없었다.

그들의 재빠른 움직임이 발각된 모양이었다. 브라이어가 서 있는 아래쪽 물가에서 고함 소리가 울려 퍼졌다. "저기 녀석이 간다! 정원 뒤쪽이야! 이제 독 안에 든 쥐다! 가자!" 이어 경비병 서넛이 웃음소리를 내며 서두름 없이 경사면을 오르기 시작했다. 그들은 이제 포상까지 확신하고 있었다.

조슬린과 이베타는 손을 꼭 잡고 도망쳤다. 허브밭을 가로지르고 수로를 넘어 짤막한 울타리로 둘러싸인 어두컴컴한 좁은 길을 따라가서는, 위험하기 짝이 없게도 널찍한 광장으로 들어섰다. 이제 그들에게는 달리 도움을 구할 방법도, 달아날 길도 남아 있지 않았다. 점점 더 짙어가는 어둠이 얼굴은 가려줄지 몰라도 그들의 급박한 움직임까지 감춰줄 수는 없었다. 아직 회랑에도 이르지 못했는데 무장한 사람 하나가 눈앞을 가로막고 섰다. 그들은 재빨리 입구 쪽으로 방향을 틀어 달려갔으나 그곳에선 담에 걸린 횃불이 환하게 불타고 있었고, 역시 무장한 사람 두 명이 그리로 다가오는 중이었다. 뒤에서 쫓아오던 이들은 만족스러운 듯 여유작작한 모습으로 정원 쪽에서 모습을 드러냈다. 그중 맨 앞에 선 이가 거들먹거리며 흔들리는 횃불 쪽으로 다가가서는 득의만면한 얼굴을 내보였다. 지난번에 상관에게 주교관 경내를 살펴볼 것을 건의하여 칭찬받았던 그 빈틈없고 똑똑한 자였다. 다시

한 번 그에게 행운이 깃든 셈이었다. 행정 장관이 몇 명을 제외한 대부분의 부하를 이끌고 숲을 뒤지고 있는 동안, 이곳에서 사냥감을 몰아 땅 위에다 무릎을 꿇릴 참이니 말이다!

조슬린은 입구로 이어지는 돌계단이 있는 접객소의 담장 구석으로 이베타를 데려가서는 자기 뒤에 세웠다. 그에게는 무기가 없는데도 사람들은 그를 둘러싼 원이 좁혀질 때까지 신중을 기하며 뜸을 들였다. 그는 마주 선 이들에게는 눈길도 주지 않은 채 어깨 너머에 대고 섬뜩하리만치 차분한 목소리로 말했다. "가요, 이베타. 나를 두고 어서 가요. 누구도 감히 당신을 막거나 해하지 못하게 할게요!"

"싫어요!" 그녀는 본능적으로 그의 귀에 대고 숨 가쁘게 대꾸했다. "당신 곁을 떠나지 않을 거예요!" 그러나 이토록 절망적인 상황에서 자신의 존재는 그에게 방해만 될 뿐이었다. 결국 이베타는 흐느끼면서 입구로 통하는 계단을 올라갔지만 멀리 떨어지지는 못했다. 한 발짝도 더 나아갈 수가 없었다! 그녀는 그가 자유롭게 팔을 움직일 수 있을 정도로만 떨어져 있었다. 그에게 방해가 되지 않을 만큼은 멀지만, 그에게 무슨 일이라도 생기면 즉시 함께할 수 있고, 또 벌을 받든, 도망을 치든 당당하게 제 몫을 감당해낼 만큼은 가까운 거리였다. 이에 조슬린은 고개를 돌리고 화를 내듯 간청했다. "가요, 제발……!" 그 한순간의 방심이 적에게는 더없이 좋은 기회였다. 그들은 끈을 풀어놓은 사냥개처럼 세 방향에서 뛰쳐나와 조슬린을 덮쳤다.

하지만 무기를 들지 않은 한 사람을 제압하는 일이 그리 녹록지만은 않았다. 한동안 믿기지 않을 정도의 정적 속에서 드잡이가 이어지다가, 갑자기 커다란 소음이 들려왔다. 행정관이 부하들과 문지기들, 수련사와 평신도들 그리고 하객들을 향해 무슨 일이냐고 외쳐 물으며 이쪽으로 오고 있었다. 뭔가를 묻고 답하는 소리들로 주변은 마치 죽은 사람이라도 일으켜 세울 만큼 떠들썩해졌다. 제일 먼저 조슬린을 향해 돌진한 사람은 공격 타이밍과 상대의 반응 속도를 제대로 판단하지 못한 탓에, 주먹을 내지르며 앞을 향해 힘껏 달리다가 비틀거리며 애꿎은 동료 두 명만 균형을 잃게 만들었다. 하지만 그 순간 반대편에 서 있던 다른 두 명이 조슬린의 옷자락을 부여잡았다. 조슬린이 자신의 상의를 꽉 움켜잡은 자의 상복부에 팔꿈치를 찔러 넣자 그는 배를 쥔 채 몸을 구부리며 헛구역질을 했고, 다른 한 명은 목을 조여 항복시킬 요량으로 늘어진 목 부분의 옷자락을 꼬아 단단히 쥐었다. 조슬린은 몸을 비틀며 앞으로 움직였다. 달라붙은 상대를 떼어내지는 못했지만 그 틈에 옷이 찢겨 숨통이 틔었다. 그가 얼른 뒷발질로 그 경비명의 정강이뼈를 후려치자 고통에 찬 비명이 터져 나왔다. 상대가 옷자락을 놓고 다친 부분에 손을 가져가는 사이, 조슬린은 얼른 돌진해 그가 갖고 있던 단도의 손잡이를 낚아챘다. 칼은 마치 기름을 바른 듯이 미끈하게 그의 손에 쏙 들어왔다. 그가 주위에 대고 한 번 크게 칼을 휘두르자 칼날이 횃불에 비쳐 번쩍거렸다.

"덤벼! 날 한번 잡아보라고. 그렇게 호락호락하진 않을 거다!"

"저자가 원하는 대로 해줘라!" 행정관이 소리쳤다. "자, 다들 칼을 들어라. 스스로 자청한 일이니 어쩌겠는가."

일제히 칼을 뽑아 들자 작은 번갯불 여섯 개가 잠시 번쩍하더니 어둠 속으로 사라졌다. 왁자지껄하던 소리가 갑자기 가라앉고 숨 막힐 듯한 정적이 내려앉았다. 그 정적을 뚫고 성소에서 수도자들이 달려 나왔다. 저녁기도도 끝난 시간에 평화로운 수도원 경내에서 그렇게 불쾌하기 짝이 없는 소동이 일어난 것을 발견하고는 모두들 당황한 표정이었다. 이어 우렁차고 권위적인 목소리가 격분한 듯 뜰을 가로질러 울려 퍼졌다.

"멈추시오! 그 누구도 꼼짝하지 말고, 어느 누구도 공격하지 말도록 하시오!"

*

모두들 얼어붙은 듯했다. 아무 말 없이 조심스럽게, 목소리가 들린 곳을 향해 고개만 돌릴 뿐이었다. 라둘푸스 수도원장이 냉정하고 근엄하면서도 침착한 표정으로 이 싸움터 가장자리에 서 있었다. 붉은 횃불 빛이 어른거리는 가운데 얼음처럼 차가운 얼굴과 이글거리는 두 눈이, 흡사 추방된 천사의 모습을 연상시켰다. 그 옆에 서 있는 로버트 부수도원장도 노르만 귀족 특유의 거만함과 위엄을 갖추고 있었지만 수도원장에 비하면 무색할 정도였다. 두 사람 뒤에서 떨며 지켜보던 수사들은 벼락이 떨어지기만을 기다리고 있었다.

이베타는 긴장이 풀리고 기운이 빠져 계단 꼭대기에 스르르 주저앉은 채 무릎에 고개를 묻었다. 수도원장이 나타난 이상 이곳에 살인은 없을 것이다. 아직까지는 그렇다. 오로지 법에 의지한 살인만은 가능했으니, 그녀는 이제 아무 말 없이 그저 기적이 일어나기만을 간절히 기도할 수밖에 없었다.

그녀가 몸의 떨림을 가까스로 진정시키고 다시 고개를 들었을 때 광장은 사람들로 꽉 차 있었고, 주변으로 더 많은 사람들이 몰려드는 중이었다. 막 입구에 들어선 길버트 프레스코트가 고삐를 당겨 말을 세우고 내렸다. 주변 마을을 다 뒤지고도 아무런 성과를 올리지 못한 수색대원들 역시 하나둘씩 안으로 들어와 이곳에서 벌어지고 있는 일을 눈으로 확인하며 당황해했다. 어른거리는 불빛 아래 흐트러진 매무새로 접객소 담벼락에 기대어 싸울 태세를 갖추고 서 있는 저 젊은이가 바로 자신들이 이틀 내내 숲을 뒤지며 찾아다녔던, 그 절도와 살인 혐의를 받고 있는 자라는 사실을 행정 장관이 깨닫기까지는 다소 시간이 걸렸다.

그는 성큼성큼 서둘러 앞으로 나아갔다. "존경하는 수도원장님, 이게 무슨 일입니까? 우리가 찾던 자가 여기 수도원 담장 안에 와 있다니요? 이곳에서 무슨 일이 있었습니까?"

"나도 바로 그걸 알아보려는 참이오." 라둘푸스 수도원장은 잔뜩 인상을 쓴 채 말을 이었다. "이곳은 우리 수도원 경내이고, 따라서 이 일은 내 관할이오. 미안하지만 길버트 경, 이 보기 흉한 다툼에 대해 조사하는 것은 내 권리라는 얘기요." 그는 번득이는 눈으로 옆에서 둥그렇게 원을 그리고 서 있는 무장한 사람들을 둘러보았다. "모두 칼을 칼집에 넣으시오. 내 구역 안에서는 그 누구라도 칼을 뽑거나 폭력을 행사할 수 없소." 그는 계속해서 매서운 시선으로, 손에 짤막한 칼을 든 채 잔뜩 긴장하고 경계하며 한쪽 구석에 서 있는 조슬린을 쳐다보았다. "그리고 젊은이, 내 전에도 자네에게 이 비슷한 말을 한 것 같은데, 이 수도원에는 벌을 주기 위한 독방이 있다는 사실을 기억하게. 자네가 칼집에 다시 손을 댔다가는 그 방에 갇히게 될 것이네. 자네 스스로를 위해 지금 반드시 해야 할 말이 있나?"

조슬린은 잠시 호흡을 가다듬은 뒤 자신에겐 큰 칼이든 짧은 칼이든 그걸 집어넣을 칼집이 없다는 사실을 드러내기 위해 팔을 뻗어 보였다. "수도원장님, 저는 아무 무기 없이 이 담장 안에 들어왔습니다. 제게 겨눠진 것을 잠시 빌렸을 뿐이죠. 다른 사람의 생명을 해치기 위해서가 아니라 제 목숨을 지키기 위해서, 제 목숨과 제 자유를 위해서 말입니다! 모든 상황이 제게 불리하게 돌아갔지만, 저는 무엇도 훔치지 않았으며 아무도 죽이지 않았습니다. 수도원장님 관할권 안에서든 밖에서든, 저는 그렇게밖에 주장할 수 없습니다." 그동안 고생하느라 진이 빠지기도 했고 또 치미는 화를 누르느라 숨이 막힌 탓에 그는 더 이상 제대로 말을 할 수가 없었다. "수도원장님께선 제가 아무런 잘못을 저지르지 않았는데도 그저 순순히 목을 내놓으라는 말씀이십니까?"

"나는 자네가 여기 세속의 권위를 위임받고 계신 분들과 내 앞에서 언성을 낮추고 법에 따를 것을 요구하는 바이네. 우선 그 칼부터 돌려주게. 자네도 이제는 그게 전혀 쓸모없다는 사실을 알 테니 말이야."

조슬린은 단호한 표정에 적의로 가득 찬 눈초리를 하고서 뒤쪽을 한동안 노려보다가 이내 칼 주인에게 칼을 던졌다. 주인은 조심스럽게 칼을 집어 들어 칼집에 넣더니 뒤로 물러섰다.

"수도원장님." 조슬린이 다시 말을 꺼냈다. 호소라기보다 일종의 도전에 가까운 말투였다. "저는 수도원장님의 자비 아래 이곳에 서 있습니다. 수도원장님의 정의를, 저는 법보다도 더 신뢰합니다. 수도원장님께서 관할하시는 곳에 있으니 저 또한 수도원장님 말씀에 복종하겠습니다. 장관님에게 저를 넘기시기 전에 지금껏 제가 한 모든 일을 철저히 조사해주십시오. 수도원장님의 모든 질문에 진실하게 대답하겠다고 맹세합니다. 저의 행동과 관련된 것들이라면 무엇이든 있는 그대로 말씀드리겠습니다." 그는 단호하고도 분명하게 말했다. 선의를 가지고 자신을 도운 이들은 절대로 이 문제에 끌어들이지 않을 작정이었다.

수도원장은 의미심장한 미소를 띠고 있는 길버트 프레스코트를 바라보았다. 이제 조슬린은 사람들에게 빽빽이 둘러싸여 도망치지 못할 테니 급할 것은 없었다. 수도원장의 우선권을 인정한다고 해서 그가 잃을 것 또한 전혀 없었다. "이 문제에 관해서는 수도원장님의 뜻을 따르겠습니다. 하지만 이자의 신체에 대해서만큼은 제 권리를 그대로 유지하고자 합니다. 이자는 절도와 살인 혐의를 받고 있으니 단단히 결박하여 적절한 시기에 재판을 받게 하는 것이 제 의무입니다. 물론 이자가 지금 이 자리에서 자신의 결백에 대해 수도원장님과 저를 동시에 납득시키지 못한다면 말이지요. 하지만 그 모든 것이 공개적이고 공정하게 이루어지도록 하겠습니다. 수도원장님께서 원하신다면 이자에게 질문을 하십시오. 제게도 도움이 될 겁니다. 저 역시 명백히 죄인으로 밝혀진 자를 수감하고 싶으니까요. 수도원장님께서 느끼시기에 미심쩍은 부분이 있다면 말끔히 밝혀내도록 하시지요."

그때 이베타가 일어나, 흐릿한 불빛 아래 어른거리는 사람들의 얼굴을 하나씩 살펴보기 시작했다. 여전히 말 탄 사람들이 하나 둘씩 입구로 들어와 입을 다물지 못한 채 안에서 벌어지는 일을 물끄러미 바라보고 있었다. 그녀는 군중 뒤편에서 사이먼을 보았다. 이제 막 도착한 그는 다른 사람들처럼 놀라고 당황한 기색이었고, 그 뒤에서 가이 역시 깜짝 놀라 말문이 막힌 표정으로 서 있었다. 이곳의 모든 사람이 적은 아니었다. 저녁기도를 마치고 나와 로버트 부수도원장 곁에 서 있던 애그니스의 날카롭고 검은 눈과 마주쳤을 때도 그녀는 눈을 내리깔지 않았다. 이제 이베타는 예전의 그녀가 아니었다. 다시 과거로 돌아가는 일은 있을 수 없었다. 불안한 기색을 내보이는 쪽은 이베타가 아니었고, 노골적인 혐오를 담아 사태를 지켜보면서도 새로 도착하는 이들의 얼굴을 확인하느라 간간이 입구 쪽으로 다급한 시선을 보내는 사람도, 또 그때마다 실망의 빛을 감추지 못하는 사람도 이베타가 아니었다. 애그니스는 남편이 어서 돌아와 그 권위 있는 역할을 다시 시작하기를 손꼽아 기다리고 있었다. 남편이 없으니 자신에게서도 권위가 사라지는 듯한 느낌이 들었다. 남편이 이곳에서 사건을 직접 지휘하지 않는 지금, 그녀는 이 모든 일이 두렵게만 느껴졌다.

이베타는 조슬린의 간청에 떠밀리듯 올라갔던 계단을 다시 내려오기 시작했다. 아래쪽의 긴장을 깨지 않기 위해 매우 천천히, 그리고 아무도 모르게 한 계단 한 계단 내려갔다. 라둘푸스 수도원장은 조슬린을 자세히 살펴보고 있었다. 여전히 심각한 표정이었지만, 그렇게 화가 나 있는 것 같지는 않았다.

"강으로 도망친 이래 줄곧 경비병들이 자네를 쫓고 있었다는 사실을 알고 있었겠지. 자네가 한 행동에 대해 진실되게 답하겠다고 말한 것으로 기억하네. 그래, 지금까지 어디에 숨어 있었나?"

진실을 약속했으니 말하지 않을 수 없었다. "나환자 망토와 가리개를 쓰고 세인트자일스 병원에 있었습니다." 그는 퉁명스럽게 대답했다.

한순간 광장이 술렁임과 웅성임으로 가득 찼다. 다들 놀란 표정으로 그런 곳을 선택할 만큼 절박했던 한 인간을 경외의 눈으로 쳐다보았다. 수도원장만은 놀라지도, 몸을 움찔거리지도 않았지만, 조슬린의 얼굴에서 시선을 떼지 않은 채 그 대답을 진지하게 곱씹어보는 듯했다.

"아무런 도움 없이 그곳에 들어갈 수는 없었을 텐데. 자네에게 도움을 준 사람이 누구였지?"

"저는 그곳에 숨어 있었다고 했습니다. 누군가의 도움을 구하거나 받았다고는 말씀드리지 않았어요. 다른 사람의 행동이 아니라 제가 한 행동에 대해서만 답변하겠습니다."

"좋네." 수도원장이 생각에 잠겨 말했다. "하지만 다른 누군가가 있긴 했을 거야. 예를 들어 자네는 한동안 영주의 영지에 숨어 있었던 것 같은데, 숨겨줄 만한 친구가 있지 않고서야 그런 생각을 할 수는 없었을 것이네. 또 조금 전에 정원에서 회색 말이 끌려 나가는 것을 보았는데, 그놈 역시 자네처럼 감시를 받고 서 있더군. 그 말은 전에 우리가 이곳에서 마주쳤을 때 자네가 타고 있던 말 아닌가? 다른 사람의 도움을 받지 않고서 어떻게 그 말을 다시 손에 넣을 수 있었지? 참으로 궁금하군."

이베타는 조슬린의 어깨 너머로 사이먼이 서 있는 곳을 흘끗 보았다. 그는 그늘이 더 짙은 곳으로 한 발짝 물러나 있었다. 조슬린은 굳게 입을 다문 채 눈 하나 깜짝하지 않고 수도원장의 시선을 받아내고 있다가 갑자기 미소를 지어 보였다. "제가 직접 한 일에 대해 물어주십시오."

"세인트자일스의 책임자를 불러와야 할 것 같군요." 행정 장관이 끼어들어 날카롭게 말했다. "쫓기는 살인자를 감춰주다니, 이는 대단히 심각한 문제입니다."

"수도원장님." 정원 방향으로 서 있던 군중 뒤쪽에서 갑자기 한 목소리가 들려왔다. "괜찮다면 기꺼이 제가 세인트자일스를 대변하고 싶습니다. 저는 그곳에서 일하고 있습니다."

모두들 고개를 돌려, 자그마한 사람 하나가 다소곳이 앞으로 걸어 나와 라둘푸스 앞에 서는 모습을 지켜보았다. 마크 수사의 얼굴은 온통 진흙투성이었고, 삭발한 정수리 둘레의 헝클어진 머리칼에는 연못 수초들이 붙어 있었으며, 발걸음을 옮길 때마다 물이 뚝뚝 떨어지는 그의 승복은 몸에 착 달라붙어 있었다. 더할 수 없이 우스꽝스러운 모습이었으나, 그 진지한 표정과 애정 깊은 회색 눈에서 왠지 모를 위엄이 느껴졌다. 모여 있던 군중 사이에서 킥킥대는 소리가 터져 나왔지만 수도원장은 웃지 않았다.

"마크 형제 아닌가! 이게 무슨 일이오?"

"물을 건널 만한 곳을 찾느라 시간이 좀 걸렸습니다. 늦어서 죄송합니다. 말도 없는 데다, 제가 수영을 못 해서요. 시내를 건너다가 두 번이나 다시 돌아가야 했고, 또 한 번은 넘어지기도 했습니다. 세 번째나 되어서야 얕은 여울을 찾아냈지요. 낮이었다면 이렇게 오래 걸리지 않았을 겁니다."

"괜찮소, 형제." 진지하게 대꾸하는 라둘푸스 수도원장의 목소리와 표정은 지극히 태연했지만, 이젠 그의 얼굴에도 미소가 드리운 듯했다. "형제가 이곳에 나타나야 할 이유가 있었던 것 같군. 만약 이 젊은이가 어떻게 그 병원에 숨어 있었던 것인지 설명하기 위해 온 거라면 때를 아주 적절히 맞춘 셈이오. 이 젊은이가 그곳에 있다는 사실을 알고 있었소?"

"그렇습니다, 수도원장님. 알고 있었습니다." 마크 수사가 간단하게 대답했다.

"그렇다면 이 사람을 그곳에 들여놓고 피신하도록 도운 사람이 형제였단 말이오?"

"아닙니다, 수도원장님. 하지만 바로 그날 아침기도 시간에 우리 병원 식구가 하나 더 늘었다는 것을 눈치챘습니다."

"그런데 잠자코 있었다? 그의 존재를 그냥 묵인했다는 말이군."

"그렇습니다, 수도원장님. 처음에는 누군지를 몰랐고, 다른 무리들 사이에서 그 사람을 분간해낼 수도 없었습니다. 얼굴에 가리개를 하고 있었거든요. 그러다가 제가 이상하다고 여길 즈음에는……. 수도원장님, 저는 어떤 사람의 생명도 소유할 수 없으며 오로지 신의 판단에 맡길 뿐입니다. 그래서 잠자코 있었습니다. 그게 잘못된 것이라면 저를 벌해주십시오."

"그렇다면 이 젊은이를 병원에 들여놓은 사람이 누구인지는 알고 있소?" 수도원장이 차갑게 물었다.

"아닙니다, 수도원장님. 누가 그랬는지 알지 못합니다. 추측이야 해볼 수 있겠지만 확실한 사실은 아니지요. 게다가 만일 제가 안다 해도……." 마크 수사는 솔직하고 겸손한 태도로 말을 이었다. "그 이름을 말씀드리지는 않을 겁니다. 저 자신이 아닌 다른 누군가를 비난하거나 배반하는 일은 할 수 없습니다."

"두 사람이 서로 비슷한 생각을 하는군." 수도원장이 냉담하게 말했다. "하지만 마크 형제, 어떻게 해서 형제가 메올 시내를 걸어서 건너오게 됐는지는 밝혀야 하오. 내가 제대로 이해한 게 맞는다면, 이 젊은이는 그런 모험에 말 한 마리 필요하다는 것을 알 만큼은 분별력이 있는 것 같은데 말이오. 형제는 이 젊은이를 따라온 건가?"

"그렇습니다, 수도원장님. 제가 생각했던 만큼 결백하거나 선량하지 않을 수도 있는 누군가가 병원에 머문 사실에 대해 무언가 해명을 해야 할 일이 생길지도 모른다고 생각했기 때문입니다. 그래서 오늘 하루 종일 그를 지켜보았지요. 한순간도 시야에서 저 사람을 놓치지 않았습니다. 저 사람이 어둠 속에서 망토를 벗어버리고 바깥으로 나섰을 때 저 역시 그 뒤를 쫓았고, 저 사람이 개천 건너편 잡목림 숲에 묶여 있는 말을 발견하고서 개천을 건너는 것도 제 눈으로 확인했습니다. 저 사람을 쫓는 소리가 들리기 시작할 때 저는 물속에 있었습니다. 오늘 하루만큼은 저 사람이 한 일을 빠짐없이 모두 말씀드릴 수 있습니다만, 비난받을 일은 전혀 없었습니다."

"저 사람이 병원에 나타난 날은 언제였소?" 행정 장관이 날카롭게 물었다. "나환자들 속에 처음으로 모습을 나타낸 게 언제, 몇 시쯤이었소?"

수사로서의 의무에 따라 마크 수사가 수도원장의 의견을 묻기 위해 눈길을 보내자, 라둘푸스 수도원장은 자신 역시 대답을 듣고 싶다는 듯 심각한 표정으로 고개를 끄덕여 보였다.

"앞서 말씀드렸듯이, 제가 처음으로 저 사람이 나타난 사실을 알게 된 건 이틀 전 아침기도 때였습니다. 하지만 그땐 이미 망토를 입고 얼굴을 가리개로 가린 채 다른 환자들과 비슷하게 행동하고 있었지요. 그렇게 제대로 준비가 되어 있었던 것으로 미루어보건대, 아마 그보다 30분 전에는 병원에 들어와 있었을 겁니다."

"내가 들은 바에 의하면……." 수도원장이 생각에 잠긴 채 프레스코트 쪽으로 돌아서서 입을 열었다. "당신 부하들이 바로 그날 아침에 큰길에서 토끼처럼 날랜 자를 쫓다가 세인트자일스 인근에서 놓쳤다고 했소. 부하들이 그자를 본 게 몇 시였소?"

"제가 보고받기로는 탈주자를 본 게 아침기도 거의 한 시간 전이었고, 분명히 세인트자일스 부근에서 놓쳤다고 했습니다."

이베타는 한 계단 더 내려섰다. 그녀는 한쪽이 끔찍한 것들로 가득 차 있지만, 다른 한쪽에는 무모한 희망이 보이는 이중적인 꿈속에 있는 기분이었다. 어쨌든 지금 들리는 것이 전부 적대적인 목소리만은 아니었다. 그저 삼촌이 돌아와 그 끔찍한 적개심과 속 좁은 악의로 상황을 나쁜 쪽으로 끌어가지 않는 게 다행스러울 뿐이었다. 그녀는 이제 조슬린 바로 두 발짝 뒤에 있었다. 손만 뻗으면 헝클어진 그의 금발을 만질 수 있을 터이나, 잔뜩 긴장하고 있는 그의 주의를 산만하게 할 것을 염려해 그렇게 하지는 않았다. 그녀는 입구 쪽을 쳐다보며 자신이 가장 두려워하는 사람이 혹시 돌아오지 않는지 주의 깊게 살폈다. 캐드펠 수사의 모습을 그녀가 제일 먼저 보게 된 건 그 때문이었다. 그 순간 입구를 지켜보고 있던 사람은 이베타와 애그니스뿐이었다.

급할 것 없이 하루를 즐기던 작은 노새는 날이 저물 무렵 갑자기 속도를 내라고 재촉받는 통에 화가 났는지, 입구 안쪽에 들어서는 순간 노골적으로 불쾌한 기색을 드러내며 꿈쩍도 하지 않았다. 노새를 몰아대느라 진이 빠져 있던 캐드펠 수사는 눈을 들어 안마당에서 펼쳐진 관경에 놀라 아무 말도 못 한 채 그저 가만히 바라보고 있었다. 그는 빠르게 눈을 돌려 잔뜩 몰려든 사람들을 쭉 훑어보고, 두 귀를 쫑긋 세운 채 오가는 말들을 마음에 담았다. 계단 아래쪽에 잔뜩 긴장한 표정으로 팔짱을 낀 채 서 있는 조슬린과, 행정 장관과 수도원장의 심각한 표정, 작은 체구의 흙투성이 마크 수사가 열심히 말을 하고 있는 모습도 그의 눈에 들어왔다. 이베타에게 마크 수사는 몇 마디 변호의 말로 모든 오해를 풀어주는 천사일 터였다. 그 어떤 죄인도 그의 앞에서는 두려움을 느끼지 않으리라.

캐드펠은 조용히 내려 문지기에게 노새를 맡기고는 둘러서 있는 사람들 쪽으로 다가갔다. 그때까지 아무도 그의 존재를 눈치채지 못한 터였다. 이베타는 왠지 모르게 기운이 솟는 것을 느끼며 계단을 하나 더 내려왔다.

“그렇다면 젊은이, 자네가 병원에 간 것이 적어도 그날 아침기도 시간 30분 전에서 15분 전쯤이었던 것 같군." 라둘푸스 수도원장이 말했다.

"제가, 그러니까 망토를 얻은 게……." 조슬린은 잠시 다른 이야기를 하려는 듯했다가 이내 정신을 차리고 제대로 말을 이었다. "교회에 가기 조금 전이었습니다."

"거기서 어떻게 행동해야 하는지 누가 가르쳐준 건가?"

"전에도 아침기도에 참석한 적이 있기 때문에 그 절차에 대해서는 잘 알고 있었습니다."

"하지만 아마도 뭔가를 배우느라 시간이 좀 걸리기는 했을 거네." 라둘푸스 수도원장은 부드럽게 주장했다. "세인트자일스의 일과에 적응하려면 말이지."

"다른 사람들을 보면서 그대로 따라 했어요." 조슬린이 잘라 말했다.

"그냥 다른 사람이 하는 대로만 움직였습니다."

"수도원장님, 저자가 그날 아침 7시 전에 그곳에 있었다는 사실은 잘 알겠습니다." 길버트 프레스코트가 인내심을 잃고 끼어들었다. "하지만 돔빌 경이 죽은 정확한 시간은 아무도 모르죠."

그제야 캐드펠 수사는 일이 어떻게 돌아가는지 이해할 수 있었다. 정중히 길을 비켜줄 것을 요구하며 대열을 뚫고 나아가려 했지만, 구경꾼들은 너무나 열중한 나머지 듣지도 보지도 못했다. 할 수 없이 팔꿈치로 사람들을 밀어붙이며 길을 만든 뒤, 다른 사람이 입을 열어 시간에 관한 의문점을 화제 밖으로 밀어내기 전에 앞으로 나아가 목청을 높여 소리쳤다.

"그렇습니다, 존경하는 수도원장님. 하지만 돔빌 경이 건강하게 살아 있는 모습이 마지막으로 목격된 게 언제인지 알아낼 방법이 있습니다!"

이 느닷없는 외침에 길이 완전히 열리며, 캐드펠은 수도원장과 행정 장관 가까이 들어서게 되었다. 두 사람은 고개를 돌려 그를 보고는 이 갑작스러운 개입에 얼굴을 찡그렸다.

"캐드펠 형제! 이 문제에 대해 뭐 할 말이라도 있소?"

"저는……." 캐드펠은 말을 시작하려다가 오들오들 떨고 있는 마크 수사의 모습을 보고는 염려스러운 듯 고개를 가로저었다. "수도원장님, 큰일이 나기 전에 마크 형제의 의복을 갈아입히고 무언가 뜨끈한 것을 가져다주는 게 좋겠습니다."

라둘푸스 수도원장은 미안함을 느끼며 관대하게 그 지적을 받아들였다. "형제 말이 맞소. 즉시 그를 안으로 들여보냈어야 했는데. 더 증언할 것이 있다 하더라도 일단은 이가 떨리는 게 멈출 때까지 기다리는 게 좋을 것 같군. 자, 마크 형제. 어서 마른 옷가지로 갈아입고 부엌으로 가 페트러스 수사에게 뜨거운 우유술 한 잔 만들어달라고 하시오."

"아, 마크 형제를 들여보내기 전에 먼저 질문 하나만 하고 싶습니다." 캐드펠이 서둘러 말을 이었다. "저 젊은이가 이곳으로 오는 동안 내내 뒤를 따라왔다고 했지? 줄곧 저 사람에게서 눈을 떼지 않았나?"

"아침부터 하루 종일요. 제 시야를 벗어난 건 몇 분도 채 되지 않아요. 저 사람은 한 시간 전쯤 병원에서 나왔고, 저도 그때 그를 쫓아 나와서 여기까지 왔습니다. 그게 중요한가요?" 무슨 생각으로 그런 걸 묻는지 의아했지만, 그는 캐드펠이 만족스럽게 고개를 끄덕이는 것을 보고 어쨌든 마음을 놓았다.

"자, 이제 어서 가보게! 오늘 정말 잘해냈어."

마크 수사는 수도원장에게 감사와 경의를 표한 뒤 떨리는 몸에서 물을 뚝뚝 떨어뜨리며 부엌 쪽으로 향했다. 캐드펠 수사가 잘해냈다고 하니, 그로서는 그저 만족스러울 따름이었다.

"자, 이제……." 라둘푸스 수도원장이 입을 열었다. "돔빌 경이 건강하게 살아 있는 모습이 마지막으로 목격된 게 언제인지 알아낼 방법이 있다니, 그게 무슨 의미인지 설명해주어야겠소."

"증인을 한 명 찾아냈고, 또 이야기도 나눴습니다. 행정 장관이 요구한다면, 휴언 드 돔빌 경이 죽기 전 마지막 밤을 자신의 사냥용 오두막에서 보냈으며 그다음 날 아침 6시 20분까지 그곳을 떠나지 않았다는 사실을 언제라도 증언할 겁니다. 당시 그는 아주 건강한 상태로 말을 타고서 돌아갔다고 합니다. 그가 발견된 곳은 바로 그곳에서 숙소로 돌아오려면 택할 수밖에 없는 길입니다. 제가 감히 맹세하건대, 증인은 신뢰할 만한 사람입니다."

잠시 침묵이 흐른 뒤 프레스코트가 말했다. "만약 수사님 말씀이 확실하다면, 그건 가장 중요한 증거요. 그 증인이 누구지요?

그 남자의 이름을 말해보시오."

"남자가 아닙니다." 캐드펠이 잘라 말했다. "여자예요. 휴언 드 돔빌 경은 오랫동안 자신의 정부로 지내온 여자와 마지막 밤을 보냈지요. 손베리의 어바이스라는 여자입니다."

*

그야말로 한여름 밀밭에 느닷없이 불어닥친 바람처럼, 순진한 수사들의 대열 사이로 충격이 휩쓸고 지나갔다. 커다란 한숨이 터져 나오고 나뭇가지가 흔들리듯 옷들이 부스럭대며 일대 동요가 일었다. 결혼식 전날 밤에 다른 여자에게 가다니! 그것도 수도원장과 저녁을 먹은 직후에! 평생을 독신으로 지내온 사람들에게는 청순하고 젊은 신부를 쳐다보는 것조차 괴로운 일이었다. 그런데 첩을 두고, 혼배성사 전날 밤에 그 첩을 찾아가다니, 금욕과 순결의 서약은 고사하고……!

행정 장관은 보다 현실적인 세계에 속한 사람이었다. 그에게는 그것이 화를 낼 일이 아니라, 그저 알아두어야 할 하나의 사실에 불과했다. 라둘푸스 수도원장 역시 그렇게 당황한 기색을 보이지 않았다. 이미 쏟아진 말을 어쩌겠는가. 고귀하고 지적인 삶을 살며 육체의 경험을 피해왔을지언정 그러한 일이 일어나곤 한다는 것을 그는 모르지 않았으니, 어바이스에 대한 언급은 그를 전혀 동요시킬 수 없었다.

"기억하실 겁니다. 수도원장님." 모든 사람의 이목이 쏠린 가운데 캐드펠은 말을 이었다. "돔빌 경이 발견되었을 당시 모자에 꽂고 있던 파란색 개지치 꽃을 제가 보여드렸죠. 그 꽃이 사냥용 오두막에서 자라고 있었습니다. 제가 그곳에 가 직접 확인했지요. 그게 바로 그 여자의 증언을 뒷받침해주고 있습니다. 돔빌 경이 그곳을 떠날 때 그녀가 직접 모자에 꽂아주었다고 합니다. 오두막에서 돔빌 경이 살해된 곳까지는 3킬로미터가 채 안 됩니다. 장관님, 부하들이 여기 있는 조슬린 루시가 성문 길 은신처에서 나오는 모습을 목격한 게 아침기도 30분 전쯤이라고 했지요. 따라서 그는 휴언 드 돔빌 경을 잡기 위해 덫을 놓고 살해한 범인일 수가 없습니다. 루시가 성문 길에서 병원 쪽으로 쫓기고 있을 당시 남작은 아직 사냥용 오두막으로부터 800미터쯤 떨어진 곳에서 말을 달리고 있었으니까요."

이베타는 마지막 계단을 내려와 조슬린 곁에 서서 살짝 그의 손을 잡았다. 조슬린은 그 손을 아프도록 꽉 움켜잡고는 깊은 숨을 몰아쉬었다. 이베타가 보기에는 마치 자신들 앞에 놓인 새로운 삶의 공기를 들이마시는 것만 같았다.

애그니스는 줄곧 고개를 쑥 뺀 채 입구 쪽을 쳐다보았지만 여전히 자신이 찾는 사람을 발견할 수 없었다. 악의에 가득 차 날카롭고 얼음같이 냉랭한 얼굴로, 그녀는 한마디 말도 없이 서 있었다. 이베타는 그녀가 캐드펠 수사와 그의 증언은 물론 행정 장관 부하들의 증언에도 의심을 품으며 전부 믿을 수 없다고 소리소리지르겠거니 생각하던 터였다. 사람들의 시간관념이란 모호하고 부정확한 법이라고, 30분 정도의 차이는 큰 의미가 없다고 말이다. 하지만 애그니스는 고통스러울 정도의 분노와 불편한 심기를 억제하면서 내내 침묵을 지켰다.

라둘푸스 수도원장은 잠시 행정 장관과 심각한 눈길을 주고받은 뒤 조슬린 쪽으로 돌아섰다. "자넨 내게 진실을 말할 것을 약속했지. 이제 지금껏 묻지 않은 것을 묻겠네. 자네는 휴언 드 돔빌 경의 죽음에 조금이라도 관여했나?"

"아니요." 조슬린이 단호히 말했다.

"더하여 돔빌 경이 자네에게 제기했던 혐의 또한 여전히 남아 있네. 자네가 돔빌 경 물건을 훔쳤는가?"

"아닙니다." 그의 목소리에서는 경멸이 그대로 드러났다.

라둘푸스 수도원장은 희미하게 쓴웃음을 지으며 행정 장관 쪽으로 돌아섰다. "캐드펠 형제가 그 여자를 데려와 대면시켜드릴 테니, 그 여자가 신뢰할 만한 사람인지에 대해서는 직접 판단하면 될 것 같소. 장관 부하들의 진실성에 관한 것이야 새삼 물을 필요조차 없겠지. 내가 보기엔, 이 젊은이에게 죄가 없는 게 분명한 듯하오."

"모든 증언이 확실하다면 저 사람은 살인자일 수 없지요." 프레스코트는 기다렸다는 듯이 맞장구를 쳤다. "일단 그 여자의 증언을 들어보겠습니다." 이어 그는 캐드펠 쪽으로 몸을 돌리더니 질문을 던졌다. "여자는 아직 사냥용 오두막에 있소?"

"아닙니다." 자신의 대답에 다시금 술렁임이 일어나리라 생각하면서 캐드펠이 말했다. "그분은 지금 고드릭 포드의 베네딕토 수녀원에 있습니다. 그곳에서 수련사로 성직에 입문했으며, 수녀가 될 작정이라고 합니다."

라둘푸스 수도원장마저 놀라 눈을 깜빡거렸다. 물론 그는 금세 평정을 회복했으나 콧대 높은 로버트 부수도원장은 안색이 초췌하다 못해 푸르스름해 보일 지경이었고, 그의 뒤에 정렬해 있던 수사들 역시 놀라움에 몸을 떨고 있었다. "그리고 형제께선 그분이 정직한 증인이라 여긴다고 했소?" 수도원장이 부드럽게 물었다.

"수도원장님, 그 점에 대해서는 장관님이 직접 판단하실 겁니다. 지금 어떤 일에 종사하든, 그분이 뭘 감추거나 거짓말을 할 사람은 아니라고 저는 확신합니다."

그녀 자신이 전혀 부끄럽게 생각하지 않는 인생의 모든 이야기를 낱낱이 들으면 누구든 감명받지 않을 수 없으리라. 프레스코트의 반응도 전혀 염려할 것이 없었다. 그는 지극히 실질적인 사람이며, 따라서 그녀의 정직성을 한눈에 파악해낼 터였다. "행정장관님, 그리고 수도원장님. 어바이스 부인의 증언이 진실로 밝혀진다면 두 분도 조슬린 루시가 휴언 드 돔빌 경의 살해 사건과 관련해 결백하다는 점을 인정한다고 생각해도 되겠습니까?"

"분명히 그럴 것 같군." 프레스코트는 주저 없이 대답했다. "그의 혐의는 더 이상 유효하지 않겠지요."

"또한 두 분은 오늘 저 사람이 종일 마크 형제의 감시하에 있었고, 의심받거나 비난받을 만한 일은 하지 않았다는 점 역시 인정하시겠지요."

수도원장은 뭔가를 살피듯 유심히 그를 바라보며 입을 열었다.

"그 점 역시 인정해야 마땅하겠지. 내 생각엔 형제가 이런 식으로 주의를 환기시켜야만 하는 무슨 특별한 이유가 있을 것 같소만. 무슨 일이라도 있었던 거요?"

"예, 수도원장님. 이곳에 도착하자마자 이렇게 심각한 문제에 끼어들지만 않았다면 즉시 말씀을 드렸어야 마땅했을 일입니다. 오늘 하루 종일 저 청년을 지켜보고 나쁜 일을 저지르지 않았다는 걸 증명할 선량한 목격자가 있어서 얼마나 다행인지 모르겠군요. 세인트자일스 너머의 숲에서 다시 한번 폭력이 자행되었거든요. 한 시간도 안 된 일입니다. 이리로 돌아오는 길에 저는 우연히 주인 없는 말과 마주쳐 녀석을 뒤따라갔습니다. 그러다가 우연히 어떤 공터에 이르게 되었는데, 그곳에 한 남자가 죽어 있더군요. 제 생각에는 먼저 일어난 살인처럼 교살된 듯했습니다. 제가 그 장소로 안내할 수 있습니다."

일순 공포에 질린 정적이 감돌았다. 캐드펠은 천천히 몸을 돌려, 분노 가득한 눈매로 돌처럼 꼼짝없이 서 있는 애그니스를 정면으로 마주 보았다.

"부인, 이런 소식을 전하게 되어 정말 유감입니다. 아주 어둡긴 했지만 죽은 사람과 그 말로 보아……."

11

애그니스가 얼어버린 듯 창백한 표정으로 뻣뻣하게 서 있는 동안 경내는 그야말로 완벽한 침묵에 휩싸였다. 이윽고 갑자기 그녀가 분노와 슬픔을 가누지 못해 찢어지는 비명을 질러대더니, 획 몸을 틀어 행정 장관과 수도원장과 조카딸을 등진 채 치맛자락을 폭풍처럼 휘날리며 수사들 틈으로 달려들었다. 그 맹렬한 기세에 놀라 수사들은 황급히 길을 비켜줄 수밖에 없었다. 애그니스는 이제 조슬린 루시에게는 눈길 한번 주지 않고, 오직 한 사람을 겨냥해 맹공격을 퍼부었다.

"너지! 바로 너잖아! 어디에 있는 거냐, 이 비겁한 살인자 녀석아! 얼른 나와서 용감하게 내 앞에 서란 말이야! 너, 사이먼 애귈런, 네가 내 남편을 죽였지!"

그녀는 불타는 듯한 시선 앞에 구경꾼들의 대열이 이리저리 흩어졌다.

"이리 나서라니까, 이 빌어먹을 살인자 놈아! 내 앞에 나서봐! 내 말 듣고 있는 거냐?" 성문 길 저 끝까지 울릴 만한 목소리였으니, 이를 들은 사람들은 악마가 어떤 대죄인을 뒤쫓는 모습을 상상하며 미신에 가까운 공포에 휩싸일 게 분명했다. 사이먼은 당황한 나머지 그저 멍하니 서서 그녀를 바라볼 따름이었다. 마침내 사이먼 앞에 이르러 도전적으로 걸음을 멈춘 그녀의 크고 검은 눈은 횃불 빛을 받아 붉게 이글거리고 있었다. 사이먼 곁에 서 있던 가이는 어찌할 바를 몰라 그저 놀란 눈으로 두 사람을 번갈아 쳐다보다가 이 무시무시한 전장에서 슬그머니 한 발짝 뒤로 물러났다.

"네가 그이를 죽였어! 너 말고는 이런 짓을 할 만한 사람이 없어! 네가 그이 바로 옆에 서서 이번 수색을 떠났잖아. 대열이 어떻게 구성되었는지는 내 들어서 다 알고 있다. 자, 피츠존. 네가 말해봐. 사람들이 모두 들을 수 있게 큰 소리로 말해보라고. 이자가 대열의 어디 있었지?"

"그가 고드프리드 경 옆에 있던 건 맞습니다." 가이가 당황한 얼굴로 대답했다. "하지만……."

"그래, 그이 옆에 있었지. 숙소로 돌아오는 길에 울창한 숲속에서 불시에 그이를 공격하기란 누워서 떡 먹기였을 거야. 그러고서 느지막이, 아주 조용히 여기로 돌아왔지. 사이먼 애귈런, 바로 네가 우리 그이를 돌아올 수 없게 만들었어!"

행정 장관과 수도원장도 가까이 다가와 이 난리를 지켜보고 있었다. 그들 역시 다른 사람들처럼 놀랐으나 차마 나서서 말릴 수도 없었다. 그녀는 이미 이성을 잃은 터였다. 사이먼이 가까스로 침을 삼키고서 숨도 내쉬지 못한 채 입을 열었다.

"도대체, 뭣 때문에 제게 그런 혐의를 두는 겁니까? 저는 전적으로 결백합니다. 그런 일이 일어났는지 알지도 못했고요……. 세 시간 전 고드프리드 경이 멀쩡히 살아서 우리들처럼 숲을 뒤지는 모습을 본 게 전부예요. 이 가엾은 부인이 슬픔에 제정신을 놓으신 게 분명합니다. 그저 아무나 지목해서……."

"아무나가 아니야!" 그녀가 울부짖었다. "수천 명이 있었어도 그 속에서 네놈을 골라냈을 거야. 내가 알고 있는 걸 너도 잘 알고 있겠지. 아무리 아닌 체해도 소용없어!"

사이먼은 장갑 낀 두 손을 펼쳐 보이며 행정 장관과 수도원장에게 호소했다. "제가 왜, 도대체 무엇 때문에 그분을 죽일 생각을 했겠습니까? 세상에 말다툼 한번 하지 않았던 사람을 말입니다. 제가 그런 짓을 할 만한 이유라도 있단 말입니까? 보시다시피 부인께서는 이성을 잃고 계십니다."

"우리 남편이랑 말다툼을 했잖아!" 애그니스가 악에 받쳐서 소리를 질러댔다. "왜? 왜 했냐고? 네놈이 감히 그 이유를 물을 수 있어? 그이가 널 의심했으니까! 네가 네 영주이자 삼촌 되는 사람을 죽였을 거라고 말이야!"

그녀의 비난은 점점 더 거세지기만 했다. 사이먼은 창백한 표정으로 잠시 아무 말도 않다가, 곧 충격으로 인한 침묵에서 깨어나 가까스로 한숨을 내쉬었다. "어떻게 그런 말씀을……. 삼촌께서 절 들여보내고 시중드는 이들까지 모두 물린 뒤 혼자서 말을 타고 나가셨다는 건 삼척동자도 다 아는 사실입니다. 게다가 전 늦잠을 잤고요. 사람들이 삼촌이 돌아오시지 않은 것을 알고 깨워서야 일어났죠."

그녀는 경멸스럽다는 표정으로 손을 내저었다. "물론 잠자리에 들었지. 그래, 그걸 의심하는 건 아냐. 하지만 금방 다시 일어나 슬그머니 밖으로 나가서는 덫을 설치해놓았잖아. 몰래 그 사악한 일을 해치우고는 다시 눈에 띄지 않게 돌아오기란 더없이 쉬운 일이었겠지. 어떤 집이건 현관문을 통하지 않고도 밖으로 들락거릴 수 있는 방법은 있어. 마음대로 그곳을 들락거릴 특권을 가진 자가 너 아니면 또 누가 있겠어? 그 늙은이의 죽음으로 이득을 챙길 사람 또한 너 아니면 또 누가 있고? 상속될 재산만이 아니지. 세상에 끔찍해라! 감히 그럴 용기가 있다면 어디 한번 부정해봐라. 휴언의 시체가 이곳으로 옮겨진 날 저녁에 네가 우리 남편을 찾아와 했던 이야기 말이야. 삼촌의 몸이 채 식기도 전에 찾아와서는, 그를 대신해 신부를 꿰찰 생각으로 우리랑 협상을 벌이려 했잖아! 신부를 물려받고, 명예를 물려받고, 그 밖의 모든 걸 물려받으려고 말이지. 부인할 테면 해보라니까! 내가 다 증명해 보일 수 있으니까. 내 하녀도 그 자리에 있었거든!"

사이먼은 둥그렇게 둘러선 사람들을 거칠게 휘둘러보고는 항의하듯 말했다. "제가 이베타에게 정당하게 결혼을 신청하면 안 될 이유라도 있습니까? 서로 신분도 비슷하니 비난받을 이유가 전혀 없지요. 저는 그녀를 존중하고 존경합니다. 고드프리드 경도 거절하지 않았어요. 전 기꺼이 기다리고 인내할 수 있었습니다. 그분은 제 청혼에 동의하셨고……."

이베타가 떨리는 손으로 조슬린의 손을 꽉 움켜잡았다. 멍한 정신으로, 그녀는 그간 있었던 두 번의 만남을 회상했다. 그때마다 사이먼은 자신이 그녀에게 남은 유일한 친구인 양 굴며 자신이 돕겠다고, 조슬린과의 신의를 지키겠노라고 다짐했었는데……. 그래, 처음 그가 방문했을 때 애그니스 숙모는 우아한 미소로 그를 환대했어. 하지만 두 번째 왔을 땐 확실히 달랐지. 그는 자신이 삼촌 내외에게 비난받았다고 했어. 그리고 정말로 두 사람에게 쫓겨났지. 그렇다면 그사이에 도대체 무슨 일이 있었던 걸까?

"물론 그이도 처음엔 동의했지." 애그니스가 새된 소리로 외쳤다. "그땐 네가 정직해 보였거든. 그러다 휴언의 목에 흠집이 나고 멍이 들었다는 수사님의 설명을 듣게 된 거야. 물론 네놈도 들었겠지. 살인자가 오른손에 끼고 있던 반지 때문에 살이 찢기고 멍이 들었다는 얘기 말이야. 그 후로 네놈은 장갑을 벗은 적이 없어. 자나 깨나 그놈의 장갑을 끼고 있었지! 하지만 어제 휴언 드 돔빌 경의 입관식에 참석했을 때, 넌 성수반을 잡느라 장갑을 벗을 수밖에 없었어. 안 그래, 이 몹쓸 놈아? 그런 뒤 그걸 곧장 내 남편에게 건네주었지. 바로 그 순간 그이는 본 거야. 그래, 반지는 아니었어. 그거야 네가 수사님의 얘길 듣자마자 서둘러 빼버렸을 테니까. 하지만 손가락에 둥그런 자국이 희미하게 보였고, 보석이 있던 자리에도 네모난 흔적이 남아 있었지. 그때 남편은 기억해냈어. 네가 그 전에는 꼭 그런 모양의 반지를 끼고 있었다는 사실을 말이야. 그러곤 어리석게도 네놈이 찾아왔을 때 자기가 보았고 믿는 바를 그대로 이야기했지. 그렇게 자신이 살인자라고 생각하는 사람과 관계를 청산해버렸어."

그래, 그게 이유였다! 이베타로서는 정말이지 상상도 못 한 일이었다. 애그니스가 이토록 순식간에 모든 것을 밝히지 않았더라면, 설사 혐의를 받았을지언정 그는 결코 그런 오명을 뒤집어쓰지 않았을 것이다. 아마 신속하게 충분한 알리바이를 마련했으리라. 게다가 조슬린이 이미 법의 추적을 받는 마당이니, 그가 잡히도록 유도해 교수형까지 당하게 했을지도 모른다. 그 이후에도 그녀는 여전히 사이먼 에귈런을 세상에서 유일한 친구로 여겼을 것이다. 심지어 그는 자신이 조슬린을 신뢰한다고 공언하고, 바로 그래서 피카르 부부의 신임을 잃었다고 말하지 않았던가. 만약 시간이 더 주어졌더라면, 그는 아마도 원하는 바를 모두 얻었으리라. 그녀는 조슬린 곁에 바짝 다가서서 몸을 떨었다.

"난 그이한테 애걸하다시피 했어." 애그니스가 몸부림치며 신음하듯이 말했다. "그런 놈이랑은 그냥 모든 관계를 끊어버리라고 말이야. 뚜렷한 증거가 없다 해도 그로서는 의혹이 느껴지는 일을 다른 누군가에게 이야기하지 않을 수 없었겠지. 네놈도 그이의 성격을 잘 알았을 거고, 그래서 그런 일이 일어나기 전에 막은 거야. 하지만 나까지는 생각하지 못했겠지!"

"이 여자가 완전히 미쳤군!" 사이먼이 그녀를 향해 두 손을 내저으며 말했는데, 그 목소리가 찢어질 듯 높았다. "삼촌이 어디로, 무엇을 하러 가는지도 모르는 데다 어떤 길로 돌아올지도 알지 못하는 내가 어떻게 덫을 놓을 수 있었다는 거야? 심지어 삼촌이 이 지방 어딘가에 정부를 데려다 놓고 그렇게 밤늦게 거길 방문하는지조차 전혀 몰랐는데 말이야."

두 사람이 말다툼을 벌이는 내내 아무 말 없이 서 있던 캐드펠이 그제야 비로소 입을 열었다. "사이먼 애귈런, 자네가 지금 거짓말을 하고 있다는 사실은 누구보다 자네가 잘 알고 있겠지. 그걸 증명할 사람이 있네. 바로 손베리의 어바이스야. 더하여 다른 두 사람도 그녀의 말을 입증해줄 수 있을 것 같군. 그러니까 영주가 원하는 곳으로 그녀를 데려오는 일을 맡은 사람이 다름 아닌 바로 자네였다는 걸 말일세. 자네가 그녀를 사냥용 오두막으로 데려갔어. 그러니 수도원에서 오두막을 오가는 길도 이미 잘 알고 있었겠지. 휴언 드 돔빌은 그의 개인적인 애정 관계에 대해서는 단 한 사람씩만 관여하게 했네. 지난 3년간은 자네가 바로 그 일을 맡아본 장본인이고."

애그니스가 기쁨과 슬픔이 섞인 울부짖음을 길게 토해냈고, 그

소리는 횃불 연기 위로 으스스하게 흩어졌다. 그녀는 손가락으로 의기양양하게 사이먼을 가리켰다. "저자를 묶어요! 자, 다들 지켜보세요! 저자는 지금 반지를 지니고 있을 거예요. 다른 곳에 두었다가는 누군가 발견할 수 있으니까요. 어서 몸을 뒤져봐요! 손에는 없을 거예요. 살해당한 사람에게 자국을 남겼으니 그대로 끼고 있을 리가 없죠."

행정 장관의 눈짓에 무장한 부하들이 조용히 다가가 팽팽히 대치한 두 사람 주변을 물샐틈없이 에워쌌다. 사이먼은 눈앞의 위협에 몰두한 나머지 뒤쪽에서 조용히 경계하고 있는 이들을 돌아볼 겨를이 없었다. 그는 더 이상 못 참겠다는 듯 화를 내면서 위세 좋게 발걸음을 뗐다. "이런 독설까지 들어가며 여기에 있을 필요가 없겠군!"

무장한 이들이 어깨를 나란히 한 채 자신과 수도원 입구 사이를 막아서고 있다는 사실을 깨달은 건 바로 그때였다. 그는 궁지에 몰린 수사슴처럼 뒷걸음치며 거칠게 주위를 둘러보았다. 자신의 운이 다했다는 걸 좀처럼 믿을 수 없는 듯했다.

행정 장관이 신중하게 다가오며 말했다.

"장갑 벗게!"

*

한 인간이 궁지에 몰려 들고양이처럼 맞서 싸우다 소리를 내지르며 포박당하는 모습은 썩 아름답지 못한 광경이었다. 수도원에 대한 예우로 그들은 가급적 폭력을 쓰지 않고서 그를 입구 바깥쪽 성문 길로 끌고 나가, 거기서 일을 처리했다. 손을 묶고 장갑을 벗기자 오른손 중지에 둥글게 남아 있는 허연 자국이 새로 갈아놓은 황갈색 토양 위에 내려앉은 눈처럼 선명하게 드러났고, 보석에 눌렸던 커다란 자국도 분명하게 보였다. 그들이 머리를 누른 채 몸을 뒤지다가 목에 걸려 있던 끈을 끄집어내어 사람들이 볼 수 있도록 반지를 꺼내 보이는 사이, 그는 줄곧 안간힘을 쓰면서 저주의 말을 퍼부어댔다.

네 사람이 그를 붙잡아 꽉 밀어붙이고는 성안에 있는 독방으로 끌고 가자, 수도원 광장에는 음산한 정적이 감돌았다. 조슬린은 이베타를 팔로 감싸 안고서 묘한 안도감 속에 몸을 떨었다. 충격이 너무나 커, 그때까지도 그동안 자신이 얼마나 악랄하게 이용당해왔는지 생각할 수조차 없었다. 애그니스는 뻣뻣하게 서서 자기 원수가 시야에서 사라지는 모습을 바라보다가 머리를 양손으로 감싼 채 무시무시한 슬픔에 잠겨 울기 시작했다. 그 악랄한 남자를 이토록 사랑하는 사람이 있으리라고 그 누가 상상이나 했겠는가?

이 표독스러운 여자도 마침내 자리를 떠났다. 애그니스는 양손을 늘어뜨린 채, 놀라서 옆으로 비켜서는 구경꾼들 사이로 몽유병자처럼 천천히 발걸음을 옮겼다. 이베타가 내민 손을 마치 존재하지도 않는 것처럼 지나친 뒤, 접객소 계단에 이르자 사람들을 한번 죽 둘러보고는 건물 안으로 들어가 자취를 감추었다.

라둘푸스 수도원장이 침통하지만 침착한 어조로 말했다. “부인께서는 나중에 증언하실 거요. 저분의 증언은 꼭 필요하지요. 이미 돌아가신 분께는 아무것도 물을 수 없을 테니 말이오.”

“그렇죠.” 길버트 프레스코트는 무감각하게 동의를 표한 뒤 남아 있는 부하들 쪽으로 돌아섰다. “이보게, 부관. 우리가 숲을 뒤지는 동안 이 부근에 감시를 세우다니, 어떻게 그런 생각을 해냈나? 저들이 이곳에 나타날 줄은 전혀 몰랐는데 말이야.”

“장관님이 떠나신 뒤였습니다. 여기 있는 제한이라는 친구가 제게 그러더군요, 이곳에 사람이 몇 명 안 남게 되면 조슬린 루시가 기회를 봐 아가씨를 데리고 달아날 거라고요.” 그러고서 부관은 전에도 좋은 아이디어를 내 칭찬을 받았던 예의 영리한 경비병을 불러냈다. 상황이 완전히 바뀐 지금, 한편이 되어 움직이던 향사가 거미줄에 걸린 악당 꼴이 되어버렸지만 그는 여전히 충직한 부하요 경비병이었다. “장관님도 도망자가 영주의 정원에 숨어 있을지도 모른다고 했던 자를 기억하실 겁니다.” 부관이 말을 이었다. “바로 그 친굽니다. 우리가 그곳을 뒤져보았을 땐 이미 떠난 뒤였지만, 정말로 그가 그곳에 숨어 있었다는 것은 확인할 수 있었죠. 이번에도 이 친구의 제안이 그럴싸하게 여겨졌기에 비밀리에 불침번을 서고 있었습니다.”

프레스코트는 이 경비병을 다소 의심스러운 눈으로 바라보다가 입을 열었다. “이보게. 자네의 육감이 언뜻 하늘의 축복을 받은 것 같아 보이긴 하지만, 내 생각엔 지옥과 더 깊이 관계되어 있는 듯하네. 애귈런으로부터 도망자를 찾으려면 주교관 별채를 뒤져보라는 얘길 들은 게 언제였나?"

비록 내키지 않는 기색이 역력했으나, 제한은 그 상황에서 진실을 숨길 만큼 어리석은 사람이 아니었다. "돔빌 경의 시체가 이곳에 돌아온 직후였습니다, 장관님. 사이먼이 주교관으로 와서 제게 그런 암시를 주었죠. 하지만 자신은 그 일에 가담하고 싶지 않다고, 만일 그 사람을 찾아내면 저에게 기꺼이 공을 돌리겠다고 했습니다."

조슬린은 두 손으로 머리를 붙든 채 절망적으로 흔들어대고 있었다. 이제야 상황이 조금씩 이해되는 모양이었다. "하지만 저를 도와준 사람이 바로 사이먼이었습니다……. 그가 직접 와서 저를 찾아냈고, 선의로 그곳에 숨겨주었어요."

"악의였겠지!" 캐드펠 수사가 말했다. "이보게, 자넨 그에게 어마어마한 재산을 빨리 상속받을 기회뿐 아니라 이 아가씨의 몸과 땅까지 덧붙일 기회까지 주었네. 그를 위한 완벽한 희생양이었던 셈이지. 자넨 그에게 매번 분노와 원한을 쏟아내지 않았나? 매복해 있다가 휴언 드 돔빌을 살해한 순간 그의 머릿속에 제일 먼저, 그리고 유일하게 떠오른 사람이 바로 자네였을 거야. 그래서 일단 자네를 숨겨주었다가 일이 끝난 후에 수색대에 귀띔해서 자네를 잡도록 계획했던 것이네. 하지만 자네가 그 피난처를 떠나는 바람에 그 계획이 무산되었고, 덕분에 자네의 생명도 구할 수 있었지.”

“그렇다면 오늘 밤 그 냉혈한이 저를 잡기 위해 일부러 덫을 놓았다는 겁니까?” 이 끔찍한 배신에 고통스러운 듯 얼굴을 찡그리며 물었다. “저는 그를 제 유일한 친구로 생각해왔고, 그래서 그에게 도움을 요청했어요.”

“어떻게? 어떻게 그에게 말을 전했지?” 캐드펠이 날카롭게 물었다.

조슬린은 그 일의 전말을 모두 털어놓았다. 물론 라자루스와 브란의 이름은 빼놓은 채였다. 언젠가 이베타에게는 말할 것이고, 아마도 캐드펠 수사에게도 털어놓게 될 테지만 지금 이 자리에서는 아니었다.

“그렇다면 사이먼은 자네가 가까운 곳에 있다는 것만 알 뿐 그게 어딘지는 정확히 몰랐군. 믿음직한 자객을 보내 해칠 수가 없으니, 오로지 자네 스스로 법의 심판 앞에 나타나기만을 기다리는 수밖에 없었던 거지. 그는 자네의 청대로 아가씨에게 메시지를 전달하고, 자네의 말을 가져다가 대기시켜두었어. 그렇게 해야만 자네가 담을 넘어 이 정원에 들어와 붙잡힐 테니까. 안 그런가? 그런 다음 여기 있는 제한에게 적절하게 귀띔을 해주었지. 자신이 직접 이 문제에 끼어들고 싶지는 않았던 게야.” 캐드펠은 얼굴을 찡그리며 말했다. “사이먼이 자네와의 의리를 지키는 듯 굴었던 건, 그게 바로 이 아가씨에겐 최고의 추천장이 되었기 때문이야. 어차피 자넨 붙잡혀서 교수형 당하면 그만이고.” 마음착한 청년이 신뢰하던 친구로부터 배신을 당해 괴로워하고 있는데도, 캐드펠은 주저함 없이 말을 이었다. "솔직히 난 피카르 경이 자기 조카딸을 살인자, 그것도 성공한 살인자와 결합시키기를 과연 주저했을지 의심스럽네. 물론 한동안은 망설였겠지. 생명의 위협까지는 의식하지 않았더라도 어쨌든 자신의 명예와 관련된 일이니 말이야."

"제한, 털어놓고 말해보게." 행정 장관이 음울한 미소를 지으면서 말했다. "이번에도 애궐런이 자네에게 승진과 표창의 길을 알려준 건가?

"오늘 아침에요." 제한은 순순히 인정했다. "제게 그런 암시를……."

"오늘 아침이라고! 우리가 수색을 떠나기도 전에 말이지! 그 얘길 듣고도 자넨 공을 세울 욕심에 다들 멀리 수색을 나갈 때까지 내게도, 자네 상관에게도 입을 다물고 있었군. 한동안 자네 앞길에 승진이란 없을 거네. 채찍을 피하는 것만도 다행이라고 생각하게!"

제한은 이 정도 꾸지람만으로 끝나는 게 천만다행이라 생각하며 지체 없이 물러났다.

"이제 돌아가신 분을 모셔오는 게 좋을 것 같군." 행정 장관은 당면한 과제로 돌아갔다. "수사님, 길을 안내해주시겠습니까? 피카르 경의 마지막 승마를 위해 여분의 말을 준비하는 게 좋겠군요."

*

대여섯 명이 말을 타고서 길을 떠났다. 캐드펠은 자그마하고 얌전한 노새 대신 멋지고 튼튼한 승마용 말에 올랐다. 수도원장은 그들이 나가는 모습을 지켜보다가 이내 어리둥절하게 서 있는 수사들을 향해 돌아서서는, 침착한 목소리와 평온한 표정으로 말했다.

"가서 마음을 진정시키고 손을 씻은 뒤 저녁을 드시오. 규칙이 여전히 우리의 일과를 지배하오. 세상과의 거래는 우리를 단련시키고 우리의 소명을 시험하기 위한 것이니, 인간의 어리석음과 사악함으로 주님의 은총을 위태롭게 할 수는 없소."

그들은 충실하게 그 말에 따랐다. 라둘푸스 수도원장이 눈길을 주자 로버트 부수도원장도 고개를 숙인 채 무리를 따라갔다. 수도원장은 무언가 생각에 잠긴 듯 희미한 미소를 띠고서 마주 선 두 젊은이에게 시선을 던졌다. 그들은 여전히 손을 맞잡은 채 의아스러운 눈으로 그를 바라보고 있었다. 너무나 많은 일이 너무나 급작스럽게 일어나, 마치 반쯤 깬 어린애처럼 자기들의 기억과 경험 중 어떤 게 현실이고 어떤 게 꿈이지 혼란스러운 듯했다. 꿈은 끔찍했으나, 현실은 그보다 나아야 했다.

"내가 생각건대……." 수도원장이 점잖게 입을 열었다. "젊은이, 자네는 이제 도둑이라는 누명에 대해서는 걱정할 필요가 없을 거네. 공정한 자라면 그런 혐의를 믿지 않을 것이고, 다행히도 길버트 프레스코트는 더없이 공정한 사람이지." 그는 생각에 잠겨 말을 이었다. "그렇지만 성 야고보의 메달이 들어 있던 자네의 안장주머니에 그 목걸이를 감춘 사람이 과연 사이먼 애컬런이었을지 나는 의심스럽네."

"저 또한 그가 한 짓이 아니라고 생각합니다, 수도원장님." 자신에게 그렇게 끔찍한 짓을 한 자에게도 조슬린은 여전히 공정한 태도를 보이려 애썼다. "제가 도둑 혐의를 받고 도망칠 때까지는 그 친구도 살인을 저지를 생각은 하지 않았을 겁니다. 그러다가 캐드펠 수사님이 말씀하신 대로 우연히 기회와 희생양이 동시에 주어졌던 거죠. 돔빌 경이 아주 제때 비열한 짓을 벌인 겁니다. 하지만 수도원장님, 지금 저를 괴롭히는 것은 저 자신의 고통이 아니라 바로 이베타의 고통입니다."

그가 입술을 축이며 적절한 표현을 떠올리는 동안 수도원장은 미동도 없이 서 있었고, 이베타 역시 놀란 눈으로 가만히 그를 올려다보았다. 혹시 모든 게 해결된 듯 보이는 지금, 그가 너무나 고결하면서도 순진한 생각으로 자신을 그냥 놓아버리는 우를 범하는 게 아닐까 겁내고 있는 듯했다.

"수도원장님, 이베타는 지금껏 자신의 후견인들에 의해 너무나 야비하게 이용당해왔습니다. 이제 삼촌은 죽었고, 숙모는…… 설사 그럴 자격을 갖추었다 할지라도 그분에겐 이제 그렇게 큰 명예와 재산을 관리하는 일이 허용되지 않겠지요. 저는 수도원장님께서 오늘부터 이 아가씨를 거두어주셨으면 합니다.

수도원장님과 함께 있으면 이베타는 정중하게 대우받을 것이고, 또 마땅한 행복을 누릴 수 있으리라 생각합니다. 수도원장님께서 직접 요청하시면 왕께서도 이를 거절하시지 않을 겁니다."

수도원장은 잠시 기다린 뒤 그 근엄한 입술을 움직여 건조하게 웃어 보였다. "그게 다인가? 자네 자신을 위해서는 뭐 할 말이 없나?"

"없습니다." 조슬린은 지독하리만치 겸손한 태도로 말했다. 그런 모습에서 심지어 귀족적인 오만함이 느껴질 정도였다.

"하지만 저도 소원이 있습니다." 이베타는 자신을 요구하지 않는 이 남자의 손을 꽉 쥔 채로 화가 나서 말했다. "수도원장님께서 조슬린을 따뜻하게 살펴주시고, 이 사람을 제가 가장 원하는 구혼자로 여겨주셨으면 합니다. 제가 이 사람을 사랑하고, 이 사람도 저를 사랑하기 때문이지요. 절 거두어주신다면 앞으로 모든 일에 있어 수도원장님의 의견에 따르겠지만, 조슬린과는 헤어지지 않을 겁니다. 만약 그와 맺어질 수 없다면 앞으로 영원히 누구도 사랑하지 않을 것이며 결혼도 하지 않을 겁니다."

"이리 오게." 수도원장이 미소 지으며 말했다. "일단 우리 셋은 내 숙사로 가 앉아서 함께 저녁을 먹은 뒤 앞으로의 일에 대해 고민해보는 게 좋을 것 같군. 서두르지 말고 심사숙고해야 할 필요가 있겠어. 물론 기도를 드린 다음 생각하는 게 제일 좋겠지만, 식사와 와인 한잔도 나쁠 건 없지."

*

행정 장관과 일행은 마지막 기도 전에 고드프리드 피카르 경의 시신을 찾아 수도원으로 돌아왔다. 그들은 영안실에 시신을 똑바로 눕힌 뒤 촛불을 가져와 상처를 자세히 살펴보았다. 시체로부터 몇 미터 떨어진 잔디밭에서 캐드펠이 발견했던 칼, 피의 흔적이 없는 그 단도는 시체의 벨트를 벗겨내면서 다시 칼집에다 꽂아두었다. 하지만 그렇게 시체가 옷이 벗겨진 채 공터에 버려져 있던 기이한 상황에 대해서는 누구도 그리 깊게 생각하지 않았다.

이미 사람은 죽었고 그를 죽인 자, 전에도 한 사람을, 그것도 자신의 친척을 죽인 자는 이제 슈루즈베리 성에 자물쇠와 열쇠로 안전하게 감금되어 있었다. 사실 캐드펠 외에는 누구도 눈치채지 못했지만, 만약 그들이 이 두 번째 살인에서 뭔가 이상한 점을 발견했다면 그에 대해 조사하느라고 또 온갖 고생을 했으리라. 한 사람이 누군가의 손에 목이 졸려 죽었는데, 그에게는 칼이 있었고 분명 그것을 뽑아 들 시간도 있었다. 하지만 칼에는 피가 묻어 있지 않았다. 또한 살인자는 분명 다른 무기가 없기에 맨손으로 그를 죽였을 터이고…….

고요한 밤이었다. 바람도 불지 않았고, 피에 뒤덮인 시체의 얼굴과 빼물린 혀, 그리고 드러난 목까지 세세하게 살펴볼 수 있을 만큼 촛불은 충분히 밝았다. 시체를 짓눌러 생명을 끊어놓은 그

강력한 손가락의 흔적을 캐드펠은 자세히, 그리고 오래도록 들여다보았다. 그는 말이 없었고, 그에게 무어라 묻는 사람도 없었다. 행정 장관을 만족시킬 만한 답변이 이미 주어져 있는 터였다.

"내일은 암말을 풀어 숲속에 있는 그 회색 말을 불러들여야겠군." 피카르의 얼굴 위에 목면 헝겊을 덮으며 프레스코트가 말했다. "값비싼 짐승이니 미망인이 괜찮은 가격을 받을 수 있을 거요. 만약 팔 마음이 있다면 말이지만."

캐드펠은 먼저 실례하겠다고 말한 뒤 그곳을 나와 마크 수사를 찾았다. 그는 온실에 있었다. 부엌에서 식사를 마치고 옷을 갈아입은 뒤라 혈색이 붉은빛으로 돌아와 있었고, 이제 막 자신의 임무를 다하기 위해 세인트자일스로 돌아갈 채비를 하던 참이었다.

"병원으로 같이 가지. 볼일이 하나 남았으니 잠깐만 날 기다려주게."

볼일이란 두 젊은이를 만나는 것이었다. 그가 달려갔을 때, 조슬린과 이베타는 수도원장의 응접실에서 편안히 이야기를 나누는 중이었다. 이제 이베타에게 훌륭한 새 후견인이 생긴 터라 그로서는 더 이상 걱정할 것이 없었다. 과도한 스트레스를 겪은 뒤 황홀할 정도의 안도감과 함께 포도주 한잔을 음미한 덕인지 젊은이들은 수도원장 곁에서 완전히 마음을 놓고 있었다. 캐드펠이 간단히 안부를 묻자 두 사람은 이미 붉어진 얼굴로 더할 나위 없는 감사를 전했다. 세 사람 사이의 논의 또한 매우 만족스럽게 진척되고 있는 모양이었다. 캐드펠은 수도원장과 알 듯 모를 듯한 시선을 주고받은 뒤 자리를 떴다.

자신들이 어려운 상황에 처했을 때 곁에 있어준 이들을 향해 호의를 가지고 환하게 웃어 보이는 저 착한 두 연인. 그들은 젊고, 상처받기 쉬우며, 매우 충동적이기도 했다. 수도원장은 한동안 자신이 통제할 수 있는 곳에 그들을 둘 작정이었다. 이베타는 수녀들의 보호 아래, 혹은 그녀 소유의 장원 중 잘 관리되고 있는 곳에 머무르게 하면 되리라. 한편 조슬린은 누명을 벗고 명예를 되찾는 과정에서 스스로의 역량을 증명해 보였으나, 수도원장은 그가 앞으로 어떤 일을 하건 신중히 지켜볼 생각이었다. 하지만 그들을 서로 떨어뜨려놓을 생각은 없었다. 그는 하느님과 천사들이 함께 있게끔 만들어놓은 두 사람을 갈라놓으려 할 만큼 어리석은 사람이 아니었다.

그러는 사이 염두에 두어야 할 또 다른 문제들이 있었으니, 캐드펠이 추리한 바가 사실이라면 일단은 밤이 올 때까지 기다려야 할 것이었다.

캐드펠은 온실로 돌아왔다. 마크 수사가 만족감과 기대 속에서 불 옆에 앉아 그를 기다리고 있었다. 성직에 몸담은 이래 그가 이토록 오랫동안 불가에 있어본 적은 없었다. 그러고 보면 메올 시내에 빠져 몸을 흠뻑 적시는 경험도 해볼 만한 일이었다.

"모든 게 잘돼가는 겁니까?" 어둠 속으로 큰길을 따라 나서며 마크 수사가 물었다.

"아주 잘되고 있지." 캐드펠의 대답에 마크 수사는 기쁘고 감사한 듯 안도의 한숨을 내쉬었다.

"며칠 전 자네가 신의 가호가 있기를 기도했던 그 아가씨 말이지." 캐드펠이 쾌활하게 말을 이었다. "이제 다 잘될 거야. 존경하는 수도원장께서 뒤를 봐주신다더군. 나는 병원에 가서 그 방랑자 라자루스와 몇 마디 즐거운 담소나 나눠볼까 싶네. 거기 도착하기 전에 그가 다른 곳으로 가버리면 안 될 텐데. 알다시피 그런 사람들은 코로 공기 냄새를 맡아보고는 뭔가 불편하다 싶으면 갑자기 닻을 올려 떠나버리지 않나."

"저도 그래요. 늘 그가 언제 떠날지 모르겠다는 생각을 하지요. 그는 브란을 참 아끼는데, 아마 그 아이의 엄마는 그리 오래 살지 못할 겁니다. 이미 세상에 등을 돌린 상태예요. 아, 물론 아들에게는 아니지만요. 하지만 그녀는 이미 아들이 자신의 손에서 벗어났고, 아이에겐 아이 나름의 수호성인이 있다는 걸 느끼고 있어요." 그 수호성인들 중 하나는 바로 마크 수사 자신이었지만, 그 말은 입 밖에 내지 않은 채 그는 신중하게 말을 이었다. "자신의 아이가 하늘의 보호를 받고 있다고 확신할 거예요."

그래, 이 땅에는 그러한 사람들도 있지. 캐드펠은 생각했다. 그 역시 이들의 문제에 약간의 관심을 가진 터였다. 지금 수도원장의 응접실에서는 두 젊은이가 감사와 안도에 젖어 서로의 이름을 마음껏 부르며 이야기를 나누고 있겠지. 무엇이든 재빨리 배울 수 있는 머리와 끈질긴 애정과 열정을 가진 조슬린. 그리고 조슬린이 자유롭게 되었다는 사실이 그저 너무나 기쁜 이베타. 아마 그녀는 조슬린을 도와준 사람이라면 지위고하를 막론하고, 신체가 멀쩡한 이건 고통받는 이건, 평생 감사하며 마음에 새기리라.

*

진료소 현관 입구에 노인 라자루스가 말없이 앉아 있었다. 곧은 등을 벽에 기대고 다리는 벤치 위로 올려 가부좌를 튼 채였다. 브란은 조슬린이 만들어준 나무 말을 가슴에 꼭 움켜쥐고서 노인의 왼쪽 팔에 안긴 채 몸을 웅크려 불편한 잠에 빠진 참이었다. 현관 위에 걸린 작은 등불이 아이의 가느다란 다리와 헝클어진 머리 위에 옅은 빛을 던지고 있었다. 눈물로 얼룩진 아이의 얼굴이 드러나 보였다. 브란은 캐드펠과 마크 수사가 들어서자 잠에서 깨어 그 둥지 같은 팔 안에서 멍하니 그들을 쳐다보았다. 라자루스의 긴 팔이 아이를 조용히 풀어 벤치에 내려놓았다.

"브란, 너 왜 여기 있는 거니?" 마크 수사가 염려 섞인 목소리로 꾸짖듯 물었다. "시간이 이렇게 늦었는데 얼른 들어가서 자지 않고!"

브란은 마음이 놓이면서도 한편으로는 화가 나는 듯 그를 세게 끌어안고는 새로 갈아입은 품이 넉넉한 승복 자락 사이에서 작은 목소리로 칭얼댔다.

"다들 날 혼자 두고 가버렸잖아요! 수사님은 도대체 어디 계셨던 거예요? 이제 영영 돌아오시지 않을지도 모른다고 생각했어요! 게다가 그분도 아직도 오시지 않았고요."

"그랬구나. 하지만 그분도 곧 돌아올 거다. 다시 만나게 될 거야." 마크 수사가 꼬마를 감싸 안자, 아이는 폭 안기며 잠시 화가 나 내던져버렸던 나무 말을 찾아 얼른 손을 더듬었다. "자, 침대로 가자. 내 모두 이야기해주마. 네 친구 아저씨는 행복하게 잘 있고, 이제 더는 숨을 필요도 없게 됐단다. 여태 틀어졌던 일들이 모두 제자리를 찾았거든. 어서 가자. 전부 얘기해줄게. 그 아저씨도 다음에 널 보러 이곳에 오면 다시 이야기해줄 거야. 내 약속하마."

"그 아저씨는 나보고 자기 향사가 되어달라고 했어요. 그 아저씨가 기사가 되면, 저는 라틴어 읽는 법도 배우고 숫자 세는 법도 배우게 될 거예요." 브란은 자신의 후원자와 이 자리에 없는 또 다른 후원자의 약속을 마음에 굳게 새기며 졸린 듯 안으로 이끌려 들어갔다. 마크 수사는 잠깐 돌아서서 캐드펠을 쳐다보았고, 그가 걱정 말라는 듯 고개를 끄덕이자 꼬마를 데리고 침실로 향했다.

캐드펠이 옆으로 다가앉았으나 라자루스는 미동은커녕 말 한마디 없었다. 놀라움이나 두려움, 욕망 같은 감정들은 이미 오래전에 넘어선 듯했다. 그는 늘 먼 곳을 응시하는 듯한 그 청회색 눈으로 이제 막 물처럼 흐르기 시작하는 밤하늘을 물끄러미 바라보고 있었다. 하늘 높은 곳에서는 옅은 구름 조각이 적당한 미풍에 실려 동쪽으로 움직였고, 땅에서는 나뭇잎들이 조용히 잠들어 있었다.

“당신도 들었겠죠.” 캐드펠이 벽에 편안하게 기대앉으며 말했다. “마크 수사가 꼬마에게 해준 이야기 말입니다. 신께 감사하게도 전부 사실입니다! 잘못되어 있던 것들이 이제 모두 바로잡혔어요. 휴언 드 돔빌을 죽인 진범이 밝혀졌고, 그 죄상 또한 낱낱이 입증되었습니다. 동정도, 참회도 없었지요. 그자는 제 삼촌을 죽였을 뿐 아니라, 자기만을 믿고 있던 친구를 비열하게 배신하고 악용했으며, 괴롭힘을 당하고 외롭게 버림받은 아가씨를 기만한 파렴치한입니다. 하지만 그 모든 게 이제 끝났으니, 당신도 더는 고통스러워할 필요가 없습니다.”

그의 곁에 앉은 사람은 아무 말이나 질문도 없이 그저 듣고만 있었다. 캐드펠은 침착하게 말을 이어갔다. “이제 그 아가씨의 일은 모두 잘 풀릴 겁니다. 왕께서 우리 수도원장님을 그 아가씨의 새로운 후견인으로 승인할 거예요. 라둘푸스 수도원장님은 근엄하고 고매한 인격을 지닌 데다 인간미도 넘치는 분이니, 그녀는 더 이상 두려워할 게 없습니다. 그 엄청난 재물에 대해서도, 그리고 자신의 연인에 대해서도 말이지요. 앞으로 어떤 이유에서든 그녀의 소망과 행복이 무시되는 일은 없을 겁니다.”

커다란 망토 아래서 라자루스가 몸을 움찔거리더니 고개를 돌렸다. 이어 중간중간 멈춰가며 신중하게 뱉어내는 단어들이 베일 너머에서 깊은 울림을 냈다. “수사께선 돔빌에 대해서만 말씀하시는군요. 두 번째 살인은 어떻게 됐습니까?”

"두 번째 살인이라니, 무슨 말씀이십니까?"

"한 시간쯤 전에 숲속에서 횃불을 봤습니다. 사람들이 고드프리드 피카르를 찾고 있더군요. 그 사람도 죽은 것 같던데, 이 역시 같은 사람의 짓입니까?"

"사이먼 애컬런은 자기 삼촌을 죽인 일로 재판을 받을 겁니다. 그걸로 충분하죠. 더 무엇이 필요하겠습니까? 설혹 누군가 잘못 생각해서 그 죄에 피카르의 살해 혐의까지 덧붙인다 한들, 그의 운명이 달리 바뀔 리도 없고……. 그리고 어차피 그 일에 대해서는 그에게 죄를 물을 수 없습니다. 고드프리드 피카르 경은 살해당한 게 아니니까요!"

"그걸 어떻게 아시죠?" 라자루스의 목소리에는 반가운 기미가 묻어 있었다.

"거기 덫은 놓여 있지 않았습니다. 그리고 죽임을 당할 때 그의 정신은 멀쩡했고 기력도 있었죠. 그는 살해당한 게 아니라, 그저 길에 서서 결투 신청에 응했을 뿐입니다. 그에겐 짤막한 칼이 있었지만 상대는 맨손이었지요. 분명 자신이 쉽게 이기리라 생각했을 겁니다. 무장한 상태로 무기를 들지 않은 자를 상대하는 데다, 한창때의 남자가 70대 노인을 앞에 둔 상황이었으니 말이지요. 그렇게 칼을 빼 들었겠지만, 그게 전부였어요. 상대를 겨누기도 전에 손이 비틀렸고, 단도는 그대로 옆으로 내던져졌습니다. 상대는 그저 맨손만으로 충분했던 겁니다. 결투 조건의 유불리는 이미 고려 대상이 아니었지요."

"그렇다면……." 라자루스가 긴 침묵 끝에 말했다. "그 두 사람 사이에 매우 심각한 갈등이 있었던 모양입니다."

"아주 오래되고도 심각한 갈등이었죠. 한 여성을 수치스럽게 학대한 일이 있었거든요. 이제 그는 복수를 하고 그녀는 자유를 얻었습니다. 하늘은 절대 실수를 하는 법이 없지요."

한밤중 나방이 소리 없이 내려앉듯, 둘 사이에 가볍고 부드러운 침묵이 깔렸다. 노인의 눈은 다시 하늘 높은 곳에서 동쪽으로 꾸준히 나아가는 구름 조각을 향했다. 그 베일 같은 구름 뒤에는 별빛이 반짝였고, 땅에는 어둠이 내려와 있었다. 캐드펠은 얼굴을 가린 푸른색 거친 천 뒤에서 라자루스가 희미하지만 조용하게 미소 짓고 있을 거라고 생각했다.

"수사님께서 오늘 있었던 일을 통해 그 정도로 추리해내셨다면……." 라자루스가 입을 열었다. "다른 사람도 그런 사실을 알지 않을까요?

"내가 아는 것을 다른 이들은 전혀 모르며, 앞으로도 모를 겁니다. 흔적은 전부 사라지겠지요. 아무도 의아하게 생각하지 않을뿐더러 의문을 제기하는 사람도 없어요. 오로지 나와 그 일을 직접 해낸 손의 주인만 알 뿐, 그를 죽인 손에 손가락이 두 개 반밖에 남아 있지 않다는 사실은 영원히 그 두 사람만이 알 겁니다."

노인의 어두컴컴한 옷가지 속에서 움직임이 일었고, 얼음처럼 맑은 눈에서는 섬광이 번득였다. 그는 망토의 접힌 자락에서 두 손을 꺼내 등잔 불빛 아래 펼쳤다. 오른손은 기다랗고 힘줄이 불거진 게 온전한 모습이었으나, 왼손은 검지와 중지, 그리고 약지의 끝마디가 보이지 않았고 살갗은 온통 주름져서 하얗게 말라 있었다.

“얼마 안 되는 증거로 그렇게 많은 것을 추측해내시다니 놀랍군요.” 노인이 느리고 차분한 목소리로 말했다. “그 사람의 이름도 한번 맞혀보시지요. 수사님은 왠지 알고 계실 것 같은데요.”

“예, 그 사람의 이름은 기마르 드 마사르입니다.”

*

큰길과 메올 시내의 계곡, 그리고 행정 장관과 부하들이 헛되이 뒤지고 다녔던 숲에도 어둠이 내려앉았다. 멀리 내다볼 수 있는 라자루스의 눈에는 피카르의 붉은 모자가 지나다니는 길이 나무들 사이로 뚜렷하게 보였고, 돌아올 길 역시 그의 머릿속에 환하게 그려져 있었던 것이다. 이제 지상에 고요함이 찾아들었고 머리 위에서는 하늘이 끊임없이 흘러가고 있었다. 마치 정해진 운명을 거슬러 정처 없이 떠돌다 알지 못할 곳으로 사라져버리고 마는 덧없는 인생처럼…….

“내가 그 이름을 알고 있는 것처럼 말씀하시는군요.” 라자루스가 침착하게 말했다.

“저 역시 예루살렘의 포화 속에 있었습니다. 그 도시가 함락되었을 때 제 나이 스무 살이었죠. 전 당신께서 성문을 돌파하시는 걸 보았습니다. 이집트의 파티미드족과 싸웠던 아스칼론 전투에도 참가했고요. 예루살렘에서 수많은 이들이 살상된 이후, 저는 우리가 그들보다 나은 운명을 맞이하리라 믿었습니다. 그리고 기마르 드 마사르는 결코 야만적인 행동이나 기사답지 못한 행동을 한 적이 없었죠. 대체 왜 당신은 그 전투 이후에 자취를 감춘 겁니까? 왜 당신을 존경하고 따르던 우리에게, 그리고 여기 잉글랜드에 남아 있던 장군님의 아내와 아들에게 그토록 큰 슬픔을 안겨준 겁니까? 모두가 당신이 죽은 줄 알고 있었습니다."

"내게 떨어진 이 고통을 아내와 아들에게 지울 수밖에 없는 상황에서, 과연 내가 어떻게 해야 했겠습니까?" 라자루스는 흥분해서 목소리를 높였으나 가족 이야기가 나오자 목이 메어 더듬거리며 말을 이었다. "수사님, 보아하니 모든 걸 알면서 굳이 제게 물으시는 것 같군요."

그랬다. 캐드펠은 알고 있었다. 기마르 드 마사르는 아스칼론 전투 이후 부상당한 채 포로로 붙잡혔고, 그동안 그를 돌보던 의사에게서 자신이 이미 나병에 감염되었다는 사실을 전해 들었던 것이다.

라자루스가 다시 차분하고 조용하게 입을 열었다. "그곳 의사들은 대단히 뛰어난 자들이었습니다. 이곳에 있는 사람들보다 훨씬 현명했지요. 처음 나타나기 시작한 그 가증스러운 병의 흔적을 그들이 아니면 누가 알아보고 확인해줄 수 있었을지 모르겠군요. 그들은 내게 진실을 말해주었고, 내가 요구하는 대로 내가 부상으로 죽었다고 전했습니다. 더하여 나를 은신처에 데려가 적들과 함께 지내게 해주었어요. 그들의 도움으로, 나는 그저 일상적인 종류의 전투에 참가하듯 그 생활을 견뎌낼 수 있었습니다. 내 투구와 칼 또한 내 요구에 따라 예루살렘으로 돌려보낸 뒤였죠."

"이베타가 그것들을 보관하고 있습니다. 그것들을 보물처럼 소중하게 여기지요. 당신은 잊히지 않았어요. 그리고 전 사라센인들 중 우리 기독교인들보다도 훨씬 신성하게 살아가는 사람들이 많다는 것도 잘 알고 있습니다."

"그래요. 포로로 지내는 동안, 나 역시 그 사람들이 매우 기사답고 공손하다는 걸 알게 되었습니다. 그 긴 고행의 세월 내내 다들 나를 모든 면에서 존중하고 도와주었지요."

고결한 사람 가까이엔 또 다른 고결한 사람이 있기 마련이라고 캐드펠은 생각했다. 가문의 혈통을 넘어서는 동맹이 있으며, 국경과 심지어는 종교라는 건널 수 없는 경계선까지 넘나드는 동맹도 있었다. 자기들이 원하는 것을 갖기 위해 심술궂은 아이들처럼 늘 싸움질을 해대는 보먼드 사람들이나 볼드윈 사람들, 탠크리드 사람들보다는 파티미드의 칼리프들이 기마르 드 마사르에게는 정신적으로 훨씬 더 가깝게 느껴졌으리라.

"고국으로 돌아오기까지 얼마나 걸렸습니까?" 캐드펠이 물었다. 덜거덕거리는 접시 하나 덜렁 차고서 성치 못한 다리로 지중해를 거쳐 유럽을 지나오는 동안 얼마나 힘든 시간을 보내야 했을까!

"8년 걸렸지요. 그들이 잉글랜드인 죄수에게서 내 아들의 사망 소식을 듣고 내게 전해준 직후 그곳을 나와 길을 떠났습니다. 내 혈육인 어린 계집아이 하나가 고아로 남겨져 친척 손에 맡겨졌다는 이야기도 그때 들었지요."

그렇게 그는 수년 동안 기거하던 자신의 은신처를 떠나 구걸용 접시와 망토, 가리개만을 들고서 잉글랜드를 향한 끝없는 순례에 올랐다. 그저 자신의 손녀가 자기 땅에서 마땅한 행복을 누리고 사는지 직접 확인하고 싶어서였다. 하지만 이곳에 도착한 그는 손녀의 처지가 크게 잘못되어 있는 것을 깨달았고, 결국 못 쓰는 손으로나마 직접 상황을 바로잡아 그녀를 자유롭게 해주었던 것이다.

"이제 그녀는 자기 몫을 제대로 돌려받았습니다. 하지만 그럼에도 불구하고, 유일하게 살아 있는 자신의 친척을 위해서라면 그녀는 기꺼이 그 모든 것을 내놓을 겁니다."

마치 금단의 땅을 밟기라도 한 양, 라자루스는 그저 차갑고 긴 침묵으로 일관했다. 하지만 캐드펠은 주장을 굽히지 않았다. "당신은 이제 꺼진 불꽃입니다. 제 판단으로는 이미 수년간 그런 상태였어요. 부인하지 마십시오. 저는 그 증상에 대해 잘 압니다. 신이 인간에게 무언가를 부여할 땐, 그것을 빼앗을 때와 마찬가지로 지극히 합당한 이유가 있기 때문입니다. 당신도 잘 아실 테지요. 당신은 누구에게도 위험스러운 존재가 아닙니다. 그리고요 몇 년간 어떤 이름을 사용해왔든, 당신은 여전히 기마르 드 마사르입니다. 그녀는 당신의 칼을 소중하게 보관하고 있어요. 당신을 직접 만나 자신의 행복을 나눌 수 있다면 정말 기뻐할 겁니다. 왜 지금 그녀의 진정한 후견인으로 나서지 않는 겁니까? 그녀를 보는 게 행복하지 않으십니까? 당신이 인정하는 그녀의 남편감에게 당신 손으로 직접 그녀를 인도해주면 얼마나 좋겠습니까!"

"수사님." 두건 쓴 머리를 가로저으며 기마르 드 마사르가 입을 열었다. "수사님은 지금 이해하지 못하는 것에 대해 말씀하고 계십니다. 전 이미 죽은 몸입니다. 제 무덤과 뼈를, 그리고 제 전설을 그냥 내버려두십시오."

"하지만 여기 라자루스란 사람이 있지 않습니까!" 캐드펠은 경외감을 느끼며 한발 더 나아갔다. "라자루스는 자신의 친족을 기쁘게 하기 위해 무덤에서 다시 일어나지 않았던가요?"

긴 침묵이 내려앉았다. 눈에 보이는 세계에서 유일하게 움직이는 것이라곤 흘러가는 구름 조각뿐인 듯했다. 노인은 깨끗한 오른손을 망토 자락 사이에서 빼내 쓰고 있던 두건을 뒤로 젖혔다. "이게 그 애를 기쁘게 할 수 있는 얼굴인가요?"

가리개 너머 무시무시한 형상이 드러났다. 입술의 흔적이 거의 사라지고, 한쪽 뺨은 푹 꺼졌으며, 코가 있던 자리는 변색된 채 큰 구멍만 뻥 뚫려 있었다. 예루살렘과 아스칼론에서 무용을 떨치던 전사의 얼굴을 떠올리게 하는 건 오직 생기 있고 총명한 두 눈뿐이었다. 캐드펠은 더 이상 아무 말도 꺼낼 수 없었다.

라자루스는 다시 가리개를 써서 그 폐허를 가렸다. 그와 동시에 정적과 평온이 다시 돌아왔다. 깊고 참을성 있는 목소리가 점잖게 울렸다. "돌을 굴려 치우려 하지 마십시오. 난 그 밑에 숨어 있는 게 좋습니다. 내가 거짓말쟁이로 지내도록 그냥 놔두십시오."

"이것만큼은 말씀드려야겠군요." 캐드펠은 긴 침묵 끝에 입을 열었다. "그 젊은이가 이베타에게 당신 이야기를 했습니다. 그녀는 자신도 당신을 만나러 오고 싶다며 간청하고 있고요. 당신 쪽에서 그녀에게 갈 수는 없으니까요. 아마도 그녀는 당신이 자기 연인에게 베풀어준 선행에 대해 직접 감사의 말을 전하고자 하는 것 같습니다. 조슬린은 그녀의 청을 거절하지 못할 테니, 내일 아침에는 두 사람이 이곳에 올지도 모르겠군요."

"여기저기를 전전하는 우리 같은 떠돌이 나환자들은 도무지 신뢰할 수 없다는 걸 그들도 알게 되겠군요." 라자루스는 차분하게 말했다. "우리의 마음은 구제할 수 없을 정도로 모호하지요. 발작이 시작되면 바람이 먼지인 양 우리를 어디론가 날라다 줍니다. 성인의 유골을 찾아 길을 떠나고, 그것이 있는 곳에서 위안을 받기도 하고요. 그 애들에게 난 잘 지내고 있다고 말해주십시오."

그는 상태가 그리 좋지 않은 다리를 조심스레 벤치 아래로 뻗더니, 흉한 모습을 가리려는 듯 그 위에 겉옷을 덮었다. "죽은 사람들과 함께 있으면 모든 게 평온합니다." 그는 자리에서 일어났고, 캐드펠도 그를 따라 일어섰다.

"저를 위해 기도해주십시오, 수사님. 당신 뜻이 그러하다면 말입니다."

더 이상 주춤거리거나 돌아보지 않은 채, 그는 그대로 가버렸다. 그가 신은 특별한 신발의 뒷굽이 바닥의 판석에 부딪치며 날카로운 소리를 내다가 건물 안 판자 위에서 묵직한 소리로 바뀌었다. 캐드펠 수사가 현관을 지나 밖으로 나가 섰을 때도 하늘은 여전히 천천히 움직이고 있었다. 정해진 길을 따라 목적을 가지고 신중하게 움직이는 그 모습이, 서두르지 않되 그렇다고 지체하지도 않고 제 갈 길을 가는 숙명과도 같았다.

그래, 죽은 자들과 함께 있으면……. 어둠을 되짚어 수도원으로 돌아오면서, 그는 이대로도 다 괜찮으리라 생각했다. 그의 손녀는 감사를 대신할 무언가를 찾아야 할 것이다. 죽은 영웅은 이미 스스로의 장례를 완성했으니 이제는 살아 있는 사람들에게 관심을 돌려야 하리라. 누가 알겠는가? 거지 여인의 아들, 연주창에 걸린 그 떠돌이 아이가 제대로 먹고 보살핌을 받고 배우면 언젠가 정말 조슬린 루시의 훌륭한 향사가 될 수 있을지. 참으로 오묘하고 끔찍하면서도 아름다운 이 세상에서는 그런 신기한 일이 종종 일어나지 않는가!

*

다음 날 아침 미사가 끝난 뒤 이베타와 조슬린은 수도원장의 허락을 얻어 세인트자일스에 갔다. 물론 거기 있는 모든 사람들에게 호의를 지니고 있었으나, 그들은 그중에서도 특히 두 사람을 꼭 만나보고 싶었다. 꼬마는 쉽게 찾을 수 있었다. 하지만 라자루스라 불리는 나이 든 나환자는 달랐다. 어디로 간다는 말도 남기지 않고 작별 인사도 하지 않은 채, 그는 밤사이 조용히 사라지고 없었다. 슈루즈베리의 모든 길을 다 뒤지고 세 개 주의 모든 성소에 수소문해보아도 허사였다. 대체 어느 은밀한 길을 택한 것인지, 그는 절뚝거리는 다리로 자신을 찾아 나선 모두를 따돌려버렸다. 분명한 게 있다면 이제 그가 영원히 슈루즈베리로 돌아오지 않으리라는 사실이었다.

주

1 허브 herb

본래는 초본이라는 뜻이나 특히 예로부터 쓰여온 약용, 향료 식물들을 가리킨다.

2 슈루즈베리 성 베드로 성 바오로 수도원 the Shrewsbury abbey of Saint Peter and Saint Paul

잉글랜드 슈롭셔주에 위치한 수도원으로, 원래 성 베드로에게 헌정된 작은 목조 교회였으나 11세기 후반 성 베드로와 성 바오로 두 사도에게 헌정한 석조 건물로 개축되었다.

3 라둘푸스 수도원장 Abbot Radulfus(?~1148)

헤리버트 원장의 뒤를 이어 1137년부터 1148년까지 슈루즈베리 수도원장을 지냈다.

4 스티븐 왕 King Stephen(1092 또는 1096~1154)

정복왕 윌리엄 1세의 외손자이며 잉글랜드 노르만 왕조의 네 번째 국왕. 외숙부이자 잉글랜드 왕인 헨리 1세가 살아 있을 때 헨리 1세의 딸인 모드 황후의 왕위 계승을 돕겠다고 서약했으나 1135년에 헨리 1세가 죽자 약속을 깨고 잉글랜드 군주의 자리를 차지했다.

5 모드 황후 Empress Maud(1102~1167)

마틸다(Matilda of England)라고도 불린다. 정복왕 윌리엄의 아들인 헨리 1세의 딸로, 신성로마제국 황제 하인리히 5세와 결혼했다가 그가 죽은 뒤 앙주 백작 조프루아 5세와 재혼해 헨리 2세를 낳았다.

6 글로스터의 로버트 백작 Earl Robert of Gloucester(1090~1147)

헨리 1세의 서자이자 모드 황후의 이복형제로, 1135년 스티븐 왕이 왕위를 찬탈한 이후 모드 황후의 편에서 싸웠다.

7 알카넷 Alkanet

높이 50~100센티미터로 자라는 2년초 또는 다년초. 줄기는 직립하며, 잎은 긴 타원상 피침형으로 마주난다. 꽃은 밝은 청색으로 초여름에 핀다. 어린잎과 피기 시작한 꽃은 식용으로 샐러드나 케이크에 쓰이고, 굵은 뿌리는 피를 맑게 하고 감기로 인한 거담약으로 먹기도 한다. 말린 잎은 향주머니를 만드는 데 사용한다.

8 박하 mint

꿀풀과에 속하는 여러해살이풀, 땅속줄기로 번식하고 땅 위로 나온 줄기는 직립하며, 길이는 60~90센티미터가량이다. 띠 모양으로 달리는 잎은 긴 타원형이고 기름선이 많다. 7~9월에 담자색 또는 백색 꽃이 줄기 위쪽에 모여 핀다. 유럽에서 박하 소스는 고기 요리에 필수적인 향신료로, 고대 이집트나 로마에서도 사용되었다.

9 현삼 figwort

현삼과에 속하는 다년생 초본식물로 8~9월에 황색 꽃이 핀다. 높이는 80~150센티미터에 이르고 줄기는 사각형이다. 뿌리는 비대한 것이 여러 개 달려 있는데, 이를 약재로 이용한다. 해열 작용과 더불어 혈당 및 혈압 강하의 효과가 있다. 항균작용이 뛰어나 인후염, 임파선염, 종기 등의 피부질환에도 응용된다.

10 성 위니프리드 Saint Winifred

홀리웰에 살았던 위니프리드에 관한 이야기는 중세 전설에 근거를 두고 있다. 그녀는 성 뷰노의 조카이자 테비트라고 불리는 기사의 외동딸이었다. 크래독 왕자가 그녀를 겁탈하려 하자 달아났고, 분노한 왕자는 그녀의 목을 잘랐다. 하지만 성 뷰노가 그녀를 되살렸고 새 생명을 얻은 위니프리드는 로마로 순례를 떠났다가 웨일스로 돌아와 귀더린 수녀회의 수도원장이 되었다고 전한다.

11 로즈메리rosemary

꿀풀과에 속하는 상록소형관목. 높이 1~2미터로, 2~3센티미터 정도의 길쭉한 잎이 띠 모양으로 난다. 봄부터 여름에 걸쳐 가지 끝에 담자색 꽃이 핀다. 지중해 연안과 남유럽 원산으로, 가지나 잎은 주로 향수나 약품의 재료로 널리 알려져 있다. 상큼한 향은 신통력이 있어 중세 유럽에서는 악귀를 물리친다고 믿기도 했다.

12 라벤더lavender

꿀풀과에 속하는 여러해살이풀. 지중해 연안, 인도, 카나리섬 원산이다. 높이 40~70센티미터가량이고, 4센티미터쯤 되는 잎은 띠 모양 타원형으로, 거죽에 흰 솜털이 덮여 있다. 꽃을 증유하여 채취한 오일은 화장품, 비누 등에 많이 쓴다. 향기는 청결과 순수함의 상징으로, 진정효과가 강하다.

13 타임thyme

여러해살이풀이나 줄기가 목질화되는 경향이 있어 소관목으로 보기 쉽다. 줄기는 덩굴지고, 잎은 달갈꼴의 타원형 또는 피침형이며 향기가 있다. 8~10월에 분홍색 꽃이 꼭대기에 바퀴 모양으로 돌려 핀다.

지중해 연안과 유럽이 원산지로, 일명 사향초라고도 한다. 서양요리에서 흔히 쓰이는 향료로, 고대 그리스에서는 목욕재로도 널리 사용되었다. 강장 효과가 뛰어나 신경성 질환이나 빈혈, 피로, 소화불량 등에 좋다.

14 개지치 corn gromwell

지칫과의 두해살이풀. 전체에 흰색의 짧고 센 털이 있으며, 높이는 20~40센티미터로 자란다. 꽃은 5~6월에 흰색으로 피고, 어린잎은 식용한다.

15 벨럼지 vellum paper

송아지나 어린 양의 가죽으로 만든 종이.

16 [요한의 묵시록] 6장 8절

내가 또 보니, 푸르스름한 말 한 마리가 있는데 그 위에 탄 이의 이름은 죽음이었습니다. 그리고 그 뒤에는 저승이 따르고 있었습니다. 그들에게는 땅의 사분의 일에 대한 권한이 주어졌으니, 곧 칼과 굶주림과 흑사병과 들짐승으로 사람들을 죽이는 권한입니다.

캐드펠 수사 시리즈 05
세인트자일스의 나환자

초판 발행. 2024년 8월 5일
지은이. 엘리스 피터스
옮긴이. 이창남
펴낸이. 김정순
편집. 배주영 박진희 홍상희 최형욱 허영수
마케팅. 이보민 양혜림 손아영

펴낸곳. (주)북하우스 퍼블리셔스
출판등록. 1997년 9월 23일 제406-2003-055호
주소. 04043 서울시 마포구 양화로 12길 16-9(서교동 북앤빌딩)
전자우편. editor@bookhouse.co.kr
홈페이지. www.bookhouse.co.kr
전화번호. 02-3144-3123
팩스. 02-3144-3121

ISBN 979-11-6405-259-2 04840

옮긴이 이창남
경북대학교 독어독문학과 교수. 연세대학교 독어독문학과와 같은 대학원을 졸업하고, 베를린 자유대학 비교문학과에서 낭만주의와 발터 벤야민의 비평이론에 관한 논문으로 박사학위를 받았다. 주로 문학비평과 장르론, 도시문화와 도시사회학에 관심을 두고 있다. 지은 책으로는 『도시와 산책자』 『아테네움 시대의 문학』 등이 있으며, 공동 저자로 참여한 책으로는 『이중언어 작가』 『폭력과 소통』 등이 있다. 『독서의 알레고리』 『꽃가루방』 『폴 드 만과 탈구성적 텍스트』 등을 우리말로 옮겼다.